9・11 変容する戦争

セレクション 戦争と文学 3

リービ英雄 他

集英社文庫

ヘリテージシリーズ

9・11 変容する戦争　目次

I

II

詩

短歌

9・11　変容する戦争

セレクション　戦争と文学　3

I

千々にくだけて

リービ英雄

I

一面に銀紙が敷かれたように海が光りだしているのが見え、その先には繁った松林がびっしり埋めつくす、暗緑色の小島がいくつも現われた。

その風景が窓に映った瞬間、エドワードの手はおのずと背広のポケットに動いた。八時間前に入れたままのたばことライターを上から確かめた。

あと二十分、入国手続なしでそのまま乗りつぎラウンジに入れるというのだから長くても三十分だろう、その間風景を見ていればいい、あの国は乗りつぎの地で、めったに通らないところだから。フィリップ・モリス・ワンの箱の四角い形から指先を離しながら日本語で自分にそう言い聞かせて、となりに座っている二人の老女の白髪の向こうにある窓をエドワードはじっと眺めた。

暗緑色の小島がさらにはびこり、その間の澪《みお》には、やはり水銀のような水がゆっくりと流れていた。八時間分の大洋がまちがいなくいくつもの入江にくだけて、静まりかえった大陸の中へ浸透していた。

もう一度手が背広のポケットへと動きだそうとしているのを押さえて、窓の中に次々と現われてくる小島の形にじっと見入った。ほら、松島とは反対側の夏の海も千々にくだけている、と自分の気分をまぎらわせる、そんな日本語を思い浮かべた。島々や、千々にくだけて、夏の海、と芭蕉《ばしょう》の松島の句に集中しようとした。手がまた動き出そうとした。エドワードはもう一度「島々や」の文字を必死に想像して、そして、

all those islands!

とさらに頭の中で響かせてみた。

エドワードが二十年前に、S大学の教授から聞いた、「島々や」の名訳だった。

All those islands!

Broken into thousands of pieces,

The summer sea.

エドワードは窓に視線をそそぎながらひとりで小さな声をもらした。

「しまじまや、all those islands!」

すぐとなりの席にいる白髪の老女がまた妙な表情となってエドワードをにらんだ。

七十歳近くだろうか、するとエドワードのワシントンの母よりはまだ十歳若い、どちらかといえばその日の午後に箱崎のリムジン・バス乗り場で別れた静江の母親ぐらいの年齢

だろう。

白髪の向こうの窓の外で、大洋がうしろへ退いた。小島がふえた。あと十五分だ。エドワードは胸にくっついたフィリップ・モリス・ワンの箱を忘れようと、座席のひじかけをつかんで、静かな声でつぶやいた。


まつしまや、しまじまや、ちぢにくだけて、なつのうみ

「夏はもう終わりなのに」とすぐとなりの老女が、奥の窓側の座席にいるもう一人の老女に言っているのが耳に入った。成田を発《た》って三時間が過ぎた頃だった。胸郭の奥から渇望が喉《のど》に上り、つい耐えられなくなって、背広の左ポケットに収めた嗅ぎたばこをやましい気分で取り出した。鼻の下につけて、頭をひょいと動かしながら一つまみを嗅いだ。

その瞬間、すぐとなりに座ってアラスカ・クルーズのパンフレットに没頭していた、七十歳近くにしては明るい花模様のドレスを着て強すぎる香水のにおいを放つ老女が、はじめてエドワードの様子を横目で見た。

説明をすればよかった。しかし、自分の口から説明しようとする日本語が出たとたんに、そのこと自体が、特に地方都市の老女たちの注意を引いてしまう、そして結果として自分はさらにおちつかなくなる。そうなってしまうということをエドワードは数々の経験によって分かっていたので、黙ったまま、二回も三回も黄色い粉を、なるべくこともなげに嗅

ぎつづけたのであった。

説明をすればよかった。しかしどうして説明することができるだろうか。S大学を途中で退学して、翻訳家となって、両親の反対を押し切り、東京に定住した。定住してどれほど経っても、まわりからは「こちら」の人と見なされなかったが、アメリカにいる家族はいつの間にか「向こう」の人となった。

そして年に一回か二回、東京での定住に踏み切ったときの旅程を逆にたどるようにアメリカ行きの飛行機に乗ると、地上にいるときより二倍も三倍もたばこの本数がふえていたのである。

東京に定住して、二、三年が経つと、たばこを吸いはじめた。ショート・ピースからショート・ホープ、マイルド・セブンからキャスター、最近は一ミリのものへと、ニコチンはへらしたが、吸っている量は増すばかりだった。

ところが、二十世紀の終わり頃から、向こうへの旅の神経をニコチンで和らげることは、年々むずかしくなった。長い直行便でも吸えなくなった。ユナイテッドからノースウェスト、全日空からJALへと、航空会社を変えたが、すべてが禁煙となり、やがては高所の巣を次々と追払われたコウモリのように空の居場所がなくなった。その間にワシントンの母が八十歳となった。だからエドワードは決心した。アラスカ・クルーズを夢見ている老女たちと違って、アラスカにもカナダにも、北米大陸の清潔な大自然には何のあこがれも感じない。ただ、東海岸への直行便の十二時間の禁煙は耐えられないのだから、西海岸で一度下りて、二、三時間吸ってからまた乗り換えるなら何とかしのげる、と思った。そして旅行会社に調べてもらったところ、シアトルよりバンクーバーへの飛行時間は二十分短いと分かった。それだけの理由でこの便を選んだ。それだけのことであなたたちのとなりに八時間座ることになった。

説明をすればよかった。しかし、老女はどちらもエドワードが日本語の説明をするのを聞いてくれるような表情ではなかった。だから、何の説明もせずにエドワードは左ポケットから嗅ぎたばこを取り出しては鼻の下につけて、また四時間が経ったところでそれだけでは効かなくなったから右ポケットからカン入りの嚙みたばこを持ち出しては、いわゆる外人の野球選手のように一分間歯ぐきの間にころがし、最後には口の端からたれてくる黒い汁をあわてて紙ナプキンでぬぐった。そのたびにとなりの小さくて黒い四つの目から、何語にも訳せないほどするどく軽蔑的な視線をあびる結果となった。

五時間も六時間もの間、嗅いだり嚙んだりしているうちに、鼻孔の下はすっかり薄茶色に染り、口の中が真黒になった。夕食の後にトレーに置いた、汚れた紙ナプキンをぎっしり詰めたコップを、スチュワーデスにいっしょに下げるのを拒否されて、「自分でトイレへ持って行って捨てなさい」と叱られることもあった。

エドワードにとってもまわりの人たちにとっても不快な八時間が、ようやく終わりに近づいていた。

小さな窓に切りとられた広大な夏の終わりの海が千々にくだけて、小島がはびこり、入江の水が水銀のように流れた。しまじまや、とささやく自分の声に、ほぼ同時に、all those islands! というもう一つの自分の声がこだました。ちぢにくだけて、という音も、broken into thousands of pieces と反響した。となりの老女たちはエドワードのことなど忘れたように窓を指し、翌日に乗る客船の話に夢中になっていた。

やがては入江も消えて、北米大陸のどこにでもありそうな郊外の家並が窓に現われた。家と家の間の距離が大きすぎる、と誰にも言えない日本語で淋しさを感じた。去年はスイス、その前の年はモルディブという興奮の少ない声がとなりから耳に入った。一軒一軒の家の前に広がる芝生が北の大空に充《み》ちる白い光の下でつめたく光っていた。

エドワードは指先でたばことライターをまた確かめた。二日間何も食べなかった人がご馳走を幻視するように、幻の煙をふかし、喉に通した。

エア・カナダ機がなめらかに自国の土に接し、いささかの揺れもなく滑走路の上を走った。

いくつかのハンドバッグがしまる音がした。前列にいる白人夫婦がほぼ同時にあくびをもらした。

エア・カナダ機がスピードを落とした。滑走路の上を動いた。そして、最後の一息が切れて残りの数十メートルをあきらめたかのように、とつぜん、だがとても自然に、途中で止まった。

窓の外でゆっくりと流れていた敷地と、その向こうに連なる森林も、その動きが止まり、白い大空の下でじっとたたずんでいた。

まわりから、英語と日本語と、すこしだけの北京語の静かな声が耳に入った。それらの小さなざわめきの上で、スピーカーからは、五十代の男の声が聞こえた。

Sometimes

機長の声だった。機長の声は、米語のようだが、米国人の米語よりやわらかに聞こえた。機内に流れる機長のアナウンスの中で、Sometimes ということばをエドワードはこれまで聞いたことはなかった。

ときには、とエドワードは思わず日本語でささやいた。

Sometimes a captain…

ときには、機長というものは……

機長の声は、ためらっているようで、わずかに途切れた。それから、ゆっくりと must と言って、つづいた。

……悪いニュースを伝えなければなりません

機長は、そんなことを言っていた。

連絡が入りました

スピーカーから流れるその声は、もう一度、一瞬だけ途切れた。たぶん、機長室にはその連絡がすでに何時間も前に入ったのだろう、平板な声で、

the United States

と機長がまた言いだした。

それから、ゆっくりと、優しげな口調となって、

has been a victim

と言いつづけた。

耳に入ったそのことばは、意味をなさなかった。頭の中で奇妙な日本語が響こうとした。

アメリカ合衆国は、被害者となった

of a major terrorist attack

アメリカ合衆国は、甚大なテロ攻撃の被害者となった

くわしいことは、今伝えられません

機内での英語の声がすこしずつ静まった。いくつかの日本語の声と、一かたまり二かたまりの北京語の声が無邪気につづいていた。何語ともつかないおどろきの音も何列か前と何列か後で起った。

The United States、と機長は言いつづけた。アメリカ合衆国は、したがって、その国境をすべて閉鎖しました。アメリカ合衆国には誰も入れないし、アメリカ合衆国からは誰も出ることはできない。

遠く離れた席から女の喘《あえ》ぎが聞こえた。たずねるような表情でまわりを見ているとなりの老女に、エドワードは、アメリカ合衆国は徳川時代の日本になった、と言いかけたが、やめた。頭に流れている和訳をはき出したく、何かを老女に言おうとしたが、また機長がLook out と言いつづけた。

右側の窓をご覧ください

左側の通路席からエドワードは目をこらし、反対側のいくつかの窓に視線をめぐらした。静まりかえったとなりの滑走路には、色とりどりのジャンボ機が不動のまま列に並んでいた。一つ一つの小さな窓にはその大きな機体が映っていた。二十機も三十機も並んでいただろうか。ユナイテッドと中華航空と大韓航空、シンガポール航空もあったし、ヴァリグもルフトハンザもあった。不具となり動かなくなった巨人を思わせる、ふくれた頭の巨体の一列が、ただただ午後の光につつまれて、小さなホイールに支えられて立ちつくしていたのである。

世界中の便《フライト》がアメリカ合衆国への着陸を拒否されて、こちらかメキシコに迂回《うかい》を命じられている。

機長は、自分でも把握しきれていない状況をそのまま伝達しようとしているようで、さっきより感情がぬけた単調な声だった。

ケネディのときでもそんなことはなかったのに、とつぶやく、たぶん自分と同じ位の年齢の白人らしい声が、ななめ前の席からエドワードの耳に入った。

この状況に伴って、アメリカ乗りつぎの便はすべてキャンセルとなりました。

エドワードは背広の中のたばこを上から触った。

誰も予測しなかったこの状況のために、わたくしたちがゲートに着くまでは五時間ないし十時間はかかるだろう、という管制塔の連絡を受けました。

ご辛抱下さい。また連絡が入り次第、みなさんに伝えます。

機長の声が切れると、日本人スチュワーデスのアナウンスがあった。通訳しなければならない内容がよく分からないし、自分とは特に関係のない事柄だ、といった事務的な三十代の声だった。アメリカ合衆国は被害者となった、とは言わず、そんなことばがはじめて口をついて出るようなおぼつかない口調で、アメリカ合衆国は、テロ、テロリストの攻撃を受けました、ゲートに着くまではだいぶ時間がかかりそうです、みなさんご辛抱をお願いいたします、と短く言い終わった。

それからスピーカーからは何も聞こえなくなった。

右側から一筋の白い光が差しこみ、金色と茶色と黒と白の、座席の背の上に並んでいるたくさんの頭の上を横切った。

アメリカ合衆国は、南に当る右側の、ここから遠くない国境線の向こうで広がっていた。

国境の南に広がる見えない国土の中には、エドワードの母と、二人の妹がいた。その夜おそく、乗りつぎ便でニューヨークに到着したあと、一人の妹と五十七ストリートのホテルで再会する約束をしていた。その翌日、ワシントンの母の家まで行って、母と、別の妹に会うはずだった。

客室の中は静まりかえった。頭の中で巨大な白紙となった「アメリカ合衆国」の午後の空には、小さな原爆が、もしかしたらそこ、もしかしたらあそこで爆裂した。母の家が燃え上り、妹がブルックリン・ブリッジから落ちた。

すぐとなりの老女が、何かを聞きたげな表情で横からエドワードの顔をうかがった。老女はたまりかねたように、「何がありましたか」、と日本語の質問をした。

最初から日本語で話しかければよかった、と思いながら、エドワードは、「よく分かりませんが、大きな事件があったのでしょう」と答えた。

たぶんミラノかパリで買ったのだろう、高価な素材のルネサンス風の花模様のドレスのえり、ネックレスのかかる首の上でうずくまる老女の小さくて化粧された顔には不安のかげはいささかもなく、ただ旅先で思いがけない事態に出くわしたことへの好奇心のような表情が現われて、しわがかすかに動きだしたのを、エドワードはとなりからうかがった。

老女は牛革のハンドバッグをあけて、何かを探しだした。ハンドバッグの中には老女の赤いパスポートがあるのがエドワードの目に止まった。赤いパスポートのとなりにトラベラーズ・チェックの分厚い束も見えた。

老女はハンドバッグの中からミラーを取り出して、ハンドバッグをしめた。ミラーを見ながら化粧を直した。エドワードはS大学で愛読していた作家がパリの街を「厚化粧をした五百歳の女のようだ」と描いた日本語をちらっと思いだした。

ミラーから小さな白い顔をこちらに向けて、老女は、「バンクーバーにお帰りですか」と、それまでは自分にひとことも日本語を言わなかったことがうそのようにさりげなく、聞いてきた。

「いいえ、バンクーバーで乗り換えて、今晩はニューヨークへ行く予定でした」

「アメリカにはご家族がいらっしゃるの？」

「ええ」

エドワードはこの人に、アメリカにいる家族について、くわしい話をしたくなかった。

国境の南で、何が起きたのか、分からない。立ち止まって動かない事実を強調するように、同じ方向から晩夏の北国の日差しが満員のエコノミー・クラスのいくつもの頭を照らしつづけていた。

すぐとなりの老女がまた奥の席にいる老女とその翌日のアラスカ・クルーズの話題にもどった。

エドワードはひとりで嚙みたばこを一つまみ、先より強く嚙んで、紙ナプキンを丁寧に口に当てて、黒い汁をはき出した。先と違って、まわりの誰もそのことを気にしていなかった。

遠くにもの静かな英語の会話が起きた。英語の会話が途絶えるとすぐうしろで日本語の声がした。北京語で「どうした？」に相当するような子供の声も聞こえた。が、声はすべて瞬間的に起きてはすぐ消えた。

一時間が経つと機内の静けさが長くなった。

窓から差しこむ北方の光はいつか薄れると思ったが、変わらない力でただそそぎこんでいた。

時間がよどみ、二時間になった。

その間に、何回か、アメリカ合衆国は地上から消えたかもしれない、という日本語の思いにかられて、その思いをかろうじて押さえた。

三時間に近づいたところで飛行機が急に動きだした。軽く、はねるように、普通の日に到着した飛行機がゲートに向かうような速度となった。

機長のアナウンスが再び聞こえた。管制塔から、現地到着予定だった便《フライト》が迂回の便《フライト》より優先的にゲートへ進むように、という指示を受けました、といった。依然として平板な声だった。

日本人スチュワーデスの声が流れた。アメリカ行きの便をふくめてすべての便がキャンセルとなりました、これからのスケジュールについてはおそれ入りますが空港内のカウンターでお聞き下さるようにお願いいたします、という簡単なことばで終わった。

何が起きたかについては、アナウンスはなかった。

「あなたは帰れなくなったでしょう」

すぐとなりの老女から、またとつぜん声をかけられて、エドワードはおどろいた。

「ええ」

帰れなくなった。行けなくなった。

「今日の夜は空港のベンチで寝ることになるかもしれない」

とエドワードは日本語の神経質な笑いをもらした。

老女は一瞬黙りこんだ。それからもう一度エドワードの顔を横からうかがった。

「戦争が終わったときのことを、あなたは知らないでしょう」

「ええ、もちろん」エドワードは不意をつかれて、老女の、化粧で自分の顔よりも白い顔をちらっと見返した。

老女は、今起きたことを理解しようとしているようにまっすぐ宙をじっと見て、それから、「大丈夫ですよ」と言った。「戦争が終わったとき、わたし、三日間も駅のホームで寝たことがある。いざとなったときは大丈夫ですよ」

老女の声には思わぬ力がこめられていた。

「そうですか」も「そうですね」も口に上らず、エドワードは一瞬、老女の息子になったかのように「はい」とうなずいた。そして黙りこんだ。

黙りこんでいるうちに、アメリカ合衆国の出来事について「戦争が終わったとき」のことが日本語で引き合いに出されているのを今まで聞いたことがない、と気づいて、また老女の顔を不思議そうにうかがった。厚化粧の下から十代の少女の赤らんだ顔が現われて、ブランド物の花模様のドレスの老女が、焼け跡の中で家に帰ろうとしているもんぺ姿の女学生に変わった。

エドワードもまっすぐに、エコノミー・クラスの仕切りのカーテンに見入った。

母の家が燃え上り、妹が橋から落ちた。

飛行機がわずかに動揺してゲートに着いた。

エドワードの前でも後でも、黒髪と金髪の頭が動き、普通の日にゲートに着いた機内のように荷物を下ろすたくさんの手が一斉に伸び、通路はたちまち人の背でうずまった。カバンを下ろして立ち上ったエドワードに、老女が小さな顔を上げて、もう一度、「大丈夫ですよ」と言った。

前に立ちふさがる人の列を押しのけ、自分でもおどろくほどぶっきらぼうになって、エドワードは出口に向かった。

エドワードは小走りになっていた。上り勾配のランプから、ターミナル・ビルの広い通路へ、WELCOME TO CANADAという標識を無視して、呆然としてゆっくり動きながらフランス語とヒンズー語と広東語でささやいている到着客の列に追いつこうと無愛想にその横っぱらに軽くぶつかり、謝りもせずに駆けぬけて、天井からぶら下る星条旗と「FLIGHTS TO USA」、「アメリカ合衆国行きの便」と書かれている巨大な横断幕の下に、武装した警察官がその通路の入口をふさいでいるのにたどりついた。

M16、というのか、陸軍用の自動小銃を警察官はぶら下げていた。警察官の背後に広がる奥行きの深い空間は、灰色で、ガランとしていた。警察官も黙りこみ、案内人と乗務員の人気《ひとけ》すらない閉鎖された乗りつぎラウンジは、不可解なほどに当然そうな閑《しず》けさにつつまれていたのであった。

機長と日本人スチュワーデスが言った通りだった。

星条旗の下で、近づこうとする人をじっとにらみつける警察官にエドワードは「今夜ならアメリカ合衆国へ行けますかね」とたずねようと思った。「ニューヨークの妹が待っているんですが、夜おそくてもいいから何とかなりませんかね」。しかしその質問は、「今夜なら徳川時代の日本に上陸できますかね」と同じようにふざけて聞こえるに違いない。自動小銃をぶらさげる警察官にふざけた質問をすると何をされるか分からない。そこでたたずんでいるだけでも怪しまれる。

エドワードは足早にまた歩きだした。背広のポケットの中のたばことライターが重く感じられた。

通路は終わりそうもなく、奥へとつづいていた。立ち止まるわけにはいかないが、どこへ行けばいいというのか。

喫煙所はどこにもなかった。

通路の先の方に曲がり角が見えた。ちょうど曲がり角の付近に、別の通路から流れてきた、小さな人だかりがあった。

近づいてみると、人だかりの前に、制服姿でめがねをかけた金髪の中年女が立っていた。「移民はこちらへどうぞ」と、段ボール箱や大きなスーツケースをかかえて、抑揚の激しい東南アジアらしいことばで喋《しゃべ》る団体を右のもう一つの通路へと案内していた。

エドワードが通り過ぎたとき、「移民をしますか」という誘うようなほほえみが中年女の顔に浮かんだ。無視するようにエドワードはさらに足を早めながらまっすぐに歩きつづけた。

好感を持たなくもないが移民をしたくはない、入国をしようとすら思ったことがない国の空港ビルの長い通路を、逃げるような足取りで、逆にますます中へ入りこんで行った。通路がようやくつきあたったところで、いくつも並んでいるエスカレーターが金属の滝のようにきらめきながら動いていた。

エスカレーターの下はまた通路だった。いくつかの他のウイングから人々が合流してきたのでその通路は満員だった。両脇を人にはさまれながらエドワードは歩きつづけた。ハイジャック、と誰かが英語で言ったのが耳に入った。フォア・エアプレーンズ、ともうひとりが応えた。なんだ、たかがハイジャック事件なのか、とエドワードはおおげさなことを考えていたのを恥じながら安心もして、すこしは歩調をゆるめた。

下にある通路が終わったところにもう一つ、長いエスカレーターがあった。エスカレーターを踏んで、下を見ると、到着ホールだった。

到着ホールには何千人もつめこまれていた。人と人の間のスペースはほとんどなかった。そんな混みようをエドワードは西洋で見たことはなかった。

おびただしい声の、ここにいることのおどろきがざわめきとなって空気にゆらめいていた。到着ホールの向こうに小さく見える入国カウンターにはいくつもの長い列ができて、多人種の入国者が迫っていた。

エスカレーターのすぐ下の待ち合い席の前に、大画面のテレビがあった。エスカレーターを下りている間にはよく見えなかったが、テレビの画面には大きすぎる昆虫に似た物体が空を飛び、横から、妙に意図的に、高層ビルの上層階に衝突する映像がくりかえし映っていたのである。

エスカレーターを下りたとたんに、ごちゃ交ぜにされた黒髪と金髪と白髪の人だかりの中へ押されて行った。

高層ビルの上層階に太陽が落ちて当ったようなまぶしい火を映すテレビ画面を横目でにらみながら、前へ前へと、人だかりに動かされて、知らぬ間に役人の前に立って、パスポートの提示を命ぜられた。

日本のビザと再入国許可のスタンプでぎっしりのパスポートのページに印を軽く押す役人の細い指先を見るやいなや、入国してしまった。

WELCOMEという看板の下でエドワードはひとりで立ちつくした。うしろから突かれた感覚がまだ背に残っていた。知らない国に押しこまれた。関係ない、という日本語が喉から出ようとした。

ぞくぞくと入国してきた人たちに囲まれて、ひとりでぎごちなく、廻りを見渡たした。喫煙所のことを忘れていたのにエドワードは気がついた。外へ出て一本か二本を吸ってからまたターミナル・ビルに入ってその夜のホテルの予約を案内所で取ればいい、と思い立ち、カバンをもって、出口に向かって人だかりをかきわけて行った。

出口近くの壁に公衆電話が並んでいるのが目に止まった。ニューヨークとかワシントンの空港やバス・ターミナルにもある、壁に掛かっている大きな黒い電話だった。

電話が並んでいるところへ歩きだしたとき今入国してしまった国のお金を持っていないのに気付き、出口の前に立っているセキュリティ・ガードへ近寄った。セキュリティ・ガードは、電話と同じ黒色のウォーキートーキーを手に持っていたが、武装はしていなかった。セキュリティ・ガードに聞くと、電話はすべてテレホン・カード専用で、両替所は左奥五十フィートにある、と教えてくれた。

セキュリティ・ガードは、エドワードがいつか想像したことがあった、カナダの田舎者の人なつこそうな顔だった。

どこに電話をするのか、と米語をすこしだけ和らげたようなことばづかいで、ガードマンがたずねた。

アメリカ、今夜はニューヨークの妹に会うはずだった、と答えた。

ガードマンが、もうすでに新しくないニュースを伝えるように、言った。
世界貿易センターはもう地上から消えちまった。俺、なみだを流したんだよ。
ガードマンはエドワードの顔をまっすぐに見た。
You better call your sister in New York
ニューヨークの妹に電話した方がいいぞ

Ⅱ

ダウンタウンのホテルが急にどこも満室となり、あいていたのは中心街から離れた自然公園近くのアパート式ホテルだった。ちょうどワンベッドルームの小さなスイートが一室だけ残っていた。空港の案内カウンターで予約したとき、エドワードはそれが喫煙室であるのを確かめた。

ターミナル・ビルのすぐ外でタクシーに乗った。運転手は四十代の、褐色の顔で、たぶん東南アジア系だった。空港に隣接した森林と屋敷町を通りすぎると、住宅街が何キロもつづき、それはいつの間にか頭の中で何マイルに変わった。やわらかな日差しが暮れかかった頃には町外れの、銀色が充ちる入江の畔《ほとり》から、商店街のアベニューへ曲がった。しばらく走るとアベニューからストリートへ、ゆったりとしたアパートメント・ビルが建ち並ぶ横丁にあるホテルの前に着いた。アメリカ・ドルより上品で淡い、水色や薄紫色のドル札を東南アジア系の運転手に払って、ホテルに入ると、フロントでチェック・インをあつかっているアシスタント・マネージャーの制服の名札にLamという広東語らしい苗字《みようじ》が書かれていた。

小さなロビーには何人かのヨーロッパ人やアジア人の宿泊客がいた。が、不思議とざわめきはなかった。ここにいることのおどろきと、かろうじて部屋が取れたという安心感が空気に漂っていた。

大声も響かず、派手な会話もなかった。小さな人だかりの中から、飛行機はいつからまた飛ぶようになるんですか、と聞くドイツ人らしい英語の声が聞こえた。アシスタント・マネージャーのラムさんが、こちらには情報はまったくない、とやはり米語よりやわらかで申し訳なさそうなことばで答えているのもエドワードの耳に入った。

一泊分のチェック・インを済ますとエドワードはひとりでカバンを持って二階へ上った。

部屋は二階の薄暗い廊下の奥にあった。

ドアをあけると、細長いホールの先にはリビング・ルーム、そのわきには食卓と簡単なキッチンが見えた。ホールのすぐ左側にはガラス張りの電話室、右奥にはドアがあいたままの寝室があった。寝室には大きすぎるベッドが部屋いっぱいに入っていた。

ホールから中へ入ってみた。

リビング・ルームの長椅子の前には大型のテレビがあった。

エドワードは最初、テレビの存在を無視しようとした。

カバンをテーブルのそばに置いて、リビング・ルームの窓に映る広い横丁のたそがれの風景を見ながら、成田で買ったフィリップ・モリス・ワンに火をつけて、キッチン・テーブルの椅子に座った。

広い横丁が広いストリートに変わり、そこに面したいくつものマンションもアパートメント・ビルにと久しぶりに頭の中で呼び方が変わった。アパートメント・ビルのあちこちのあいた窓の中からテレビの音が流れてきた。ワシントンから川をへだてたすぐ向こうの郊外にある母の家にいるときも、夕方になるとストリートの何軒かから同じような音が聞こえていたことを、エドワードは思いだした。

アメリカのストリートとそっくりの横丁は、アメリカではない。不思議なところで夜を過ごすことになった。三千キロも国境がつづき、いつもアメリカが手にとどきそうなこちら側は、アメリカとそっくりでアメリカではない。

リビング・ルームの中央に、テレビが立ちはだかっていた。

テレビをつけたくない。

エドワードはたばこを吸いながら、じっと椅子に座っていた。たぶん、人生の中で、あれほどテレビをつけたくないと思ったことはなかった。

静かなストリートから聞こえる、テレビの音がふえてきた。

ストリートに面したアパートメント・ビルにちょうど仕事帰りの人々がそれぞれのアパ

ートメントに着いて次々とテレビをつけていったのか、米語とそっくりのアナウンサーの声がいくつか聞き分けられるような気がした。

エドワードは、窓から目を離して振りかえり、もう一度部屋の中を見渡たした。薄れてゆく光の中で、玄関ホールにそった電話室のガラス戸が目に止まった。空港の公衆電話の前に立って、女王陛下のプロフィールとかえでの葉を印したコインを入れて、かけてみた。ブルックリンの市外局番の718を押したとたんに、話し中信号が鳴った。マンハッタンの212を押しても同じだった。ニューヨークは町ぐるみで話し中だったのか、市外局番を押すだけで金属的なノーのような音がくりかえしくりかえし耳に響いたのであった。

エドワードはターミナル・ビルの出口近くの売店で買ったジョン・プレイヤーのたばこを一本吸ってみることにした。箱をあけると中から大文字の警告書が飛びだしてきた。ガンになる、心臓が止まる、奇形児が生まれる、と書いてあった。

アメリカのたばこより香ばしい煙をゆっくりと口の中でまわした。

また部屋の中を振りかえって見た。家具はすべてアメリカの部屋の中にあるのと同じようなものだった。

自分が口の中から濃厚な煙を吹きだしている音が聞こえるほど、部屋の中は静まりかえっていた。

ストリートのあちこちからテレビの声が音量を増して響いてきた。窓の外の全世界がテレビをつけているのが分かった。

たばこを消して、ゆっくりと長椅子の方へ近寄った。長椅子に腰をかけたと同時にリモコンに手を伸ばした。目をつむって、ボタンを押した。

光がぴかっと点《とも》って、部屋の中にみなぎっているのを感じた。

静江、と呼びかけながら、エドワードは目をあけた。

静江、見て、百十階の窓からOLが飛び下りている。

暗くなった部屋の中でテレビを消した。消したすぐあとは、何もする気がなくなっていた。

食欲はなかった。しかし、夜だから食べなければいけない、それに、何かお酒を飲まないとたぶん眠れないだろう、と思って、エドワードは英語とフランス語の書かれているドル札をポケットにつめこんで、部屋を出た。

ホテルの玄関からストリートに出ると、たくさんの窓は、夏の終わりだから夜でもあいたままで、どこからも真剣なテレビの声がもれて、ホテルの部屋で聞いたときより大きく、エドワードの耳に響いた。足を早めながら広い歩道を歩き、すぐにアベニューとの交差点に着いた。アベニューは商店街だった。アベニューにはテレビの音はなかった。

アベニューのレストランはすべて禁煙となっていたので、三つ目の角の手前にあった中華料理店で持ち帰りのディナーを買った。ストリートにもどる途中で酒屋に入った。

S大学で日本語を学んでいた頃、エドワードはよく地元のカベルネ・ソービニヨンの赤ワインを飲んでいた。同じ西海岸だから買えると思ったが、カベルネ・ソービニヨンは合衆国のワシントン州までしかとれなくて、ここまで北になると赤のしぶいものといってもカベルネより甘口のメルローしか作れない、とフランス系なのかわずかななまりで話す白人中年の店員に言われた。女王陛下の満面を描いたドル札でメルローを一本と、翌日用のたばこを買った。

部屋にもどるとエドワードはすぐにキッチン・テーブルに湖南チキンの定食を並べた。たばこも吸わず、箸をつけて、一気に食べた。ストリートからは、かすかだが止めどないテレビのアナウンサーの声が耳にとどいた。北国のしぶくないワインをあけて、たてつづけに二杯をぐいと飲んだ。

手が再びリモコンの方へ動いた。もう一杯のワインを、オン・ザ・ロックのウイスキーさながらにぐいと喉へ通し、そしてボタンを押した。

Oh shit! という男の叫び声が、爆竹のようにこだました。

まさかとも、しまったとも、やばいとも、聞こえた。

ビルの谷間の底にある暗い横丁の奥から、男の叫び声がこだましていた。

ビルの谷間の上でとびぬけて高いビルが煙につつまれていた。泣き面に怪物の蜂がさしたように、すでに炎上しているビルのとなりのビルの上層階に、飛行機が突入した。

Oh shit!

飛行機が突入したのと反対側の、ビルの横っぱらから鉄筋と窓ガラスが飛び出し、明るい炎が噴出した。
上から陥没し、流れ落ちる建物は、巨大なこぶしでつぶされる砂の城のように、石と鉄がおびただしい滝となって細かくたてにこぼれだした。建物の横はばいっぱいに同じ細かい動きが映り、単調な灰色からエドワードは一瞬、テレビが白黒テレビに変わったと思った。

Oh no, oh no
暗い横丁の隅から、男の声、女の声が聞こえた。
南の塔が崩壊したあとに、北の塔も、たやすく、流れ落ちた。
見ているエドワードの耳に、音が響いた。
ちぢにくだけて
たやすく、ちぢにくだけて、broken, broken into thousands of pieces
音の破片が頭の中を走りまわった。
エドワードは気が遠くなりはじめた。
Oh no, oh no
煙が上った。
like a mushroom cloud、というアナウンサーの声がした。きのこ雲のようだ、とエドワードには聞こえた。
空から、島の細った南端が煙につつまれている姿が映った。ビルとビルの間の、ストリートとアベニューに、煙がふわふわと流れた。

島の傷口から濃厚な物質がとめどなく流れだしていた。島が血をはいているように、一ヵ所から滲《にじ》み出《で》る煙が止まらない。

煙が島の東岸と西岸から夏の終わりの朝にきらめく海にそそがれて行った。

エドワードは立ち上ったとき、足が重くなっていた。

もしつながったときには大量に必要だろう、強いたばこの一箱と灰皿をもって、電話室に入った。

718にかけてみた。空港の公衆電話からかけたときと同じで、市外局番を押すだけで話し中の信号が鳴りだした。

212を押して、マンハッタンのミッドタウンにあるホテルにかけてみた。すぐつながった。今夜の予約をキャンセルしたい、と言うと、相手の女性フロント係員は聞きなれた口調で、I understand と答えた。かしこまりましたというより、十分わかります、とエドワードの耳に日本語として響《い》いた。普通なら五十パーセントにもなる当日のキャンセル料は、要りません、オーケーです、全世界からキャンセルがなだれこんできている、わざわざ電話をありがとう。

リビング・ルームのテレビからは、たくさんのサイレンの音に交じり、代る代る英語のアナウンスの声が大きくなったり小さくなったりして流れていた。

エドワードはもう一回、718にかけてみた。8で、ノー、ノー、ノーというようなリズミカルな音が流れだした。その音が止まらない。

島の傷口から北に位置するホテルには通じる。しかしブルックリンにはまったく通じない。ちょうど南マンハッタンとブルックリン・ブリッジのかかる川をへだてた静かなストリートにある妹とその夫が住むアパートを想像した。

南マンハッタンからブルックリンへ配線された電話の地下ケーブルが影響を受けたのか。影響？　切断、あるいは融解、とより具体的な状態が脳裏に浮かんだ。

小さな電話室の中で、つながれば火をつけようと思っていたたばこの箱をいじりながら、受話器を耳に押しつけたまま、話し中信号を聞きつづけた。

金融関係じゃないから、あそこにいたということはないだろう。

妹を知っている人に電話をすればいい。しかし、妹を知っている人を、エドワードは知らなかった。それに、妹の母とエドワードの母は違っていた。妹の母は上海で生まれた近年の移民だった。妹の母もワシントンの郊外に住んでいるらしいが、エドワードはその電話番号を知らなかった。エドワードの母は、エドワードの妹に会ったことはなかった。お互いの情報はまったくない。

話し中信号が均質な小波を打ち、エドワードの耳に響きつづけた。八十回目で受話器を置いた。

エドワードはリビング・ルームにもどりたくなかった。電話室に残り、またジョン・プレイヤーのたばこに火をつけた。

　吸い終わったとき、もう一度受話器を上げた。記憶の中から何年かぶりに81という番号が浮かび上った。

　アメリカ合衆国へはただ市外局番から押せばいいのに、その他の国はまず国番号を押す必要があった。エドワードは81を押した。それから0を省略する、とS大学にいた時代によくしたことを久しぶりに思いだしながら、45と、静江のマンションの七ケタの番号を押しつづけた。

　S大学の大学院寮からかけたときは国番号のすぐあとに3を押したものだった、と思いだしながら、エドワードは、静江が離婚してからほとんど毎週の週末に決まってかけた番号の、すぐに分かる音調を聞いた。

　その前の年の夏、エドワードが新宿のアパートにもどったとき、翻訳の仕事に関するいくつかの日本語のメッセージの中に、妹のなみだぐんだ声が入っていた。「I'm sorry」と言いだした妹の英語の声がDaddy died this morningとつづいた。エドワードはふるえながら受話器を置き、すぐに045で始まる静江の番号にかけた。

「ただいま留守にしております」と静江ではない金属的な女の声がエドワードの耳に当った。

　新宿のアパートの窓の外に広がる灰色の夜空を眺めながら、発信音を聞き、ぼくのお父さんが今朝、ニューヨークで亡くなりました、とそのときエドワードは日本語でふきこんだのだった。

「ただいま留守にしております」という金属的な日本語が、新宿のアパートで聞いたときより小さく、耳に入った。

リビング・ルームから、英語のアナウンサーの声が上ずったように響いた。もう一人の、女性アナウンサーの興奮に満ち満ちている声がそれに交じった。

「おそれいりますが」という日本語が受話器から耳に当った。

リビング・ルームから、たくさんの救急車のサイレンが伝わった。get back! と叫ぶ、警察官か消防士の、いくつかのとがった声が不協和のクレッシェンドとなって高まった。

耳の中には静江の家の電話の発信音が鳴った。

救急車のサイレンと、米語の叫び声が背景に録音されるのを意識しながらエドワードは、

「エドワードです」とためらいながら言いはじめた。

「今、カナダにいます」とエドワードは、次に何を言えばいいのか迷いを感じながら、受話器に向かって話した。

get back!

テレビから離れているのにテレビの画面に映っている光景を想像してしまい、受話器に向かっては、「日本でも報道されたでしょうか」と言いつづけた。

そんなことばが自分の口を出たとたんに、エドワードはすぐにおかしくなった。なにいってんのよ、という静江の声を想像した。

自分より八歳年下の静江の顔を思い浮かべようとした。またリビング・ルームの中からあわてふためいた命令のようなたくさんの声が上った。とがったたくさんの声のうらに静江の顔の輪郭が薄れはじめた。

stay away!

「アメリカは、徳川時代の日本のようになった」とエドワードは受話器に言った。自分の声が乱れて聞こえる、とはずかしくなって口調を押さえて、「ぼくは大丈夫です」と言った。何十台もの救急車がマンハッタンのアベニューを南下しているようなするどい轟音がした。

必死になって静江の顔と、留守電を聞いたときの静江の表情を想像しようとしながら、エドワードは、ニューヨークの妹にまだ連絡が取れていない、と言いかけた。静江はニューヨークの妹には面識がないのを急に思いだして、言わない方がいいのか、と躊躇《ちゅうちょ》しているる数秒の間に、伝言の終わりを告げるもう一つの発信音がぶっきらぼうに耳にこだました。

リビング・ルームにもどった。また長椅子に腰をかけた。

一時間か二時間が経ったときの映像なのか、テレビからは叫び声が消えていた。煙が吹き出してやまない巨大な穴ぼこの周辺に設けられていた警察のバリケードに、もの静かな人だかりが詰め寄っていた。打ちひしがれた表情で立ちつくし、まっすぐに見入る女性が多かった。

人だかりのすぐうしろでは、北から、アップタウンの方向から走ってきた黒のリムジンが止まった。リムジンの中から前の大統領が下りた。白人なのに有色人種のようだと女性黒人作家にたたえられたこともある前の大統領は、ハーレムにある事務所からかけつけてきたらしい。

前の大統領が煙の出ている現場を見ようと、人だかりに分け入った。大男の前の大統領に女が次々と抱きついた。姦通とセクハラの、あれだけスキャンダルのしみついた前の大統領なのに、そんなことにはかまわずに、その男が今でも本物の大統領であるかのように、二十代、三十代、四十代の女が抱きついて、前の大統領の大きな肩に顔をうずめて泣いたのである。

画面に煙が上り、煙がフェイドアウトした。画面いっぱいに今の大統領が映った。体に比例して顔が小さいという印象を与える今の大統領は、私の政府は今からこのことにフォーカスをしぼります、と約束しているところだった。小さな顔の小さな口もとがしっかりと締まり、明瞭な決意を告げる口調だった。かれが大統領である理由がとつぜん見つかった、とエドワードは思った。

煙がとめどなく吹き上る島の住民が選挙で今の大統領に三対一で反対し、その朝までは半数近くがその男を正式に大統領として認知していなかった。どこかで読んだその話を、エドワードはちらっと思いだした。が、今の大統領の顔が画面から消えるとそのことすらたちまち脳裏から消え去った。

画面が、煙いっぱいの画面にもどった。

ついでに、という風に、平べったいペンタゴンの一角が黒く燃えている様子が映った。

エドワードはテレビをつけたまま、またたばこをもって電話室に入った。


703を押してみて、そのまま残りの七ケタを押しつづけた。高校時代までの自宅の電話番号で、三十五年も変わっていないのでよく覚えていた。母の電話も話し中だった。しかし市外局番からその番号の最後のケタまで押すと話し中信号が鳴りだしたので通常の話し中だと分かって、ブルックリンの妹のときとは逆に安心した。八十歳の母は長話が好きだった。途絶えない拒絶の音波のようなブルックリンの話し中信号と違って、母の家の通常の信号からはむしろぬくもりのようなものが伝わってきた。

母の家は燃えなかった。母の家はペンタゴンから三キロほど離れていた。母の家と、一角が燃えているペンタゴンの間に、母が再婚したワシントンの役人の墓もあるアーリントン墓地があった。母はたぶん、その亡き夫の子供と、ペンタゴンの話をしているのだろう。ワシントンの母と、ニューヨークの妹と、また別の、ワシントンの妹がいた。親が離婚し、親が再婚する。血がつながり、血がつながらない。ひとりひとりのことを説明しようとして、静江には日本語で何と伝えればいいのかときどき分からなくなった。

リビング・ルームからは女の声がかすかに聞こえてきた。一瞬、リビング・ルームから妹が自分を英語で呼んでいる、と思った。どちらの妹かは、はっきりしなかった。

またたばこをもって電話室の薄いガラス・ドアをあけると、若い女の声だと分かった。テレビの前にもどってみると、画面に二十歳前後の黒人の女が映り、差し出されたマイクに向かって話していた。

黒人の若い女が、二十代後半の、スーツ姿の黒人男性の写真をかかげていた。ジェフリー・トムプソン、ジェフリー・トムプソンという名前を、若い女がくりかえして言っていた。あにきはジェフリー・トムプソン、あにきは百十階のレストランで働いていた。去年からアシスタント・マネージャーに昇格した。

若い女の背後には奥行五列分の人だかりがテレビ・カメラに押寄せて写真をかかげていた。

あにきは六フィート二インチで、百七十パウンドです。あにきはフットボール……。若い女はすすり泣きはじめた。……フットボールが好きだった。

Please find my brother

窓の外のストリートからも、同じようにかすれた声が、テレビというテレビに繁殖したように、エドワードの耳に鳴り響いた。

あにきを探して下さい

テレビ画面に見入っているうちにワインを何杯も飲んでしまった。エドワードはゆっくりと立ち上った。耳のうしろに、my brother, my sister, my son と、名前を次々と告げる米語の声が聞こえた。Seventy-second, ninety-eighth、と数字の音も飛んできた。七十二階にいた、九十八階でつとめていた。

リビング・ルームから逃げるようにエドワードはカバンをもって奥の寝室に入ろうとした。途中で振りかえり、あわててリモコンをつかんで、テレビを消した。

航空会社の事務所のあるダウンタウンのホテルの玄関から、両側に大理石のビルが並ぶアベニューに出た。灰色や茶色にくすんだ古い大理石のビルの正面を、まだ昼前のやわらかい光が掠《かす》めていた。インド系の若い女性エージェントは、アメリカ行きの便はいつ再開するかは分からないし、日本行きの便についても数日間めどが立たない、と言った。すこしだけアクセントのあるその口調は、あわれみも感じさせるが事務的で、通院してきた患者に看護婦が話しているのと似ている、とエドワードは思った。

ダウンタウンは、銀行もブティックもカフェもすべて通常の営業をしていて、静かな活気すらあった。半分以上の店のウインドーには大きかったり小さかったりする星条旗がかざってあった。自国ではない国の国旗を、自国の国旗をかざすときのような誇示ではなく、悲しみを表わすためにかざしているのを、エドワードは生まれてはじめて見た。何十軒もの洋服屋と靴屋と、ポルノショップの窓にもある、死者を悼む外国の国旗を見ながらエドワードはひとりで歩いた。

すこしずつ当惑した気分になってきた。S大学を出て東京に定住した頃に読んでいた在日韓国人の作家が、日本にも帰る、韓国にも帰る、と宣言した日本語が頭に浮かんだ。アメリカにも帰れない、日本にも帰れない、とアジア系移民の航空エージェントからアクセントのある英語で告げられて、そのどちらでもないおだやかな異国の地方都市のダウンタウンを、九月十二日の昼から午後にかけて、ここが見たいという好奇心もなく、ここへ行きたいという欲もなく、エドワードはただ呆然と広い歩道の上を動いた。

途中で横に曲がり、細いストリートに入った。その左側には、いつかテレビで見た覚えがある、めがね姿の太った男の丸い笑い顔の似顔絵と、土産品の種類を書いた日本語の看板が目に入った。タレントの顔の下から、若い日本人の観光客が十数人ずつのかたまりとなって、大きなショッピング・バッグを持って店からあふれ出た。かれらの視線はまっすぐで、まわりの状況には関心がないようで、足止めされたことへの不満を買い物にまぎらわせていた、苛立《いらだ》ちが伝わり、アグレッシブな雰囲気も漂っていた。

エドワードとすれ違ったとき、エドワードもかれらと同じく日本へ帰れなくなった人だと認めるような目つきはかれらになかった。むしろ入口の前で立ち止まり、あのタレントを知っている、その顔の下の日本語の文字を読んでいるエドワードをちらっと、いぶかしげににらむ人は何人かいた。真昼のストリートにわずかなかげが落ちた。ストリートは、京都の横丁のように細長くまっすぐに、だが右も左もガラスと茶色い大理石の建物を貫いて、先へ先へとつづいていた。真昼になったのにストリートにそそぎ込む日差しはひかえめで、日本語の看板のある土産品店を離れると奥の方では人通りは少なかった。

三ブロックほど歩いたところで、ストリートがあまりにも静かなので淋しさを感じはじめて、再び表通りを求めて、交差点で右へ曲がった。

石と大理石のビルの一階にはめこまれた、クリーニング屋と花屋と小さな青物屋、すべてここで生活を営んでいる人たちのための店の前を、すべるような軽い足取りで通り過ぎて行った。真昼なのにまばゆさのない光を頭上に感じながらエドワードは考えた。二十世紀のたくさんの戦争で直接に惨事に遭った人の数はおびただしい。しかし惨事には遭わなかった人々も、ただある日突然に、えんもゆかりもない国で足止めされてしまい、呆然とした気持ちでその国の洋服屋と青物屋の前を、しっかりと地面についていないような軽い足取りでめまいを覚えながら歩くことになった。

運は良かった。十日の日にニューヨークに到着もせず、十一日の直行便にも乗らなかった。ラッキーだった。足止めを食っただけの話なのだ。ただ、すこしだけ方向の感覚を失った。以前には何人もの人々が、もっともっと深刻な境遇で方向の感覚を失ったのだろう。二十世紀のある火曜日に、ある水曜日に、入国をすると夢にも思わなかった国の、生活の濃厚なにおいを嗅ぎながら歩くことになったのだろう。そしてやがては忠誠を感じたことのない王や女王や大統領の顔を描いた見なれない色彩の札を使い分けながら食料を購って靴を買うようになったのだろう。

エドワードはアベニューに出た。

出たところは、ちょうどアベニューが大きな広場にさしこむあたりだった。広場の奥の方に、十九世紀のものものしい建築を思わせる美術館が建っていた。ヨーロッパの広場を小規模にまねたように、広場の前の方には噴水があった。

噴水のまわりは何百枚もの色とりどりの張り紙におおわれていた。

近づいてみると、張り紙には「殺すな」とか「復讐を考えるな」とか、ただ「悲しみをもって」といった意味の短いことばが書かれていた。中には泣き顔やピース・マークをクレヨンで描いた絵もあった。噴水の上には、「ことばとアートで気持ちを表現しましょう」という横断幕が掛かって風に揺れていた。噴水のほとりで、男女とも長い髪で色白の若い人たちが次々とクレヨンで紙の上にことばと絵を描いていた。

ただでさえ熱さの足りない空気が噴水のしぶきでさらに冷えこんでいた。噴水のまわりを埋めつくした何百もの「自己表現」の前でエドワードは立ちつくした。鮮やかすぎる色と単純すぎることばが次々と目に入った。見ているうちにエドワードはすこしずつ吐き気をもよおしてきた。

足を早めながら広場をあとにして、ホテルのある方向を察しながら歩きつづけた。

フロントでラムさんにあと二泊を頼んだ。エレベーターに乗り、二階の奥にある部屋にもどった。部屋に入ってからしばらくはただ長椅子に座ってたばこを吸った。三本目に火をつけたとき、手がおのずとテレビのリモコンへ伸びた。

ストリートからの日差しで最初は画面がぼやけていたが、目がなれるとすぐに黒くこげた建物に囲まれている現場だと分かった。昨夜からすこしも勢いがおとろえない煙が噴出していた。昨夜にもあったのか、もしかしたらなかったのか、エドワードは覚えていないが、画面の上にはAmerica under attack、攻撃されるアメリカ、という文字が、煙が上る暗い空に浮いて、消えなかった。画面の下にも、ground zeroと昨日はなかったのかそれとも疲れて気がつかなかったのか、そんな名称が書かれていた。グラウンド・ゼロ、と日本語で発音してみた。ばくしんち、と頭の中で和訳が響くと、思わずたじろいでしまった。

画面は静かでふわふわの煙の形だけが、雲の形がすこしずつ変貌するように変わっていった。

ストリートからはテレビの音は聞こえなかった。ストリートに面しているアパートメント・ビルの住人たちは、普通の日のように仕事に出かけているのか。

ひたすら煙が滲み出ている画面を見ているうちに時差ぼけが忍び寄ってきた。そろそろ午後四時が近づいていた。特に到着の翌日はちょうど眠くなる時刻だった。

寝てしまう前にもう一度電話をかけてみようと思い立ち、またテレビをつけたまま電話室に入った。

前の夜と同じようにブルックリンへはまったく通じなかった。が、ワシントンの番号を打つと、母のハローがそくざに耳に入った。「カナダにいるの！」と母は日本のどんな八十歳の女も出さないような力強い大声で叫んだ。

母は、息子の安全を確かめるとたちまち、待ちかねたように、言いだした。

きのうの朝、空の中を飛行機が通るのは聞こえた。

I could hear it!

興奮は一日で治まらないらしく、母の大声が受話器に響いた。

聞こえたわよ。

そして遠くに、爆発のような音も聞こえた！

母の家はペンタゴンから三キロほど離れた静かなストリートに面していた。エドワードは高校を卒業するまでその家に住んでいた。

母の声は独白の口調となって、飛行機の音と爆発の音を聞いて、何だろうと思って勝手口を出てみたが、もう空には何も見えなかった、とエドワードには久しぶりで最初は聞き取れない早口の英語で間断なく語った。

母の声は力強い。エドワードはただ黙って聞いていたところ、母はとつぜん、

それでいつ来るの？

と訊《き》いた。

分からない、と日本語で言いかけて、I don't know と言い直した。

分からない、飛行機は飛んでいない。

母は、土曜日にここで夕食を食べることになっているでしょう、アニータも来るでしょう、と言った。

アニータという名前を、エドワードは久しぶりに耳にした。母が再婚した国防省の課長の、半分はスペイン系で半分はユダヤ系で、自分とは血がつながっていない娘の名前だった。自分と同じ父のニューヨークの妹のことをエドワードは日本語で、「妹」と呼んでいたが、母の再婚式ではじめて会った義理の妹は「アニータ」と名前で呼んでいた。

エドワードが日本を発つ前に、火曜日はニューヨーク、金曜日はワシントンへ行くから、と約束した。それを受けて、母は年に一回か二回しかないかれの「帰国」に合わせて小さな家族再会を準備していた。母は、テロだろうが何だろうがアニータも来てくれるのだからそれを実現するのだ、という強い口調だった。

Yes とエドワードは受話器にうなずいて、明日もう一度航空会社にシチュエイションを聞いてみる、と言った。そろそろ切ろうか、と思ったとき、母は、
わたくしたちは気づいている以上に嫌われている、とぽつりと言った。

あなたたちはそうかもしれない、という思いを、maybe you are と言い表わそうと、そんな英語が口をついて出ようとしたとたん、母は、

だから気をつけなさい、と言いつづけた。

二十年前に日本へ渡ってしまった、俺はもう関係ない、とそんな反論が喉に上った。同時に時差ぼけの疲れであごの筋肉が動き、あくびになろうとしているのを押さえた。英語で反論するのもおっくうになって、ワシントンに何年住んでも中西部のアクセントが抜けきれない母の声を黙って聞いた。

わたくしたちはアラブをいじめたからこんなことになった。

今度はエドワードはただ maybe と答えた。

アラブはわたくしたちが考えているほどバカじゃない。数学も発明したんじゃなかったっけ。

頭の中から yes も no も出ないで、maybe、また maybe とつぶやいた。

母の話の腰を優しく折るように、anyway、とにかく、明日にもう一度電話する、と言った。それから、アニータにもよろしく伝えて、を、Say hi to Anita、そういう言い方をするのだ、と頭をおおってきたもやの中で母語の記憶をしぼり、母に言うと、受話器を置いた。

電話室にじっと座ったまま香りの濃いたばこを一本吸って、それを消すともう一度受話器を取り上げた。ブルックリンの718を押した。話し中信号の波が耳元に打ち寄せてきた。しばらくは聞きつづけた。信号の波は長短もなく、無変化につづいた。わずかなバリエーションを期待して、しばらく受話器を固く耳に当てていた。マンハッタンと川でへだてられたブルックリンの町並が浮かんだ。二階屋と三階屋の褐色砂岩のアパートメント・ビルが並んでいる、十九世紀から変わらないストリートを想像した。

その想像がまた単調な音の波にかき消された。

受話器をもったままそこで寝てしまいそうになった自分に気がついた。エドワードはまた受話器を置いて、すぐにベッドルームに入った。


深いバリトンではなく、一つまちがえると甲高い叫びにもなってしまいそうな声が、力んで執拗《しつよう》なことばをはいていた。

若くもない男の声が離れたところからときどき、エドワードの夢の中に侵入していた。執拗にその声はテキサスの英語をエドワードの耳に響かせていた。

エドワードは洋服を着たままカバーも外さないで寝ていたベッドから不機嫌に頭を上げた。あいたドアの向こうからその声が流れているのが分かった。

evildoers
付けっぱなしにしていたテレビから、そんなことばが漂っていた。

最初は、何のことばか分からなかった。ただアメリカ南部特有の間延びした声のかたまりだった。エドワードの少年時代の教会のサンデー・スクールで、南部出身の牧師が聖書を唱えていた声を、四十年ぶりに思いださせるような音だった。

evildoers、と男が言っていた。

悪を行う者ども、と下手な和訳が頭に響いた。日本語にはすぐならないことばだった。四十年前のサンデー・スクールで聞き、それ以降は聞いたことはない。砂の城のように崩れた二つの建物の中にいた人たちも、たぶん、口にしたことはなかっただろう。

頭をふるって、立ち上り、ベッドルームからリビング・ルームに入った。

テレビ画面で話しているスーツ姿の男は、目ざめたばかりのエドワードの目には顔の輪郭がぼやけていて、テレビの前へ進んではじめて、新しい大統領の顔だと分かった。

The evildoers shall be punished

悪を行う者どもはかならず罰せられる

新しい大統領の顔は特徴もなく、新しい大統領の顔だという以外に表現しにくい、と思いながらエドワードは目ざめのたばこに火をつけた。夜までつづいていた昼寝の間に何が起こったかが意識から消えて、悪夢から目ざめるのとは逆に、目がすこしずつさめていくうちに新しい大統領のあまりにも異質なことばづかいが指している事柄を、数時間ぶりに思いだした。

大統領の顔がフェイドアウトして、円錐《えんすい》を逆さにしたような長いあごひげのやせた男の細長い顔が映った。これが容疑者だ、というアナウンサーの声が聞こえた。何語だかはおよそ分かるがエドワードにはまったく理解できない言語をリズミカルに唱えている、ノイズの交じった音も流れて、そのやせた男の、何年もそっていないだろう長いあごひげの顔の、下の端すれすれに、

infidels

という英語の字幕が現われた。

異教徒ども

エドワードは一瞬、一千年前のテレビ討論を見ているような気がした。砂漠の文字が目に飛びこみ、鉄とガラスの建物が砂の城に変わり、崩れるのが再び脳裏に展開しはじめた。ストリートのテレビというテレビからも、リズミカルな異国語が響いていた。

異教徒どもに死を

という意味の字幕が流れた。

テレビがまた白黒テレビに退行してしまったと思えるような、長いあごひげの、隠者を想わせる顔には血の気はなかった。その表情もこわばっていた。その古いことばづかいは、ジェット燃料につつまれたマンハッタンのビルの崩壊の映像とは一致しきれなかった。

その顔が画面から消えると、前の夜と変わらず、依然として煙を吐き出している穴ぼこがまた映った。

エドワードは、その主役たちすら理解していない不可解なドラマを見つづけている、という気がした。

その夜の一時すこし前に、エドワードは電話室に入った。半ばあきらめた気持ちで718を押してみたところ、話し中信号の音はしなかった。おどろいて、残りの七つの番号をあわてて押した。

二回鳴ったあとに、女の声が響いた。妹の声ではなかった。I'm sorry と女の声が言っていた。We are out now、わたくしたちは只今《ただいま》出かけています、という留守番電話のメッセージにつづいて日本よりすこしするどい、ぴーという音がした。

エドワードは「カナダに足止めされた」、そしてメッセージを録音する秒数はそうたくさんないし、またつながるかどうかは分からないので考えるひまもない、あわてて「あなたとロバートが無事であることを希望しています」、とそのまま和訳すればそうなるような英語を言って、こちらのホテルの電話番号をふきこんで、受話器を重くもどした。

エドワードはリビング・ルームにもどり、キッチン・テーブルの上にあったワインをもって、長椅子に座った。テレビをつけたいとは思わなかった。玄関ホールの薄い光の中で昨日置いたままのカバンが横たわっていた。あいたカバンの中からシャツとくつ下があふれ出し、ホールのカーペットの上にちらかっていた。カバンの底あたりにはアメリカ滞在の一週間の間に片づけようと思っていた翻訳の原稿もあることをエドワードは思いだした。だが仕事をする気にもならなかった。

二杯分残っていた甘口のワインを飲みほした。時差のせいだろう、ワインをいくら飲んでも眠気はさして来なかった。

苛立ちを感じはじめた。しかし、苛立ちを感じるようなときではない、と自分を抑制して、またたばこを吸った。

ストリートは静まりかえっていた。アベニューの方から、一台の車の遠い音が伝わった。キッチンの壁に掛かっている時計は一時半を指していた。二時になったらベッドルームに入ろう、と決意して、それまであと二本吸おうと計算した。子供時代に眠くないのに両親からベッドルームに送りこまれて寝かされたときの感情が一瞬甦《よみがえ》った。フィリップ・モリス・ワンに手をのばして、考え直してジョン・プレイヤーの二本を取り出した。

耳のうしろで電話の音がした。

エドワードは立ち上って、急ぎ足で電話室に入った。受話器を取って、緊迫したハローを口にすると、Hi と答える妹の声が響いた。

妹の声は普通の国際電話より遠くからとどいているように聞こえた。

「ちょうど買い物に出かけて、もどってきたばかり」

妹も、その夫のロバートも、何ともなかった。

「金融関係じゃないから大丈夫だろうと思った」エドワードは自分の声に軽さを滲ませようとしているのに気がついた。

「yes」と妹が言った。大陸の下にのびている五千キロの電話線を目に浮かべながら、聞いた。妹の声は夜の大陸の距離をへだてて夢の音のように流れてきた。

「どこにいた？」

「うちの中」

接続が悪いのか、妹の声はすこしだけ震えているように聞こえた。

「朝、キッチンでコーヒーを飲んでいた。ロバートはビジネスで西海岸へ出かけていたから、わたくしはひとりだった」

エドワードは、南マンハッタンとは対岸のブルックリンの一つ目の地下鉄駅からすこし歩いた静かなストリートに面している妹のアパートを思いだした。

「キッチンの窓をちらっと見ると、淡雪が流れてきていた。夏の終わりなのに……」妹の声には、何かからまだ回復しきれていないように、疲労が滲んでいた。「知っているでしょう、二月によく窓の外で流れるニューヨークのきったない灰色がかった白の雪片、そんな感じだった」

ニューヨークの人は普通のときでも細かい話をするものだ、と日本語で思いながら、エドワードは黙って妹の、疲れているのに高揚の治まらない口調の英語を聞いた。
「夏の終わりなのに淡雪は変だ、と思って、うらのデッキにつながるキッチン・ドアを開けてみると、デッキの床は淡雪ではなくよごれた白色の灰におおわれていた。デッキへ出てみた。となりのデッキも向かいのビルのバルコニーも同じように細かい灰におおわれていたんですよ。そして見上げると、空の中に灰の川がマンハッタンの方から流れていた」
a river of ash, flowing through the sky
接続のせいではなく、妹の声はわずかに震えていた。だが、さすがにニューヨークの女だ、じっとこらえるように、話しつづけた。
「空の中をとめどなく流れてきて、ストリートとビルに静かに落ちている灰の中に、紙の切れはしも見分けられたんですよ」
「紙?」何のことかは、エドワードにはすぐ思い当らなかった。
「ええ、紙。マンハッタンから、灰に交じって、何千もの窓から飛ばされた書類とメモ用紙が川を渡ってブルックリンの奥まで、二マイルも三マイルもの流れとなって降ってきていた」
It just kept coming
ひっきりなしにやってきた
妹の声は受話器の中で急に近づいてきた。

「灰におおわれたデッキにわたくしはひとりで立っていた。朝の空は、まるで旧約聖書の話みたいに段々と黒くなっていた。アベニューの上にもストリートの上にも破れた紙、まだ燃えている紙がうずまいていた。そしてわたくしの頭のすぐ上に紙が舞っていた。わたくしは手をのばして、蝶をつかむように紙の切れはしを手に取った。そこにはワープロで打たれた文字が見えた」

妹の声はまだすこしだけ震えていた。

「Please discuss it、と書いてあった」

相談するように、と。

「紙の端がこげていたけど、はっきり読めた。Please discuss it の次の行は、with Miss Kato at Fuji Bank と書いてあった。

また空から何枚ものメモ用紙が降ってきて、デッキにちらばった。アパートに入って、リビング・ルームのテレビを付けた。もうすでに二機目の飛行機が突っこんだところだった」

妹の声は一瞬、途絶えていた。エドワードは何を言えばいいのか分からなかった。電話室の中は静まりかえった。

「ミス・カトーはどうなったのか。テレビを見ながらわたくしはそのことばかり考えていた」

妹の声はまだすこし取り乱しているように聞こえた。マンハッタンの南端からブルックリンに通ずる電話のケーブルが百十階二棟分の砕石の下で切断されたようで、電話をすることも受けることもできず、窓の外で灰が流れているアパートにひとりでこもっていた、という。丸二十四時間経ってサン・ディエゴに出張していた夫のロバートからの電話がようやく通じた。飛行機が飛ばなくなったのでレンタカーで大陸を横断して帰る、と言った。今日はミシシッピ川を渡ったからニューヨークに着くのは二日後の十四日になるそうだった。

東京に移住してから二十年が経ったエドワードは、運転免許を持たなかった。もし十五日までに飛行機の運航が再開すれば、二日間でもいいから、行きます、と自分でも不確かだと思っている声で、約束した。

「こんなニューヨークは来ない方がいい」と妹が答えた。妹はニューヨークそのものの喪に服しているかのように、声が憂《うれ》えていた。父の死を伝えたときの声音に似ている、とエドワードは思った。「あなたの好きなニューヨークじゃないですよ。朝から晩までサイレンが鳴りっぱなしで、ファントム戦闘機が空に飛び交っている、そんなニューヨークに来てもしようがない」

受話器を置いてから、エドワードはそのまま電話室に残った。二畳もない電話室の、三方は色あせた白い壁紙の壁で、一方はガラス・ドアに囲まれていた。西洋の狭い空間は日本の狭い空間より何倍も窮屈に感じてしまう。今まで年に一回か二回、アメリカに帰るとき、ニューヨークのホテルの部屋でもワシントン近くの母の家に残っている自分の少年時代の寝室でも、エドワードはそう感じた。

たばこに火をつけた。細く香ばしい煙がすぐ電話室の中を満たした。かれは二十年の間に何人のミス・カトーと会ったことがあるのだろうか。富士銀行のミス・カトーは脱出に間に合ったのか。それとも、急に狭まった空間の中へ、崩れる石の音とともに何百何千もの英語の叫び声を聞きながら落ちて行ったのか。エドワードはぞっとする思いにかられた。たばこをまた一服、深く吸った。ガラス・ドアの前を濃い煙がうずまいた。途中でたばこを消して、すばやく、逃げ出すように、ガラス・ドアを押し開いて、リビング・ルームにもどった。

Ⅲ

航空会社の窓口で、今度は白髪の交じった赤毛の中年女から、十四日からはカナダの国内便だけが飛ぶ見込みです、と言われた。アメリカ行きも日本行きも来週になりそうだがまだ分からない、と同じ質問に百回も答えたと思われる、苛立ちを隠せない事務的な口ぶりだった。

航空会社のあるホテルを出ると、前の日と違ってそのままアベニューを歩くことにした。十三日は十二日よりは町の緊張がすこしゆるんだように感じられて、すれ違った歩行者たちの話している口調にも十日まであった話題が一部甦ったようで、日常的なお喋りの軽さも漂っていた。

その日常には自分がまったく関わっていない。漠然とした好感はなくもなかったが特に来たくて来ているわけでもないし、すれ違う人の口からもれる話に耳をかたむけようとも思わない。ただ、この町で、時間があいた。とつぜん、時間があまるほどあいたのだ。

エドワードは歩きつづけた。アベニューはゆるやかな下り坂となっていた。下りたところで、さらに広いもう一つのアベニューと交差していた。ホテルが遠くにある左の方へ曲がって、平坦なもう一つのアベニューを歩きだした。今来た道と曲がって歩きだしたもう一つの道の名前は、何となくイギリス風の名前だったが、それらの名前が頭に入らなかった。名前には関心がわかず、標識にも目をくれず、ただせっかくの長い道をすぐに歩き尽さないようにと、ゆっくり歩きつづけた。

ハンドバッグとスーツと食器の陳列が次々とウインドーに現われる。ダウンタウンの、たぶん主要な大通りだろう、それを三ブロック進んだ先に、半ブロックも占めるとびぬけて大きなウインドーにかざしてある書物の山が目に入った。紀伊國屋よりも大きな書店だった。北国の地方都市のくせに、紀伊國屋より大きい、と一瞬の苛立ちを覚えたが、山となっているベストセラーは The Northern Edge、というタイトルだった。

奇妙なタイトルだと思って、エドワードは立ち止まった。

「地球の北のはずれ」と静江のためにするように翻訳してみた。

edgeは、はずれ、やいば、とがった神経、と頭の中で日本語に置きかえた。

大きなウインドーに顔をくっつけて、本のサブタイトルまでのぞくと、「北側の優位——アメリカ中心のグローバル資本主義の時代にわが国が生き残れるのか」という意味だった。edgeは、わずかな優位、ぎりぎりの格差、生存競争のやいば。

ウインドーのガラスにやわらかな真昼の光が当っていた。立ち止まった自分のうしろでは、自分とは無関係な話をしている歩行者たちの派手でない英語の声が耳をかすめた。

アベニューの先の方から寒さがしのび寄っている、と感じて、書店のウインドーから目を離してその方向に視線を向けた。前の日に通りすぎた美術館前の広場が展《ひら》け、噴水のしぶきが風に運ばれてアベニューの両側の歩道につめたく散っていた。十二日に噴水のまわりをうめつくしていた「自己表現」の絵とことばが、十三日には少なくなり、歩道に紙を広げて書いている人はまばらになった。

近づくと、噴水のしぶきが幕となって、そのうしろには美術館の輪郭がすこしぼやけて現われていた。

時間があいた。

そのまま歩きつづければダウンタウンはなくなる。ダウンタウンがなくなるところには、ホテルが自分を待っている。ホテルの部屋にもどり、また昼からあのテレビ映像を見るのは、うっとうしい。

知らない町に足止めされた人はよくひまつぶしに美術館へ行ってみるものだろう、と特に行きたくないのに自分にそう言い聞かせて、広場の奥を占める建物へと足を運んだ。ネオクラシカル、というのか、そんな英語を久しぶりに日本語で思いだしながら、何となく十九世紀イギリスの地方都市の公館を連想させるような、造りが物々しいのに大きさが足りないという印象の美術館の入口に入った。

それも十九世紀の郷士《ごうし》の館《やかた》の玄関ホールを想像させる、広くはない前室にある広々とした階段の下には、「特別展は二階へ」という立て看板があった。

特別展は何だろう、と思って、階段を登り、表示にしたがって二階の奥へと足を運んだ。

一番奥にある展示室に入ってみると、四つの壁にはみどり色の風景画が掛かっていた。古めかしい木のフレームの中で、うっそうと繁った暗緑色の森林がでこぼこに浮き立つほど濃厚な絵の具で描かれていた。太古の森林にやわらかな陽光が差しこみ、葉群れが控え目な黄金にきらめく。太平洋の北西の海岸の入江と、十一日の飛行機から見たあの千々にくだけた小島群の、たぶん百年前の風景だろう。

入口近くの説明文を見ると、エドワードの知らない、二十世紀初頭にこの近くに住んでいた老女の画家の絵だという。

美術に暗いエドワードも、この描き方は、印象派やポスト印象派と同時代であるとは信じがたいほど質素で、ほとんど朴訥《ぼくとつ》な写実だと分かった。ヨーロッパから一万キロの、西洋の最果ての開拓地にあった小さな田舎町の女絵描きの人生を想像すると、淋しさを感じた。しかし、絵そのものはどれも同じに見えて、面白くなかった。

こんなものは一部屋分でもういいだろう、と思って、引返そうとしたところ、狭い入口からのぞけるさらに奥の展示室に、まっすぐな高い物体がいくつも壁に並んでいるのが目に入った。最初の展示室とは雰囲気が違うようだった。

時間があいた。時間があり余っているし、入場料も五ドル払ったのだから、もうすこし、見てみようというよりも、いてもいいという気分になって、入口を通って次の部屋に足を入れた。

四つの壁の絵という絵に現われている細長く突立っている物体は、イヌイットのトーテム・ポールであると見た瞬間すぐ分かった。

エドワードはゆっくりと最初の絵の前へ歩み入った。森の中の一本だけのトーテム・ポールを、先と同じ濃厚な絵の具で描いた絵だった。たくさんの樹の中に、もう一本、葉群れのない樹がそびえているようだった。まわりの樹々より力強く描き込まれたかのように、トーテム・ポールが目立っていた。

そのとなりの絵も、北方なのになんとなく熱帯林を想わせるように密生している松林のそばに突立っているトーテム・ポールを描いていた。暗緑色に囲まれて、トーテム・ポールだけが黄金のオベリスクのように奇妙なほど輝いているのであった。

その次の絵にも、頂からへラジカの頭が生えているトーテム・ポールが、絵の中から出ようとしているかのように雄々しく力んでいた。

二番目の部屋にも説明文があった。

そしてある時点から女史のスタイルに変化が見られた。小さな海岸町に住んだヨーロッパ系開拓者の未婚の老女が、自らの環境に息づいている原住民の文化に覚醒した。と同時に、その文化の代表的な偶像を描くに際してそれまでの作風からは予測しがたい、おどろくべきエロチシズムが滲んできたのであった。

エドワードはさらに奥にあるもう一つの部屋に入った。そこもすべてトーテム・ポールの絵だった。開拓者の丸太小屋のとなりでそびえ立つトーテム・ポールと、静寂な入江の浜辺に十本も二十本も並ぶ大小のトーテム・ポール。細かく、力強く、熊とヘラジカと大魚の頭が雨雲がたなびく大空へと伸びていた。

生きたイヌイットの姿はどこにもなく、淋しい入江と松林の獣道《けものみち》に、トーテム・ポールが一本一本静かな光につつまれていた。

百年前の絵の具のにおいが立ちこめた。

部屋に自分が一人でいるのに気がついた。まだまだ奥の部屋に展示がつづいていた。

白人の老女のトーテム・ポールたちが壁という壁にゆらめいていた。エドワードはめまいを感じはじめた。頭の中で若い女の英語の声がこだました。

Please find my brother

頭の中のテレビから石とガラスが崩れる音がもれだした。

帰りたい、とエドワードは思わず日本語でつぶやいた。

急ぎ足となって、へラジカと大魚の大きく見開いた目の下を出口へ向かった。

女王陛下が映っていた。宮殿の前に女王陛下が現われていた。宮殿前の広場には三十万人が集まっていた。三十万人の中で数万人が小さな星条旗をふっていた。画面をよく見ると、また数万人の男と女が涙を流していた。それより四年前に交通事故で急逝した皇太子妃の国葬以来の人数だ、とテレビのアナウンサーがしずまった声で言った。

ストリートから、その前の日と変わらない、午後の最後の光が忍びこみ、エドワードが座っていた長椅子の手前あたりまで伸びていた。その光と交差するようにたばこの煙がよじ登って行った。

画面が変わり、その日の朝にオタワで行われたという追悼会の様子が映った。議事堂の丘に二十万人があふれていた。「オー・カナダ」の演奏のあとに「星条旗よ永遠なれ」が、ゆっくりと、悲壮なテンポで奏でられた。

また画面が変わり、ドイツ全土の仕事場で行われた「一分の黙禱《もくとう》」の光景が映った。ろうそくを手に持った頑丈そうな鎔接工《ようせつこう》と炭坑夫の緋色《ひいろ》の顔から顔へと、カメラが廻った。「世界が悲しみにつつまれている」と女のアナウンサーが話していた。「the entire world、全世界が、アメリカもカナダもドイツも」

「おどろくべきことですね」と男のアナウンサーが応えた。「冷戦が終わったとき、レーガン大統領が宣言した通り、ウラジオストックからバンクーバー、そうだ、わたくしたちのバンクーバーまで、地球が一つとなった、そのことをつくづく感じますね」

「イエス」

エドワードはテレビから一瞬目を離し、美術館からの帰り道にキオスクでたばこといっしょに買った新聞を一瞥《いちべつ》した。CANADA, USA AT WAR! という見出しだった。「カナダ、そしてアメリカ合衆国も、戦争だ!」と翻訳しながら内心で日本語の笑いをもらした。

内心で笑ったのは三日ぶりだと気がついた。

テレビ画面いっぱいに光がみなぎっていた。何条もの光線が、そこに目をすえるとカテドラルの天井脇のステンド・グラスの窓を通して流れこんでいるのが見えた。いくつもの角度から光が祭壇の上にそびえる十字架を輝かせていた。会衆の最前列には新しい大統領夫妻と前の大統領夫妻と、新しい大統領の両親であるその前の大統領夫妻が静かに座っていた。そのすぐうしろには、エドワードがアメリカ合衆国を去った頃の二組の老いた大統領夫妻がいた。

通路には青と黒と白の制服の陸海空軍、そして、エドワードは思いだした、海兵隊もいた、その軍人たちが突立っていたのである。

何も変わらなかった、とエドワードは、見なれたような光景を実に久しぶりに目にして、思った。自分が日本に住みついてからどれだけの変化をとげてきたことか。しかし、このような光景は、すこしも変わらなかった。光線がみなぎって交差する十字架と、カテドラルの百列の席をうめつくした会衆の物腰も、エドワードがアメリカを去ったときとまったく同じだった。二番目の列に座っているジミー・カーターもジェラルド・フォードも、あたかも蠟人形《ろうにんぎょう》がふけたかのように、大統領であったときの表情のままで二十歳か三十歳年を取った、という印象を受けた。

「歴代大統領の牧師」がよろめきながら十字架のすぐ下の説教壇に向かった。八十歳をかなり過ぎているのか、説教壇の階段を、見るのに耐えがたいほどおそい足取りで上った。「歴代大統領の牧師」もそんな年齢になっているのに、エドワードの子供時代にアイゼンハワー大統領とかケネディ大統領のホワイト・ハウスで説教したときとすこしも変わらない、カンザスのとうもろこし畑を想わせる広くのっぺりとした顔に、八十余年の義憤によってえぐられたような深いしわが現われた。

「歴代大統領の牧師」は、力がすこしもおとろえない、朗誦《ろうしょう》しているような声で、かれらはこれによって天国へ至りついた、と言った。

説教壇のふもとに、ユダヤ教のラビとイスラム教のムラーが、エキストラのように小さく佇《たたず》んでいるのも、画面の下あたりで見分けられていた。

かれらは主といっしょにいる、だから、かれらのことを思うと、むしろよろこぶべきだ、と宣言する老牧師の、確信した単調な声が、カテドラルの通路まで鳴り響いた。

天国だって？　かれらはみんな、下の方へ落ちて行ったんじゃないか！　エドワードは思わずテレビに向かって反論をとなえてしまった。日本語の声だった。

リビング・ルームの中に、その声が残った。エドワードはこっけいな気持ちになった。牧師の弔辞が終わり、まもなくして追悼会が解散となった。五組の大統領夫妻が、通路にあふれた軍人と民間人に交じりながら退場した。

カテドラルの玄関の外で、新しい大統領の母親で、前の前の大統領の大柄の夫人が次々とあいさつに来る高官や大将とほっぺたのキスを交わして、歓談している姿が映った。

そのような光景も、エドワードの少年時代のサンデー・スクールが終わった昼の教会前とすこしも変わらなかった。

かれらは、何ごとにもさらされていない。そのおだやかさは、十一日に見た映像とはあまりにも質が違っていた。

ストリートから、たそがれの最初のかげが忍び寄ってきた。

リビング・ルームでひとりで考えているうちに、エドワードは恐くなった。十一日に感じたのとは、別の恐さだった。

かれらのために、誰が死ぬものか。

とつぜんの思いが胸に上った。日本語の思いであるという意識すらなく、上った。

テレビの中の大統領夫妻たちがキスを済まして、次々と漆黒のリムジンに乗って消えて行った。

誰にも伝えられない思いを払拭《ふっしょく》しようと、エドワードは立ち上って窓の方に歩み寄った。

ストリートの中の午後の光が確かに薄れはじめていた。
また時差ぼけにおそわれながら、日が暮れるのにひとりで向かい、ストリートからもれるテレビの音を聞きながらリビング・ルームのテレビを見ることになる。そう考えるとエドワードは、つつまれたくないものにつつまれようとしているような淋しさを感じた。十三日の夕暮れになってはじめて淋しさを感じる余裕ができたのか、無性に部屋を出たくなった。

ストリートの広い歩道の上を、日のわずかな残りをあびるようにゆっくりと進み、十一日と十二日の夜と同じく交差点でアベニューを右に曲がった。アベニューをしばらく歩いたが、今夜はせめて違ったレストランで定食を買おうと思いついて、前の夜よりさらに何ブロックかを歩きつづけた。アベニューが、途中でもう一つのアベニューと交差する大きな四つ角でまた曲がってみた。

ゆるやかな登り坂となっているそのアベニューを歩きだして、一ブロックも進まないうちに、商店には英語の看板がとつぜん少なくなっているのにエドワードは気がついた。たそがれの光の中で点《つ》いたり点いていなかったりするネオン・サインには「PC방」が現われて、「미용실」が浮き立った。広い歩道の並木のかげですれ違う三々五々の人のかたまりからヌンヨとムニッカのような音がもれていた。

「미용실」の中からは短い髪をパーマに仕上げた三十女たちがすっきりした顔で出て来て

は歩道を歩きだし、「PC방」の窓越しにはパソコンの画面のハングル一色の細かい文章に読みふける若い男たちが薄暗く見分けられた。

広い歩道の前からも後からも声がエドワードの耳に入った。

英語の声は一つもなかった。

ゆるやかな勾配のアベニューと、それに交差するストリートは、すべて英語の名前だった。しかし、英語の声はなかった。

深まる夕闇の中で他人の顔の輪郭がぼやけて、他人の声だけが妙に大きく響くようになった。

ヌンヨ、ムニッカ、クーウォル

並木の豊饒《ほうじよう》なかげの下をくぐった。広々としたその暗さの中で、テレビ画面にみなぎったカテドラルのまぶしい光が脳裏に甦った。

クロンゴオプソ

テレビの中では、昔から何も変わらなかった。夕暮れの大陸の広い歩道では、ストリートとアベニューの標識とは違うことばが次々と響いていた。

かれらのために死ぬつもりでいるのか。すれ違う人に聞きたくなった。

ハングル一色のアベニューにあるレストランに入るのをエドワードはためらった。次の交差点でストリートに曲がって、しばらく歩いたところで中華料理店を見つけた。英語で持ち帰りの定食をたのんで、水色のドル札で払った。

中華料理店を出たとき、ストリートはすっかり暮れていた。人通りは少なく、石造の家並は暗かった。アメリカ合衆国ではないのに、昔、アメリカ合衆国の都会の夜道で覚えた早い足取りに久しぶりになり、三ブロック先に見えるまた違ったアベニューをめがけて、ふわふわの並木の夜かげの中を動いた。三日目の時差ぼけがすでにピークを過ぎたのか、頭の中は鮮明になっていた。

今度のアベニューは、先のアベニューより明るかった。アベニューの光に踏みこむと、歩行者たちがまた多人種となり、多くは英語を話していた。

アベニューの向こうからトラックが轟音を立てながら走ってきた。そのフードには星条旗とかえでの葉の国旗が吊るされていた。街灯に照らされた赤白青と、赤いかえでの形が目の前をすばやく流れて行った。

ホテルのある方角に足を向けて、エドワードは渋々と歩きだした。アベニューのキオスクにかかげられている夕刊もIT'S WAR！という大見出しだった。

一つ目の交差点を過ぎたところに酒屋があった。そこでワインとたばこを買った。酒屋を出てから、その三軒先の店のウインドーには白い紙の上に巨大な黒い×が三つ並んでいるのが目に入った。

明るいアベニューの歩道の上を人々がぞろぞろ歩いていた。ことばの通じる人が多かった。

三軒先の店の前まで近づいた。そしてひとりで立ち止まった。×××の下にNO MINORS、未成年立入禁止という標識を確かめた。大人に見つかるのでは、と左右を見てからこっそりと、五十歳の手で入口のぶあついドアを押し開いた。

部屋にもどると、窓から流れこむストリートの光だけをたよりに中華定食をキッチン・テーブルに置いた。新聞にはさまれている黒いビニール袋を長椅子の下にすべらせてから電気をつけた。テレビから離れたキッチン・テーブルで四川チキンを皿に移し、メルローをワイン・グラスにそそいだ。

テレビをつけない、と決意した。しかし、ストリートからテレビ・ニュースの音が漂ってきた。十一日の夜より少なくなった。それでもいくつものチャンネルから同時に男性と女性アナウンサーの遠い声が百のあいた窓から伝わってきていた。

辛口のチキンを甘口のワインで流しこみ、キッチン・テーブルの前に座ったままたばこを吸った。

アナウンサーたちの英語の声に交じって、何かを引用しているような、執拗に唱えているような、固くリズミカルな、たぶんアラビア語、アラビア語に違いない異言語の男性の声も聞き分けられるような気がした。十一日の夜にも十二日の夜にも聞いたのと同じだろう、憤慨の散文詩を朗詠しているような声だった。

そしてしばらくするとチャンネルはまたすべて英語にもどった。

四川チキンの残りをゴミ箱に投げ捨てて、次の一箱のたばこの、奇形児を出産しかねないという警告書をひきちぎってあけたところ、テレビの遠い音の上に電話が鳴った。

エドワードは立ち上って、電話室へ入った。ガラス戸をしめると外の音が消えて、電話の鳴る音だけが耳を満たした。

鳴りつづけている電話の受話器をゆっくりと取り上げると、「It's your mother」と母の声が狭い電話室の中でこだました。「あなたの母です」という奇妙な和訳が反射的に頭の奥で響いた。

「土曜日までに来られそうなのか」と母がすぐに聞きだした。

「土曜日?」

「土曜日にパーティを行う話だったでしょう。忘れたのか。アニータもわざわざ来てくれるんですよ」

自分が日本へ去り、二人目の夫が亡くなったあと、母が連れ子のアニータを頼りにしているのを、エドワードは東京にかかってくる国際電話の母の話しぶりからもよく分かっていた。母の再婚式ではじめて会ったアニータの、何系ともつかない金に近い栗色の縮れ毛とオリーブ色がかった顔を思いだそうとした。アニータがワシントンの雑誌社につとめていることは知っていたが、数回しか会ったことのない「妹」の最近の風貌ははっきりとした像を結ばない。

「アニータと話したのか?」

「アニータは忙しい。今週は話をしていない。でも、先週話したとき、今度の土曜日にあなたのためにランチに来ると約束してくれた」

「お母さん、明日もアメリカ行きの飛行機はたぶん出ていない」

「じゃ、カナダの途中まで飛んで、モントリオールとかトロントかどこかで長距離バスに乗ればいいじゃないか」

「お母さん、ぼくは五十歳で、疲れている」

「わたくしは八十歳で、もっと疲れている」母は泣きそうな声となった。その声はしかし、衰弱のかけらすらなく、強かった。

「明日の朝、また飛行機会社に聞いてみる。アニータは大丈夫か?」

「いつ電話をしても話し中だ。もし……」「E」といったところで、母の声にはじめてあきらめの前兆が感じられた。「もし、あなたが土曜日に来られなかったら、アニータはうちに来るので三人で電話で話しましょう」

「オーケー」

受話器の中から、数秒の間、沈黙が流れてきた。母は考えこんでいるようだった。そしてとつぜん、考えた末に結論にいたったような声で、
avoid foreign entanglements
と言った。そんな古めかしい英語を急に思いだしたように言ったのだ。

異国とのからみごとはさけるべし
とすわりの悪い日本語訳がエドワードの頭の中で結ばれようとした。母の家に住み、高

校に通っていた三十五年前の昔に聞いたことばかもしれない。おぼろげな記憶もあったが、誰がどこを指して言ったのかはすぐには思いつかなかった。

聡明ではっきりした頭の母だったが、しかしこれで独りごとが始まるのが分かったから、エドワードは、そうですね、に相当するようなイエスをつぶやき、明日の朝にもう一度飛行機会社に聞いてみる、お母さん、またかならず電話する、と言って、受話器を置いた。


キッチンにもどり、またたばこを一本吸った。前の一本から残っている煙の上に新しい豊富な煙が黄色く上った。甘口のワインはびんに半分ほど残っていた。

たぶん、週末までにアメリカに入ることは不可能だろう。これから十四日も十五日も十六日もこの部屋で過ごすことになるのだろう。

メルローをすすりつづけた。窓に流れていたストリートの光が薄れてきた。テレビの音も少なくなっているような気がした。

キッチンを離れて、リビング・ルームの長椅子にゆっくりと腰をかけた。リモコンに手がのびた。ONボタンに指先が触れたが、また手を引いた。

立ち上って、ベッドルームに向かった。途中で今寝ると夜中の三時か四時に目が覚めてしまうのを思いだして、またリビング・ルームに引き返した。

窓の外のストリートの灯りが消えて、静かだった。

エドワードは窓のカーテンをしっかりしめた。そしてまた長椅子に腰をかけた。

真正面にはテレビ画面があった。テレビはついていないのに画面の黒いガラスのすぐうしろに炎の映像がちらついているような気がした。スピーカーからは何の音も出ていなかった。しかし、家具とカーペットとベージュ色の壁紙にしみついたように、静まりかえったリビング・ルームに三日分のテレビの声が、エドワードのまわりでがやがやと、甦ってきた。

声の記憶を消し去るために、他のことを考えようとした。だが声は簡単には消えない。エドワードは窓のカーテンがすきまなく引いてあるのを確かめた。そして長椅子の下に手をさしこんだ。

IT'S WAR!という大見出しの夕刊の、二つ折りの新聞を取り出した。IT'S WAR!という新聞の中から、その倍の厚さのある二重の黒いビニール袋をぬいた。テープを外すと、黒いビニール袋の中から一冊の写真集が出てきた。

東洋風に反りかえった文字の「ORIENTAL GIRLS」というタイトルだった。「オリエンタル・ギャルズ」と口の中でカタカナを転がしながら、エドワードは写真集を、長椅子の、自分のひざのすぐとなりに置いた。

部屋には誰もいないと分かりながら思わず振りかえった。ケネディ大統領のとき、母のワシントンの家の地下室で思わず振りかえったのだった、とエドワードは久しぶりに思いだした。

手を伸ばして、テーブル・スタンドのボタンをまわした。リビング・ルームは忽《たちま》ち、十三歳のワシントンの家の地下室のように薄暗くなった。

エドワードは同じ手で「オリエンタル・ギャルズ」を開いた。

表紙の、牝鹿《めじか》に似たひとみのペネロペ・ワングは、二ページではどこかのホテルのどこかの部屋で、真鍮《しんちゅう》の寝台柱のある大きなベッドに横たわっていた。

三ページでは、寝台柱をつかんでペネロペ・ワングは下半身を動かしていた。

エドワードはまたページをめくった。薄暗い中でページをめくる自分の手首の毛には白い毛が交じっているのを、悲しい気持ちで見た。二十年前に、静江の指先が自分の体毛にめずらしそうにふれていたのを思いだした。静江の肌はなぜイエローと呼ばれているのか分からない、とちらっと思いながら、静江の小麦色の腹のわきをなでたものだった。

エドワードはさらにページをめくった。

あの頃の静江と似ても似つかぬ、大きくはないが張りのある乳房の、アリス・キムが見開きに現われた。

アリス・キムも、どこの都市のどこのホテルなのか、また違った部屋のピンク色の長椅子に、こちらに向かって座っていた。

エドワードは目をつむった。リビング・ルームが、四十年前のワシントンの家の広い地下室に変わった。エドワードは何年かぶりに、自分の手を自分の体に触れながら動かしてみた。リビング・ルームはさらに変わり、二十年前の、コマ劇場の裏の路地の、黄ばんだ畳とくもりガラスの窓のあるホテルの部屋になった。くもりガラスに未明の光が映った頃、

「向こうの人ははじめて」ととなりから静江の声が耳に入った。

エドワードはもう一度目を開き、振りむいた。部屋のドアの外からも、窓の外のストリートからも何の音もしなかった。

開いた目の真ん前に、テレビの黒い画面があった。

エドワードは横目でテレビをにらみながら、「オリエンタル・ギャルズ」をさらに一ページめくった。長い黒髪を乱したアリス・キムの顔を目にとどめて、その目をまたじっと閉じて、また手を動かした。手の動きを早めた。手首の白い毛が薄暗い光の中で光った。疲れを覚えて、手をゆるめた。

手をゆるめたとたんに、目のうらからオリエンタル・ギャルズの像が薄れはじめた。脳のすみから、石がくずれる音が聞こえてきた。

また目を開いた。テレビ画面がぼうっと現われた。テレビのスピーカーから、声がもれだした。

Oh no!

という声だった。

エドワードはかたくなに目を閉じた。部屋の中に、アラビア語の激声がこだました。

異教徒!

エドワードは「うるさい」とつぶやき、石と鉄筋が流れ落ちる音と、小さな顔の大統領の英語と、逆三角形の長いあごひげ男のアラビア語を、すべて記憶からかき消そうと、手を猛烈に動かした。Shut up！とひとりで叫び、長椅子に上半身をうしろへひねって、最後の動作を果たした。

頭の中は静まりかえった。目を開くと、足元でIT'S WAR！という新聞紙の上に白いしみがいくつもついているのが薄暗い光の中で見えた。

Ⅳ

十四日の朝、フロントのラムさんの視線の中に入って小さなロビーを横切り、ドアのガラスにあたる光がきのうの朝、おととい の朝より明るい、と思いながら、ストリートに出た。アパートメント・ビルの中から大人も子供も出てきて、広い歩道にも想像をしていたより仕事や学校に向かう人が多かった。ゆっくりと歩き、ストリートとアベニューの交差点のすこし手前にある大きなゴミ箱に、昔読んでいたニューヨーク・タイムズの日曜版のように大きくふくらんでいる、一面をはがした十三日の地方都市の薄い夕刊を投げ捨てた。投げ捨てたとき、不自然な形をしたものをかかえて都市の歩道を自由に歩ける時代は終わるだろう、という一瞬の淋しい思いが脳裏を掠めた。

安心して足を早め、アベニューからアベニューへ、イギリス系の道標《みちしる》べと商店をかざり立てる移民たちの文字に目をやりながら歩き、ダウンタウンに近づくほど朝の歩道にあふれるオリエンタルをもブロンドをもうしろから追い越しながら、きびきびした足取りとなって航空会社が二階にあるホテルにたどりついた。

航空会社の入口には番号札を手に持った人が百人ほど、不規則な列をなして待っている。その光景は十二日とも十三日とも変わらなかった。列にいる人の半分近くは十二日に土産店からあふれ出たのと同じような日本人の若い旅行者だった。

前からも後からも日本語の声が耳に入った。妙に明るい声が多かった。それらの声の持ち主たちはニューヨークには妹がいないだろう、ワシントンにはまず母はいないだろう、と人知れず日本語で考えた。いや、明るい声を出している人たちのかげには意外といるかもしれない、と考えなおしながら、エドワードはすこしずつ前へ進んだ。

「セブンティフォー！」と自分の番号を呼ぶぶっきらぼうな英語が耳に当った。

ちょうど新しい大統領が十五歳ふけたような、色あせたパンケーキを想わせる顔の老白人エージェントにたずねると、ニューヨーク行きの便は今日から飛んでいる、しかしニューヨーク発こちら帰りの便はまだ分からない、と平坦な声で答えた。

切符を見せて下さい、とエージェントは言った。

毎朝ズボンのポケットに納めて歩いてきた封筒を取りだして、あけた。十一日発の、東京・バンクーバー、バンクーバー・ニューヨーク、そして十七日発の、ニューヨーク・バンクーバー、バンクーバー・東京の、折れ曲がった切符のたばをエージェントに渡たした。

パンケーキがななめにかたむいたようにエージェントがうつむいて、キーボードを打ち、しばらくすると、

「月曜日に東京行きは出る」とうつむいたまま、つぶやいた。「三席は残っている、どうしますか」

エドワードは振りかえり、自分のうしろで列に並んでいる数十人をちらっと見た。日本語の明るい喋り声が上る列のさらにうしろで、通路のかげにワシントンの母とニューヨークの妹がひそんでいるという幻想が一瞬、頭をよぎった。

エドワードは黙りこんだ。

エージェントのパンケーキ顔がキーボードから上った。こちらをまっすぐに見ていた。

「Do you want it or not?」

耳のうしろで日本語が音量を増した。

席がほしいのか、ほしくないのか。早く返事しろ。

エドワードは、ほしいのかほしくないのか、分からない、と日本語で言いかけた。

その声を押さえて、喉の奥から「yes」を押し出した。

昼過ぎにホテルにもどって、フロントのラムさんにあと三泊をたのんだ。

二階の廊下の奥にある部屋のドアに近づくと、ドアの内側から電話が鳴っている音がもれていた。

部屋に踏みこむと、窓からの日差しがリビング・ルームを越えて電話室のすぐ手前までとどいていた。電話はたぶん前から鳴りつづけていた。気長に自分を待っているような鳴り方だった。

そのまま電話室に入って、ゆっくりと受話器を取り上げると、
It's your mother という声が耳に当った。

エドワードはあわてて、月曜日に日本に帰る、というのを、母に対しては return と言えず、going back にする言い方を頭の中でつづり、口から出そうとした。がその前に母は、

「パーティはキャンセルされた」と言った。

母の声にはいつにない疲労が感じられた。

エドワードは電話室のテーブルに航空券のたばを置きながら小さな椅子に座った。

「アニータはパーティに来られない」

エドワードは反射的にたばことライターをポケットから取り出した。灰皿がないのが気になった。

「アニータの知り合いが二人、飛行機に乗っていた」

エドワードは「どの飛行機」と聞いた。

母は「ペンタゴンに衝突した方」と答えた。

エドワードは「Oh」と言った。

電話室のガラス戸に昼過ぎの光が当っていた。「Oh」と言う自分の小さな声が電話室の白い壁にはね返ってこだましていた。

「だからアニータはパーティに来られないし、電話に出て人と話をすることもしたくないという」

「アニータのどういう知り合いなのか」とエドワードに聞くひまを与えず、母は、「アニータの会社の同僚だった、わたくしも会ったことがある」と切れ目なく言いつづけた。

「ひとりは大《お》っきなイタリア系の女で、もうひとりは課長さんの男、アイルランド系かな」母は昔から、人のことを言うとき何々系とつけ加えるのだった。

「アニータは取り乱している。電話に出ることもしたくないようだ」

エドワードはもう一度、静かな「Oh」をつぶやいた。

そして、母に、わたくしは月曜日に日本へもどる、とゆっくりと言った。

母は、たぶんそういうことになると思っていた、と答えた。

そして母は、覚えているか、と聞いた。あの名言があったでしょう。

avoid foreign entanglements、あの古風な英語を、三十歳の母親が子供に説教するような強い口ぶりで、はっきりと発音しながら、言った。

異国とのからみごとはさけるべし

「ジョージ・ワシントンが言ったでしょう、覚えていないのか」

「覚えていない」

お母さん、あなたはアメリカ中心の資本主義が分かっていない、と英語で応えようと思った。が、応えるのをやめた。

avoid, avoid!

母がまた説教する声でくりかえした。

さけるべし、とにかくさけるべし

母の声は、戒《いまし》める三十歳の声から、八十歳を過ぎたひとりごとに変わり、弱まりはじめた。

avoid them like the plague

ペストをさけるように、さけるべし

エドワードは黙りこんだ。

電話室の中が静まりかえった。

「神は偉大なり」と叫ぶ異言語の声を聞きながら空から落ちて行く、大きなイタリア系の女の心情を、エドワードは想像しようとした。しかし、想像することはできなかった。

ハロー？　まだいる？　まだ聞いている？　母の声がこだました。

一瞬経ってから、イエス、とエドワードはおちついた声で答えた。十月か十一月にまた時間を見つけて、帰ります、と約束して、受話器を置いた。

V

入江の波打際をなぞるように、小道はゆるやかに曲がっていた。

入江の小波は、近くで見ても銀箔《ぎんぱく》をかけられたようにきらめいていた。入江の水面の上を、一隻の貨物船が船首を大洋に向けて、ゆっくりと動いていた。

アベニューが最後につき当ったところに、入江にそった広い自然公園があった。自然公園の長い小道が数十メートルごとに曲がっていた。曲がるたびに、先の方には警察官が一人か二人、巡回している大きな姿が目に入った。たぶん、その前の日曜日にはこれほどたくさんはいなかっただろう、と考えながら、エドワードは日曜日の昼下りのゆったりとした時間をつぶそうと、歩いていた。

入江の向こう岸にはダウンタウンの高層ビル群が小さく見渡たせた。十九世紀の茶色いレンガに交じってポスト・モダンの水色とオレンジ色の建物が群がっていた。晴れた大空の下で、狩人のライフルに感づいた動物の群れを想わせるように、ちぢこまって見えた。

だだっ広い自然公園でも一周をしてしまえばあとはホテルにもどるしかない、と思って、エドワードはいつもより歩調をゆるめた。うしろからジョギング・スーツで走ってくる日に焼けた北国の男女に次々と追いこされた。

海岸にそった遊歩道から芝生をすこし上ったところに、アメリカ合衆国の西海岸と同じセコイアなのか、高樹の密林が始まっていた。十一日の飛行機の窓に映っていた暗緑色の森林は、すぐ近くで見るとより黒く、光をしめだしていた。密林が公園の奥深くまでつづいていた。

黒々とした密林も、入江の水面も、大きな静けさにつつまれていた。

向こう岸のダウンタウンの高層ビル群も、ダウンタウンらしくなく、すこしのざわめきも伝わらなかった。

S大学の教授から、しづけさやは単なるquietではなく、むしろstillnessに近い、と言われたのを、エドワードは思いだした。音が立たない、だけではなく、音が立つような動きすらない。音も動きもない世界を想像しなさい、と言われたのである。

遊歩道の先の方から、何百もの小船が碇泊《ていはく》しているヨット・マリーナが視野に入った。ヨット・マリーナの門が閉鎖されて、その前に警察官が二人立っていた。晴れた日曜日なのに、一隻も出ていなかった。

十六日の日曜日だった。公園もダウンタウンもヨット・マリーナも、いつものにぎわいをひかえているようだった。

うしろからジョギングをしている人たちの小さな声が聞こえた。二人がエドワードを通り越した。その声がまた前の方へ、遠くに消えた。自然公園が再びしずけさにおおわれた。日本の海岸にもよくあるような、緑と紫の海藻がゆらめく岩場を通りすぎると、その先の方に丸太のベンチが見えた。ベンチのそばには灰皿のスタンドもあった。

喫煙所の丸太のベンチにエドワードは腰をかけて、ジョン・プレイヤーを吸った。たばこの煙が波打際から上って、入江の上で消えた。翌日に東京へ帰るのだ。帰ったあとに静江に説明する日本語をエドワードは頭の中で作ってみた。妹の、しかし血のつながらない妹の、知り合いが、二人、殺された。しかし、殺された、といわないで、亡くなった、と日本語でいうのだ。ぼくは何もなかった。ちょっと足止めを食っただけだ。ただ、日本語で何と呼べばいいのか、お母さんの再婚の相手のむすめは。その知り合いが、二人、亡くなった。そしてそのようなことを電話で知らされた人は、先週、たくさんいた。

エドワードはたばこを吸い終わり、火の気が完全に消えたのを確かめると立ち上って、公園のさらに奥へ歩きだした。海岸ぞいの遊歩道が途中で曲がって、公園の芝生の中へのびていた。密林まで登ると、遊歩道がまた曲がり、密林のそばの小道となって、さらに奥へとつづいていた。

奥の方から自動車のような音が聞こえてきた。密林にそった小道が登り勾配となっていた。

登りきったところにはアスファルト道があった。自然公園の別の入口からの道だったのか。道の上をランドローバーとパトカーがゆっくり走っていた。

遊歩道を離れて、アスファルト道のそばを歩いた。道は密林のへりにそってゆるやかに曲がりながら公園の中へ中へと入っていった。大陸の自然公園はこれだけ広いものだった。エドワードは疲れを覚えはじめた。この年の暮れには自分は五十一歳になる、二十世紀の後半を丸ごと生きてきた疲労を感じた。

アスファルト道の向こうから、何人かの声がとどいてきた。明るい声だった。エドワードはおどろいて、その方向へ足をひきずって歩くと、密林が途中で開けて小さな開拓地にたどりついた。

密林の中を切り開いた開拓地には駐車場があった。何台かのSUVが止まっているそのうしろには土産品店が見えた。

そして開拓地を三方から囲む密林のすぐ前には、大小のトーテム・ポールが二十数本も並んで立っていたのである。

紺碧《こんぺき》より濃いブルーの大空の下で、ヘラジカの頭がそびえて大魚の口が開き熊の出目が押し出していた。トーテム・ポールが並ぶそのすぐうしろの密林の中からは何の音もしなかった。

エドワードはゆっくりと開拓地の中へ歩みこんだ。

土産品店から熊のぬいぐるみをかかえた金髪のティーンエイジャーの少女が二人出てきて、駐車場の白いSUVに向かった。ティーンエイジャーなのにもの静かに歩いていた。

エドワードはトーテム・ポールへ近づいた。とつぜん、うしろの方からエンジンの轟音が耳に入った。エドワードは思わず空を見上げた。空には飛行機は一機もなかった。

アスファルト道から一台の大型バスが近づいてきていたのだった。大型バスが開拓地へ入り、駐車場に止まった。

バスのドアがあくと、中から笑い声がもれていた。二十人も三十人もの、デジタル・カメラとビデオ・カメラをもった黒髪の乗客がぞろぞろ下りて、駐車場に一瞬あふれると、すぐにトーテム・ポールを指差して、動きだした。

その人群れの中から、明るい声が上った。

トーテム・ポールがたちまち、囲まれてしまった。

「カン！」

ヘラジカの頭の下で、黒髪の五人が並んで、記念写真を撮った。

「カン、カン！」

「ニーカン！」

見て、あなた、見てよ、と笑い声がエドワードの頭の中で響いた。

大空の中からやわらかな光がふりそそいでいた。

エドワードはもう一度見上げた。しずけさを破り、もう一つの大陸の明るい声が空虚な大空へするどく上っては消えて行った。


芭蕉英訳は、Makoto Ueda, *Matsuo Bashō*, Twayne Publishers, 1970 より

新たなマンハッタン風景を

日野啓三

この一週間ほどとても苦しい時間を過ごした。起きていても頭は冴えず、寝室で横になっても浅い眠りは一、二時間で覚めてしまう。この一年「すばる」に連載してきた短篇を本にするとき最後になるはずの作品を書かねばならない時は厳然と過ぎてゆくのに、意識の底には深夜のテレビ画面に突然とびこんできたニュースからの超高層ビルに高速で突っこむ旅客機の映像と、その直後にウソのようにあっけなく崩れる世界最高のハイテクビルのイメージが焼きついて離れない。

「最終回に何を書こうか」と急いで考えようとするあらゆる発想の芽が、その衝撃の映像の強烈なエネルギーにはねとばされて砕け散る思いだ。おれはもう動乱の特派員ではなく、死に損なった小説家に過ぎない、最後の短篇作品集を何とかして格好つけて終らせるのが最期の仕事だ、と幾度冷静に言い聞かせても、心と体は騒ぎ続けている。必ずしも不快にではなく、むしろクリエイティブに幾つものイメージが震える手ごたえを感じながら。

事前に撃墜されるのを防ぐために、ハイジャックした旅客機で旅客ともどもビルに突っ込むというぶっ跳んだ発想と、それを正確に実行したゲリラたちの意識の集中と持続は、かつてベトナム戦争中、ベトコン・ゲリラたちの驚くべき様々の手口と実行力を見聞してきたはずの私をさえ、改めて驚嘆させるものだった。プロの軍人でも革命家でもなく、イスラム世界各地から自発的に集まってきたイスラム教神学校の神学生出身者が多いといわれる若者たちが、冷静な意識を保ったまま（パニック状態の一般旅客とともに大型旅客機を精密に操縦しながら）自爆を決行するという信じ難い行為。これまで世界中で現地住民を空襲の恐怖にさらしてきながら、自分たちの国だけは絶対に安全と思いこんできたアメリカ人たちの驚愕《きょうがく》の表情。崩れたビルの下敷きになって死に切れない、という二十世紀に多くの国と都市の住民たちが経験せねばならなかった不運の事態を、アメリカ国民たちも、少し遅れていま共にしている。

もうどこにも絶対に安全というところはないのだ、という思いをテレビの前に坐《すわ》り続《つづ》けて噛みしめている間に、その惨澹《さんたん》とした認識と苦痛の思いが、次第に耐え難くなる。第二次世界大戦下に育った私は、その思いとともに世界と人生を感じ始めたのだから。米空軍の大爆撃による一望の焼け跡の東京で学生時代を送った私にとって、現実とはそういう苦く酸っぱいものでしかなかった。そして学生時代の終り頃から、初めは文芸評論という形でものを書き始めたのも、言い難く納得し難いその不条理な現実感覚を、どうにか言葉にして何とか形をつけようと願ったからだった。

ベッドで目を閉じても、米本国中枢部の真新しい焼け跡の映像と、アフガニスタンに対する「正義の報復戦争」を叫びたてる米国政治指導者たちの演説の断片が点滅する浅い眠りの底から呼び出されたようにして、私はかつて確かにアフガニスタンの荒涼と不毛な赤く乾いた地面を心眼で見たことがあったことを、はっきりと思い出した。「廃墟論」というエッセイの冒頭で、確か一九五九年という遙かな昔、三十歳という若かりし日に。

私は廃墟が好きだ。

廃墟の写真や絵をいつまでも眺めているのが好きだし、廃墟さえ出てくれば筋のどんなつまらない映画でもたのしい。（中略）

『カラコルム』という大変すぐれた日本の記録映画の中で、たしか北部アフガニスタンあたりらしい見渡す限り一木一草もみえぬ荒涼たる赤土の丘をうつしながら、解説が「この丘の斜面からは今でもジンギスカンの軍隊の骨が出る」とさり気なく説明したとき思わず身内を走った強い戦慄《せんりつ》を、今も私は忘れない。砂漠の一陣の砂嵐のように荒れまわって消えたジンギスカン大帝国の空《むな》しく壮大な伝説がいまそこに、一見平凡な赤土の乾きあがった丘の斜面として在った。歴史が無常なのではない。赤土の荒野が確かなのだ。

――「廃墟論」（初出・同人誌「現代叢書」第四号、日野啓三評論集『存在の芸術』収録）

いま改めて世田谷の自宅の寝室のベッドの上で、一木一草も見えないアフガニスタンの乾いて赤い地面と茶褐色の山肌の起伏と今なお焼け落ちたままの粘土の家の並ぶほこりっぽい廃墟の町を、まざまざと見る思いだった。現実に私はアフガニスタンには行ったことがないが、ソ連との戦争中にそんな映像を数限りなく見て、心を痛め続けた。いま怒り狂って怯《おび》えたアメリカの政治家と軍人たちは、その赤く乾いた惨《みじ》めな土地を新しい血で濡らそうとしている。貧しい現地民衆の薄い血と若い米軍兵士たちの濃い血で。

　そして自動的に、ベトナム戦争にかかわった三十歳代から四十歳代にかけての、いまも触れれば血が吹き出るような鮮烈苛烈な十年間の記憶を、フィルムを巻き戻すように思い浮かべる。

　一九六〇年代半ば、アメリカはあいつぐ南ベトナムでのベトコン・ゲリラの「卑劣なテロ攻撃」にあわてふためいて、「敵は」「犯人は」と騒ぎ立て、はるかトンキン湾の北ベトナム海軍魚雷艇に「報復攻撃して、南ベトナム内部のゲリラ戦」を一挙に北ベトナムを巻きこむ「反共戦争」へと拡大して、そのあげく一九七五年に南ベトナム全土から追い出される屈辱の結末へと至ったのだった。その間、ベトナム人民衆の、米軍兵士たちの人命と悲しみがどれほど費されたか、正確な数字はもう覚えていないが、サイゴンでテロの巻きぞえになった子供の血とその傍らにうずくまる貧しい両親の涙の背後で、やり場のない怒りと悲しみの思いをどれほどのみこんだかわからない。

　だがその頃はアメリカ本国内で同じような血と涙が流れる場面など想像することもできなかった。そのことを考えると、この三十年の間に、米帝国主義と後進諸国の貧しく惨めな民衆との落差は、縮まっているのだ。いま唯一の超大国となったアメリカは、むしろ追いつめられ、孤立しているように見える。とくに元テキサス州知事の大統領（息子の方）が出現して以来、アメリカは反公害の統一措置（京都会議の決定）、地雷や自動小銃など小型兵器拡散反対運動、核兵器廃絶運動など多くの分野で、世界の良識と悲願の波を必死に押しとどめるような方針と動きを公然と見せ始めている。

すでに十年前から強く実感してきていたのだが、『地獄の黙示録』や『ブレードランナー』や『ワンス・アポン・ア・タイム・イン・アメリカ』や『ゴッドファーザー』など一九七〇、八〇年代の力のこもった質の高い幾つもの名作のあと、九〇年代に入ってからは、やたらと自動車や地下鉄や飛行機や高層ビルなどを、次々とぶっこわす映画があいついで、アメリカ人たちは意識下では自分たちがつくり出した機械文明が恥かしく憎らしくてたまらないのではないか、と思わせる程になった。今回のハイジャック旅客機による超高層ビル激突テロ事件も、まるで映画のよう、あるいは映画の中の出来事と感じたアメリカ人たちが多かったのではあるまいか。

私自身も六〇年代末に東京でも超高層ビルが建ち始めた頃は、休日にわざわざ新しいビルに出かけて上まで上がったりしたものだったが、八〇年代後半にいわゆるバブル景気のにがい経験を経て九〇年代に入ってから、次々とガンを病んで幾度も信濃町の大学病院に入院して手術するようになってからは、病院の中央エレベーター・ホールの広いガラス壁越しに一望できる新宿の超高層ビル群の眺めには、全く魅力を感じなくなったどころか、時には重ったるくおぞましい感じを持つようにさえなった。つまりマンハッタン島的な機械文明のイメージが、未来を開く前向きの感覚を与えなくなっていたのだ。

といって農耕文明的あるいは旧日本的な閉じた情緒共同体的な感覚とイメージに対し後ろ向きになったのでは決してないけれども、前世紀の前半には確かにあったアメリカ文明の未来性の魅力のようなものが、いつのまにか消え失せはしないまでも明らかに色褪《いろあ》せてきた。現代のアメリカが象徴するようなものが必ずしも人類の未来を幸福にはしないとは、はっきりと感じるようになった。文明破壊的な新しいアメリカ映画を見ながら、現代の普通のアメリカ人たちの心が幸福でないどころか、寒《さ》む寒《ざ》むと荒涼と渇上《かわきあ》がっている感触を、如実に私は感じ取り出している。

朝鮮戦争からベトナム戦争の頃は、アメリカは強過ぎ豊か過ぎて憎ったらしくはあっても、いまのように索然たる感触ではなかった。米軍が本格的に核兵器以外の全力を注いで反攻を始めた六〇年代末の頃、私は新聞の長期連載記事の取材で、南ベトナム各地の米軍基地をまわったことがあったが、真っ昼間からライトを点灯して全速力で国道を疾駆する米軍の大型トラックの列や、空軍基地の滑走路に次々と着陸しては離陸してゆく大型輸送機の群は、高度に組織された最新機械文明の、あり余る底力のようなものが惜し気もなくひとりでに底光りしているようで、畏怖の念を覚えた程であった。今にして思えば一九七〇年前後の頃のアメリカは、物質的な実力とみずからの現在と未来に対する精神的な自信とに一番溢れていたのかもしれない。われわれ外国人ジャーナリストたちに対する底抜けの取材の自由、記事執筆の自由（検閲の無さ）に、その自信の程が輝いていたように思う。その自信の光が、取材を極度に制限するようになった湾岸戦争において、一度に消えたのだった。

恐らく来たるべきアフガニスタンでの「報復戦闘」で、取材はきわめて制限されるだろうし、戦争目的や戦闘のあり方への批判も、ベトナム戦争のように自由ではありえないだろう。思えばベトナム戦争での報道の自由さは、本来ありうべからざる例外だったのだ。軍や政府機関が取材され書かれることに対して、本質的に開放的でありうるはずはないのだから。

今回のアメリカ権力システム中枢部に対する自爆攻撃をイスラム教徒の戦士たちがなぜ敢行したのか、アメリカ人たちのほとんどは全く想像さえできないのではないか、と崩壊したビルの残骸の映像を見ながら、しみじみと考えたものだ。湾岸戦争や、イスラエルでのユダヤ人たちを使っての連日のアラブ人殺戮《さつりく》への報復ということならアメリカ人たちも考えつくかもしれない。そういう動機も攻撃者たちの決心に全然なかったとはいえないかもしれないけれど、多分テレビ画面を通じて全世界に派手に放映されるに違いない今回の徹底攻撃の目的は、政治や軍事や経済などの個別領域での動機よりもっと深く大きいだろう。と言って、一部の人たちが言うようにイスラム教徒たちの対キリスト教宗教戦争の開始というような、茫漠《ぼうばく》たるものでもないだろう。

「タリバン」ら攻撃者たちが、自分らの行動の意味を、彼らの宗教的イメージの中で声明し言明するのは仕方あるまい。「聖戦《ジハード》」という概念も歴史的に意味ある概念であり、それが第三者に空疎で大げさに聞こえるのは、ブッシュ大統領が一時であれ豪語していた「無限の正義」作戦という言葉と同じであろう。現在の私は双方の当事者ないしその組織の声明や言明を集めて整理する便宜も義務もないけれど、攻撃者たちがあれほどの半端でない攻撃を敢行した裏には、彼ら自身の心情的動機と同時に、世界の人たちの中に、ある種の共感がありうることへの確信があったからではないか。それはウォール街とペンタゴンに強力に象徴されるアメリカ文明の強力さが、人類の未来にとって必ずしも有効でも魅力的でもないだろう、という予感と見通しから生まれているように見える。それに代ってイスラム教文明が人類の未来の光だと信ずるからでもないだろう。

少なくとも息子のブッシュが大統領になって以来、次々に公然と打ち出されているアメリカ企業優先の一連の政策（公害規制措置も米企業の競争力を縛るから反対だ、というような）に対する人類全体の危機感ないし警戒感を前提にして今回の作戦は立案、実行されたであろう、といまや動乱報道の現場を離れて久しい私でも考える。いよいよグローバル・スタンダード（世界基準）として強行され始めたアメリカ的価値基準（正しくはアメリカ共和党的か？）に対する真っ向からの異議申し立て、劇的な疑問提出ではないか。その疑問はビンラーディン個人のものでも特定の戦闘的宗教組織「タリバン」だけのものでもない。その危機感は新しいアメリカの自己破壊的映画を作る人たちのそれと同質であろう。

私の個人的な言葉を使えば、人類の無意識の意識が、いまとても不安にざわめき波立ち始めたのだ、このままだと人類の未来が危ない、と。三、四年前、アメリカのヘッジファンド組織によるアジア諸国の市場や為替システムへの介入で、幾つもの発展途上国の経済が弄《もてあそ》ばれて危機的様相を呈したことは記憶に新しい。

共産圏の自壊的状況以後、〝ひとり勝ち〟して世界で唯一の「超大国」となったアメリカは、世界全体の生存と地道な向上に対して〝家長の責任〟があるはずなのに、ブッシュ政権は自国の繁栄と支配力しか念頭にないと、世界中の有眼の士たちに急速に見え始めている、というのが新たなミレニアムに入り始めたこの惑星文明のあられもない実情ではないだろうか。アメリカ的価値基準だけがあられもなく自慰的に輝き過ぎている（実態は盛りを過ぎて翳《かげ》り始《はじ》めている）。

いま私たちは自分たちの生存と存在に、直接だけでなく間接にもかかわるすべての事ども（形あるものも形ない精神的な事柄も）を、改めて根本的に、しかし普遍的な視野と文脈の中で見つめ直し、疑わしきものは疑い、信じ難いものははっきりと不信を表明し、あるいは冷然と黙殺ないし無視して、いま科学技術文明の急進展につれて始まっている巨大で強力な未来を、自分たちの未来として意識化する作業を始めるべき時にぶつかっている、と私は思う。今回のテロ事件はそのための痛切な警鐘ないし号砲なのではないか。五千人を上回る犠牲者は痛ましい限りだが、早急な報復を求める興奮状態のまま事態が自走し始めると、アメリカの若者五万人、アフガン人民衆五十万人の血がこれからアフガンの赤土に流れて、同時に世界各地で報復への報復のテロが続発して、世界経済と人々の生活水準の混乱と低下の開始ともなりかねない、という不安をおさえ難い、いやほとんど見えるのだ。

一九六〇年代半ばのことを思い出す。アメリカの本格介入によって、ベトナムだけでなく世界的な反体制の動きも静まりかけるように一時は見えた。ベトナムの海岸に上陸してきた米海兵隊の兵士たちは士気高く、飛来した真新しい米空軍機のジュラルミンは熱帯の光に眩《まぶ》しかった。だが軍事力、戦闘力、武装兵士と兵器で、現代の人民戦争を押し切ることはできない。テロの犯人は忽《たちま》ち民衆の中にかくれ、興奮した軍隊は村全体を焼き払って何倍ものテロ参加者、何十倍のテロリストを生み出す。戦線の表面の数字化される力の勝敗とは別の次元で、必ずしも死体の数の比率（殺戮比＝Kill Ratio という言葉が米軍は大好きだった）では測れない真の、全体的な力の均衡が推移して、その見えなく数字化されない力の均衡が破れたのが、一九六八年のいわゆる解放戦線の旧正月攻勢であった。壊滅したはずの場所に、消滅したはずの解放軍が一斉に現れ、以後彼我の力のバランスは一九七五年のサイゴン政権崩壊にまで進む。

今後のアフガンでの報復戦争がベトナム戦争と同じように展開するとは言えないだろう。多くの条件が具体的に違っている。だが機械技術文明の成果で武装した力と、生命と魂の本能的な知恵とエネルギーの自動的なうごめきとの角逐は、今後のこの惑星での生存と文明の形と質を賭けて、何年にもわたって試されるだろう。多分いま私たちが予想し予感している以上の痛切な形で、混乱と争いと悲劇が広がり続くような気がする。

思い出すと、一九六四年十一月、赴任先へむかう私はホンコン経由の旅客機で初めて、サイゴン空港まで南ベトナム中部のジャングルの上を飛んだが、どこまでも続く熱帯のジャングルのなまなましく不吉に青黒い緑の濃さと広がりが、情況も戦況の見通しも全くないままに、不気味にこわかった。これまで自分は知らなかった新しい力の衝突に直面することになるのだ、と。

その第一印象の通り、私は凄絶《せいぜつ》で悲惨な戦争の現実に、特派員として直面し続けたのだったが、いま、ジャングルの緑とは反対のようなアフガンの乾いてざらついた赤い地面、崩れた泥の家の残骸の街を想像しながら、人類の歴史に内在する凄惨で不気味な感触に、久しぶりに身震いする思いだ。

しかもベトナム戦争と違って日本は傍観者ではなさそうである。東京の街でタリバンのテロが起こるとは思わないけれど、アフガンの赤土で流される血のにおいは、日ましに身近な耐え難いものになるだろう。手術した医師の言葉によると、私の頭蓋骨の内側にいっぱいにつまっていたという落葉が、またひとしきり血にまみれて私の脳の内側の魂の空間を降りしきることになりそうだが、そういう身を切る恐怖と苦悩の体験を重ねながらでなくては、人類の文明史的進化もありえないのであろう。

この年齢になって、アフガンの乾いた赤い地面に、想像の空間の中で直面しようとは思いもしなかったけれども、そういう不毛の地面の感触は、この惑星の現実へのいじらしい思いを改めて痛感させる。天文学の新しい成果は、この惑星が生命の誕生と進化に条件の恵まれた星だったことを示唆しているが、生命というヤワで気紛れで幾分ユーモラスでもあるいじましい存在が、絶えず自己更新し自己再生しながら、この苛酷な宇宙の只中《ただなか》をひたすらに生き続ける、ということがとてもすばらしいことではないだろうか。

思いがけなかったテロ事件も、そこに必要な教訓を読み取って、興奮にまかせて暴走しない限り、新たなミレニアムのよき礎《いしずえ》のひとつとなるかもしれない。

あっけなく崩れ落ちた二本の世界貿易センタービルとそっくりの超高層ビルを建てる、と言い出している企業があると、CNNテレビの女性アナウンサーがうれしそうな声で言っていたが、旧来のマンハッタンの傲然《ごうぜん》とおぞましい夜景に代るべき新しい未来風景を私たちはつくり出さねばならないのだ。旅客機が二機、体当たりをしたぐらいで脆《もろ》くも崩落したように、これまでのマンハッタン風景は、遠くから眺めると乱立する水晶の結晶群を思わせる硬質の鉱物的風景のように見えながら、内実の構造は全くヤワだった。新しいミレニアムのマンハッタン風景は生物的なしなやかさを含んだものでなければならない気がする。繊細でしなやかで無限の陰影を秘め、生命そのものの言い難い憂愁の気配を帯びて、不断に変化し老化さえしながら常に未来の夢と危険を実感させるような風景。いつまで眺めても飽きずに虚《むな》しさといじらしさを惻々《そくそく》と感じさせ続けるような……。

そういう理想的な自己イメージを回復できない限り、人類とその文明の夕暮れも近いかもしれない。自己否定も含む自己変容の無限の可能性こそ人類の本質だ。そのみずみずしく柔軟な意志。

〈これでもう私たちは世界一だ〉といぎたなく自足したとき、人類という理念は死ぬ。理念なき人類は亡霊でさえないであろう。

トムヤムクン

小林紀晴

僕はこの街で想像する。東京の地下鉄の車両のなかに乗っている誰かのことを。応接室におかれたフカフカのソファみたいな丸ノ内線のイスに座っている、日本人ではない誰かのことを。例えば中近東のどこかの国から来た男と南米のどこかの国から来た女を。会ったこともない男女のことを。彼らは日本語で会話している。それ以外に共通の言語を持たないからで、そもそも彼らは語学学校でたまたま席が隣だったにすぎない。上野まで食料品を買いに行った帰りだろう。僕は彼らの日本語をつり革につかまりながら、ひそかに耳にする。

「さいきん、なにしている？」

「カガイシャになる」

「カガイシャ？　いみ、なに？」

「しごとでじこ」

「たのしい？」

「ちがう」

「わたしはまあまあ。きみはどうですか？」

「わたしは、わからない」

「わかりませんよ」

「わたしもわかりませんよ」

僕が聞き耳をたてていることに気がつき、二人の声は次第に小さくなっていく。彼らはきっと日本人の友人が一人もいないし、これからもできないだろう。


この街はちょうど彼らの裏側で、僕はやはり走る地下鉄の車両のなかにいる。丸ノ内線の赤いラインが入った車両とこの街の汚れたワインレッド色の車両が、違う方向に、それでも似たような乗客を乗せたままお互いに気がつかぬまますれ違う。

サンファの口からでた言葉は英語以外にひとつもないのだけど、彼女のそれを頭に描くとき、どれもがいつのまにかすでに日本語となって僕のなかに記憶されていく。まるで彼女が日本語で直接話してくれたかのようで、英語に再現することはできない。そのたびに、僕らはそもそも最初から何も理解などしていないし、知らず知らずに間違いを犯していると思うのだった。

サンファを待つあいだ、僕はソファに座ってカフェラテをゆっくりと飲んだ。紙コップに入れられたそれをできるだけゆっくりと。

「ああ、ついに赤がでた。だから今夜はトムヤムクンにしよう。死ぬほど辛いやつ」

今朝八時、サクラさんからの電話で起こされた。受話器からサクラさんの豪快な笑い声が聞えた。

グリーンの日にはタイのグリーンカレーを、イエローの日にはやはりタイのイエローカレーを、オレンジの日にはインドのチキンカレーを作った。まだブルーの日にあたったことはなかった。その日にはグリーンカレーにクチナシ青色素を入れたら青いカレーができるとサクラさんはどこで調べたのか言った。赤の日は今日が初めてだった。

僕はサクラさんの部屋に立つ自分の姿を想像する。容易なことだ。この街で『アイアンシェフ』となって放送されている『料理の鉄人』のキッチンスタジアムみたいと一人の日本人青年が表現したけど、部屋の真ん中にぽつんとある三つ口のガスレンジが載ったキッチンが頭に浮かぶ。ぽっかりとそこだけ照らされている。そこに僕は立つ。煙突みたいに天井へ伸びる排気口の先端で、心地よくプロペラが音をたてている。僕は今夜またそこに立つだろう。そしてみんなに囲まれるだろう。おいしい、おいしいと誰もが口にするだろう。

僕は新聞を開いた。命に関わる思いで、それも英字を読むなんて考えたこともなかった。ニューヨークポストはニューヨークタイムズに比べて簡単な単語が多いという理由だけで買っている。一面に大きな一枚の写真があって、砂漠にたつ数人の男たちの姿が写されている。一人はニューヨークの消防士のユニフォームを着ている。事件のあと飛ぶように売れた「FDNY」と書かれたキャップをかぶっている。巨大な見出しの文字を見なくても、そこに写っている人たちがこの街の消防士だと、この街に住む者ならば誰もが気づくだろう。写された場所がアフガニスタンであることも記事を読まずともわかる。

三十四丁目のコーヒーショップの二階は、普段はほとんどの席が埋まっているのに今日はがらがらだ。今日が赤い日だから多くの人が出歩くことを控えているのか。

昨日の夜遅くにサンファから電話があって、「明日時間ある?」と聞かれた。「あるよ、でもチャイナタウンに買い物に行く」と答えると「じゃあ、わたしも行きたい」と言うので、ここで待ちあわせた。

サンファはクイーンズの地下鉄の終着駅の韓国人と中国人ばかりが住む地区に住んでいて、同じ地区の韓国レストランで働いている。休みは週に一度と決まっているのだけど不定期で、パートタイマーの調整によって、突然オーナーに「明日、あなたは休み」と言われるまで予定がたてられないと会うたびに不満をこぼした。

「できることなら、わたしはこの国にずっといたい。わたしはわたしの国に帰りたくないのです」

聞き取りやすい、ゆっくりとした韓国訛《なま》りの英語は僕によくなじむ。何故帰りたくないのかと問うと「韓国は男の社会だから」といつも同じことを言う。

サンファと知り合ったのは半年ほど前の春のことで、語学学校の教室でたまたま席が隣だったにすぎない。彼女は教科書を持っていなかった。一ヵ月間しか学校に通うつもりはないから最初から教科書を買う気もないらしく、そもそも勉強するつもりもなさそうだった。彼女のビザは観光ビザで、すでに切れていた。でも学生ビザに変えるつもりもないらしい。学生ビザを保つにはきちんと出席しないといけないからだ。「不法滞在者」と日本語にしてしまえば、その通りなのだけどずいぶん大げさな言葉に感じられる。

日本人の二十六歳と比べれば地味で、どこか高校生のようにも見える。僕は教科書を机と机のあいだに橋を渡すようにおいた。黒々としたつやのない長い髪を真ん中からきまじめに分け、それは胸のあたりまで届いている。机の上で僕の教科書に髪はわざとらしく触れた。

新聞の巨大な見出しの文字は「BROTHERS」で、それをなんと意訳すればいいか戸惑ったすえに「友よ」としてみた。写真の下には「N.Y.'s heroes stand proud in AFGHANISTAN」とあった。証明写真のようなもので、そこに写っているのはやはり消防士のユニフォームを着た男は一枚のモノクロ写真を手にしている。証明写真のようなもので、消防士のユニフォームを着た男だった。きっとその男はテロ事件で亡くなっている。そんな写真はこの街角で無数に見た。違う男の両手は胸の前できつく結ばれている。誰もが歯を食いしばったような表情をして、遠く同じ方向を向いている。その先になにがあり、誰がいるのだろうか。

砂漠の上に降り立ったアメリカ兵に、「友よ、おまえのかたきは俺たちにまかせておけよ」とでも言わせたいのだろう。そんなわかりやすい紙面のつくりだ。怒りとも反発とも判断のつかない、ささくれ立った感覚が身体の奥の方からぽわんと浮かび、首のあたりから逃げていった。だけど、すぐに「まあいいや。この国では外人だし」とごまかすようにカフェラテを機械的に数回啜《すす》ってみた。

アメリカがアフガニスタンへの攻撃を始めたのは昨日のことだ。テレビで知った。部屋に一人でいたくなかった。電話をかける相手も思い浮かばず、しかたなくセントラルパークにカメラを持ってでかけた。星条旗をいくつも見た。ボールを追う犬も星条旗模様の服を着ていた。公園を取り囲むすべてのアパートの先端に避雷針のように星条旗があって、めざわりだった。空は気持ちよく晴れ、芝生はいきいきと青く、誰もが健康的で幸せそうだった。永遠に感情をあらわにすることなど求められず、その必要もないような穏やかな日だった。そんな日に攻撃は始まった。動物園の中でユダヤ人の親子にカメラを向けると「何故わたしたちを撮る?」と強く問われた。特に意味はなかった。「あの樹にカメラを向けただけだ」と言って逃れた。その直後シャッターが落ちなくなりカメラは壊れた。思わず裏蓋《うらぶた》を開けたので、フィルムは感光してだめになった。

新聞の文章を読むとき、必要最小限のわからない単語、特に重要なのは動詞でそれを仕方なく電子辞書でひく。

昨日の夜間の攻撃に続き今日初めて昼間の攻撃が行われるだろう/三十一ヵ所七つの都市に向けて攻撃した/タリバンは二百万人の殉教者を出すだろう/カブールへの攻撃は三、四分間連続して行われた/イスラマバードではデモに参加した三人が死亡/はやければ一週間以内にカブールを制圧するだろう/制空権を確保することは簡単なことだろう/ニューヨークへの報復テロは百パーセントあるだろう／アルカイダが所有しているロシア製のスーツケース型原子爆弾が約四十ほどあるはずだ。それによる報復テロにみなさん注意しましょう！／

三ページ目まであらかた記事を読み終わり、自分にとって英語ってやっぱり面倒くさいし難しいとつくづく思う。電子辞書にアルファベットを打ち込み「訳」のボタンを押すたびに現れる日本語訳は、意識を一つのつながった線にすることもなく、ぶつぶつと切れたまま僕を放っておくばかりで、身体に溶け込むことがない。

報復に注意って言われても。一応外人なんで、見逃してほしいんだけど。

ゴクゴクとカフェラテを飲み込んだ。

やはり一日もはやくこの街を離れた方がいいのだろうか、いや、その前にこんな国にはもういたくないと思い始めている。すべての方向にこぼれてしまった石ころをひとつひとつ拾うように考えれば考えるほど、とたんに端からこぼれ、ぼんやりと逃げていくばかりで、すべては僕の妄想であんなビルなんて最初からなかったんじゃないかと魔がさすように思ってみたり、そもそも最初からなければよかったのにと考えたりする。

「あいうえお、かきくけこ、さしすせそ」

急に声にしたくなった。

サンファは四十分遅れてやって来た。黒に近い灰色のくるぶしまで届くほどのコートを着ていた。「外套《がいとう》」という日本語がぴったりだ。

髪の色が変っていた。黒ではなく、黒ずんだ赤色。真っ赤な絵の具にあやまって墨汁を流し込んでしまったような感じ。

「どうしたのその髪」

驚いて尋ねると、「自分でやった」と答えながら、みるみるうちに顔を赤くした。さらに重ねて聞こうとすると、出がけにルームメイトの飼っている「キムチ」という名の猫が食べたものを全部吐いてその片づけをして、グランドセントラル駅でホワイトパウダーが見つかったから地下のホームから地上に出されて、しかたなくバスでここまで来たのだと一気にまくしたてた。そして最後に「遅れてごめんなさい」と言った。

髪のことはまた今度聞くことにした。

「ホワイトパウダーってアンスラックスかな?」

アンスラックスとは日本語で炭疽菌《たんそきん》というらしいのだけど、その存在自体だって最近知ったばかりだ。

「違うといいけど」と続けて言いたくて英語にしようとしたけど、その感じの英語が浮かばなかった。

彼女はミルクを注文した。

「コーヒー飲まないの?」

質問に答えることなく、そのかわりみたいにコートを脱いで裏返し、きれいに畳んだ。ハングル文字が内ポケットの脇に刺繍《ししゅう》されているのが目に入った。

「兄が着てたコート」

「暖かそうだね」

「うん、一年前にスキーリゾートでも着ていた」

コートの下は横に何本も原色の縞模様《しまもよう》が走ったセーターで、つんととがった両方の胸のふくらみに髪の先端がそれぞれゆれていた。

「昨日、戦争が始まった」

正確には「攻撃」と言った方がいいと思ったけど「attack」なんて単語は一度も口から音にしたことがなかったから「war」を使った。

「知っている」

「怖い？」

「わからない」

彼女の I don't know は何も答えたくないという気持ちにも感じられた。

僕らのあいだに共通の話題などそもそもない。どうしてもサンファに会いたいわけでもない。会わなくてもいいとも思う。どうして会っているのだろうかと時折考える。きっとここが外国で、僕らは似たような英語力と少しは重なる文化を持った国から来ていて、お互いあまり友人がいなくて、男と女ということも関係あるだろうけど、その程度しか思い浮かばない。話せば話すほど二人して英会話の練習をしているような錯覚をおぼえるのだ。

バーモント州に住んでいるアメリカ人の恋人だという男のことを、いつものようにサンファは話し始める。彼女がカナダとの国境近くのスキーリゾート（韓国人はスキー場のことを必ずこう表現する）で今年の始めまで働いてた時、その男に知りあったことはすでに何度も聞いている。

夏のある日、電話が予告もなくつながらなくなり、手紙を出しても電子メールをだしても返事が来ないと、以前とまったく同じことを口にした。

「あの人、アルカイダだったりして」

このあいだ、真面目な顔をしてそんなことを言った。

「昨日、わたしのことが好きだって電話で告白された」

「はあ？」

「韓国人の男」

「昨日？」

「そう、昨日」

前から知っているその男のことをけっして好きではなくて、ただの友達としか思えないのだけど、言葉も通じるしすぐ近くにいるので、付きあうことも簡単だろう、そして別れることも簡単だろうと言った。

「じゃあ、今日、その男と会えばよかったのに？」

「好きじゃないから。でも、今夜のサクラのパーティに呼んである。問題ないでしょ」

天井からのスポットライトがテーブルの中心を照らしていて、その反射光が彼女の顔をぼんやりと浮かび上がらせていた。僕はテーブルにおいた新聞の文字と写真の輪郭を目で追った。何かしらのことを言った方がいい気がして、さがしたけどうまく見つからなかった。

「考えることが多くて、最近あまりよく眠れない」

僕はゆっくり「Yes」とあいづちをうった。

「だから今日わたしはコーヒーを飲まないことにしたの」

彼女はそう言ってから自分でもおかしかったらしく、咳をするように吹き出した。僕もつられてすこし笑った。

「このコート、どう?」

「いいと思うよ」

「どんなふうに?」

うまく答えられず、

「あなたにとって重要だと思うから」

と思いついたことを言葉にしてみた。指をコートの生地に伸ばすと、思いがけず柔らかかった。

「これがわたしを守ってくれる」

「なに?」

「今日から始まることすべてから」

「どこで？」

「この街で」

「これから始まること？」

「そう」

頭のなかで英語を日本語に、日本語を英語に色を染め直すように変換しながら聞き、口にしながら、僕らはいま正しく会話しているのだろうか。

僕は「このコートはお兄さんの形見だね」という意味にあたる言葉を頭のなかで組み立てようとしたけど、肝心の形見という言葉が思い浮かばず、苦し紛れに「神のようなもの」と言ってしまってから、後悔した。彼女は何も答えなかった。彼女の兄は二年前、兵役中に自殺している。

彼女が座ったソファはひじ掛けの布がすり切れて破れ、なかからまだらに変色したスポンジがのぞいていた。ふと、ほころび、こぼれだした冬の一端に触れたような気がした。すると二人でそろってこの街のとても深い、地下鉄の線路よりももっと深いところに一緒になってひらひらと花びらのように落ちていくようで、どうしてだろうか心地よかった。よく見るとサンファの目は涙をためていた。

「今日は赤い料理を作るよ」

「赤？」

「今日は赤の日だから」

「どういう意味?」

「サクラがインターネットで調べたら今日は赤の日だったから」

「意味がわからない」

「知りたかったら、あとでサクラに聞いてみたら」

たったいまこの街のどこかでスーツケース型原子爆弾が爆発したなら、サンファの髪は焼けツルツルの白い頭蓋骨もむき出しになって、それも一瞬で消えてしまうのだろうか。炭疽菌で苦しみながら死ぬよりもその方がいいかもしれない。昨日から真剣に考えていることだった。

コーヒーショップを出ると七時をまわっていた。通りはかなり暗くなっていて、南にぽっかりあいたビルの谷間の空が紺と黒の中間の色をしていた。僕らは急いでチャイナタウンに向かうことにした。「怖いからバスで行きたい」というサンファの言葉を無視して地下鉄の駅に向かった。

キャナルストリートで降り、地上に出た。人込みのなか、僕の前を歩くサンファの背中を見失わないように目で追った。身体にたいしてコートがあまりに大きすぎて、油断して歩くと裾が地面についてしまいそうだ。ふとみすぼらしくも思え、痛々しいという気持ともつながった。男物のコートなど着ている鈍さも感じ、すると、やるせなくひかれもする。

タイ料理の材料はチャイナタウンに一軒だけタイ人が経営している「チャオプラヤ」という名の店になんでもそろっていることを以前から知っていた。石臼《いしうす》、タイの新聞、国王トムヤムクンを作りたいとタイ人の女主人に言うと調理方法をことこまかく紙に書いてくれた。タイ人が記す英語のつづりを初めて目にした。

二十ドルほどで十人分のペースト状になった手作りのスープの素、ココナッツミルク、生のレモングラスが買えた。

「これが赤い料理?」

サンファは僕の隣でずっとおかしそうにくすくすと笑っていた。

レモングラスを鼻にあて息を思いきって吸い込むと、かつて何度も訪れたタイという国がどこよりも遠く感じられた。そのあと、魚屋でいちばん安い冷凍エビを買い、路上の八百屋でフクロダケとパクチーを買った。一束一ドルで腕の太さほどもあった。

サンファはトムヤムクンをそもそも知らなかった。

「あなたが料理をするのがおかしい」

サンファは同じことを何度も言う。

「これはタイの辛いスープで、世界でもっとも有名なスープのうちの一つ」

「キムチチゲのようなもの?」

「まあそうだね。とても赤い。赤くて辛い」

「どうして日本人がタイ料理をつくるの」

「おいしければなんでもいいんだよ」

僕らはブルックリンのサクラさんの部屋に向かう。また地下鉄に乗った。ユニオンスクエアで乗り換えると、車内は混んでいた。いくつもの人影の向こうに、ようやくドアにあいた窓のガラスの一辺がのぞいて、黒にちかい鈍い色をしたひび割れ傷んだガラスとドアとをつないでいるジョイントのゴムの曲線が見えた。

地下鉄の車両が激しく揺れるたびに、自分の身体がここにあることを無理やり感じさせられた、この街に来たばかりの頃のことを思い出した。

「ダイ《dye》」

サンファの声がかすれたように届く。

僕は混んだ地下鉄のなかではできるだけ会話を交わしたくない。話している会話を誰かに聞かれることが単純に恥ずかしいのだ。正しくは話している内容ではなく、自分のへたな英語をネイティブの誰かに聞かれたくない。

「あとで」

僕が言うと不思議そうな顔をした。

彼女の右手の指には、さっき買った食材の三分の一が入った赤いビニール袋が伸びきってさがっていて、その分のバランスをとるように左手は天井に向かって伸びている。かろうじて金属の手すりに届いている。

いまの季節をなんと呼べばいいのだろうか。考えながら、彼女の肩のあたりに視線を移す。冬の始まりとも秋の終わりとも呼べない。一日、一日がまるで違う。すぐにでも壊れてしまいそうで、なかなか壊れない、消えてしまいそうでなかなか消えることがない季節。でもスーツケース型原子爆弾が爆発したり、空から白い粉が降ってきたら、季節のことなんて考えてる場合じゃなくなるんだろうな。空襲がやってくるってどんな気分なんだろう。それがやってくるかもしれない空を、世界中のさまざまな場所で人はこれまでどんな思いで見上げてきたんだろう。誰かに訊《たず》ねてみたかった。案外、サンファの首筋をこんなふうにまじまじと見ているあいだに、誰もが死んでいったのかもしれない。

「ダイ《dye》……」

自分の髪を人さし指で指さしながらまた言った。ダイ＝die＝死？　こんなところで兄の死について話しだすのだろうか。少しばかり身構えた。「I was dyeing in the……」

わたしは死にかけた？

「あとで。いま、僕は聞くことができません」

日本語を頭のなかで重ねながら強い口調で言った。

サクラさんは僕より三つばかり年上の三十六歳で、本名は別にあるのだけど、誰もがサクラと呼んでいる。

「アメリカ人が俺の名前を呼ぶとサクラになってしまうから、サクラでいくことにした」のだという。

半年ほど前に日本から来て、やはり同じ語学学校で知り合った。三十をすぎた駐在員でもない日本人の男がいきなりこの国にやって来たりそのうえ語学学校に入ることは、来てからわかったのだけどとにかく稀《まれ》なことだった。日本の社会がそんなふうにできていることに気がつかされた。十以上も歳の離れた若者ばかりに囲まれているなかで、歳が近い彼といると僕は安心できた、というか話ができた。

「十五年ぶりに勉強らしい勉強をして始めて気がついたんだけど、記憶力って本当に落ちてるんですよね。高校生の頃、単語を十おぼえたら翌日には半分はまだおぼえていたし、残りも残像みたいなものが頭のなかにあったんだけど、いまじゃ二つか三つを残して、きれいさっぱりあとかたがない。最初からなかったことみたいにすっぽり消えてる」

出会ったばかりの頃、僕はそんなことを話した。サクラさんもまったく同じことを感じていたらしく「本当にあとかたもなくだよな」とことあるごとに口にするようになった。

サクラさんは東京のラジオ局に勤め営業職に就いていたのだけど、趣味から始まった副業で骨董品《こっとうひん》をインターネットで売る商売をしていて、それが次第に軌道に乗ったので思い切って辞めて渡米したのだ。骨董品とアメリカという国がまったく結びつかなかったのだけど、サクラさんが言うにはアジアの特に中国、韓国、日本のものがアメリカでは人気があって高く売れるのだという。

「アメリカはとにかく濃縮パックみたいになった歴史がほしくて、だから東洋の骨董品が人気があるんだよ。あいつら手に入れたいんだよ歴史を。でも手にはいらないとわかったら、徹底的に壊す。うらやましいのが、突然ひっくり返ってさ。とにかく俺、このままだとやばいよ。学生ビザ切れたし、ほんと先行きあやしいよ。俺って困ってるよな、具体的に。そう思うよね？　ソーシャルセキュリティーナンバーもあやしいよ。とにかくいま出国できないしさ。まあハワイは行けるか」

再開した語学学校のカフェテリアで、サクラさんは中南米のどこかの国から来た男が入れるコーヒーを飲みベーグルをほおばり、レベル4の教科書にその破片をぼろぼろとこぼしながら言った。生徒の半分は中南米からで残りの半分はアジアからだ。そのうえ先生はフィリピン人だ。日本人はほとんどいない。サクラさんもできるだけ日本人に会わないところ、ということでここに来たらしい。

サクラさんのビザに関する手続きは日系アメリカ人弁護士を通して進められていたのだけど、事件の影響ですべて停止してしまった。話の最後はきまって「俺の商売、もう駄目だな。ほんとタイミング悪すぎるよ。辞めた会社の同僚とか上司なんか、きっと『あいつもテロでやられたな。いいざまだ』なんて言ってるよ。戦争始める奴らが骨董品なんて買うと思う？　無理でしょ。こんなときに誰が骨董品なんて買うの？　売れるはずないよ、戦時中に」となげやりに言うのだった。

「正しくは戦争じゃなくて、いまのところ攻撃らしいです」

一応、訂正してみた。

「どっちでも同じだよ」

「ですね。今週もまたパーティやりますよね？」

「ああ。テロテロバイトが入らない日にな」

辞めたラジオ局の社員やまるで知らないマスコミに関わる人からサクラさんの元に連絡が来て、事件に関する何かしらの情報を提供してくれとお願いされたり取材相手を紹介してくれと依頼され、なりゆきから簡単なコーディネートをサクラさんは始めていた。それをテロテロバイトと呼んでいた。

「照る照る坊主から命名。語感が似てない？」

どうやら「明日は煙も消えて俺の心も晴れますように」という願いかららしい。

パーティの会場はいつもサクラさんの部屋だ。回数を重ねるごとに人の数も増えた。ブルックリンのはずれ、あまり治安がいいとはいえない地区にある巨大な四角い箱みたいな外観をもった七階建ての建物の七階にあるワンルームは冗談みたいに広く、無理をすればテニスのコートが一面取れるほどの面積があった。倉庫を兼ねた住居ということで借りたらしいのだが、まだなんの商品もおかれていない。

キッチンに立ち、僕は真剣にカレーを作った。包丁を握り野菜や肉を刻み、鍋に油を注ぎ火を点《つ》け、炒めたり煮たり味見をしながら、次第に姿と匂いを変えていく鍋のなかを見ていると、どうしてこんなことをしているのかがまるでわからなくなっていく。でも木製のへらをぐるぐるとまわしていると、心が落ち着いた。鍋の中心に向かって誰もがここに集まって来ていると確信できるからだ。

サクラさんが手伝ってくれたこともあったし、ワインを飲みながらニコニコして見ているだけのときもあった。僕が連れてきた誰かだったり、この部屋で初めて会った中国人の青年や、事件の日に空に広がる煙を見ただけでトイレで吐いてしまったという韓国人の女の子や、チベット人の男や、事件で職を失い来週国に帰るというプエルトリコ人の英語の先生をしていた男や、若い日本人の女の子や男やサンファが手伝ってくれた。

「今日はついに赤がやってきた」

サクラさんは毎朝、インターネットでホワイトハウスのホームページにつなぎ、何色かを確認することから一日を始めている。

「Homeland Security Advisory System」というページがある。日本語にしたら米国安全注意報とでもいうのだろうか。

Low = Green

Guarded = Blue

Elevated = Yellow

High = Orange

Severe = Red

色がグリーン、ブルー、イエローと赤に向かうにしたがって、報復テロの可能性が高まるので厳重な注意と警戒が必要だという。この情報は新聞にも載っていた。そもそも僕はこの意味を一時間ほど電子辞書を引きながらやっと理解した。

サクラさんはマンハッタンには渡ってこない。

「イエロー以上の日は死んでも渡りたくない」

そうは言っても「テロテロバイト」の日は死ぬ気で渡ってくる。

地下鉄の出入口から地上に出た時に嗅いだ匂いを、できれば二度と身体に入れたくないという。僕はその匂いをすでに感じることがない。マンハッタンの僕の狭いアパートの一室にも煙は迷うことなくやってきて、四六時中それに包まれていたので、もう何も感じなくなってしまったのだ。

ニュージャージーの大型家具店で買ったという巨大なガラスのテーブルの上に人数分の皿を並べる。ご飯を盛り、そのうえにカレーをかけていく。

やがて集まったすべての人がそれをほおばっている姿を眺めていると、ひそかに毒でも盛ったような気分になる。いつか誰かがメニューの意味に気がつくだろうと思ったけど、いまのところ誰一人として関連させて考えることがない。人間って、本当に無防備だと思う。

サクラさんの部屋に着くとすでに七、八人の顔見知りが集まっていた。見知らぬ若い東洋人の男が、缶ビールを片手に居心地悪そうに立っていた。

「あいつサンファの友達だって言ったから部屋にいれたけど知ってる？　ビール持ってきたけど」

サクラさんは日本語で言った。

サンファに尋ねようとすると、それより早くお互いが気づき韓国の言葉で喋《しゃべ》りだした。

男は僕らに本名ではなくイングリッシュネームを名乗った。

西の方向に二つ大きな窓があり、巨大な闇にでこぼこのビルの連らなりのマンハッタンが横たわっている。左側の一番端が今日もぼんやりと明るい。白い煙があがっていて、右の方向に緩やかな曲線を描きながら流れている。

サンファは男と窓際に立ち、ずっと外を見ていた。韓国の言葉が時折聞えた。

サクラさんは台所以外の部屋の明かりをすべて消し、テーブルの上にロウソクをいくつも並べ火をつけた。こうしていつもパーティは朝方まで続く。

トムヤムクンをすぐにでも作りだそうとすると、サクラさんが「夜中に作ろうよ」と言った。カレーよりずいぶんと簡単で、みそ汁をつくるほどの時間でできるからだ。僕は材料を冷蔵庫に放り込んだ。かわりに缶ビールをとりだし一気に半分ほど飲んで、ソファに倒れ込むように座った。

「誰も見たことのなかった、美しい煙」

前回のパーティの時、深夜になってやって来たサンファが窓の外を見ながら呟《つぶや》いた。煙は今日もまったく同じようにあがってる。サクラさんが僕の隣に座った。

「テロテロバイトはどうですか、もうかります?」

「まあね、想像以上」

以前から一度聞いてみたいと思っていた。

「そうですか」

「みんな深刻な顔をしてるけど、来ることが結構誇らしいんだよ。ほんとうは楽しんでるし面白がってるよ。俺、わかっちゃうんだよね」

事件の数日後に目にした光景のことがふと浮かぶ。ボランティアの人々が救援品を市民から集めていた。そこにいる誰もが生き生きとしていて、何より心から楽しそうだった。この街で出会った集団のなかで、間違いなく一番充実感にあふれた顔をしていた。

「暇だから小遣い稼ぎのつもりだったんだけど、さすがにうんざりしてきたよ。もう断ろうかな。向いてないね。そもそも俺、骨董品屋だし」

僕は窓の外を見ていた。

「コバヤシくんてこの街でなんなの？　語学学生？　それともフォトジャーナリストってやつ？」

考えたこともなかった。

「料理の鉄人かな」

サクラさんは笑ってはくれなかった。

「俺ってなんだと思う？　地獄巡りのコーディネーター？　失業者？　ただの不法滞在者？　それともテロの被害者？」

サクラさんは片側の頰だけで不満げに笑顔をつくった。

「いままで亡くなった人だけが被害者だと思ってたけど、俺もそうかなあ。実際、確実に困ってるから、そうしてくれないかな。被害者ってことでビザくれないかな。これから先、ずっとアメリカに税金払うつもりでいるし」

肺の少し上、気管支のあたりがまた痛んだ。あの二つのビルから流れ出たアスベストを吸いすぎていたら五年後、肺ガンになるかもしれないと日本人の医者に言われた。

「このあいだグランドセントラル駅に貼られているミッシングの壁をずっと見てたんですよ」

行方がわからなくなった人たちを探す手作りの無数のビラが壁一面に貼られていて、僕は長い時間をかけてその一枚一枚を見た。

「つめたいのかもしれないけどアメリカ人の顔見てもあんまり感情が動かなくて。だけど、なかにぽつぽつと日本人の写真がいくつかあって。二十六、七かな、そのくらいの女の子の写真や、駐在員のおじさんだったり、僕らと同い年くらいの男の人だったり。日本人だってわかったら身体が急に震えて、それから部屋に帰ってもとまんなくて。なんでしょうね、これって」

いままで誰にも言わなかったことだった。

「へえ、そんな場所があるんだ。やだね、俺は見たくないね」

視線の先でサンファはコートを着たままで、男はTシャツ姿だった。よく見ると二人は指先を絡ませていた。

「あんなブスに彼氏なんていたの？　それにしてもなんであんな色に髪染めてんの」

「失敗したんじゃない。だからさっき死にたいって言ってた。ダイ《die》だって」

「ダイ《die》ってなに。男の名前?」

「いや、英語だと思うけど」

ダンススクールに通っている日本人の若い女の子とプエルトリコ人の男が奇声をあげながら手をとりあって、二人しておおきな円を描くように踊り始めた。誰もが、片手に缶ビールを持ったまま同時に笑い声をあげた。

ポスト9・11

宮内勝典

正義病のアメリカ

9・11以降、長い時間が過ぎていったような気がする。世界貿易センタービルが燃えあがり崩壊していったのが、わずか二年七か月前であったことが信じられないぐらいだ。世界中にひろがる反戦のうねりもむなしく、わたしたちはアフガン空爆やイラク戦争を目撃することになった。自衛隊も送りだした。テロはやむ気配がない。それぞれが「正義」であると信じることをやっている結果、いま世界は混乱の真っただ中だ。

イラク攻撃や、イラク人虐待を見つめながら、あの親切な良きアメリカ人たちが、集団・国家になると、なぜこれほどまで残酷になるのか不思議でならなかった。むろん国益のために動いているわけであるが、石油、覇権といったことだけでは説明がつかないぐらい根の深い病的なものを感じさせる。ベトナム戦争のときも、第二次世界大戦後、二十を超える国々を空爆しているときも、そこを植民地にしようという領土的な野心はなかったと思う。

論理的には、民主主義が制度として良いものであることは、やはり疑いようがないだろう。歴史的にみて、これ以上の制度は、いまのところ思いつけない。けれど、アメリカのデモクラシーの押しつけに、わたしたちはなぜ違和感を覚えるのか？　アメリカ人たちは自分たちの善意を疑うことなく、なぜこれほど執拗《しつよう》にデモクラシーを他国に押しつけようとするのか？　なぜ、これほどお節介なのか。その不可解な情熱はいったいどこから湧いてくるのか？

その謎は、私なりにどうにか解くことができたと思う。二千年に及ぶキリスト教の伝統、つまり「布教＝ミッション」であると仮定すれば、さまざまなことが腑に落ちてくる。かつて「未開」の国々へまっさきに踏み込んでいった布教活動は、先住民たちを虐殺する結果になった。その歴史が、今もくり返されているのかもしれない。むろんイラクの民主化は建前であろうが、そのような「正義」を信じるから、人は戦場へ向かえる。他者を殺せる。

9・11以降、わたしたちはイスラム原理主義の苛烈さといったものに、当惑して、うろたえた。と同時に、アメリカがキリスト教原理主義の国であることも、つくづくと思い知らされてしまった。植民地の拡大が臨界点をこえて、古いヨーロッパはもうそんなことなど止《や》めてしまったのに、若いアメリカだけに「布教＝ミッション」の情熱が生きつづけているのかもしれない。そんなことを考えながら、米国務省のホームページを読んでいると、次のような箇所にぶつかった。パウエル国務長官のインタビュー記事であった。

The next mission was to build a democracy, to put in place a functioning democracy in Iraq that its people could be proud of, and a country that would live in peace with its neighbors. We are working on that objective now. And we have put in a great deal of money. We have put in a large number of soldiers.

次のミッションはイラクにデモクラシーを建設することである、と明言している。むろん、ここでいう〝mission〟とは、使命、任務といったことだろうが、それでも、デモクラシーの布教、伝道、と読みかえてもほとんど違和感がないことに気づくだろう。私はブッシュ政権のなかでも穏健派であるとみなされるパウエル国務長官にシンパシーを抱いている。黒人であり、ベトナム戦争を肌身で知りぬいてきたかれの発言に共感することも、たびたびあった。だがこの発言は、まさに一つの例証であるような気がしてならない。そんなお節介な使命感を抱くのはなぜか、ということは自覚されていない。

石油、国益、覇権といったことの深層で、アメリカ人をいまも突き動かしている無意識の動力源は、まさに、このミッションのメンタリティーだと思う。無自覚のまま"mission"という善意を信じこんでいるからこそ、アメリカという国は、身勝手で、押しつけがましく、はた迷惑なのだ。

良きアメリカ人たちを突き動かしている無意識の動力源に「ミッション」があるとみなせば、いろんなことが腑に落ちてくる。あの不可解な善意の押しつけも、全世界の隅々まで、地の果てまでグローバリゼーションを押し進めようとする情熱の源泉も、そこにありそうだ。かれらはまだ「布教＝ミッション」のメンタリティーを失ってはいない。だから自分たちの善意をまったく疑うことなく、残酷になれる。だからこそ、先住民や、他民族、異文化に対して、これほどまでに鈍感で、無慈悲で、冷酷になれる。

イスラムの深層が烈《はげ》しく反撥するのも、自然のなりゆきに思えてくる。だが他国の病理をあげつらうばかりではすまないだろう。わたしたち日本人もまた、根っこのところに奇妙にゆがんだ正義や、病理を抱えている。それが噴出してきたのは、イラクでの人質事件だった。囚《とら》われ、いつ殺されるかわからない同胞に対して、同胞である日本人が激しいバッシングを加えたのだ。どこかしら狂っている。私にはそう感じられる。アメリカなら同胞を救えという声が噴きだしてくるはずだが、日本は逆であった。

アメリカ人の無意識にあるミッションの情熱と同じように、これもまた、ただごとではない。病的なものが感じられる。「村八分」という言葉がまだ死語ではないことを、まざまざと思い知らされる。手もとの広辞苑をひらくと「江戸時代以降、村民に規約違反などの行為があった時、全村が申合せにより、その家との交際や取引などを断つ私的制裁」とある。そう、ゆるやかなリンチなのだ。だが規約は明文化されておらず、「ミッション」と同じように、農耕文化の無意識のなかに隠れ、ひそかに息づいている。それが病的な情熱の源泉となる。

魚の群れは、ある瞬間、いっせいに向きを変える。日本人はその魚群そっくりに見える、とアメリカ人の友達から聞かされたことがある。さすがに私もむっときたが、今回のバッシングはそう言われてもしかたがないと思わされる病的な現象だった。

国益のために動いていると思いこんでいながら、実のところ、わたしたちはもっと不可解な動機に突き動かされているのではないか。政府筋から流された「自己責任」という言葉は、鮮やかなほどの世論誘導であったと思う。だがその誘導に、なぜこれほどやすやすと乗せられてしまったのか。わたしたち日本人のメンタリティーに合致したからだ。魚の群れからそれていく者たちは、村八分にされる。いじめに通じる陰湿さもある。それを恥じなくてすむのは、アメリカ人のミッションと同じように暗黙の「正義」があるからだ。

それを信じるからこそ、イスラムの若者たちは自爆テロさえする。十代の少女がからだに何キロもの爆薬を巻きつけて肉を飛び散らせていく。そうさせる者もいる。かれらの聖戦もシオニズムも、同じ根っこ、同じ源泉から湧いてくる。この血みどろの戦争に、もしも教訓があるとすれば、もっとも恐ろしくやっかいなのは、それぞれの「正義」にほかならないということだろう。それぞれの村や国の「正義」を、どうやって相対化させていくかということだろう。

ガンジー像下の「イマジン」

去年の秋、インド・ネルー大学に講演に招かれた。英語で話さなければならないから、まったく冷や汗もので、しかも与えられたテーマは「9・11以降の世界」についてだった。何を語ればいいのだろう。アメリカの大神殿というべき世界貿易センタービルが炎上し、崩壊していったあの日以来、私はまだ茫然《ぼうぜん》と立ちすくんでいる。

インドの学生たちも息をつめ、目を光らせながら聞き入ってくる。テロや戦争がつづき、世界は混乱の真っただ中だ。希望は見えてこない。かつて信ずるに足ると思っていた思想家・作家たちの名前を、私自身も暗澹《あんたん》としながら、一つ一つ胸から消しつつある。だが最後までどうしても消すことができないのは、マハトマ・ガンジーだった。このおぞましい暴力だらけの人類史からガンジーのような人間も現れてきたということが、かろうじて私を無力感から救ってくれる。

窓の外には明るい日射しが満ちていた。話の合間に、鳥のさえずりが聞こえてくる。汗だくの講演が終わった。

東アジア学の専門家や日本語学科の教授たちが、やや皮肉っぽい笑みを浮かべながら拍手してくる。日本人である君がガンジーを尊敬してくれるのはうれしいけれど、いまさら、そんな古い理想を持ちだされてもねえ、と言いたげだった。会場がざわめいてきた。イスラム教徒らしい新聞記者と、アジア外交史の教授がさかんに言い争っている。いまさら非暴力ではどうにもならないだろう、ガンジーの思想なんかとっくに時代錯誤なのだ、いやそんなことはないぞ！

その応酬を聞いているうちに、坂本龍一さんからメールで知らされた話を急に思いだして「どうか聞いてください」と私は声を上げた。「9・11の直後、ニューヨークの街全体がシーンと静まり返っていたそうです」

いつも街中に音があふれているのに、あの日からは沈黙だけが満ちていた。耳を澄ましながら歩きつづけていくと、ユニオン・スクエア公園のほうから、初めて歌声が聞こえてきたのだという。

「その公園には、ガンジーの銅像が立っているのですが……」

私は立ち上がり、細い竹の杖をつきながらてくてくと歩いていく老人の姿を真似てみせた。インド独立の第一歩となった「塩の行進」の光景であることは、だれの目にも明らかなはずだ。

「若い人たちが、その銅像の下に集まって、イマジンを歌っていたのです」

斜に構えていた知識人たちが、いっせいにどよめき立った。ニューヨークにガンジーの銅像が立っているというのは初耳だったらしい。しかもあの混乱のさ中、アメリカの若者たちがガンジーの足もとに集まってきたという事実に民族的な誇りをそそられたのだろう。

私のへたな英語を苦笑しつつ許していた知識人たちが真顔になり、耳を傾けてくる。

「インドの菩提樹《ぼだいじゅ》の下で生まれた仏教は、ヒマラヤを越え、中国をよぎり、目には見えない太い深い川のように、千年かかって日本に辿《たど》りつきました。私のふるさとは、九州と呼ばれる南西部です。少年時代、私が遊んでいた港からも、中国やインドを目ざして多くの僧たちが命がけで船出していったのです」

それから私は文化の二重性について語った。仏教がすでに血肉となっていたはずの日本は、近代化へ突き進み、無謀な戦争を起こし、原爆の洗礼を受け、いまはアメリカの属国に等しいけれど、それでも経済的には大国である。

あなたたちの母国インドも、長いこと大英帝国の植民地となって苦しみながらも、独立を勝ち取った。あなたたちは、イギリスというものを骨の髄まで知っているはずだ。

私たちは共に、アジアも欧米もよく知っている。その二重性を生き抜いてきた。異なる流れにあった私たちは、この千年間、ごくわずかの交流しかなかった。だが、9・11によって、歴史は急カーブを切り、いま新しい合流点にやってきたような気がする。現代に至るまで、やっかいな諍《いさか》いの種になっているのは、一神教的な世界観ではないかと私は思う。あのときニューヨークの若い人たちにとって、ガンジーがかすかな希望の象徴となったように、次なるものを生みだせるのは、多元的な世界を生きているこの私たちではないのか。一神教が支配的なこの世界に、新しく、多神教的な世界観を提出できるはずだ。

インドの知識人たちの目から、冷笑が消えていった。私たちは庭へ出て、鳥のさえずりを聞きながら再会の約束をした。

若者の死を悼む――香田証生君の死

日本人青年がアルカイダ系の武装集団に拘束されたと聞いたとき、なんという軽率さだろうとあきれながらも、複雑な思いがあった。常々、ひとり旅に出ることを若い人たちにすすめているからだ。外部と触れあうことによって、生まれ育った日本や、自分を初めて相対化できる。それが精神的な成人式となるはずだ、と私は語りつづけてきた。

私自身も二十二歳のとき旅に出てから、六十か国ぐらいを遍歴してきた。四十代になってから、中米先住民たちの独立闘争に関わり、密林の戦場に潜入したこともあった。まだ幼かった息子を妻に託し、熱帯雨林の奥で人知れず腐乱死体となるかもしれないと覚悟しながら。

香田証生君も、自己責任であるということは自覚していたと思う。

「小泉さん、すみませんでした」

とつぶやくかれの表情には、首を切断されるかもしれないと覚悟している、悲しいほどの静けさがあった。武装集団の要求に応じて自衛隊を撤退させることはありえないと、かれ自身も知りぬいていたと思う。

香田君とほとんど同じ歳である私の息子も、昨年、バックパッカーとして旅をつづけていたが「これからフンザ渓谷へ向かう」というメールを送ってきたきり、ぷっつり消息を絶った。フンザ渓谷はいくつもの国境が入りくむパキスタン最北部の山岳地帯である。息子が陸路でアフガニスタンへ入国するつもりでいることを私は直感した。

幸い息子は無事であったけれど、香田君はついに生きて帰ることができなかった。二人とも、たしかに軽率であった。無謀であった。だが、かれらの動機に切実さがあることを私は疑っていない。

世界中で一千万を超える人たちが、路上に出て反戦の声をあげたけれど、戦争を止めることはできなかった。日本国民の過半数が反対したにもかかわらず、自衛隊はイラクへ派遣された。かつて客員教授をしていたころの教え子たちも、

「自分たちが、なに一つ関与できないまま、世界は圧倒的に動いていく」

と無力感を洩らしている。

世界貿易センタービルが燃えあがり、アフガンやイラクに火の雨が降りそそぐ光景を、私たちは情報として受けとめるしかない。世界の中にいながら、リアルな世界から疎外されて、架空の情報空間に封じ込まれている。世界はすりガラスに映る影のように空虚で、若い人たちは自分が生きているという実感をもつことができないまま、離人症的な感覚に陥っている。鬱病もひろがっている。

少年犯罪やリストカットには、生の実感を取りもどしたいという衝動がひそんでいると思われる。日本の自殺率は、先進国では世界一だ。自殺者の数は、年間三万人を超えている。これはアフガン空爆やイラク戦争の死者たちよりも遥かに多い。

香田君や私の息子が、危険であることを知っていながらアフガンやイラクへ赴《おもむ》いたのは、リストカットの裏返しのようなもので、自分たちを疎外している世界の実体を見きわめ、ざらりとした現実に触れてみたかったからだろう。状況を突き破って、真に生きようという願望でもあったはずだ。

「星条旗に包まれた首は、自分の首であったかもしれない」

と私の教え子たちは口々に語っている。そして、交渉によって救出するということがま

ったく念頭になかったのか、開口一番、自衛隊の撤退はありえないと宣言した母国の政府に、自分たちは救ってもらえないのだと感じたとも洩らしている。「小泉さん、すみませんでした」と弱々しくつぶやいた香田君を、母国はのっけから切り捨ててかかったのだ。この事件によって若い人たちは、二重の意味で世界から締めだされてしまったのだ。そのことだけは理解すべきだと思う。それが、せめてもの鎮魂ではないのか。

【追記1】

イラク戦争の死者数は、これまでNGOの「イラク・ボディカウント」によると、一万人から二万人の間とされてきました。それに基づいて、イラク戦争の死者数を三万人以下とみなして、この原稿を書きました。ところが、その死者数が少なすぎるのではないかという指摘が友人からありました。

イギリスの医学誌「ランセット」(二〇〇四年十月三十日)に発表された、新しい調査報告によると、イラク民間人犠牲者数は、最低でも十万人を超えているのではないかと推定されているそうです。

これは米国ジョンズ・ホプキンス大学、コロンビア大学と、イラクのムスタンシリヤ大学による「米・イラク合同調査団」による学術調査ですから、客観的で、信頼がおけるものであると思われます。この「村落抽出調査」の時点では、まだファルージャなどが含まれていないそうですから、現在の死者の実数はもっと多いのではないかと思われます。

くわしく知りたい方は、下記の「イラク戦争被害記録」をご覧ください。

http://www.jca.apc.org/stopUSwar/Iraq/lancet04oct.htm

【追記2】

この稿を書いたあと、香田証生君の首が切断される映像が、インターネットで公開されました。見なければならないと覚悟して、座禅を組みながら目をみひらき、私はその映像を三回見ました。遺族の方々の悲しみが他人事には思えませんから、その詳細を記すのはやめることにします。ただ、その映像を見て、リストカットや自殺未遂をくり返していた若い人が、もう死ぬのはやめることにしますと伝えてきたことだけを付記します。

おしっこ

谷川俊太郎

大統領がおしっこしてる
おしっこしながら考えている
戦争なんかしたくないんだ
石油がたっぷりありさえすれば

テロリストもおしっこしてる
おしっこしながら考えている
自爆なんかしたくないんだ
恋人残して死にたくないもの

兵隊さんもおしっこしてる

おしっこしながら考えている
殺すのっていやなもんだぜ
殺されるのはもっといやだが

男の子もおしっこしてる
おしっこしながら考えている
ほんとの銃を撃ってみたいな
ゲームボーイじゃまどろっこしいよ

武器商人がおしっこしてる
おしっこしながら考えている
銃がなければ平和は守れぬ
金がなければ自由も買えぬ

道で野良犬おしっこしてる
おしっこしながら考えている
敵もいなけりゃ味方もいない
ただの命を生きているだけ

三枝昂之

河のある想い出——ニューヨーク'01年、秋そして冬

① 九月十一日午前九時三分、二機目が南タワーに突入した

少年のしぐさのように吸われゆく四十度ほど左翼を下げて

世界貿易センタービルの高さは420メートル

テクノロジーの粋といえどもつつましき背が並びそして空だけになる

垂直な眩しさとして恋人が祖母が子供が仰いだだろう

立ち直るために瓦礫を人は掘る　広島でも長崎でもニューヨークでも

手作りの貼り紙の中の尋ねびと　一人に一つずつの人生

貼り紙には容姿の特徴を添えた写真も多い

ヒョウの刺青をしている男、サキソホン奏でる男、メッツの帽子を被った男

子供を幼稚園に送って遅刻し、難を逃れた男もいた

多分そのとき庭で遊戯がはじまって丸い笑顔はかけがえがない

101階にあった投資会社の副社長は社員よりも早く出社する

ためにその日も早朝のフェリーに乗った

朝焼けのツインタワーを強い強い強いアメリカの姿と見たか

アフガニスタン空爆開始。雑誌には「ＳＴＲＩＫＩＮＧ
ＢＡＣＫ」という文字が躍っているが

暗い暗い心をじっと育んでテロこそ苦しき反撃である

グローバル化とはアメリカ化のことである

中世の翳りのごときが舞いはじめ触れては消える電線の雪

「農鳥」より

冷戦のあと聖戦がやってきた

白川順一（東京）

〈朝日川柳〉「朝日新聞」二〇〇一年九月一八日

あれ以来続く世界の不眠症

笹島一江（松戸）

〈朝日川柳〉「朝日新聞」二〇〇一年九月二一日

国連は嵐に差せぬ傘に見え

秋山利男（昭島）

〈朝日川柳〉「朝日新聞」二〇〇一年九月二七日

日本中ニューヨーク時間で朝が来る

清水源基（函館）

〈朝日川柳〉「朝日新聞」二〇〇一年九月三〇日

横文字で赤紙くる日近くなる

新明昭郎（いわき）

〈朝日川柳〉「朝日新聞」二〇〇一年一〇月二日

戦争知らぬ子ら戦争しか知らぬ子ら

宮下玲子（千葉）

〈朝日川柳〉「朝日新聞」二〇〇一年一〇月五日

Ⅱ

イラクの小さな橋を渡って

池澤夏樹

イラクに行こうと思った。

直接の目的は遺跡を見ることだ。

数年前からある雑誌に遺跡による文明論を連載している。そのために世界各地へ旅をして、いろいろな遺跡を見てきた。

その中には当然、メソポタミアが入るべきなのだが、しかしここは除外するほかないと考えていた。

メソポタミアは言うまでもなく世界四大文明の発祥地の一つだが、今この地域はイラクという国に属している。行けば古代のシュメールやアッシリア、バビロニアなどの遺跡が見られるのは間違いないけれど、今のイラクはとても入りにくい国とされている。湾岸戦争の後、この国は基本的に外国人を入れない方針で、ヴィザを取るのはとても難しいと言われてきた。世界中を網羅するLonely Planet社のガイドブックのシリーズにも『イラク』という巻はない。『中東』の巻の一部にわずかな記載があるだけで、ここにも入国は難しいと書いてある。これでは諦めるしかない。

ところが二〇〇二年の五月、実はそんなに厳しくないという情報を耳にした。数年前とは事情が変わったらしい。では申請してみようかとぼくは考え、東京のイラク大使館で取材の趣旨など説明したところ、ヴィザの発給が決まった。

夏の間はヨーロッパでいろいろ仕事があって、それを片づけている間に秋になった。だからパリでヴィザを受け取り（有効期限が三か月しかないから、東京で取得すると行く前に失効してしまう）、実際にイラクに向かったのは十月も末になってからで、バグダッドに入ったのは十月二十九日の晩だった。

いくら遺跡が目的とはいえ、イラクを訪れるのによい時期とは言えない。アメリカ政府の発言を聞いているとまるで明日にも侵攻を始めそうな勢いだし、だいたいイラクの国の中がどうなっているのかわからない。イギリスで二〇〇二年に刊行された新しいガイドブックには、国民はサダム・フセインの圧制下に苦しんでいるとか、経済制裁で食べ物も足りないとか、国際電話はほとんど通じないとか、悲観的なことばかり書いてあった。

戦争の可能性のことを考えるとたしかにイラク観光にふさわしい時ではないが、そういう時期だからこそ、どういう国がミサイルや爆弾の標的とされているのか知りたいという思いも湧く。

新聞やテレビは国際問題を詳しく報道する。しかしその大半は各国政府と国連との間のかけひきの話であって、それによって運命を大きく左右される普通の人々のことはほとんど話題にならない。結局のところ新聞は国際問題の専門家を自称する人たちの業界紙でしかない。戦争が国民にとってどういう現実か、新聞やテレビからはなかなかわからないのだ。

二〇〇一年の秋からアフガニスタン攻撃の報道を追いながら、この種の報道に接している自分とは何者であるかとしばしば考えた。ぼくは政治家でも、外務官僚でも、また石油資本の経営者でもない。もちろん軍人でも革命の戦士でもない。戦争から遠いところにいる普通の日本人の一人だ。

自分が石油を大量に消費する国で安楽に暮らしていることを知らないわけではない。今の世界経済システムの恩恵を受けて日々を送っている身なのだ。貧富の差を拡大するばかりのグローバリズムの問題点を論じはしても、このシステムの外に出て無人島で自給自足で生きていけるわけではない。武力を背景とするアメリカの政治的・経済的な覇権を批判する文章を書いたところで、それ以上のことはできない。

それでも、想像力はある。二〇〇一年の晩秋には、自分がアフガニスタンに生まれていたらと仮に考えてみることはできた。その時に想定したのは軍閥のトップでもタリバンの幹部でもなく、普通の市民という身分、つまり、爆弾を受ける身だった。

イラクのことを考えて、もしも戦争になった時に、どういう人々の上に爆弾が降るのか、そこが知りたかった。メディアがそれを伝えないのならば自分で行って見てこようと思った。

夜遅くバグダッドに着いて、翌日の朝さっそく町に出た。案外のんびりしている。間もなく戦争になるかもしれないという緊迫感は街路を歩いているかぎり感じられなかった。兵士や軍用車両を見ることはないし、道ばたに土囊《どのう》が積んであるわけでもない。避難訓練のサイレンも鳴らない。繁華街の雑踏は他のどこの国とも変わらない。

それからほぼ二週間に亘《わた》って、ぼくはイラクの国内を北のモスルから南のナシリヤまで見て回った。

ある国を見るのに、ぼくなりの方法がある。

食べ物に注目するのだ。国という制度の目的を考えてみれば、国とはそこに住む人々の生活の土台ということに尽きる。安全で、食べるものが充分にあり、若い夫婦が安心して子を産んで育てられる。子供たちがすくすくと育ち、老人が安楽な日々を過ごせる。言いたいことが言えて、行きたいところに行ける。それを制度によって保障するのが国というものの第一の役割である。

その中でも見てとりやすいのが町で普通に人々が食べているものだ。量と質。これはごまかせない。

日本について言えば、量は充分なほどだ。食料自給率がとんでもなく低いにもかかわらず、量だけはある。しかし質の方はあまりよくない。いちばんわかりやすい例を挙げれば、スーパーマーケットの野菜は形ばかり立派でひどく味が薄い。アメリカ文化そのままのファーストフードについて言えば、味がないものを添加物で無理においしく仕立てているとしか思えない。食べる喜びを商業主義が侵している。

同じ尺度を当ててみると、イラクは立派だった。食べる物は充分にあったし、質も申し分ない。

イラクではレストランのサービスに一定の様式がある。卓に着くと客の注文を聞くまでもなく、すぐに前菜の類がばたばたと並べられる。これがまことに充実している。具体的に言うと、レンズ豆のスープ、キュウリとトマトを細かく刻んだサラダ、マカロニのサラダ二種（ドレッシングがヨーグルト系とトマト系）、ヒヨコ豆のサラダ、ゴマのペースト、ナスなどの野菜とにんにくの炒め物。皿が大きいのでテーブルの上に載りきらないほど。

その他に塩漬けの黒いオリーブと、キュウリのピクルスが一皿付くのが標準。キュウリなど大きいままのが十本くらい出てくる。足りないと言えばいくらでも持ってくる。

これらとホブスと呼ばれる薄い丸いパンを食べながら、主菜の到来を待つのだが、これもまた量が多かった。野菜料理はナスや豆やポテトのトマト煮。ロースト・チキンならば半身で一人前。あるいはトマト味の羊のシチュー。角切りのままや挽肉《ひきにく》にして丸めた形の各種ケバブ（串焼き）。それに米が一皿付く。

どこで食べてもおいしかったし、いつも食べきれないほど出てきた。高級料理店ではなく、国道沿いのドライブインや地方都市の食堂がそうなのだ。足りなかったとは言わせないのがアラブのもてなしで、その伝統が外食の店にも表れている。食べきれなくて残すくらいでなくては正しい食事とは言えないらしい。そのせいか若くない男たちは一様に腹が出ていて、それがまたよく似合う。

食べる物についてはイラクという国は合格。ちなみに、いちばんまずかったのは首都バグダッドの高級ホテルとラシード街の観光客相手のレストランだった。

食料が本当に不足したのは一九九二年から九四年にかけてだと聞いた。湾岸戦争の後、アメリカとイギリスの主導に沿って国連が経済制裁という名の禁輸を行った。もともとイラクは産油国で、石油を売った金でなんでも買える豊かな国だったのに、輸入が大幅に制限された。一九九一年には原油の生産量は平年の一五％まで落ち込み、国内の経済活動全体が麻痺した。

食べ物の不足もさることながら、医薬品が入ってこなくなった影響は甚大だった。この時期、乳幼児の死亡率は五倍になったという。普通ならばなんでもないはずの肺炎なのに、抗生物質がないために子供たちはあっさりと死んでしまう。

二〇〇一年、国連は経済制裁によるイラクの死者の数を百五十万人と推定するレポートを発表した。このうちの六十二万人が五歳以下の子供だった。いったい生まれた子供の何割が無事に育ったのだろう。ぼくは、カルトゥームの製薬工場をアメリカがミサイルで破壊したために多くのスーダン人がごく普通の病気で死んだ、という話を思い出した。爆弾だけが人を殺すわけではないのだ。

禁輸は徹底していた。本や雑誌、便箋や封筒、棺、電球、靴と、玩具、一輪車などまで禁輸リストに入っている。今でもイギリス国民が通商産業省の輸出許可を得ずにイラクの友人に薬品を送るのは違法とされており、この許可が降りることはめったにないらしい。

辛い時期、人々は必死で働いた。一九八五年に知的な職業に就く者の月収は二〇〇ドルだったが、禁輸の時にはそれが三ドルまで下がった。学校の教師が仕事の合間にタクシーの運転手をする。誰もが目先のことばかり考えて、健全な価値観を捨ててしまった。だからその時代に育った若者たちには今も人生の方針や目標がないと老人は嘆く。

数年の間すべてが停止したから、経済制裁はこの国の未来を奪ったとも言われる。具体的な例を挙げれば、学術雑誌の禁輸はこの国を世界の知的進歩から蹴落とすことになった。いわば外から強制された鎖国。

これはあまりに非人道的だという非難が世界的に高まり、一九九六年、石油と食料の交換だけは認めるという形で制裁は緩和された。しかし、まだ機械類や自動車、コンピュータなどはわずかしか入ってこない。国内を旅していると、この国が全体として十数年前の段階で足踏みをしていることがわかる。例えば、ホテルのエレベータなどが古い。しかも整備が充分でないので、上の階に行って扉が開くと足元に十センチの段差が残る。地方のあるホテルでは運行がひどく気まぐれで、途中で止まりはしないかと不安なほどだった。

車についてはもっと深刻、大半がよくまだ走っていると感心するような代物だった。タクシーでもフロント・ガラス一面に割れ目が走っているとか、中からしかドアが開かないとか（乗る時は運転手が振り向いて手を伸ばして開けてくれる）、そんな車ばかりだ。公害対策以前の車のせいで、バグダッドの中心部には排気ガスが立ちこめている。

古いだけでなく、車種が限定されているのは、かつて輸入が政府主導で一括して行われたからだろうか。最も多く見かけたのはブラジル製のフォルクスワーゲン・パサート。中には旧ソ連製のモスコビッチもあった。時には新しい車もないではないし、中国製の二階建てバスも運行しているのだが、バグダッドのサドゥーン街と同じくらい賑《にぎ》やかな隣国ヨルダンの首都アンマンのバスマン街を比べた時にまず気が付くのは車の古さだ。

街路の賑わいはバグダッドとアンマンはあまり変わらない。店で売っている雑貨の種類や質もさほどは違わない。そういうものは充分に入っているらしい。

町の雰囲気はどうだろう。今は世界中の新聞がイラクのことを書いていて、その話題はすべて査察と開戦の時期のことだから、イラク国内も戦争の準備で騒然としていると想像しがちだ。実を言うとぼくにもそういう先入観があった。

またサダム・フセインとバース党による独裁の国で、暴力的な支配機構のもとで国民は呻吟《しんぎん》しているという情報も頭に入っていた。相互監視と密告奨励の社会ならば、全体として冷ややかな空気になるのではないか、外国人から話しかけられたら人々はとまどうのではないか、周囲の目を気にするのではないか、とも予想していた。

結果としてそういうことは一切なかった。話しかけてくるのは彼らの方だ。あまり上手でない英語で、イラクへようこそと言って握手を求め、どこから来たかと問い、イラクはいいだろうと言って、名をなのり、こちらの名を聞く。英語の勉強は奨励されているらしい。モスルの大学の前では流暢《りゅうちょう》な英語を喋《しゃべ》るコンピュータ・エンジニア志望の学生と話し込んで、最後には文通の約束までしてしまった。

人なつこいというか、物怖《ものお》じしないというか、実に明るい人たちだ。しかもおそろしく親切。イラン・イラク戦争から湾岸戦争を経て、経済制裁で苦労して、今また次の戦争の可能性が高まっている。それでも食べるものはあり、毎日の仕事はあり、世間話をする相手はいくらでもいる。つまり今は普通の日常生活が送れる。それならば日常生活の中で緊張している必要はない。

基本的に陽気な性格なのだろう。思うところは表情にあらわれ、また言葉にもなる。外国人が珍しいだけではない。見ていると彼ら同士でも見知らぬ仲が気軽に声を掛け合い、すぐに親密に喋りはじめる。人と人の間の敷居が低い。バグダッドの街頭には今の東京に見るような冷ややかさはないし、地方都市に行けばもっと開けっぴろげになる。国全体が田舎なのだと言ってもいいが、ぼくにはこれは好ましいものだった。

女たちはどこにいるか。

女性が社会の表に出ているか否《いな》かをもってその国の近代化を計るのは一つの便法に過ぎ

ない。西側の偏見と言うこともできる。しかしぼくは日本という西側の一国から来たのだから、一応この基準を当てはめてみよう。

町に女性の姿はたくさんある。彼女たちはサウディアラビアのように顔を隠してはいない。イランのようにみながみな髪を布で覆ってもいない（イランの場合は本当に七、八歳以上は一人残らず、徹底して、髪を隠していた）。正確に言うと、顔をすっかり隠した女性は南部で数人見かけたくらい。髪を覆う比率は半々だろうか。モスル大学の女学生は八割が髪を見せていた。

ナシリヤの喧噪《けんそう》を極めた市場で見ていると、買い物客の四割が女性で、売り手の方も三割が女性。みな元気にばりばりと商売に励んでいる。女を外に出さないというルールはないのだ。官庁にも女性の姿は多い。情報省の中には英語の日刊紙を発行しているセクションがあるが、そこは編集長以下みな女性なのだという。女性には車の運転もさせないサウディアラビアとはずいぶん違う。

黒い布で全身を覆う、アバーヤと呼ばれる衣装をまとった女の数は少なくない。ナシリヤの市場では半分くらいが黒い姿だった。

服装は元来が保守的なものである。伝統的な衣装を捨てて新しいものを身にまとうには勇気がいる。たぶん今、イラクの女たちは着るものを変える途上にあるのだろう。だから、都会ほど、若い世代ほど、西欧化が進んでいる。

衣服など、国や民族に固有の文化のことは外の人間がとやかく言うべきではないとぼくは考える。欧米や日本について言えば、頻繁に変わる流行を追うあまり価値観は混乱しているし、だいいち大量の資源を無駄にしている。個人の好みが資本の論理に侵食されている。

イラクの女たちは社会に出ているが、しかし、家の中では隔てられている。イラク滞在中、三か所で個人の家に招かれた。精一杯のもてなしを受けたけれども、どこでもその家の女たちには会わなかった。

そのために家には居間とは別に客間がある。バグダッドでも、ユーフラテスの川辺でも、ウルクの遺跡でも、客間にお茶を運んでくるのはその家の少年だった。招待のお礼に一族全員の記念写真を撮ろうということになった時も、家の前に並んだのは男ばかり。奥の方ではくすくす笑ったり何か話したりする声が聞こえるのだが、しかし彼女たちは出てこない。

家の外ではまた違う。ナジャフから南に向かう道の途中で米を収穫していた女たちは写真に嬉しそうに納まった。ナシリヤの市場でも撮られたい気持ちとはにかみの間で若い娘たちは迷っていた。しかし家ではまた別の基準が働いて、家父長制度が厳然と機能している。

衣服の保守性について付言しておけば、ヒラで見かけた花嫁は西洋式の白いドレスを着ていた。夏に行ったトルコの田舎でも同じ姿を見たから、保守的な社会の女たちが一生に一度だけ遠い西側の文化に身を包む時が婚礼なのかもしれない。

査察を巡る安保理の交渉のニュースは次々に入ってきたが、それでも首都バグダッドの市街はまだのんびりしている。

情報省という、報道を管轄している官庁に行った時は、外の歩道から八階にある担当者の部屋まで一度も誰何《すいか》されることなく入ってしまった(部屋の位置は事前に電話で聞いてあった)。

遺跡を見るために国内を北と南へ合計一六〇〇キロほど走り回ったが、いくつもの検問所を通りながら、実際に検問されたことはない。写真の撮影にしても、撮るなと言われたのは、ウルの遺跡のすぐ隣りにある軍の基地と、やはりバビロンの遺跡の隣りにある要人用の宿泊施設だけだった。

誤解のないように、ここで今回の旅の基本条件を書いておこう。これはぼく自身が企画した取材旅行であり、行くべき場所、見るべきもの、話を聞く相手、すべて自分で決めた。取得したのがジャーナリスト・ヴィザだったので、情報省から通訳が一人同行した。取材の手配などをやってくれるし、見るべきものの提案も的を射ていて、なかなか役に立った。

彼には監視役という任務もあったのだろうが、これが結構いい加減なのだ。バグダッドで例えば午前中から博物館に行ったとしよう。午後早くそこを出てホテルに戻って「今日はもういいです」と言えば彼は帰ってゆく。その後でこちらが勝手に出かけるには何の制約もない。それを利用して反政府派の活動家に会うほどのジャーナリスト精神も現地情報もぼくは持っていなかったが、ホテルを出てタクシーを拾うのは簡単なことだ。

イラク事情に話を戻せば、先に書いたとおり国連でのやりとりや各国での反戦デモのことなどが政府発行の新聞（英語とアラビア語とがある）で伝えられていた。全体としてイラク政府の立場で編集されたことは明らかで、報道機関としての独立性はない。ホテルのテレビは国営放送の二つのチャンネルと、なぜかディスカバリー・チャンネルが見られた。アンマンでは、BBCとCNN、それにドイツのDWとフランスのTV5、イタリアのRAI、アル・ジャジーラ、それからサウディアラビアとエジプトとイラクの放送が見られたのだから、それと比べればまことに貧しい。

西側のメディアはサダム・フセイン大統領と彼に率いられるバース党が国民の上に圧政を敷いていると伝える。これについてはぼくは判断を控える。アラビア語ができない身で、わずか二週間の滞在で、生活の実態がわかるはずがない。ヒトラーの時代のドイツや、第二次大戦中の日本、スターリンが支配していたソ連、あるいはマッカーシズムのころのアメリカ、ないし今現在の北朝鮮やサウディアラビアと比較して、イラクの社会がきついのか緩やかなのか、ぼくにはわからない。

しかしこういうことはある。この秋にイラクは大統領の信任投票を行った。そして国民の一〇〇%がサダム・フセインを支持していると発表した。この結果について西側のメディアはこれこそ独裁の証《あか》しと嘲笑した。

ぼくはイラク国内で親しくなった知識人A氏にこの件についてどう思うかと聞いてみた。

念のために書いておくと、例の情報省の通訳氏はその場にいなかった。A氏は、イラク人の何割かはサダム・フセイン体制に反対していると思う、と言った。しかし、アメリカが戦争を仕掛けようとしているこの時期に指導者を代えるわけにはいかない。この国の国民にも誇りがあるし、武器を以《もっ》て迫られれば反発する。一〇〇%の支持というのは今のこの国の雰囲気を表している数字だ、と言う。

メディアにはそれぞれの物差しがある。先進国のメディアが途上国を見る場合は、どうしても減点法になる。つまり自分のところを基準にして、この国にはあれが足りないこれがないという論法になる。信任投票の結果が一〇〇%と聞くと、国民みなが投票を強制されたと受け取る。

この国に言論の自由がないことは否定できない。またフセインとバース党が政権維持のために粛清と弾圧を重ねてきたというのもたぶん本当だろう。少数意見を尊重することを民主主義の基本原理の一つとすれば、イラクは民主主義国家ではない。しかしそれはまずもってイラク国民の問題であり、他の国が武力を使ってまで是正すべきことではない。封建領主そのままのサウディアラビアの体制や、アラブ系の国民の権利を蹂躙《じゅうりん》しつづけるイスラエルの政府を容認したままサダム・フセインの政府を非難するのはフェアでない。

またイラクについての西側メディアの報道には、ナショナリズムという大事な要素が欠けている。国民の多くは今の危機を乗りきるために、強制によってではなく本心から、サダム・フセインに賭けて支持を表明したのだ。それは国民の判断として尊重されなくてはならない。

ぼくはナショナリズムが好きでない。この思想は一国をまとめるのに強い力を発揮するが、しばしば理性以上に感情に訴え、冷静な判断を誤らせる。無意味に敵愾心《てきがいしん》を煽《あお》る。しかし、外の脅威にさらされた国が、そのままでは国家という枠組みもばらばらになりかねない時、ナショナリズムが国民を結束させて抵抗力を増すというメカニズムがあることは理解できる。ブッシュ大統領は9・11で人気を回復したし、小泉首相は北朝鮮拉致問題に救われた。

経済制裁で生活が苦しかった時期、この苦難の理由を探したイラク国民は、アメリカをはじめとする西側諸国が自分たちを苦しめていると考えたはずだ。抗生物質の輸入が禁じられているために自分の子が腕の中で死ぬのをただ見ているしかなかった六十二万人の母親たちは、自国の大統領ではなくアメリカを恨んだだろう。経済制裁は結果としてイラク国民を団結させ、為政者の立場を強化することになった。西側の戦略としては逆効果だった。

サダム・フセインの支配が長く続いている理由を圧政だけに求めることはできない。よくも悪くも彼は政治家として優れている。これには二つの側面があって、一つは国際的な状況全般の中でイラクという国の方針を決める思想であり、もう一つはその思想をもってイラク国民を率いるための指導力と統率力だ。前者について彼は、ナセルを範として、西側の影響力を排除し、アラブに近代的な国家を造ることを目的とした。後者の方は、ナセルの失敗の理由を有能な官僚を育てられなかったことに帰して、バース党を強化した。

更に彼は政治家に必要なのはカリスマ的な魅力だということをよく承知している。国中に自分の肖像を展示し、新聞やテレビにも頻繁に登場する。肖像の方はにこやかな慈父から、西洋紳士、アラブ戦士などなど多くのバージョンがあって、西部劇のヒーロー風の姿などは相手がブッシュだけにおかしい。タレントとしてメディアを利用するこの戦略を彼は西側から学んだ。

そういうサダム・フセインを国民の多くが支持している。

だからと言って、この国民を爆弾とミサイルで殺していいということにはならない。

今の事態をアメリカの利害という視点から見ると、すべてがあまりに明快になってしまう。アメリカを動かしている原理は中東のエネルギー資源の確保とイスラエルの存続という二つだ。そのためには中東にアラブ圏をまとめる指導的な国が生まれるのは好ましくない。だからイランにホメイニが登場した時はイラクを煽動してイランをつぶそうとした。しかしイラクが強くなりすぎるのもまた困る。そこで湾岸戦争に誘い込んでサダム・フセイン政権の力を殺《そ》ぎ、今は大量破壊兵器を理由に武力で倒そうとしている。イスラエルが核兵器を持っていることは誰もが知っているけれども、日本を含む西側諸国がそれを論じることはない。そういう状況のうちに、また何十万かのイラク国民が殺されようとしている。

前記のA氏は、サダム・フセインは大きな失敗を二度した、と外国人であるぼくを前にして言った。一つはイラン・イラク戦争。これは西側の先兵として使われただけだった。もう一つは湾岸戦争。これも罠にはまったようなものだった。

A氏は、自分自身の半生を考えてみても、自己形成に最も大事な十年あまりを戦争やら経済制裁やらで無駄にしてしまった、と言う。そうでなければ今とは違う自分になっていたと思う。だから今回もまた戦争かと嘆かないではないけれど、そう言って耐えている間に歳月は過ぎ、何十年か後にはアメリカ国内の好戦的な連中も力を失って、平和なイラクの日々が来るのだろう。自分の子供たちの世代にはもう少し明るい時代が約束されているのならばいいのだが。

こういう話を聞きながら、確かに戦乱の世は多くの才能を無駄にするものだとぼくは考えた。人生にはさまざまなハンディキャップがあるが、今の日本人の大半は国際政治情勢や戦争が自分の人生のハンディキャップになるという事態を想像もしない。

では彼らイラク人にとって戦争とはどういう現実か。なぜバグダッドの市内も地方の都市も落ち着いているように見えるのか。戦争の準備をしていないわけではない。政府は三か月前から食料の配給量を倍にして、各家庭での備蓄を奨励している。もしも戦争になれば、攻撃するアメリカの軍事力は圧倒的である。イラクには制空権はないし、はっきり言えば射的の的のような立場だ。彼らの対空砲火など何の意味もない。

だから、戦争になったら流通経路も断たれて食べるものが配れなくなるかもしれないと考えて、配給を早めているのだ。では水はどうするのか。水は備蓄できない。水道の施設を壊されたら、都市の市民はどうやって水を得るのか。インフラストラクチャーを失った社会はどうやって生き延びるか。住民の何割を失うことになるのか。

経済制裁でさえたくさんの子供を殺した。あれは制裁に名を借りたジェノサイドだと批判された。戦争はもっと直接的な破壊である。湾岸戦争でアメリカは数百トンの劣化ウランを使用した。イラク南部には放射線症に苦しむ子供や大人がたくさんいる。その意味で、あれはヒロシマ・ナガサキに次ぐ核戦争だったと言うことができる。

戦争になったとしても、疎開した先で何が起こるかわかりません、と言う人がいた。それよりは、近所の人たちと助け合った方がいいでしょう。イラクの社会における人と人の仲のことを考えると、近所の人たちと助け合うという言葉には深い意味があるように思われた。

バグダッドから四〇〇キロほど北のモスルという大きな町で、なんとアメリカからの観光団に会った。今のイラク政府は、外貨を得るには石油を売ればよいという考えから観光客の誘致に熱心ではないのだが、それでも五名以上のグループならば遺跡などを見てまわることができる。しかし、アメリカからというのは意外だった。中年の人たち十数名だから、たぶんみな熱心な考古学ファンなのだろう。

彼らを率いているガイドに話を聞いてみた。イラク国内を八日間かけていちばん南のバスラからこの北のモスルまで見てまわり、今日は陸路でシリアに向かって、最終的にはレバノンから帰国する予定だという。

よくこの時期にアメリカ人が来たねとぼくが言うと、イランから陸路で入国したのだが、国境でイラクは恐いからやっぱり嫌だとごねた男が一人いた、と彼は話した。ところがこのグループには前にイラクに来たことのあるメンバーが三人加わっていて、決して恐い国ではないからと説得した結果、めでたく全員でイラクに入り、ごねた男も心おきなく遺跡見物を楽しんだとのこと。

それにしても彼らはアメリカに帰ってからこの国の印象をどういう風に友人たちに話すのだろう。それに、アメリカにはたしか国民がイラクを訪れることを禁止する法律があったはずだ。違反した者は百万ドルの罰金ならびに十二年の懲役ではなかったか。実際にこの法によって裁かれた者はいないとも聞いているのだが。

観光客のグループといえば、ウルでもフランス人の一行に会った。戦争の危険よりも遺跡の魅力、と考えるのはぼくだけではないらしい。

イラクの南部にあるウルの遺跡を見るためにナシリヤという町で一泊して首都に戻る途中、奇妙なことがあった。国道を走っているぼくの車から数十メートルのところでいきなり地対空ミサイルが発射されたのだ。ミサイルは轟音と共に空に駆け上がり、白煙を噴きながら青空をしばらく迷走して、やがて消えてしまった。空中で爆発が起こらなかった以上、何にも命中しなかったらしい。

上を飛ぶ飛行機の姿はなかったように見えたが、走る車の狭い窓から見ただけだから、実際に何が起こったのかはわからない。車を停めて外に出て見ることはしなかった。ここからミサイルが発射されたとなると、反撃のミサイルがすぐにも飛来するかもしれない。そんなところに長くはいたくない。ぼくたちはひたすら走った。

しかしなぜミサイルが発射されたのだろう。そう思ったのは、これが何の意味もないばかりか相手の反撃を誘う危険な行為だからだ。

その場所はシャトラという町の近くで、アメリカとイギリスが勝手に設定したいわゆる飛行禁止区域の中である。イラク国土の半分以上を占めるこの地域内の目標に対して米英は一九九一年以来頻繁に爆撃とミサイル攻撃を行ってきた。一九九九年までの数字だが、六千回の出撃をくりかえして四百五十の施設を破壊したという。二百機の軍用機と十九隻の艦艇、二万二千の兵員がこの大作戦に参加している。アメリカの高官は、もう壊すべき軍事施設がない、奴等の屋外便所まで壊してしまった、と言っている。つまり戦争はとっくの昔に始まっていたのだし、それもまったく一方的な戦争なのだ。

イラクの大半は沙漠である。サハラのような砂丘の連なる沙漠ではなく、ただひたすら平らなのだ。ぼくは北から南まで走ったが、その間つねにまっすぐな地平線が見えていた。山がない。谷もない。偵察衛星が発達して上から何でも見える時代に、また制空権がなくて米英の飛行機が勝手放題に飛べる国で、山地に壕を掘ることもできないとすれば、いったいどこに武器を隠せるのだろう（これはいわゆる大量破壊兵器のことではない）。

イラク国内で軍の基地の前は何度か通ったが、外から見るかぎりなんとなく空《から》っぽの感じだった。戦車を運んでいるところも見たけれど、素人の目にもおそろしく古い代物に見えた。あのミサイルにしても戦車と似たようなものではないのか。何に向けてにせよそれを発射するというのは自己満足、と言って悪ければ象徴的な行為に過ぎない。

もしも本格的な戦争ということになれば、イラクという国はろくな反撃もできないままに崩れてゆくだろう。どれだけの施設が破壊され、どれだけの人が死んだところで戦争は終わるのか。終戦を宣言するのはいったい誰なのか。

旅をしているかぎり、町や村で人々を見ているかぎり、今のイラクは普通の国である。ぼくは中近東ではイランとヨルダン、それにイスラエルとエジプトとトルコを知っているが、イラクの街路の雰囲気はこれらの国とさほど違わない。欧米諸国だけを念頭においてイランやヨルダンを特殊な国と言うのならばともかく、イスラムの国としてイラクだけが違うという印象はなかった。

イラクの社会に、旅行者が首をかしげる一面がないわけではない。例えばお金。紙幣がサダム・フセインの肖像を描いた額面二百五十ディナール札一種類しかないのだ。これ一枚が十六円ほどだから。例えば二十ドルを換金するとこの札が百三十六枚来る。百枚の束が一つと、あと三十六枚。

タクシーにはメーターはない。すべては交渉しだい。最もおんぼろの車で、英語のできない運転手で、いちばん近いところまで行って、五百ディナール。すなわちこの札が二枚。同じ距離でもホテルの前で張っている外国人目当ての、少しはまともな車で、英語を話す運転手だと十二枚は要求される。バグダッドに着いた翌日からぼくはディナール単位で数えるのをやめて何枚としか考えなくなった。

国中がそうだから、市場などではみなが分厚い札束を持ち歩いている。こちらが例えば四十七枚を丁寧に数えて渡しても、相手の方は数えもしない。百枚の束には銀行の帯封があって、束のままで一枚の二万五千ディナール札として通用している。五千ディナールや一万ディナールの札を作ればいいと外から来た者は考えるが、それがない。

ついでに言えば、物価は安いのだ。外国人の立場で言えばおそろしく安い。先に書いたレストランの立派な食事が一人分で六枚から八枚、つまり一ドルくらいだから、日本ならば四十年前の相場ではないか。市場で売っている元気でうまそうな鶏が一羽やはり一ドルほど。この数字も平均的な所得と比べなければ意味がないが、食べ物や雑貨が国全体に行き渡っているということは、すべて庶民に手の出ない金額ではないのだろう。誰でもちょっと気張れば鶏を買って家族で食べることができるのだろう。

検閲がどの程度まで厳しいかはわからない。ぼくが体験した唯一の例が、ホテルからファックスを送った時に、コピーを一部ホテル側に提出するという決まりだった。これは単に記録のためで他の用途に使われることはありません、とファックス用の伝票に明記してあった。ぼくが妻にあてた日本語の、手書きの、悪筆の文書を秘密警察の誰かが必死になって解読している図というのは想像するだに楽しいが、実際にはしまっておくだけだ。万一ぼくが当局から反政府活動のエージェントとして目をつけられた時には、このコピーに重大な意味が生じるのかもしれないが。

ある本屋でオサマ・ビン・ラディンの伝記を見かけた。アラビア語だったが、あの顔が大きく描いてあるからすぐにわかる。情報省の通訳氏に聞くと、この国ではどんな本でも販売は自由だと言う（まさか『サダム・フセインの罪と罰』というようなタイトルの本が売れるとは思えないけれど）。

イラク政府はオサマ・ビン・ラディンを強く非難している。アルカイダとイラク政府が通じているというアメリカの主張には根拠がない。ムジャヒディンと呼ばれるイスラム系のゲリラ戦士の活動を容認しているアラブの国は少なくないが、イラクはそうではない。ムジャヒディンの活動を許せば何時《いつ》その矛先がイラク政府に向けられるかわからないと警戒しているのかもしれない。

早い話がすべて国家制度を破壊する者はサダム・フセインの敵である。だから同じイスラム教徒であるはずのチェチェン独立運動は退けて、武力弾圧に走るロシア政府を支持するのだ。

それでもオサマ・ビン・ラディンの伝記を売ることは禁止しない。その伝記がどのような視点から書かれているかはわからないけれども、アラブ圏での彼の人気を考えるとたとえ批判的であってもそれなりの信奉者を生むかもしれない。それくらいは黙認できるということだろう。現政府は内政については自信を持っている。

普通の旅行者として行ったのだから、日常的なものしか見られないのは当然だが、そのイラクの人々の日常の姿こそがぼくに強い印象を残した。この人たちの上に爆弾が降るというのはとても理不尽なことのように思われた。

バグダッドのラシード街という賑やかな通りの西の方にムッタナビという地域がある。ムッタナビは十世紀の詩人の名である。休日になるとここに古書の市が立つ。細い道路の両側、路面一杯に本が並べられ、買い手はそぞろ歩きをしながら興味を引く本を見つけるとしゃがみ込んで手に取る。値段を聞いて、少し値切った上で嬉しそうに買ってゆく。

どこの国でも本好きは変わらないなと思いながら、ぼくもゆっくりと本を見ていった。アラブ圏では、本を書くのはエジプト人、印刷するのはレバノン人、買って読むのはイラク人という言葉があるそうだが、実際ここに集まった読書家はみなとても熱心だった。もちろんアラビア語の本がほとんどで、中にはなかなか扇情的な表紙の小説らしきものもある。英語の本では大学レベルの教科書が多かったが、シェークスピアやディケンズ、フォークナーなどもあった。

この古書市でぼくはなんと日本語の本を見つけた。高橋英彦さんという方が書いたイラク滞在記で、二十年ほど前の刊行である。イラクの暮らしや遺跡や文化について詳しく、すぐにも役に立つ本だとわかったからあまり値切らずに買った。本を売るマーケットの機能は必要な本を欲しがっている人のもとに届けることである。誰か日本語を読む人がこの町を去る時にこの本を手放し、それをマーケットは正しくぼくの手元に届けた。

ぼくはこういうイラク人の文化的な姿勢に共感を覚える。

別の例を挙げれば、ハトラという北方の遺跡で、石材をゆっくりと丁寧に削っていたあの老いた石工のこと。彼はこの遺跡を修復するという遠大な事業のために、一枚の石の面を平らに均《なら》していた。少し削ってはいとおしそうに手で撫でて凹凸の具合を探り、またゆっくりと鑿《のみ》を動かす。彼の目には目前の戦争は映っていない。見えているのは十年後百年後のこの遺跡の姿ばかりだ。イラク人の誇りにはいくつかの理由があるが、世界で最も古い文明を創造したというのもその一つだ。たかだか二百年あまりの歴史しかない某国が何をいばるかと笑う。

石工の老人は何も言わなかったが、数千年を跨《また》ぐ仕事をしている姿には威厳があった。世界には着々と戦争の準備をする国がある一方で、黙々と遺跡を修復する国もある。

この遺跡を出て国道に戻る途中で、小さな橋を渡った。ハトラはヘレニズムの影響を強く受けたアラブ人の交易都市だった。沙漠の真ん中にあるが、都市として機能するために水の供給源をいくつも持っていた。その一つが近くを流れるこの川で、この季節には涸《か》れている川の上に橋は架かっていた。

小さな橋を渡った時、戦争というものの具体的なイメージがいきなり迫ってきた。二〇〇二年十一月四日の午後の今、近隣国にあるアメリカ軍基地の倉庫の中か洋上の空母の上に、この小さな橋の座標を記憶した巡航ミサイルが待機している。遠くない将来にそれが飛来して、青い空から一直線に落下し、爆発し、この橋を壊す。そういう情景がくっきりと浮かんだ。ぼくの目の前で橋は炎と砂塵《さじん》と共に消滅してゆく。

同じようにイラク中の都市の橋や官庁、精油所、発電所などの座標を刻まれた無数のミサイルが出番を待っている。湾岸戦争でインフラストラクチャーをすっかり破壊され、その後の経済制裁で痛めつけられたイラク国民がこつこつと自力で再構築した施設が、次の戦争でまた壊される。

そして人が死ぬ。ミサイルと爆弾で即死する者もいるし、食料や水や薬品の不足からゆっくりと死ぬ者もいる。戦争は子供も女性も年寄りも区別しない。戦争になればこの国はそういう目にあう。

ミサイルを発射する側は決して結果を考えない。彼ら軍人たちはその情景を想像してはいけないと教えられている。ここ二十年で軍事技術は大きく変わったが、人工衛星による偵察やコンピュータ制御以上に大きく戦争を変えたのは、相手を見ることなく、つまりまったく罪悪感なく、人を殺す技術の発達ではないか。

アメリカ側からこの戦争を見れば、ミサイルがヒットするのは建造物３３４７ＨＧとか、橋梁《きょうりょう》4490BBとか、その種の抽象的な記号であって、ミリアムという名の若い母親ではない。だが、死ぬのは彼女なのだ。ミリアムとその三人の子供たちであり、彼女の従弟《いとこ》である若い兵士ユーセフであり、その父である農夫アブドゥルなのだ。

ミサイルを発射するアメリカ兵はミリアムたちの運命を想像しない。自分が世にも無関心な死刑執行人であること、無関心は冷酷よりも更に冷酷であること、一〇〇％無作為のこの一方的な死刑は一〇〇％誤審の結果であることを知ろうとしない。だが、彼女たちと出会い、その手で育てられたトマトを食べ、市場でその笑顔を見たぼくは、彼女たちの死を想像してしまう自分を抑えることができない。

バグダッドで二つのモスクを見た。一つはカドマインというところで、ここはシーア派の聖地だからイラク国内はもちろん遠くイランからも信徒が参詣にくる。この他にもイラクにはシーア派の聖地がいくつかあり、それらを巡るのは信徒にとってはメッカに詣でるのに次ぐ大事なことらしい。

このモスクの前には門前町があって、全体の雰囲気は長野の善光寺などによく似ている。ぼくはここで会った人たちが一様にゆったりとした表情でにこにこしていることに心を動かされた。家族連れが多いのだが、旅の疲れも見せず、みないかにも満ち足りた顔をしている。ここに来られて本当に嬉しいという思いが伝わる。ここでは信仰はすなわち喜びだった。

もう一つのモスクは「闘いの母」という名のついた、大変に政治的な性格のところだ。ラマダンに入ってすぐの金曜日の昼間、ここで入りきらないほどの会衆を集めて説法が行われていた。

アラビア語の説法の内容は理解できなかったが、愛国心を鼓舞する過激なものであることは口調からわかった。しかもテレビが全国に中継しているのだから、政府の意図にも沿ったものなのだろう。

ぼくが不思議に思ったのは、黙って下を向いたまま説法を聞いている男たちの表情だった。ここはモスクであって政治集会の会場ではないから、会衆はいっさい言葉を発しない。時折ごく小さな声で祈りの言葉をつぶやくのみ。それにしても宗教がらみのアジテーションを聞いている彼らの顔に浮かんでいたのは、あれはどういう思いだったのだろう。非常に静かな沈思の表情。あれで彼らは戦闘意欲を注入されたのか、あるいは戦乱や制裁ばかりのこの二十年間に思いを馳《は》せていたのか。若い人たちが感じていたのは闘いの決意か、この先で待つ死や負傷への不安の方か。

一時間の説法が終わった後、数千の会衆は一言も発せず、黙々と帰途についた。

二〇〇一年の秋から、「ニューヨーク・タイムズ」は世界貿易センタービルの被害者一人一人の人生を詳しく辿《たど》る連載記事を載せた。テロでも戦争でも、実際に死ぬのは家族も友人もある個人だ。だからテロというものを徹底して被害者の立場から、殺された一人ずつの視点から見るという姿勢は大事だ。しかし同じ新聞がアフガニスタンの戦争のことは抽象的な数字でしか伝えない。アメリカ軍が放つミサイルの射程はどこまでも伸びるのに、メディアの視線は戦場に届かない。行けば見られるはずの弾着の現場を見ないまま、身内の不幸ばかりを強調するメディアは信用できない。

だから、自分の目で見ようと思ってぼくはイラクに行った。バグダッドで、モスルで、また名を聞きそびれた小さな村で、人々の暮らしを見た。ものを食べ、互いに親しげに語り、赤ん坊をあやす人の姿を見た。わいわい騒ぎながら走り回る子供たちを見た。そして、この子らをアメリカの爆弾が殺す理由は何もないと考えた。

日本に帰ってからも思い出す光景はいろいろある。ニネーヴェの遺跡を出たところで、子供たちが遊んでいた。ぼくは車に戻る前にちょっと足を止めて、彼らを見た。八歳から十二歳くらいの子が数人。顔は泥で汚れているし、着ている物も新しいとは言えない。肌が黒い分だけ目がきらきらしている。

彼らは歌をうたっていた。ぼくもよく知っている節だ。ついつい誘われて、三歩ほど近づいて、このメロディーは何だっただろうと思いながらハミングで唱和する。子供たちがこちらに気づいた。おや、この外国のおじさんもこの歌を知っている。

ぼくは彼らと目の高さを合わせようとしゃがんだ。子供たちは歌いながら寄ってきた。単純な節を三度ばかり繰り返し一緒に歌った。

終わった時、いちばん大きな女の子がこちらを見てにっと笑った。その時になってようやくぼくはこの歌の名を思い出した。「フレール・ジャック」というフランスの童謡だ。最初のところを聞けば世界中の誰もが先を続けられるほどよく知られたメロディー。戦争というのは結局、この子供たちの歌声を空襲警報のサイレンが押し殺すことだ。恥ずかしそうな笑みを恐怖の表情に変えることだ。

それを正当化する理屈をぼくは知らない。

バグダッドの靴磨き

米原万里

えっ、一ドルもくれるの！　ありがとう。お客さん、アラビア語がうまいね。顔見せなければイラク人で通るよ。韓国人？　ああ日本人か。父さんがホンダに乗ってたよ。いいバイクだ、日本人は優秀だって口癖みたいに言ってた。腕のいい靴職人だったんだ。

それで、お客さんは石油関係？　それとも外交官？　えっ、僕の話を聞きたいだって？　そうか、ジャーナリストなんだね。

僕の名前はアフメド、年は十二歳。それ以上はタダではしゃべれないよ。だって、お客さん、僕のこと書いて金稼ぐんだろう。五ドルの価値はあると思うよ、僕の話……あっ、三ドルでもいいよ。……二ドルでもいい。

えーっ、十ドルも！　嘘だろう。いいの？　ほんとにいいの？　じゃ、前金で頼むよ、前金で。手が震えてるじゃないかって。だって、こんな大金、手にするの初めてだもん。……恩に着るよ。僕、どうしても金を貯《た》めなくちゃならないんだ。差し当たって三十ドル、これだけは急いで貯めなくちゃならない。何のために？　それは内緒。ムニール叔父さんは毎月平均それくらい稼いでたんだけどね。

今までのお得意さんたち、みんな貧しくなっちゃって、毎日喰っていくのに精一杯で、靴磨きなんか利用しなくなっちゃったでしょ。本当は、ほら、あの子たちみたいに五つ星ホテルに出入りする外国人に群がって物乞《ものご》いをした方がずっと儲《もう》かるんだけど、僕の右足がこんなだから。四月九日にアメリカ軍がバグダッドに入ってきたでしょう。あのときアメリカ軍は外出禁止令を出したんだけど、僕は家でいさかいを起こして、街に飛び出してきてしまった。そしたら、戦車に乗ったアメリカ兵が僕の足をねらい打ちして、弾が膝を貫通した。あのときも、ムニール叔父さんに反発して、叔父さんを困らせたくて家を出たんだ。だから自業自得かもしれない。

なぜ、叔父さんにあれだけ反発したのか。それは母さんのせいなんだ。

「アフメド、あんたには無理よ。あんたは、このリュックを背負って、お祖母《ばあ》ちゃんとライラの手を引いてくれればいいの」

僕が長持ちの銅製の取っ手に手を伸ばすたびに、母さんはそう言った。防空壕には、一人一つの荷物しか持ち込むことが許されなかったので、母さんはいつも、お嫁に来たときに持参した大きな長持ちを持ち込む。そこには、祖母ちゃんと母さんと僕と妹二人の衣類と日用品がびっしり詰め込まれているものだから、恐ろしく重い。母さんは二歳のハナアを片手で抱きかかえ、もう一方の手で取っ手の一つを持つ。もう一つの取っ手はムニール叔父さんが持つことになる。それが嫌で嫌で、僕は、毎回、母さんに止められるのを承知で長持ちの取っ手に手を伸ばすんだ。叔父さんは身軽だった。空襲で家も家財も商売道具も失ってしまって、僕の家に転がり込んできたんだ。

「家族がいなくて良かったよ。ものは失われても、また手に入れることができるが、失われた命は二度と戻らないからね」

とか言っちゃって、叔父さんは空襲に見舞われたことをちっとも悲しんでいないばかりか、むしろひどく嬉しそうに見えた。それも癪《しゃく》に障った。

叔父さんは父さんの弟で、父さんが強くて丈夫でハンサムだった分、叔父さんは華奢《きゃしゃ》で病気がちで風采のあがらない男だった。祖母ちゃんもよく言っていた。

「神様《アッラー》はほんとに不公平だよ」

でも、何が幸いするか、分からない。父さんは兵隊に取られて、バスラから一度手紙が来て以降音信不通になってしまったけれど、ど近眼で生まれつき左右の脚の長さが違う叔父さんは、兵役検査でいつもはねられる。

叔父さんは大の本好きで、それが高じて古本の露天商をやっていたのだけれど、その本も一冊残らず空襲で燃えてしまった。戦争前に亡命していった人たちから二束三文で買い上げた本の山が一瞬にして煙になっちまったんだ。それでも食べていかなくてはならないから、叔父さんは、父さんが置いていった道具を使って靴磨きの仕事を始めた。古本商を再開するまでのつなぎだ、と言っていた。でも、不器用で気が利かないから、しじゅうお客さんに怒鳴られている。僕はそれも恥ずかしくて嫌だった。

「義姉《ねえ》さん、すみませんが、ちょっと休んでもいいですか」

防空壕まであと二十歩ほどのところで、叔父さんは母さんに声をかけて立ち止まり、長持ちを地面に置いた。

「ちょっとー、いきなり止まらないでよねえ、危ないじゃないの」

背後からやって来た隣のおばさんがつっかかりそうになって文句を言った。

「すみません。足が痛くなってしまって」

叔父さんは隣のおばさんと母さんに同時に謝りながら長持ちに腰を下ろした。本当は疲れただけなのに、そのことを母さんには言えないで足のせいにしている。叔父さんは母さんに夢中なんだ。叔父さんが独身を通しているのもそのせいだ。

父さんもよく気を揉《も》んでいた。

「お前は自分の美貌の効果を確かめたくて、ムニールの心を玩《もてあそ》んでるんだろう」

「バッカじゃないの。あたし、これっぽっちもムニールに気はなくってよ」

「でもムニールの方は有り余るほどお前に気があるんだからね」

父さんが家にいる頃はそんなやりとりが何度もあって、僕の耳にも入ってきた。でも堂々たる美女の母さんは、いつもそんな父さんの心配を一笑に付してしまう。

叔父さんはよく、サッカーの試合のチケットとか、映画のチケットを三枚入手してくる。すると父さんは、必ず円満に断ろうとする。

「あっ、今日は〇〇さんちに招待されているんだよなあ、お前」

でも母さんは、いつも父さんの努力をぶち壊す。

「あら、そんな予定ぜんぜん無くてよ」

「でも今日はお前、疲れてるだろう」

「ううん、元気もりもり」

だから、僕の出番となるのだった。

「わーっ、僕そのサッカーの試合すっごく行きたかったんだ」

とか、

「その映画絶対行きたい」

と駄々をこねる。それで、母さんが、

「じゃ、アフメドを連れて行ってやって」

という成り行きになるのだ。その時のムニール叔父さんのガッカリする顔を確認しながら、僕は心の中でザマアミロと罵《ののし》っていた。決して気が晴れるわけではない。むしろその度《たび》に自己嫌悪に襲われる。そんなとき、祖母ちゃんは僕を抱きしめて、

「大丈夫だよ、アフメド、お前の母さんは賢い人だから」

と耳元に囁《ささや》いてくれた。

防空壕に入ってすぐのところに、大きい荷物を置く空間があって、そこから狭いはしごをつたって下りていったところに本壕があった。叔父さんは先にはしごを降りて母さんを

支えようと手を伸ばす。僕はさっとあいだに割り込んで、叔父さんの手に妹のライラを、次に祖母ちゃんを託す。そのときも叔父さんのちょっと失望した目の表情を瓶の底みたいな分厚いレンズ越しに読み取るのを忘れない。不快感が身体中に染み込んでいく。父さんのことを思い出して涙が出てきそうになるんだ。

とうとう戦争が始まる直前になって、父さんが前線に送られる日、母さんはつま先立ちになって何度も何度も背の高い父さんを抱きしめ、口づけしながら、謝っていた。

「ごめんね。許してね。あなたの愛を試すみたいなことして。でもぜんぜん心配することなんてないのよ。わたしが愛してるのは、あなただけなんだから。本当よ」

「分かってるよ。だけど……」

「だけど？」

「オレの留守のあいだにムニールを一つ屋根の下に引き入れるなんてことはしないでくれよ」

「何を言い出すの！　当たり前じゃないの」

母さんはああ父さんに誓ったのに、一月も経たない内にムニール叔父さんを住み込ませてしまった。空襲という非常事態があったにしてもだ。

防空壕の暗闇に慣れてくると、人々の顔の表情も見えてくる。ムニール叔父さんは、また一心不乱に母さんに見とれている。みっともないったらありゃしない。近所ではもう噂が立っている。母さんの耳には入らないのだろうか。

いつのまにか、祖母ちゃんが僕を抱きしめて耳元に囁く。

「落ち着くんだよ、アフメド、ムニール叔父さんと母さんを信用するんだよ」

「叔父さん、お話しして」

僕がこれだけ気を揉んでいるというのに、ライラはすっかり叔父さんに懐《なつ》いている。四歳だから仕方ないのかもしれないが。

本の虫だった叔父さんは知識が豊富で、叔父さんの口からは魅力的な話が尽きない泉のように湧きでてくる。防空壕に避難した隣近所の人々も、いつのまにか叔父さんの話す物語に夢中になって聞き入っている。嫌だ嫌だと思っている僕でさえ、気がつくと耳を傾けている始末だ。

「ムニールさんのおかげで防空壕に避難するのが楽しみになったよ」

と評判で、すでに「シェヘラザード」というあだ名がついていた。

ふだんは、叔父さんは目抜き通りに靴磨きに出かけ、母さんは、バグダッド郊外にある、弁護士のアル・ブアサフさんの邸《やしき》に家事手伝いに出かける。アル・ブアサフさんは古本商時代の叔父さんのお得意さんで、もちろん、母さんを紹介したのも叔父さんだ。これも僕にとっては癪のタネだったが、母さんの稼ぎがなければ、僕たち一家は生きていけなかったから、我慢するしかなかった。

だから、あの日、二人は留守だった。だけど、僕は家にいるべきだったんだ。祖母ちゃんが、

「市場に買い物に出かけるから、ライラとハナアを見てておくれよ」

と頼んだのに、振り切って出てきてしまったんだ。あの時の祖母ちゃんの顔は今も夢によく出てくる。

隣のイブラヒムに誘われて、シェラトンホテル前の人だかりをのぞきに行ったんだ。

……そう、四月二日だよ、情報省の建物を狙ったアメリカのミサイルが目標をはずれて、僕の家のある地区に落ちたのは。イブラヒムと一緒に一目散に家に向かって走った。僕の家もイブラヒムの家も他の三軒の家ともども瓦礫《がれき》の山と化していた。大人たちを振り切って、僕は瓦礫の中に突進していって、祖母ちゃんと、妹たちの名前を呼び続けた。ライラの赤い靴が見えたので、駆け寄ったら、それは、ちぎれてガラスの破片が突き刺さったライラの左足だった。

「お兄ちゃん、あたしも一緒に連れてって」

とライラが僕を追いかけてきたのに、

「だめだ、お前がついてきたら足手まといだからな」

って言って僕は置いてけぼりにしてきてしまった。ライラはそれでも一生懸命僕の後を追いかけてきたのに。

血まみれになったハナアの小さな小さな手も出てきた。むずかるとき、僕の親指を差し出すとギュッと握りしめてご機嫌になった。そのときの感触と、にこやかに笑っていた顔を思い出して止めどなく涙が溢れてきた。

そこへ叔父さんが帰ってきてしばらくのあいだ呆然と立ちすくんでいた。それから、瓦礫を片付けながら、三人のバラバラに砕け散った破片を集めていった。僕とは一言も言葉を交わさなかった。叔父さんは黙々と瓦礫を片付け、板きれや煉瓦《れんが》を組み立ててバラックをこさえた。その冷静さが、また腹立たしかった。

母さんに連絡しなくては、と思った。このあいだの爆撃で市内も郊外もあちこちで電話線が切断されていたため通じなかったし、直接行こうかと一瞬迷ったが、こんな最悪の事実を母さんに告げるのが恐ろしくてできなかった。

いつもどおりにかなり暗くなってから帰ってきた母さんは、へなへなとその場にへたり込んでしまった。可哀想で、僕はその顔を正視できなかった。母さんは、叔父さんが掻《か》き集《あつ》めたライラとハナアの血まみれの破片を抱きかかえて頬ずりをしながら一晩中何かを語りかけていた。

それからは、叔父さんがこさえたバラックで雨露をしのぐようになった。母さんを見るのは辛かった。今にも泣き崩れそうなのを必死に堪えている。それでも叔父さんは、僕に遠慮して母さんの肩に手をかけてあげることさえできずにいた。それでついにある日、母さんは自分から叔父さんに抱きついて泣き崩れた。心細かったんだろう、母さんは。それはちゃんと理解できていたのに、なのに、僕は無性に腹が立って腹が立って……。そんなとき、柔らかく包み込むように僕を抱きしめて落ち着かせてくれる祖母ちゃんはもういなかった。それで僕は、つい心無いことを口走ってしまった。

「ふん、これで僕がいなくなれば、邪魔者が一人残らず消えて大満足だろうよ」

「アフメド、何てことを言うの！」

母さんは、力無く僕を叱りつけたが、叔父さんはサッと、母さんから身を離して、今にも泣き出しそうな目で僕を見つめた。僕は居たたまれなくなって、ぷいとその場を立ち去った。それはちょうどアメリカ軍がバグダッドを陥落させた四月九日で、この右足の膝がアメリカ兵にねらい撃ちされた銃弾に貫かれた記念日でもあるんだ。

道路際に転倒して気の狂いそうな痛みにのたうちまわる僕を抱き上げて病院まで運んでくれたのは叔父さんだった。心配で僕の後を付けてきてくれたんだ。でも、病院は医者も薬も足りなくて、傷口を消毒するのが関の山だった。そのまま放っておくしかなくて、膝下は、こんな風にミイラみたいに干涸《ひから》びちまったよ。

身体が思うように動かなくなった僕の世話を叔父さんはこまめにしてくれた。以前は僕の仕事だった家の掃除や夕飯の準備も黙って引き受けてくれるようになった。なのに、僕はいよいよ気むずかしくなって、叔父さんに辛くあたるようになった。そのたびに母さんが悲しそうな顔をする。それで、余計に叔父さんに、いやそれ以上に自分に腹立たしくなって、家を飛び出すことが多くなった。

六月のクソ暑い昼下がり、ムシャクシャしながら街中を歩いていて目の前に差し出されたチラシに、「侵略者アメリカに死を！」って書かれてあって、ハッとした。そうだ、祖母ちゃんもライラもハナアもアメリカ軍に殺されたんだ。カッカしていた頭が冷えてきて、母さんに八つ当たりしている自分が恥ずかしくなった。叔父さんに対する嫌悪感はそれでもぬぐえなかったが。

それからは、街中でときどき見かけて顔見知りになった抵抗組織の人たちのポスター貼りやビラ配りの手伝いをするようになった。お互い名前も住所も知らない。たまたま見かけると、頼まれるという関係だ。ただ、

「絶対に配り切るか、処分して、自宅には持ち帰らないように」

ときつく注意されていた。なのに僕は、ある日配り切れずに残ったチラシをシャツに突っ込んだままバラックに帰って、水浴びをするときに脱ぎ捨てたシャツとともに椅子の上に置いたまま寝入ってしまった。

相次ぐアメリカ兵に対するテロに手を焼いた占領軍当局は、バグダッドの各地区に抜き打ち的に掃討作戦を展開するようになった。早朝、僕たちのバラック街にも銃剣を構えた米兵が押し入ってきた。そして、例のビラの束を見つけてしまった。一枚なら街でもらっただけだと言い訳できるが、十枚以上あったのでは、そんな言い訳は通らない。フセイン時代に泣く子も黙ると言われたアブ・グライブの監獄は、今では占領軍に刃向かうと疑われた人々が片っ端からぶち込まれている。バグダッドだけですでに一万人の人々が行方不明になっている。フセイン時代と変わらない拷問が行われているという噂を思い出して、僕は恐怖のあまり金縛りになった。上下の歯と唇が噛み合わなくなってワナワナ震えていた。

グループの責任者らしい男が、ビラの束を摑んで振り回しながら怒鳴り散らした。

「フーゲッイッ、フーゲッイッ」

銃剣の先が僕と母さんと叔父さんの鼻先に突きつけられる。叔父さんが何かを申し出た。お仕舞いだ。叔父さんは僕を突き出すつもりだ。内心ほくそ笑んでいるに違いない。これで思い通り母さんと水入らずだ。怒りと恐怖と悲しみで僕は呼吸が止まりそうになった。それでも覚悟を決めて目を瞑った。

「いやーっ、やめてー」

母さんの悲鳴で思わず目を開いた。叔父さんが両手を背中に回され、プラスチック製の手錠をかけられ、背中をどんと押されて顔面から床に倒された。その頭をアメリカ兵は靴で踏みつけた。母さんは泣き崩れながら、叔父さんの上に覆い被さったが、すぐにアメリカ兵に銃の取っ手の部分で殴られ足で蹴られて引き離された。しばらくすると、このバラック街で叔父さんと同じように両手を背中に回されて手錠をかけられた男たちが紐で繋《つな》がれて連れてこられた。叔父さんも立たされて男たちの列に繋がれた。連行されていくとき、叔父さんは血だらけになった顔を僕の方にしっかりと向けて早口で囁いた。

「アフメド、許してくれ。叔父さんはお前の母さんが大好きだった。これからは、お前しか母さんを守ってやることができない。頼むよ」

「叔父さん、逮捕されるべきは僕なのに……」

と言うつもりなのに声が出なかった。そのまま叔父さんは引き立てられて行ってしまった。あれだけひどい仕打ちをした僕を守るために逮捕されていった叔父さんに一言も告げられなかった自分を僕は死ぬまで許せない。

叔父さんがどこに連行されたのかは、全く教えてもらえなかった。母さんは毎日のように仕事の帰りがてらアブ・グライブ監獄に通ったが、差し入れも受けつけられず、叔父さんについてのどんな情報も教えてもらえなかった。

そして突然二週間後に、叔父さんは遺体になって戻ってきた。拷問の痕《あと》があったし、もともと身体の弱い叔父さんは地下牢での生活に耐えられなかったのだろう。

派手で陽気な美女だった母さんはいきなり老け込んでボーッとしていることが多くなった。それでも僕を養うために、弁護士のアル・ブアサフさんのところへ家政婦として通い続けてくれた。僕が悪いんだ。僕は叔父さんが残した靴磨きの道具を譲り受けて靴磨きを始めたんだけれど、なかなか叔父さんほどには稼げなくて。

だから、十一月二十八日にも、ラマダン最後の日だというのに、母さんはアル・ブアサフ家に出かけていった。ラマダン明けと同時に親類縁者が集まって当主の弟の結婚を祝うことになっていて、その準備をしていたので、どうしても人手が足らないと頼みこまれたのだ。

翌日の宴会に向けての準備の最中にあったアル・ブアサフ家の邸を突然アメリカ兵が取り囲んだ。それは、戦車だけでも三十台、ヘリコプターは三機もあったと近隣住民が証言しているほど大がかりな作戦だった。不穏な物音に何事かと邸から出てきたアル・ブアサフさんは二歳の娘を抱えたまま蹴り倒された。翌日花婿になるはずの弟と、妹の夫も拘束され、アル・ブアサフさんと同じく地面に転がされ、次々頭に銃弾を撃ち込まれた。それからアメリカ兵は二つの方向から建物の中に突入し、その時にお互いに上げた銃声に動転して撃ち合いを始め、その流れ弾に当たって五人が死亡、八人が負傷した。

母さんはその中にいた。僕が駆けつけたときは虫の息で、待ちかまえていたかのように息を引き取った。美しくて陽気で誇り高かった母さんの、ただでさえ悲惨な人生最後の日々を、さらに刺々《とげとげ》しく辛いものにしてしまったことをいくら悔《く》いても取り返しがつかない。せめてあの優しい叔父さんとの穏やかな愛を、なぜ認めてあげなかったのか。父さんがいなくなって、祖母ちゃんと娘たちを一気に失って、どれほど母さんは寂しかったことか、心細かったことか。それを思いやれなかった自分が情けなくて僕は涙が枯れるまで泣いた。

だからもう、僕には涙の蓄えが無いんだ。一生分の涙を使い果たしてしまったんだ。どうして僕がぜんぜん泣かないのか、みんな不思議がるけど、そういうわけなんだ。

翌日、作戦の責任者がアル・ブアサフ家を訪ねてきて謝ったんだって。

「ソーリー・ウィ・ミステイクト」

お詫《わ》びの印と言って、自分たちが殺したアル・ブアサフさんの老母にケーキを手渡したらしい。

いま、僕がどこに住んでいるか、だって？『人間の盾』の人たちが作ってくれた孤児院さ。だから、食べ物と屋根には困っていない。ただ、どうしてもお金がいるんだ。だから、学校を抜け出してこうやって稼いでいる。

えっ、嘘！　冗談だろ、お客さん、これ、もしかして五十ドル紙幣じゃない。まさか偽札じゃないよね。本気？　本当に本当に僕にくれるの？　やだなあ、目が赤いじゃない。もしかしてねっ、どうしたの、お客さん俯《うつむ》いちゃって？……絶対に絶対に秘密なんだけど、お客さんにだけ教えてあげる。……優しいんだね……じゃ、泣いてるの？　三十ドルでコルト拳銃が手に入るんだ。中古だけどね。ちゃんと装弾カプセル二ダース付きなんだ。さっきのと合わせて六十ドルになるから二丁買える。

えっ、人を殺すのかって？

いや、僕は人は殺さない。絶対に人間は殺さないってば。僕が殺すのは、占領者たち、侵略者たちだけだよ。

（ロシア紙『コムソモリスカヤ・プラヴダ』二〇〇三年一二月一〇日号にA・カバンニコフ特派員の署名入りのレポート『《赤い後頭部》作戦』が掲載された。その中の二二行は、孤児になった靴磨きの少年アフメドについて書かれてあった。右はそこに記された事実を基に創作したものである）

三月の5日間

岡田利規

第一場

舞台セットは要《い》らない。
男優1と男優2、登場。並んで立つ。

男優1 （観客に）それじゃ『三月の5日間』ってのをはじめようって思うんですけど、第一日目は、まずこれは去年の三月の話っていう設定でこれからやってこうって思ってるんですけど、朝起きたら、なんか、ミノべって男の話なんですけど、ホテルだったんですよ朝起きたら、なんでホテルにいるんだ俺とか思って、しかも隣にいる女が誰だよこいつ知らねえっていうのがいて、なんか寝てるよとか思って、っていう、でもすぐ思い出したんだけど「あ、昨日《きのう》の夜そういえば」っていう、「あ、そうだ昨日の夜なんかす

げえ酔っぱらって、ここ渋谷のラブホだ、思い出した」ってすぐ思い出してきたんですね、

男優1　それでほんとの第一日目はっていう話をこれからしようと思うんですけど、「あ、昨日の夜、六本木にいたんだ」って、えっと、六本木で、まだ六本木ヒルズとかって去年の三月ってまだできる前の、だからこれは話で、ってところから始めようと思ってるんですけど、すごい今って六本木の駅って地面に地下鉄から降りて上がって、それで上がったら麻布のほうに行こうとか思って坂下《くだ》るほう行くじゃないですか、そしたらちょうどヒルズ出来たあたりの辺って今はなんか歩道橋じゃないけどなんて言うかあれ、一回昇って降りてってしないと、その先、西麻布の交差点方面もう行けないようになっちゃったけど今は、でもまだ普通に一年前とかはただ普通にすごい真っ直《ま》《す》ぐストレートに歩いて行けたじゃないですか、っていう頃の話に今からしようと思っている話は、なるんですけど、そっちのほうになんかライブハウスみたいのがあって、そこにライブを見に行って、っていうのから話のスタートは始めようと思ってるんですけど、それで、それがすごいいいライブだったんだけど、っていうこととかを話そうと、あとは、あとはとか言って、ライブのあとでそこで知り合った女のコがいて、その日はだからなんかそのあとその女と、いきなりなんか即マンとか勢いで、しかもナマでヤっちゃったみたいな話とかもこれからしようと思ってるんですけど、その前にっていうかまずそのライブハウスに行ったのが、だから三月の5日間の一日目なんだけど、二人で、その日は男《おとこ》

男《おとこ》で見に行ったんですね（このとき、自身と男優2を示すしぐさをそれとなくする）、ライブをその、えっと、六本木に行こうってことになって、っていう男が二人いたんですね、その男二人からのことから始めようとまずは話を、
男優1　西麻布のほうに行く道の、坂の下《くだ》る感じが、傾斜まだそんなに本格的にぐっとそれほど角度つくまだ前のあたりの辺のとこに、大通りに一応、面しているところにあるライブハウスがあって、なんかカナダから来た、かなーりマイナーなバンドのその日はあれがあって、何故《なんで》でもそんなの見に行ってたのかって言うと、っていうのはすっごい、でもそのライブ、よかったんですよすごい、よかったなーっていう、すごいいいライブで、って、そう、二人のうちの一人のほうの男のほうだけは——なんですけど実は、でも——そう思ってて、すっごいほんと感動して、正直別に期待そんなすごいしてたわけじゃなかったんだけど、特になんてことないと思って油断してたら、ほんっと意外にそのライブすごいよくて、かなりまじですごい感動して、っていう、そのときはビール飲んでたんですけど、そこのライブハウスがっていうかその日のライブ、ワンドリンク制になってて、だからビール飲んでて、っていうかもうライブがそのときは終わったあとで、まったりタイムになってて、もうワンドリンク目はだから飲んじゃったから、ツードリンク目を——ツードリンク目も、ビール飲んだんですけど、
男優1　（男優2に）でもそのライブたぶん、
男優2　うん、

男優1　技術的なことを言うと、別にそのバンド、たぶんうまいヘタっていうカテゴライズで言うとしたら、別に音楽詳しいわけじゃ別に俺ないから（男優2「うん」）専門的なあれじゃないんだけど、でもまあ、まあ、完璧ヘタの系の部類だろうっていう（男優2「うん」）演奏とか（男優2「うん」）、っていう、うん、でもそのときライブ聴いて感動とかしながらこれは思った（男優2「うん」）んだけど、そういうこと思ったのは別にそのときが（観客に）初めてなわけでとかはないんですけど、（男優2に）そういう結局テク的なこととかそういうんじゃない部分で大事なもの（?）、みたいなのはやっぱりライブでもそうだし、なんかなんでもそういうのあると思うんだけど、そういうのいいなあって思って、ていうか、いいなあっていうよりそういうのだけをほんとは、その部分だけを（?）、——が（?）、きっとほんとうに大事なことなんだなあって思ったっていうか、思うんだよね俺は、うん、言ってることわかる？　俺酔っぱらってるかな？　言ってること、もしかして意味不明だった？（観客に）って言ったら（男優2を示して）「うん、うん、分かる」って言ったから、

男優2　うん、

男優1　あ、このコ結構話分かるかも、って思って、でもそりゃそうだよな、こんなライブ来てるくらいだから相当なんかしらアレなものがないと、こんなライブのこと知れないよなって思って、結構自分の中で（男優2「うん」）そのとき納得みたいな、

男優2　（観客に）二人男がいるって言ったじゃないですか、それで一人のほうは一日目に

即マンしたって言ったじゃないですか、正確に言うとでも、もう明けて翌日の深夜だったから二日目ってことになるんですけどね、そ、即マン日は、

男優１　（男優２に）そしたらそいつ（男優２「うん」）、なんか、「私は歌っていうか曲っていうか（男優２「うん」）歌っていうか——も、良かったんだけど（男優２「うん」）、良かったんだけどね、なんかすごい途中でＭＣ入ったでしょ、あのＭＣ超良くなかった？　すごい感動したんだけど」とか言って（男優２「うん」）、あ、すげえ英語分かるんだ、俺全然分かんないんだけど、え、じゃああのＭＣなんて言ってたか分かったんだ（男優２「うん」）、なんか、イラクとか言ってたよね、くらいしか俺分かんないんだけどって言ったら（男優２「うん」）、「そう、イラクとか言ってて、すっごい（感動したんだけど）、なんて言ってたかって言うと、えっとね、なんか、日本に来たでしょ（男優２「うん」）、で、今、ホテルに泊まってるでしょ、それがなんか渋谷なんだってステイしてるのが（男優２「うん」）、それで今日の朝起きて（男優２「うん」）、渋谷をせっかく日本にきたから散歩したんだって（男優２「うん」）、それで最初は秋葉原にね、最初は行こうとか思ってたんだけど、でもそしたらなんか、渋谷でそしたらね、デモが歩いてくるのに会ったんだって、そしたら、だからなんかいっしょに、それに中に入って歩いたんだって（男優２「あ、そうなんだ」）、そしたらなんか、日本のデモンストレーションに参加したのはもちろん僕は初めての経験だったんだけど、なんか日本のデモって面白いね、ユニーク、ユニーークって言ってて（男優２「あ、そうなんだ」）、彼、ボーカルの（男優２「う

ん」)、日本のデモって警察がデモの周りについてずっとくっついてくるんだって(男優2「あ、そうなんだ」)、なんかそういうのが面白かったとかそういうこと言ってた、なんかプレーヤーで音楽かけてそれ持って歩いてる人もいたとか、あとはね、何人かその曲に合わせて歌ってたとか、

男優2　うん、

男優2　あ、そうなんだ、

男優1　(女の子の口調のまま)うん、

男優2　すごくない(?)、英語分かるんだ、どっか外国、アメリカとか行ってたの?

男優1　え、うん、いちおー、

男優2　留学?

男優1　あ、うんそう、いちおー留学、

男優2　あ、そうなんだ、

男優1　あとホームステイとかも、

男優2　あ、そうなんだ、え、どこ行ったの?

男優1　え、アメリカ、

男優2　あ、そうなんだ、(観客に)って言って、それで、

男優2　(男優1に)「へぇ。じゃあアメリカだとあれだよね、即マンしようか」(観客に)って言って、そのままタクって、渋谷に二人でいつのまにかいなくなったんですね、

男優2　っていうこの話は、アズマっていう、ミノベくんといっしょにライブに行ったほうの男なんですけど、彼のほうには別にその日ミノベくんみたいなおいしい系のことは何もなかったんですけど、でも、ライブ終わったあと、もう終電は終わってて帰れなかったんで、っていうか急いで帰ろうと思えば帰れたんだけどなんかミノベいつのまにか消えたよ、とか思って、なんかまあいいやって気分にとかなって、即マン、その辺うろしてなんとなく朝まで六本木界隈《かいわい》にいたんですけど、今の話は五日目の朝にアズマくんがミノベくんと再会してそのときファミレスですごい早朝だったんですけどそのときは、聞いた話で、や、ミノベくんはその女の子と結局渋谷のラブホに三泊したんですよ、その間ずーっと渋谷にいたらしいんですけど、それで今の話はその三泊が終わったあとでミノベくんに会ってアズマくんが聞いた話だったんですけど、

男優2　（男優1に）同じとこにずっと泊まってたの？（男優1「うん」）、（観客に）って言って、（男優1に）え、なんかそれ怪しまれないの？　平気なの？　っていうかできるんだそういうこと、

男優1　（ミノベに戻っている）や、できるよそういうこと、っていうか、知らなかったけど俺も、でもできた。

男優2　あ、そうなんだ、そんな何泊もしたこと（観客に）僕一泊しかないんですけど、

男優1　や、たぶんラブホなんて、たぶんなんでもありなんでしょ、何してもいいんだよ、カネ払えばちゃんと、

男優1　なんか外人のすげえ貧乏な外人の観光客のガイドブックとかって、日本にはラブホってすごい安く泊まれるホテルがあるって書いてあって、すげえ使う外人とかいるらしいよ、
男優2　（男優1に）あ、そうなんだ、
男優1　って言ってた、
男優2　あ、そうなんだ、
男優1　すげえ留学してたんだって、アメリカに高校とかのとき、ライブ、この前のＭＣとか、あったじゃん、あれ何話してたかとか教えてもらった、
男優2　あ、そうなんだ、じゃあ英語しゃべれるんだ、
男優2　あ、そうなんだ、あれなんて言ってたの、俺、なんかさ、秋葉原の駅前の包丁良く切れますとかデモンストレーション、あれのことすごいインタレスティングだって話してなかった？
男優1　（女の子の口調で）ううん、
男優2　あ、そうなんだ、
男優1　なんか彼がねボーカルの（男優2「うん」）、日本に来て泊まってたホテルが渋谷だったんだけどさ（男優2「うん」）、他のメンバーも（男優2「うん」）、で、散歩みたいな感じで渋谷歩いてて、みんなで——みんなで、かな？　そいつ独りでか、そこはちょっと分かんないけど、そしたら反戦のデモがあるじゃん、あれ見たんだって（男優2

「うん」)、それでいっしょにそれに中に入って歩いたんだって、

男優2　あ、そうなんだ、入っちゃったんだ(男優1「うん」)、あれってそんな気軽に入ったりできるんだ、

男優1　知らないけど、そしたらなんか日本のデモって外国のは警察とか別にそんなにべったり付いてこないのかな、分かんないけど、でも日本のはすごい警察がなんか囲むみたいな感じで、そのデモの行列を監視するじゃないけど、付いてるんだって(男優2「あ、そうなんだ」)、それがすごい日本のデモって面白いねっていう話をしてたらしい、面白いねっていうかその特殊性が、

男優2　デモってそんなにサクッと入れたりするんだ、

男優1　や、それがたまたまそういうオープンなデモだったのかもしれないし、分かんないけど、あとラジカセで歌かけたりとか、

男優1　(男に戻っている)って言ってた、

男優2　あ、そうなんだ、

男優1　そう、

男優1　だから、すごくない(?)、英語分かるんだ、どっか外国、アメリカとか行ってたの?　って訊《き》いて(男優2「うん」)、そしたら「え、うん、いちおー」とか言って(男優2「うん」)、留学?　って訊いたら(男優2「うん」)、そしたら「あ、うんそう、いちおー留学」って言って(男優2「うん」)、あ、そうなんだ、って言って、で、俺、英語

しゃべれるコ、なんかいいよ、って思ってるから、それで留学もしたけど、それ以外に何度かホームステイとかもしてるとか言って（男優2「うん」）、あ、そうなんだ、え、どこ行ったの？　って訊いたら、「え、アメリカ」とか言って（男優2「うん」）、あ、そうなんだ、って言って、

男優1　で、そっから先、ぜんっぜん憶えてないんだよねまじで、

男優1（観客に）っていうミノべってやつは、ほんと憶えてなかったんですけど、まじでヤッたのも憶えてないの、それ最低じゃん？」ってアズマに訊かれたんですけど、「え、「や、憶えてないっていうか、ヤッた映像はあるんだけど、いつのときのかよく分かんない、前のかもしれない」とか言って、ほんと最低だなってアズマに言われて、ミノべも「まじほんと憶えてないの勿体《もったい》ないよね」って、最低ってそういう意味じゃないんですけど、みたいな、

男優1　それで朝起きたらなんでホテルにいるんだ俺とか思って、しかも、隣にいる女が誰だよこいつ知らねえっていうのがいて、なんか寝てるよとか思ってっていう、でもすぐ思い出すっていうことになるんですけど、っていうとりあえず今はここまででちょっと、

ここまでに男優3、登場している。二人とは離れたところに立っている。

男優1、退場。

第二場

男優3　（観客に）で、これからはミノべって人と別行動になった、（男優2を示して）アズマくんの三月の5日間の一日目の話からになるんですけど、

男優3　えっと一日目の夜から二日目の朝にかけては、別にアズマくんは、ミノべくんみたいに即あれ（即マンのこと）とかそういうのは何もなかったんですけど、何もなく始発まで朝を迎えるのを待って、なんか意味なく六本木うろうろしてたらしいんですけど、

男優3　でもアズマくんは実はライブハウスにもしかしたらっていうか、ひそかにアズマくん、このときアズマくん、実はそこにライブハウス来るかもしれない女の子がいて、そのコともしかしたらアレっていうチャンスがもしかしたらアズマくんあったらしいんですよ、でも、そのコは来なかったんですけど結局、

男優2　（男優3に）や、

男優3　（観客に）ライブ終わって、「あ、ミノべくんも行っちゃったなあ」ってことで、「あ、終電も終わってるし朝までこれから一人でどうするんだ、僕」みたいにアズマくん思っててた、っていうところからそれじゃいこうと思うんですけど、「とりあえず出る

か、ここ」ってことでライブハウス出たんですけど、出つつも、「あー、あの女の子の人、来なかったなあ」って、アタマにあれがありながら、名残り、夜の六本木寒いんだけど、とか思いながら歩いてたんですけど、でもアズマくんはそういう女の子がもしかしたら来るかもしれなくて、とかはミノベくんには特に言わないどいたんですね、でも僕にはすごいそれ話したんで、だから僕、聞いて知ってるんで、今話してるんですけど、僕、そのライブのあった次の日の夕方くらいにアズマくんと会ってて、ちょっと僕、アズマくんにお金借りてたの返すっていう用事があって、会ってそのときに今からやるみたいにアズマくんのその話聞いたんですけど、ってのを今からやります、

男優2　（男優3に）や、違うんだよほんとに、

男優3　（男優2に）あ、うん、

男優2　や、っていうか、その人はちょっと、や、ほんと最初に断っとくわこれ、っていうのが、まあ確かに女性の、まあまあ女の子、なのはね、

男優3　うん、

男優2　や、でもほんと、別にその人をなんか、来るかなあ、って思ってたっていうのはほんと、全然なんていうか、こういう（胸がときめくことを表わしているらしいしぐさ）トキメキ系の感情とかじゃ全然ないのよね、逆、逆っていうか、

男優3　逆、

男優2　逆、逆、逆とかでも別にないかもしれないんだけど、その人、（観客に）あの、ラ

イブありましたでしょ、その二日くらい前にほんとちょっと映画館で会っただけで、なんかちょっと話したりもなぜかしたんだけど、もう、でも、（男優3に）そのちょっと話しただけでほんと「うわー」っていう、もうホント悪いんだけど勘弁してくださいっていうか、なんて言えばいいのかね、

男優3　（男優2に）なんか、そういう対象じゃなかった、タイプが——的に、

男優2　や、ていうかまあ、そう、見た目はね、まあ、まあ可愛い、可愛いっていうか、なんでしょう、なんか、まあなんでもいいんだけど、でもあれ、可愛いからだめっていう、別に、僕はブス専だからっていう話でもないんですけどね、でも全然、なんでしょう、や、だいいちほんと映画館で会ってちょっと話しただけで、すごい、なんか「うわー」ってオーラが、ほんと、こう（イヤなオーラが自分の身に降りかかってくることを示すしぐさ）、

ここまでに女優1、登場している。男優2のすぐ近くに立っている。

男優2　（観客に、女優1を示して）この女の子の人ですね、ひそかにもしかしたら来るんじゃないかって思ってた人ってのは僕が、この人のことだったんですけどね、でも、あのー、何の人かこの人はっていうと、あと、なんで僕が今日のライブみたいなそんな、

レアすぎるだろおい、ってのを知ってたのかっていうと、っていうのをこれから話そうと思ってるんですけどね、それにこの人も関係してるんですけどね、カナダのバンドだったって今日のライブのバンドのことさっき言ったと思うんですけど、すごい今、実はカナダの悲惨なくらいマイナーな映画なんですけど、相当実際コケてるんですけど見に行ったんですね、や、僕すごいコケてるらしいって噂の映画見に行ったりするの好きなんですよね、ていうかコケてるっていう噂も立たないくらいコケてるやつのほうがほんとはもっと萌《も》えるんですけどね、実際見に行って、わーほんとだこりゃまずいだろ、って実感するのとかがなんかひねくれてるんですけど趣味があるんですけどね、

男優2　それで結論から言うとその映画の今日見に行ったバンドは音楽を担当してて、っていうのがあったんですよね、それで映画館にも一応ライブの告知とかも、「何日に六本木でライブ」って出てて、っていう、そういうつながりで、僕なんかやっぱりどうしても、映画の内容も別にほんっと普通の、なんか思春期の女の子が出てきてワー、みたいな、「あっそう」みたいな映画なんですよね、

女優1　（男優2に）「『あっそう』みたいな」ってのはすごいはい、

男優2　……。（観客に）でも音楽は良かったよ、みたいなわけでも別になかったんですけどね（女優1、無視されたのでずっこける）、やっぱり誰も行かないだろこのライブって思って、

男優2　（男優3に）なんかヘンでしょ、こういうとこでずっこけたりするのね、

男優2　（観客に）なんかその映画、レイトショーだったんですけどね、九時から始まる、それで八時四十五分くらいにならないと中入れないんですね、もっとかな五十分くらいにならないと、だからすごく寒くて冬じゃないですか、コート着て映画館の入口に立ってたんですけど、

男優2　あ、でも立ってたのはあれだ、僕、その日その映画のチケット前売を二枚持ってたんですね、でももう一人のほうが、っていうかまあ一応こういう（「付き合っている」ことを示す指と指のしぐさをいい加減にやる）彼女なんですけど、それが、ごめんやっぱりなんかどうしても仕事抜けられなくてーとか言って来れなくなって、あっそ死んでろってことで、じゃあチケット一枚余ったのどうするよってことで、チケット持ってないで映画館当日で入ろうとして来る人に売ろう、ということになったんですけどね、なったっていうか自分でそうしたんですけど、

男優2　それで来たのが、まあこの人だったたっていう、

男優2　だから「あ、映画見に来たんですか？」って言うじゃないですか、「チケット持ってますか？」って言って、あ、なんかよく分かんないけどヘンなあれとかに間違えられてるかも、ヘンなあれって、あれってなんだか分かんないけどって思って、「や、すいません僕、今日ほんとは二人で友達と見る予定だったんですね、二枚ともそれで僕がチケット買ったんですけどね、なんかそしたらもう一人のほうがなんか来れないってことになったんですね、チケットが一枚、今、だから余ってるんですよ」って言って、

「なんで、もしよろしかったらっていうか、僕から前売で買って貰えるとすごい有り難いなーっていうのがあって」って、

男優2　（男優3に）でもなんか見た目若いから、「でももしかしたら、あれ、学生さんですかね、だったら学生料金のほうが下の受付で買うと安いかもしれないから、僕から買うのはだとしたらあれですかね」って言って、でもそしたら、「あ、私、別に学校とか行ってないんで」って言って、「あ、そうなんだ」ってことになって、「当日買おうと思ってたんで、じゃあ買います」ってことになって、それでまあ、売って、っていう、

男優2　それでまあ、始まるまでちょっと話したりして、「映画とかよく見るんですか？」「あ、はい、割とまあ見るかな」みたいなのをして、それでまあ見て、終わって、あっそう、っていう、

男優2　それで終わったあともなんか話しかけてくんだよね！　っていうか、なんか並んで映画館出ようとするんだよね、「どうでした、今のどう思いました？」とか言って、や、なんかまあ普通に女の子の思春期みたいな、ワーみたいな、あっそうみたいな映画だったんじゃないですかねって言ったら「あ、はい、なんか『あっそうみたいな』ってのはすごいはい」とか言って、なんか告知見つけて、「あ、なんかライブやるっ」とか言って、あ、ライブって、あ、今の映画の音楽やってたバンドのライブがなんか、あ、もう、あしたあさってじゃないですか、ほんとだ、やるんだ、へえ、行こうかな、

男優2　って、行こうかなって言ったのは全然嘘じゃゃん、そんなの口からの、こう、

男優3　うん、
男優2　そしたらなんか、「サントラ買って、それじゃ聞き込んで行きますかひとつ」とか言って、ひとつじゃないだろ何がひとつなんだよっていう、

＊＊＊

女優1　（男優2に）サントラ買って、それじゃ聞き込んで行きますかひとつ、
男優2　（女優1に）あー……でもサントラって、どうですかね、僕だけですかね、どうですかね、サントラってすぐ聞かなくっていうか、割と一般的にどれもサントラって、そういうのありませんかね、
女優1　あ、はい、それすごく分かるかもしれない、っていう、今すごくキュンってきた、みたいな感じですね、
男優2　あー……買ってもサントラってすぐ、僕だけですかね、飽きちゃうってのが一般的にあると思うんですけど、そんなことどうですか、僕、割とその方程式みたいのに、
女優1　はいありますね、そういうことすごいはい、
男優2　はい、
男優2　気付いたことがあったんですよね、で、以降、もうサントラとか買わないぞってことにしてみたんですけどね、っていう、

女優1　あ、はい、分かりますねすごい、なかなか指摘として鋭いと思いますねかなり、
女優1　はい、
女優1　（観客に）すごいこの人キョドリ系じゃないですか、私もですけど、だからなんか安心できるぞっていうのが、キュン、っていうか、なんかすごい「キュンってなんだよ」って感じですけど、はい、や、あって、素《す》で、でも、なんか私、今までそういうことあったとき、ことごとく相手彼女持ちで、たぶん今度もそうだろうなっていうのがあって、こうなったらでも略奪か！　くらいの勢いで、分かんないですけど、
女優1　（男優2に）え、じゃあサントラ買わないほうがいいですかね、
男優2　あー……や、でも別に、いいんじゃないですかね、買っても、
女優1　あ、はい、
女優1　基本的に人の好みって、好みっていうか人それぞれだよ、っていうのがあるじゃないですか、だからその人その人で、別に買ってもいいし、って感じですかね、
男優2　あ、ええ、ええ、
女優1　はい、
女優1　え、じゃあライブ、あさっての行きます？
男優2　あ、あさってのって、このバンドの、
女優1　はい、
男優2　あー……でもこの映画とのあれだとしたら、この映画、なんかコケコケらしいん

ですけど、評判とかも、
女優1　あ、でもそれは実際見てみると、すごいはい、
男優2　ええ、だからライブのほうもおなじようにコケコケなんじゃないかっていう、
女優1　はい、その可能性かなり大かも、
男優2　あー……や、僕とか結構コケ系見に行くの好きだったりするんで、
女優1　あ、そうなんですか、
男優2　うん、でも分かんないけど、
女優1　あー……、
女優1　あれ、私、すごい今日ラッキーだったんだけど、チケット、私、すごいバカだから前売買っておけばいいのに買わないでここに来たりして、超当日とか買ってたら損だったよってのを買えて、すごいラッキーだったなっていうのがあるんですけどほんとありがとうございましたっていう、
男優2　あー……、
女優1　うわー……でも、チケット余って今日二人で見るつもりだったわけじゃないですか、ほんとは、え、それって、え、あのすいません、すごい良かったら名前、別にイヤだったらいいんですけど、上の名前、なんか偽名でもいいんですけど、教えてくれないですかねっていう、
女優1　私のことはミッフィーって呼んでくれればいいと思うんですけど、

男優2　あー……、
女優1　はい、
女優1　そういうハンドルとかで全然可なんで、単に今私なんて呼べばいいですかってい
うのがあって聞いたんですけど、あ、ヤですかね、私すごい、あ、やばいのに捕まっち
ゃったよみたいな、やっぱり感じですかね、どうしようかな、なんか、えーとえーと、
なんか私が適当につけていいですかね、名前、すごいすいません、便宜的に今だけなん
で、いいですかね、
男優2　あー……、
女優1　佐藤さん、っていうことで、はい、
女優1　佐藤さん、やっぱり彼女いるんですよね、みたいな、うわー……はい、

沈黙。

女優1　あー、沈黙が物語るよってすごいこういう感じかなっていう、まさに、っていう、
女優1　やっぱりまたやっちまったなあっていうか死にたい、みたいな、佐藤さん、みた
いな、
女優1　はい、
女優1　私、実は、食品のダミーって分かりますかね、

女優1　あの、レストランとか、レストランって言ってもなんか、高級、とかじゃなくて、おこちゃま食堂、みたいなとこだと、カレーとか、ラーメンとかホットケーキとかのメニューのニセモノのやつ飾ってあるやつあるじゃないですか、あれダミーとかサンプルとか言うんですけど、あれ作ってるんですね仕事で、

男優2　あ、そうなんですか、

女優1　はい、

女優1　なんか究極の選択ってさっき言ってたみたいのじゃないんですけど、いいですかね、訊いて、

男優2　あ、はい、

女優1　究極的にっていう、ほんと、どっちかを選ばなきゃいけないんですよ——だとします、ね、だとしたらね、私にね、

女優1　選択肢は三つあります、っていう、いいですかね、えっとその1、私に佐藤さんの住所を教える（男優2「あー」と言ったあと、こそこそ退場）、その2、佐藤さんのメアドを教える、その3、佐藤さんのケータイの番号を私に教える、家の電話でもいいですけど、

女優1　「うわー、超どれもヤなんだけど」、

女優1　え、どうですかね、素で、全部ヤですかね、

第三場

女優1　（観客に）はい。みたいな感じで、少女やはり略奪に失敗しました、って略奪以前の問題で撃沈っていうか、撃沈っていうか自爆ドカーンっていう、ほんともうまたやっちゃったねっていう、モクモクモクモクー、もうほんと一生キミ外《そと》出れないよねっていう、出ないほうがいいよねっていう、地球いれないよねっていう、もうほんと火星とか行きたいとか思って、

女優1　っていうミッフィーちゃん、でも佐藤さんの住所はとりあえず入手成功したんですね、ほんとの住所かどうかあれですけど、でも「火星から手紙書こう」って思っててミッフィーちゃん、「火星からだと手紙書いて住所に出すじゃないですか、その住所たぶん嘘の可能性相当大だと思うんですけど」ってミッフィーちゃんは踏んでるんですけど、「でも、宛先不明でも火星までは戻ってこないっていうのが、戻ってきたらやっぱりそれ予想通りなんだけどと言いつつショックでかいけど火星なら出しっぱで、その後どうなっても別に分かんないからっていう点、住所嘘で届かなかったとか知らないで済む点、火星、精神的にヘルシーだ」とか想像して、映画館で自爆して帰ってきたじゃないですかミッフィーちゃん、そのあと、ミッフィーちゃん、今はお父さんお母さんと家に住んでるんですけど、自分の部屋があってそこにひとりで住んでるんですけど、ミッ

フィーちゃん自爆して帰宅してから家でネットで、ミッフィーちゃんホームページ持ってるんですけど、日記とかパソコンで（パソコンに文章を入力するしぐさをしながら）「今日は、私の人生の決定的に重要な日でした。それは何かと言うと、私は今日、もう絶対火星に行くんだ！ って決めた。私はもう、地球にはこれ以上いられないんだなって、今日よく分かったある出来事があって、でも今までも薄々、そうは思ってたけど、今日それをすごく思い知ったって感じ。それがどんな出来事かというと、具体的にはここには書けないんだけど、一言で言うと私は、今日またとっても勘違いな人をやってしまって、しかもすごくキョドったヤツになってしまって、たぶんっていうか絶対その人にヘンなやつって思われて、その人もヘンなやつだったのに、それ以上に私のほうが上回るヘンさだったからすごいまたやっちまったっていう、だから私がこれ以上地球にいることはもうとっくに誰も望んでないってことはとっくに分かってたけど、今日さらに、私が地球にいないほうがいいと思う人の数を、私は自力でさらに一人増やしてしまったという、だから私は火星に行ったほうがいいよなって、これ以上地球にいつづけたらその人数がバリバリ増加の一方って、すごい思って、ちょうどこの前それで知ったんだけど、なんか今年の夏って火星が地球に大接近するらしい、っていうのがあるらしいので、そのときがちょうど一番火星に行きやすいタイミングかもっていうのがあるんだけど、私はそのときのタイミングで火星に行こうかなあって計画をひそかに立てたりしてるんだけど、早く行きたいなあって、私とかいって、ホームページにこういう文章書いたりとかするとき、この文章とかって、いつも私は私の勉強部屋で書くんだけど、勉強部屋って言っても今の私はもちろんもう勉強なんかしないんだけど、私にとってはでもここは勉強してなくても子供のときからの勉強部屋なんだけど、私は子供のときはかなり勉強した、勉強がかなり好きなほうのこれでも子供だったから、それがかなり懐かしくて、自分の大切な部分だったりするってこともあったりするんでいまだに私的《わたしてき》には、この部屋は呼び方は勉強部屋ということになってるんだけど、親に言うときはでも部屋って普通に言うんだけど、今はでもホームページの更新とか、こうやって日記を書いたりとか、まんがを読んだり或いはまんがを描いてみたりとかするときもたまに実はひそかにあるんだけど、そういうこととか勉強部屋でいまだにしてるんですけど、そういうことをずっと集中して勉強部屋でやってるとふとすごい、勉強部屋がなんか小さな宇宙船みたいに感じられてくることがあるっていうか勉強部屋だけ家の他の部分からも切り離されて単独になってそれは飛んでるんだけど、宇宙空間をほんとこれだけの小さな宇宙船なんだけど、でもすごく空気とか静かな透明っていうか孤独感とかみたいのがすごくい感じの、なんだろう、私ひとりだけっていうのが私はやっぱり一番好きだなってすごく思うときの感じが充満して、ドアを開けたらなんか、無重力で、空気のない真空の空気が入ってくる、窓のカーテン開けたらたぶん宇宙の景色になってるんだよ今絶対、っていう、すごい、感じがするときがあって、自分がそういうときってもうそれだけが誰がなんと言っても自由っていう、ずっとそんな感じで生きていたいよ、とかぶっちゃけほんとそう思うって感じなんですけど、このノリでほんとこれに乗ってそのまま火星行っとこうよ、っていうか、だって地球とかいって戦争とかも始まるし、中国とかSARSとかいって、地球とかいって石油とかあと何十年たつとなくなるとか言うし、でもまだ私、普通に考えてその頃まだ全然生きてるんですけどみたいな、ある意味地球とかは、だからもう、終了、って感じだと思うんだけど、劣化ウラン弾とかすごい打ち込まれた辺の空気とか吸うと超ガンになるっていうやばい劣化ウラン弾とか、地球だからいろんな意味でもう、火星とかのほうがほんと、別に火星じゃなくてもいいと思うんだけど木星とか、でも絶対に今のうちから絶対地球から別のどこか星とか惑星みたいなところに本気で逃げることとか考えたほうがいいって絶対、ほんと、みんな！　みたいな思いが実は結構溢れがち、っていうか、うわーなんかでも、この日記も今書きながらやっぱり思ったんだけど、なんか今日、私、映画館で会った人に実はいきなりキュンとしちまってよー、みたいな、それでなんか告《こく》って、思い切りハズして、ってのをやっちゃった並みの、この日記も、ハズしちゃってるよねえ、っていう、分かってそれをやってるあたりが、私のハイパーなとこだ」。

女優1　みたいなミッフィーちゃん、これ書いてアップしたのって三月二十日《にじゅうにち》の午前四時とかいって、フセインのイラクからの四十八時間以内の亡命をアメリカが要求して、四十八時間以内の亡命がされなかった場合戦争がはじまるっていうタイムアウトがあと三十一時間のときだったんですけど、でもミッフィーちゃんの話はまあこのくらいでも

うアレなんで、

第四場

女優2、登場。女優1の隣に立つ。

女優1　（女優2を示して）関係ない話をしてくれるんで、

女優2　（観客に）別の話ですけど、もう、三十一時間以上それから経って、実際に戦争がまあ始まってからの話になるんですけど、ユッキーっていう女の人で、その人は三月二十日の、あのー、イラクの戦争がはじまったのが二十日なんですけど、でも二十日なのは、日本の時間だとはじまったのはアメリカの時間の三月二十日なので、日本時間だと二十一日なんですけど、私ちょうど下北《しもきた》行く用事があって、井《い》の頭《かしら》線の改札の少し手前の、渋谷の駅のところにいたんですけど、そのとき、なんか駅からビルのガラス張りのところの、一番おっきいツタヤとかの交差点のところが見えるところがあるじゃないですか、あそこから、あれ、なんかすごい盛り上がってる音が聞こえてきて、何かなってていう音が、聞こえて、そしたらデモだったんですけど、私はそれ、そこから見ただけなんですけど、ちょうどその頃渋谷とかかなりデモとか、結構すごい、いっぱいあって、ユッキーさんっていうのは、ちょうどその辺のあいだじゅうずっと、渋谷の、道玄坂のほうのブティックホテルに、連続五泊くらい泊まってた人なんですけど、ミノベくんが即マンして朝起きたら誰か分かんない女の人がいたって話《はな》してた続きを、今からそのユッキーさんっていう名前の女の人のほうから話すってのをやります。

男優3 （観客に）えっと、最初の一日目とかは、出会ってすぐだったでしょ、だから、すごい何回も、そんなに休みとかもなしで少し話をするくらいですぐ次、みたいな（女優1「はい」）、でも、三回くらいであっちが疲れて寝ちゃう、（観客に）じゃないですか、（女優1に）寝ちゃうんだー（女優1「はい」）、だから、じゃあ自分も寝よう、って思って寝るでしょ（女優1「はい」）、それで二時間くらい経つでしょ（女優1「はい」）、二時間かどうか分かんないんだけど、でもほんとはね、ああいうところ部屋に窓がないから、（観客に）起きても感覚があああいう場所って全然分からないじゃないですか、（女優1に）でもなんかまた起きてきて、またそれでなんか触ってくるからこっちも目がさめて、触りあったりとかしてるうちに、なんか、また次、みたいな、それを丸二日間くらいずっと繰り返してて（女優1「はい」）、でも今が何日目の何時なのかあんまりよく分かんなくもうそのときとかなってきてて、（観客に）ああいうところ部屋に窓がないから、起きても感覚があああいう場所って全然分からないじゃないですか、（女優1に）時計持ってるんだけど見ないいし、敢《あ》えて見ないっていうか、なんかびっくりしたいとか思う時ない？「え、まだ二日目なんだ、もう四日目くらいだと思ってたー」みたいなのってすごい

（女優1「はい」）、タイムスリップ……、

女優2　終わったあと、話するでしょ、天井とか見て、そう！　そしたらなんか二回目とか三回目のあとになって、あ、違う、もっとすごい、何回も、十回くらいやったあとだったんだけど、すごいウケたんだけど、「なんかさっき一回目のときさー」とか言って、「勢いで何も付けないでやっちゃったね」とか言って、「大丈夫かな？」って言って、そのときになってすごい今さらってときになって言うんだ（女優1「はい」）、かなりウケたんだけど、ん？　大丈夫とは？　もしかして病気のことを言ってるのか？　子供のことを言ってるのか？　子供だったんだけど、

女優2　でももう十回以上余裕でやってたのに、それまで全然付けてなかったのに、そう、ああいうとこって二つしか置いてないでしょ、二つしか置いてないのね、追加でまあ買おうと思えばでも（観客に）備え付けで置いてあるのは二つじゃないですか基本的に、なんで二つなんですかね、国民的に統計のデータが二つなんでしょうか、二つっていうか二回（？）、（女優1に）ああいうとこでも追加で買うしかないってことになるとたぶん高いよマツキヨとかのほうが絶対いいよ、ってことになって、だから私たち、それから二回、備え付けのやつで付けてしてから、ってそれもウケるんだけど、それから一回外出《そと》たのね、また戻ってきたいんですけどいいですか？　ってホテルの人に言ったら、「あ、いいですよ」ってオッケーで、NGだと思ってたんだけどなんかオッケーだったよ、あ、ほんと、じゃあ外行こうかって外出て、そしたら時間見たら三日目の午前中、

十時とかだったんだ、すごい二日目の夜くらいだと思ってたんだけど、でもそう言ったら、「あ、私もそれくらいだと思ってた」って向こうも思ってて、「私なんかこういう、時間が思ってたのと全然違う、みたいなことすごいたまにあるでしょ、すごい好きなんだよね」とか言ってて、あ、そうなんだって思って、「なんか、そう、タイムスリップみたいで私結構幸せだったりする」とか言って、あ、そうなんだとか思って、それでまず、マツキヨで買い物して、三ダースくらい買ったんだけど、でもさすがにそのあと三ダース使い切るようなことには全然、やっぱりペースは後半すごい落ちて、

女優2　それで、そう、そういえば俺ら丸二日間なんにも食べてなくない？　ってことになって、あ、ほんとだ全然忘れてたんだけど、みたいな、なんか俺らすごい、ケモノみたいじゃない？　って、すごいウケて二人で、それで何食べようってことになって、渋谷の、平日のお昼の渋谷だったらなんかランチバイキングみたいなやつでよくない？そういうとこで食いまくっておいて、またホテル戻ったらヤりまくる態勢を整える、みたいな、俺らほらケモノだから、とか言って、

女優2　でもさすがにそのあと三ダース使い切るようなことには全然、やっぱり、ペースは後半すごい落ちて、でも二ダースは使った、

女優1　（観客に）ユッキーさんとそのときの彼っていうか、そのときの人とは、ユッキーさんはなんか5日間限定の関係ってことで、二人でなんかそういう、限定にしよう、ってことに決めて、いっしょに渋谷で三月の5日間を、ずっといっしょにホテルで過ごし

て、でもほんとに絶対5日間だけで、そのあとはほんともうなんにもなしで、連絡できる住所も電話もメアドも教えないってことに二人でしたらしいんですけど、でもそれを決めるのはこの時点ではまだ決めていなくて、この日ホテルに戻ってから、そうするって決めたんですけど、それについてはこのあとでやることにちゃんとなってるんですけど、この時点で二人がどう思ってたのかは分かんないんですけど、たぶんなんにも考えてなかったんですけど、それでユッキーさんはその彼の人とインド料理の九百五十円のバイキングがセンター街にあるのを食べて、まあちょっと高いけどなんかいいでしょってすごいがつがつ食べて、プラス、ユッキーさんはラッシー別料金だったんだけどプラス二百五十円とかで飲んで、彼にも一口だけあげて、

女優1　どうして「いいでしょ、まあちょっと高いけど」って思ったかっていうと、なんかすごいユッキーさん、楽しいって思ってて、「なんか旅行に来たみたいで楽しくない(?)」、渋谷なのになんか外国の街に来たみたいで楽しくない(?)」って思ってて、すごい観光に来たみたいな感じでなんか楽しい、なんか渋谷が渋谷じゃないみたいな感じなんだけど、まじで超楽しいんだけど、って思ってて、

このころまでに、女優2は退場している。

女優1　それでその、渋谷が渋谷じゃないみたいな感をさらに演出、っていう感じだった

のが、私たち、お昼もう食えねえだろっていうくらい食べてからお店出たんですけど、そしたらスクランブル（交差点）のほうから、あれ、なんかすごい盛り上がってる音が聞こえてきて、何かなっていう音が、聞こえて、そしたら、すごい、デモがちょうど通り過ぎていくところだったんですね、あ、なんかデモやってる、って手ェ引っ張って行ってみて（時計を見て）、近づいていったら、デモ、結構人で、あ、なんかナマで迫力それなりだ、って思ったんですけど、

男優３　（観客に）で、あ、そうだ戦争どうなったんだろうって思って、そしたらツタヤの大きいビジョンの字幕ニュースに、バグダッドに巡航ミサイル限定空爆開始、って書いてあって、あ、はじまったんだやっぱりって思いながら、デモ通るのとかちょっと見て、またホテル、割とすぐに戻ったんですけど、

男優３　で、ちょっとそのデモのことを今から少しやります。

第五場

男優４と男優５、登場。並んで立つ。

男優４　（観客に）あ、じゃあ、今からデモの一部やります。

並んでゆっくり歩き始める。

男優4　（男優5に）あー、なるほど、

立ち止まる。

男優4　（観客に）という、（自分と男優5を示して）僕とヤスイくん、友達で、並んでデモ歩きながらしゃべってたんですけど、えっと説明なんですけど、僕らはすごい列のどっちかっていうと、列はすごい幅がほんとうはこれくらい（三間くらいか）あって、でも僕とヤスイくんは、この人（男優5のこと）ヤスイくんなんですけど、端のほうでテンションとかあんまり高くない人たちだけど、一応列に加わって歩いている人たちだぞっていう、どっちかっていうと中にいたんですけど、

男優4　あ、じゃあ、もっかい今からデモの一部やります。

ゆっくり歩き始める。

男優4　（男優5に）あー、なるほど、

男優4　ナンバーワンにならなくていいとかってお前に言われてもどうだろう、っていう話がありますよね（男優5「あー」）、それどうなんだろうっていう話が僕の中にありますよね、

間。

男優5　あー、
男優5　なんかイシハラくんって、そういうところでも、前から思ってたけど結構純粋だよね、
男優4　あー、なるほど、

歩くのをやめる。

男優4　（観客に）えっと説明なんですけど、テンション高い系の人達はすごいほんと前のほうにいるんですけど殺気とかすごいんで、怖いんでだから割とそれ系の人からは離れて歩いてるんですけど、この前すごい公園通りのほうとか行くとディズニーストアとかあるんですけど、この前店の前で、店の入口がガラス張りじゃないですか、そこの前に立って、イスラエルがアラブ人をすごい虐殺したっていう話があるんですけどその子供の死体とかの写真を店の中に見えるように持って店の中に見せるっていう、すごい顔と

かがぐちゃぐちゃになってる、わーえぐいなーっていう写真なんですけど、しかも拡声器でなんか、良い子のみなさん、みなさんと同じくらいの歳の子供達がアラブではたくさんこんななってます、みたいなことをすごい聞こえる声で言うっていう、しかもえぐい写真付きっていう、それで店の人とか超《ちょ》っ早《ぱや》で裏から出てきて、すいませんほんとやめてくださいって女の人が半泣きになってるんですけど、あなたが泣いても子供の命は助かりませんっていうことで、ますます死体の写真ぐいぐい見えるようにアピール、みたいな、拡声器のボリュームさらに倍、みたいな、アツいなーっていう展開があったりして、わー容赦ねーっていう、そういう人たちがやっぱりバリバリ列の先頭とか中心みたいな感じで声出したりするんですけど、「オラオラオラ」みたいな、なんかその声違うんじゃないかな、みたいな、「バッチ来い」みたいな、アレ？　みたいな、あと警察がずっといつも列の両脇とかにデモの列のサイド方向にいるんですけど、なんかむかつくんですけど、僕とかはでも、むかつくんですけど「あ、すいません」って感じですけど、テンション高い系の人達はショルダータックルみたいなのとか攻めていったり、「小泉の犬め」とか言ったりして、結構ホットな、あ、一触即発、みたいな、大丈夫かな、みたいな、みんな警察って柔道とかの有段者だぞってこと知ってるのかな、っていう、知っててやってるとしたらアツいな、っていう、そこはもうひとつの戦争、みたいな感じの盛り上がりがそこに、みたいな、

男優４　あ、じゃあ、もっかいやります。

ゆっくり歩き始める。

男優5　なんか警察の制服ってあんまりしげしげ普段見れないけど、デモのときって結構見れて、いろいろ観察するとへえーって感じだよね、
男優5　なんか、制服変わったのっていつだっけ、
男優4　あ、アンミラの?
男優5　違くて、警察の、
男優4　あー、
男優4　アンミラって、渋谷ってスペイン坂のとこだっけ、
男優5　あ、そうそう、

間。

男優4　あ、あそこか、なるほど、
男優4　アンミラ、最近そういえば行ってないな、
男優5　制服、変わったの?
男優4　え、分かんない、アンミラの?

男優5　そう、

男優4　（驚いて）え？

男優4　スペイン坂のアンミラ、行ったことある？

男優5　ていうかスペイン坂にアンミラあるなあってのは前から知ってたんだけど、実はアンミラじたい、いまだ、僕、アンミラ童貞（？）、

男優4　あ、なるほど、そっかそっか、

男優4　あ、なんか悪いこと訊いちゃったね……もしかして、なんかしんみりしちゃったね、

男優5　アンミラって、何が食べれるの？　ファーストフード？

男優5、ポケットティシューで鼻をかむ。

男優5　アンミラってアメリカ資本？

男優4　あ、ちょっとそういうのはどうだろう、

間。

男優5　なんかシュプレヒコールみたいのないんだね、や、ないほうがいいんだけど、

男優5　なんか、列の前のほうとかではやってるんだけど、
男優4　アンミラって、たぶん予想だけど日本ぽくない？　コスのああいう萌える系、日本じゃん、アメリカはバドガール系かなっていう、
男優5　僕、スギ花粉症なんだけど、
男優4　あ、はい、
男優5　ヒノキと、どっちもなんだけどさ、
男優5　マスクしてデモ行くと本気系と間違えられる恐れ大、っていう噂聞いてやめたんだけどさ、
男優4　あー、
男優5　今でもかなりキてるんだ、
男優5　（観客に）っていう、このときすごい限界だったんですよ、そのときでもちょうど渋谷のハチ公の一番大きい交差点のところをもうすぐガードくぐって宮益坂のほうに曲がるところだったんですよ、近くにおっきいドラッグストアがあるんで、そこでマスク買おうと思って、
男優5　（男優4に）ちょっと中抜けしていい？
男優4　あー、
男優5　ちょっと、マスクどうしても買いたいんだけど、
男優4　あ、なるほど、じゃあ待ってるよ、

男優5　先行っていいよ、追いつくから、
男優4　あー、
男優5　先行ってて、追いつくから、
男優4　あー、待ってるよ、
男優5　あ、ほんとに？
男優4　ていうか先行ってたほうがいい？
男優5　ていうかいいよ行ってて、すぐどうせ追いつくから、
男優4　ていうか、え、マスク買うのって時間かかる？
男優5　や、たぶんそんなかかんないと思うけど、
男優4　あ、ほんと？
男優4　何分くらい？　五分くらい？
男優5　や、五分くらいだと思うんだけど、
男優4　あ、ほんとに？　あれだったら待ってるよ、
男優5　あ、ほんとに？
男優4　え、マスクってそんな何種類もあるの？
男優5　ていうかね、結構あるよ、でも買うのは決まってるから、超立体ってやつ、
男優4　あ、そうなんだ、
男優5　ほんとすぐ終わるから先行っててもいいよ、すぐ追いつくから、

男優４　あ、ほんとに？
男優５　うん、じゃあちょっと行ってくる、
男優４　あ、わかった、じゃあ待ってるよってことで、（観客に）ていうこのへんでデモの説明は終わります、すいません、

男優4、退場。

男優５　（観客に）えっと、実はこの期《ご》に及んで、まだスズキっていう人だけ、出てきていない人がいるんですけど、ていうか精確に言うと、さっき実はちょっとだけ出てきてはいるんですけど、でもその人をこの人がスズキですっていうこととかを含めて、まだ誰も話していないので、っていうかちょっとは説明一応でもしてますけど、スズキっていうのはすごい体の柔らかい人なんですけど、でも体が柔らかいことはあんまりっていうか全然関係今からする話とは別にないんですけど、その前にここでちょっと十分くらい休憩にしようかなっていうのがあって、
男優５　さっき、アズマがミノベとライブハウスで別れてから、その翌日にアズマと会ったっていう、アズマのかつてのバイト仲間だったっていう人がちょっと出てきたと思うんですけど、（いつのまにか）彼が一応、今話題のっていうか、これから話題にしようとしてるっていうか、話題って言ってもそんなたぶん盛り上がらないと思うんですけど、

でもまあ今言ったその彼がスズキっていうことではあるんですけど、彼のことを次に話そうと思っているんですけど、でも、その前に十分くらい休憩にしようと思うんですけど、しようと思うっていうか、するんですけどっていうか、なるんですけど、

男優5、退場。

十分休憩。

第六場

男優3、登場。

男優3 （観客に）えっと、ミノベくんと女の子がそのあとホテル戻って、この関係、5日間限定にしようって決めたときのことなんですけど、女の子のほうが、「なんか、すごい渋谷なのに、なんか、旅行に来たみたいで楽しいんだけど」って言って、「なんか渋谷なのに、外国の街にいるときみたいななんか気持ちっていうか、すごい楽しいんだけど」って言って、ミノベくんは「あ、ほんと」って言って、「あ、でも俺もなんか分かる分かる」って言って、そのときはもう二人ともホテルにいたんですけど、

男優3 「楽しくない？」って女の子が言って、「や、楽しいよまじですごい」ってミノベ

くんが言って、

男優3　それで、「え、ねえ、ぶっちゃけ、お金ってさ、今どれくらい持ってる？」ってミノベくんが言って、「や、お金って、今っていうか手元じゃなくていいんだけど、銀行とかに」ってミノベくんが言って、「あ、銀行っていっても、本気で全額とかじゃなくて、そんなこと訊いてないよ、すごいよく使う口座の普通口座とかに、なんか普通におろしたりできる金額いくらあるかなって思って」ってミノベくんが言って、「ていうか仕事って俺フリーターなんだけど、今ちょっと『あれ』って思ったんだけど、（キミの）仕事、なんかちゃんとした会社とかじゃないよね」ってミノベくんが言って、「うん別に私もバイト」って言って、「あ、ほんと、え、この何日休んだりしてるのは大丈夫？」ってミノベくんが言って、「別に大丈夫じゃないけど、ばっくれだけど、別に次の探すから」って女の子が言って、女の子はユッキーって子なんですけど、でも別にミノベくんとそのユッキーって子は名前教えあったりしなかったから、でも名前ほんと要らないんですよね、ずっと二人でしかいない場合、名前なくても話す相手ひとりしかいないから名前要らないんだよねって、ミノベくんがこれは言ってたことなんですけど、

男優3　で、「あ、そうなんだ、バイトじゃあ大丈夫なんだ、俺もまあどうにでもなるからいいんだけど」ってミノベくんが言って、でも、「や、ていうか、フトっていうか、思ったんだけど、お金あんまりそんなになくなるまで、この、今やってるのすごい面白いんだけど、この暮らしっていうか、別にこれ暮らしじゃないんだけど、なんか旅行み

たいなこの生活（?）、ホテル暮らし（?）、いつまでもは続けるの難しいっていうか、できないじゃない」ってミノベくんが言って、「ていうか俺らいつまでこういうことやってるのかなっていう、いつまでやるのかなっていう、え、ぶっちゃけどう思う？　なんかいきなり俺らとか言って、会っていきなりこんなふうにしてるけど、俺は別にいいんだけど、大丈夫なの？　なんか、彼氏とかいないの？　別に、それはどうでもいいんだけど」ってミノベくんが言って、「とりあえずそういうことちょっと話し合うじゃないけど、なーと思ってそろそろ」って言って、

男優3「あ、ちなみに僕はね、今、手元にはちょっともう、二千円くらいしかなくて、アレ？　っていう、でも銀行行くとバイト代の残りが、でもそれでも三万くらいだと思うんだけど、ウチ、二十日〆《はつかじめ》で月末払いだから今一番やばい、ちょうど時期なんだよね」ってミノベくんが言って、そしたらでも、彼女もまあだいたい同じような感じで、女の子のほうもフリーターだったんですけど、でも、払いが彼女のほうは二十日だから、金額的には銀行には割とあるんだけど、でもだからと言ってそんなに使っていいわけじゃもちろんないからっていう話で、あ、そうだよなっていう、それで結論としては、二人で決めたんですけど、あと、今日入れて三日だけ（?）、だからあと二泊だけしない？　合計で四泊五日ってことになって、お金的にも割とそれが限界だよねってことで、限界っていうか、まあ無難な、そのあとのことを考えるとそのラインまでだよねっていう、うん、そうかも、なんかちょっと悲しいけど現実的にはそうよね、っていう、でも

今日入れてあと三日は一緒にじゃあ、そうだね、いようよ、って、すごい今、マッキヨでコンドーム買い込んだし、これ使い切るくらいの勢いでやるぞって話になって、でも全部は使い切らなかったけど、二ダースプラスちょっとで、ミノベくん的にはいっぱいいっぱいだったんだけど、

間。

男優3「や、たぶん俺の読みなんだけど」って、これはミノベくんが女の子に、何回目か、もうほんと分かんないくらいの回数セックスしたうちの何回目かが終わった後で、天井とか見て並んで寝て話したりするじゃないですか、そのときにこれはミノベくんが言ったことなんですけど、「や、たぶん俺の読みなんだけど、たぶん三日後、俺らホテル出て、それぞれの生活にまあ戻るかな、みたいな、でもそのときって、たぶん俺の読みなんだけど、おそらくもう戦争、終わってるんじゃないかと思うんだよね、甘いかなー、や、でもぶっちゃけ全然力の差はすごいわけでしょ、それに湾岸戦争のときだってすぐ終わったわけでしょ、すごい一気にすごいピンポイントでやって即終わったし、そう、だからたぶんね、終わってるでしょって思うんだけどね」、

男優3「テレビさ、えっと、ホテルいるあいだ、今までずっとしまくってたってのもあるけど、テレビとかあるけど見なかったじゃない、なんか、それでさ、もし良かったら、

今後も、敢えてもう見ないってことにしたいんだけど」ってミノベくんが言ったら、女の子は「え、いいよ」って言ったんですけど、「あ、ほんと、それいいかな」ってミノベくんが言ったら、女の子は「いいよ」って言ったんですけど、「あ、ほんと？　俺ら何にも知らないまま、三日後にね、戻るじゃん、それぞれの、普通の生活（？）、そしてテレビ付けたりしたら、とりあえず、ね、あ、終わってる戦争、とか思うの俺ら、っていうシナリオ（？）、いいと思うんだけど。始まってみると終わるの早かったな、これで良かったんじゃないの結果論、とか思うの俺ら、それで（キミは）「あ、ほんとだ終わってる、あいつの言った通りだ、なんか」とか思うの、それで「なんか、じゃあ、俺らもしかして戦争のあいだずっとヤってた？」っていう、「なんか俺らが渋谷ですごいペースでヤりまくってるあいだに、戦争始まって終わっちゃった？」っていう、なんかそういうのすごい、歴史とリンクして思い出になると思って、かなり、いいっていうか、人生死ぬ前に思い出す可能性相当高い思い出になるんじゃないかって思うんだけど、

第七場

男優1と女優2、登場。男優3を入れて三人でひとまとまりになる。

女優2（男優1に）なんか彼がね、ボーカルの（男優1「うん」）、日本に来て泊まってたホテルが渋谷だったんだけどさ（男優1「うん」）、他のメンバーも（男優1「うん」）、で、散歩みたいな感じで渋谷歩いてて、みんなで――みんなで、かな？　そしたら反戦のデモがあるじゃん、あれ見たんだって（男優1「うん」）、それでいっしょにそれに中に入って歩いたんだって、

男優3（観客に）「あ、そうなんだ、入っちゃったんだ（女優2「うん」）、あれってそんな気軽に入ったりできるんだ」（とミノベがユッキーに言った、ということを説明する意）、

女優2（男優3に）知らないけど、（男優1に）そしたらなんか日本のデモって、外国のは警察とか別にそんなにべったり付いてこないのかな、分かんないけど、でも日本のはすごい警察がなんか囲むみたいな感じで、そのデモの行列を監視するじゃないけど、付いてるんだって（男優3「あ、そうなんだ」）、それがすごい、日本のデモって面白いねっていう話をしてたらしい、面白いねっていうかその、特殊性が、

男優1（女優2に）デモってそんなにサクッと入れたりするんだ、

男優3（観客に）「や、それがたまたまそういうオープンなデモだったのかもしれないし、分かんないけど」って（ユッキーが）言って、「あとラジカセで歌かけたりとか、って言ってた」って言って、

男優1（男優3に）あ、そうなんだ、

男優3（観客に）だから、（男優1に）「すごくない（？）、英語分かるんだ、どっか外国、

アメリカとか行ってたの？」（男優1「うん」）、
女優2　（男優3に）え、うん、いちおー、
男優3　（男優1に）留学？
男優1　（男優3に）うん、
女優2　（男優1と同時に、男優3に）あ、うんそう、いちおー留学（男優1「うん」）、
男優3　（男優1に）あ、そうなんだ、（観客に）って言って、で、俺、英語しゃべれるコ、なんかいいよって思ってるから、それで留学もしたけど、それ以外に何度かホームステイとかもしてるとか言って（男優1「うん」）、あ、そうなんだ、え、どこ行ったの？って訊いたら、「え、アメリカ」とか言って（男優1「うん」）、あ、そうなんだ、って言って、

間。

この前後のうちに、男優1は二人から少し離れる。

また、このあたりのどこかで、女優2と男優3が二人でホテルの中にいる印象を与える演出を施す必要がある（たとえば、照明で床に大きな四角形を描き、二人をその中に置く）。

女優2　（観客に、男優1と男優3をなんとなく示しながら）二人の、男性がっていうか、男性

って言うと、なんかちゃんとしてる、あれじゃないんですけど、二人の、でも、男が、とも、なんか言いづらいんですけど、二人の……。ひとりはその日までずっと5日間まるまる——を、渋谷から一歩も出ずに過ごしたっていう人なんですけど、ずっとホテルに泊まって過ごしたんですけど、ホテルって言っても円山町《まるやまちょう》のですけど、

女優2　えっと、たとえば外国の街に行ってどこどこに5日間滞在してきたんだーみたいな感じが、あるなあって思うんですけど、その5日間はすごく、なんか、渋谷でそんな感じの5日間を過ごしたんですけど、渋谷とか、普通によく行くじゃないですか、乗り換えで通るだけだったりするかもしれないけど、なんかでも、その5日間は、いつもと違う特別な渋谷で、どうしてだったんだろうっていう話を、どうしてなんだろうね、なんか旅行中みたいだよねって、海外旅行、大学いちおー卒業したとき、いちおー卒業旅行、私、友達とイギリスに行ったんだけど、なんかあのときみたいだなって思って、って話を、ホテルにいるとき私たちは、ていうか私は、ホテルでずっとしゃべってて、もちろん、ずっとしゃべってしかいなかったわけじゃないんだけど、でもしゃべってる時間帯の割合がずっと何日も、何日もとかいっても5日間ですけど、ホテルに、ほとんどホテルにいたんですけど、そうするとやっぱり、やっぱりっていうか、だんだんしゃべってる時間が——のほうが多くなってきて、

女優2　そのとき私たちはカレーですごいお腹いっぱいで、またホテルに帰るところだったんですけど、センター街通って、ブックファーストのところで左の大きい道路のほう

に出るじゃないですか道玄坂は、ドンキホーテとかある交差点のほう、

女優2　そうそれで、そうだその「帰る」って感覚が、っていう話をちょうどそのとき私たちはほんとにちょうどそのとき、帰りながらしていて、最初は、(男優3に) なんでだろういつもの渋谷なのにねって、やっぱりいつもよく行ってる、あんな渋谷みたいなところでも、ずっとホテルで泊まるみたいなことをしてるからなのかな、(観客に) って私が言ったりしてて、そしたら、「戦争してるしデモしてるし、みたいな盛り上がり (?)、みたいのもあるんじゃない?」みたいに彼が言ったりもしたんですけど、それから、(男優3に) 向きもあるかも、(観客に) って言って、(男優3に) 向きっていうかね、(観客に) って、(男優3に)「帰る」っていうときの感覚ってね、(観客に) って、(男優3に) 方向、いつもこっちから渋谷の駅のほう行く方向が帰る方向、だよね、なのに、なんか「帰ろうか」とか言ってこっち向きに歩くって、それだけでも、なんか、それだけで、なんかすごく、もう旅行なのかも、(観客に) って、

男優3、ここまでに床に座り込んでいる。股間や太もものあたりをさするような動きを、いつのまにかしはじめている。

男優3　わかるよ、

男優3　あとやっぱり、戦争してるしデモしてるし、みたいな盛り上がり (?)、それあ

ると思うよね。
男優3　俺、神戸の地震あったとき高1だったんだけど、なんで俺こんなとこでうんこみたいな授業聞いてて、すごい俺、今、悪いことしてるんじゃないかってすごい思ってたの、すごい今、思い出してるんだけど、
女優2　そうなんだ、
男優3　俺イラク戦争あったとき二十五だったんだけど、俺なんでこんなラブホでうんこみたいな、セックスしてるんだろうってすごい思ってるんだけど、
女優2　そうなんだ、
男優3　（笑って）うんこみたいじゃないよ、でも、正直言っていい？　みたいな。すごい俺、もう、使いすぎました、みたいな、ヒリヒリしてるんだよね（ペニスのこと）、
女優2　あ、そうなんだ、（観客に）さっきからそういうふうに動いてるの、私、逆に思ってたんですけど、
男優3　え？　あ、（男優1に）逆って、ヤりたそうにしてるって思われて、（女優2に）逆って、ヤりたそうにしてるって思った？
女優2　（男優3に）そうだよ。
男優3　や、
女優2　買いすぎたかな、
男優3　や……うん、買いすぎたかも、（観客に）で、（女優2に）そんな、でも、ほんとヤ

りたいときにこんな動いたりしないよ、こんな動いてたら、分かり易すぎじゃん、サルだしそれじゃ、（男優1に）って言って、

男優1　うん、

男優3　（男優1に）なんか、5日間限定にこの関係しようってことになったときって、どういう流れでそうなったんだっけ、って思い出そうとしてるんだけど、どっちが先に言ったんだろうとか細かいこと、どっちからだったんだっけとか、

男優1　憶えてないんだ、

男優3　うん、ていうか、憶えてないっておかしいなあ、そういうイタイ系普通どっちから言い出したかとか、絶対インプット普通憶えてるんだけどな、強いじゃん、憶えてないってことは、どういうことなんだろう、同時に言ったってことかなってそんなことないよ、それだったら余計憶えてるよ、

男優1　（観客に）アズマがファミレスで、すごい、早朝に起こされてミノベからの電話で今からファミレス来いって言われて、それでまあ行って、それで聞かされた話なんですけど、ミノベが女の子と結局、渋谷で四泊したんですけど、三泊説五泊説あるみたいですけどほんとは四泊なんですけど、その四泊が終わって別れてもう直後に、ミノベはアズマ呼んだんですねファミレスに、奢《おご》るから来いって言って、それでまあ行って、基本的にアズマ、暇なんですけど、それで行ったらアズマはミノベの渋谷の四泊五日のやりまくり列伝の日々を話聞かされたんですけど、っていうのを今はやろうかなっていうと

こなんですけど、
男優3　（男優1に）朝起きたら、なんか、ここどこだよ？　って思って（男優1「うん」）、しかも隣にいる女誰だよこいつ知らねえ、っていうのがいて、でもすぐ思い出したんだけど、「あ、昨日の夜そういえば」って、
男優3　とか言って二泊目三泊目もでも、なんかちょっとだけど一瞬やっぱり、あれ、ここどこだっけってのがあって（男優1「うん」）、でもこの女、隣の、誰だよってのはさすがになかったけど、あ、でも二泊目までは起きたとき一瞬まだあったかも、
男優3　でもなんか隣で寝てるじゃん（男優1「うん」）、で、誰だよって思ってるときでも、明らかにそういうことになってるんだなってことは分かるじゃん、すぐ隣で寝てて、三泊目とか、最後四泊目のときとかは、もうほんと思わなかったよ「誰だよ」とは。でも、二泊目までは――かな、微妙に一瞬、「あれ、誰だっけ？」ってのがあって、
男優3　それでね俺、偉いなって思ったんだけど（男優1「うん」）、すぐ隣で寝てるんだよ。でも俺、触んなかったからね。ほんっとに。誰だっけ状態のときは。俺、すぐ隣っていうか、同じとこで、ベッドの、寝てんだよ、女が、横、すぐここだよ、でも本能的に触りに行くとか、行かなかったから俺さ、俺、素晴らしいなあって思ったんだよ、俺自身を（？）、俺って本能ケモノじゃないじゃん、素晴らしいよ俺、って、ちゃんと、「あ、この女、そうだ、思い出した」ってちゃんとなってから、俺、触りに行こうとした、俺の本能（？）、もうほんとに、全然、俺、完璧に素晴らしいって思ってさ、

男優1　あ、そうなんだ、
男優1　え、なんか「あ、女隣いるけど、誰だか分かんない」って状態、それ、
男優3　うん、
男優1　どのくらい、その状態、何分くらい続いたの？
男優3　や、5秒くらい？
男優1　あ、そうなんだ、
男優3　や、そうでしょ（観客に）って言って、

間。

男優3　（男優1に）なんか、5日間限定にこの関係しようってことになったときって、（観客に）ってちょっと話を戻しますけど、（男優1に）どういう流れでそうなったんだっけ、って思い出そうとしてるんだけど、どっちが先に言ったんだろうとか細かいこと、どっちからだったんだっけとか、
男優1　憶えてないんだ、
男優3　や、最後、昨日の夜か、それちょっと話したんだけど二人で、明日で終わりだね、っていうか明日は朝で終わりだからもう今日だよとか言って、そのときに、「なんか、5日間限定にこの関係しよう、ってことになったときって、どういう流れだったたっけで

そうなったんだっけ」って、（観客に）っていう話になったんですけど、それを今からやります、

女優２　（観客に）最初、お金の話《はなし》してて、（彼が）二千円しかないとか言って、「え、なんでそれしか持ってないの」って思ったんだけど、（ウケてから）なんか最初、「ねえ、ぶっちゃけ、お金、銀行にどのくらい今持ってる？」とか訊いてきて、（ウケながら）なんでそんなこと訊くの、って思って、でもそれは（彼が）そのとき持ってなかったからなんですけど、「なんかバイト代が入るのがウチは二十日〆で、月末だから今が一番時期的にちょうどきついときで」とか言って、でも確かにその日は確か三月の二十五とか、それくらいで、「でも手元には二千円しかないけど銀行行くとたぶん三万くらいあるから、いろいろあとでちゃんと二で割って払うから」って言って、当たり前だろって思ったんですけど、

女優２　で、なんかそういうお金の話をしていた流れがあったからだと思うんですけど（この辺までに女優２も男優３の近くに座り込む）、私たちはそのときはまだこうやってホテルに、なんか、いつのまにかこうなってた、その旅行みたいな——をやるのを、いつまでにする？って決めてなかったんだけど、でも二人とも、たぶん二人ともですけど、それを決めようと積極的に、ってのはなくて、決めなきゃいけないなあって、でも、うすうす、お互いに、たぶんですけど、これも、お互いにってのは、そう、でも思っていて、それでそれまではそういう話はなかったんですけど、でもそういうお金の話の流れ

もあったから、お金は大事だよー（とアフラックの歌を歌ってから、ウケて）とか歌って、いつまでこれをしようかって決めて、それで区切りもいいし、お金的にもなんとなくそれくらいが限界かもって、四泊五日っていうことにして、そのときは二泊三日目だったんですけど、だからあと二泊だねってことになって、そしたら、あさってだ、あさってここを出て家にそれぞれ帰って、ねえ、その頃には戦争は終わってるだろうか、とか言って、それってなんか、サッカー今日日本勝ったかな、って結果、まだ知らないで家に帰ってきてニュース見るときちょっとどきどきする、みたいな感じだよねとか言って、

女優2　それで、話を元に戻すと、この5日間だけの限定っていうか——にしようって話をしたのはどっちからだったんだろうっていうのを思い出そうとして、今、話してたんですけど、分からなかったんですけど、でも話の始まり方がどうだったかは分からないんですけど、その話をしている途中のことは、たとえば、

女優2　（男優3に）いいよねそのほうが絶対、（観客に）って言ったり、（男優3に）いいよねそのほうが絶対、

男優3　うん、

男優3　や、怒んないと思うから言うけど、別になんか、そんな、いつまでもそしてこれからも、みたいな、

女優2　うん、

男優3　逆か、これからもそしていつまでも、みたいなの、やりたい？　とか思わないで

しょ俺と、

男優3　や、ほんと「うん」って言っていいから、お互いだよね、だって、

女優2　うん、

男優3　うん、それってでも別にこういう、いつまでも系と（天秤《てんびん》を示すようなしぐさ）ランクの上下があって、上だから、いつまでも系、みたいなことじゃ、絶対ないじゃない、

女優2　うん、

男優3　分かるでしょ、

女優2　分かるよ、

男優3　分かるよね、でも、それってすごい、結構奇跡かもって思うよ、そういうこと分かる人と超スペシャルな5日間だったと思うんだよね、ほんと俺、

男優3　（男優1に）そういうことほんとみんな分かってたら、戦争とかも起こんないだろうねって思うんだよ、って思ったんだけど、そのときはなんかでも、言わなかったけど、

男優1　うん、

男優3　だから、（女優2に）分かるよね、でも、それってすごいよな、結構奇跡かもって思うよ、そういうこと分かる人と超スペシャルな5日間だったと思うんだよね、ほんと俺、

男優3　超スペシャルとか言って、ただヤってただけっていう話もあるけど、

男優3　2ダースちょい、そんなハイペースなほうじゃないよね、

女優2　うん、

間。

男優3　（男優1に）それから、（女優2に）ねえ、東京だよね、いつも、生活のメイン（？）、過ごしたりしてるのって、
女優2　うん、
男優3　でも、できるだけもう会わないといいね、偶然とかでも、
女優2　うん、
男優3　会っちゃうかな、や、でももうほんと会わないといいね、
女優2　うん、
男優3　（交換を表わすしぐさをしながら）何も教えてないし、住所（？）、電話（？）、携帯の、あとメアド（？）、名前も言い合ってないし、
女優2　会わないよ、大丈夫だよ、（観客に）でも大丈夫じゃないかもよ、って話になって、でも結局大丈夫って話になったんですけど、えっと、それはどうして、どういう話でだったのか、というと、またああいう、会ったときのライブみたいのとかでまた会うかも、でもしれないよ、って話してて、「や、それはないから」って彼は言ったんですけど、どうしてかというと、あのライブには彼は別に自分きっかけで行ったわけじゃなくて、

もう一人そのときいた人がいて、その人とはあまり、ほとんど話とかもしていないので私は、顔もあまり、ライブハウスは照明が暗くて、記憶があまりないんですけど、そのライブにはその人に誘われて行っただけで、なんかすごい「感動した感動した」って会ったとき、言ってたから、絶対すごいファンとかなのかと思ってたら、そうじゃなくて、だから別に普段は全然ああいうところとか、行かないから、大丈夫だよライブ行ったら会っちゃったとか、ないよ、もう、きっとって、

第八場

女優2と男優3、立ち上がり、退場。

男優1 (それを待たずに、観客に) それから、あとは、これはミノベはほんとはこれを言いたかったって、ファミレスで僕に言ってたのは、なんか、最初勢いで、

男優1 や、やっぱりその話はやめて、

男優1 それでまあ最後の日の朝に、それじゃあっていうことで、この二人の三月の5日間は終わるんですけど、ホテルを出て、でも、ほんとならいちばん、ホテルの出口で、あなたは右に私は左に、みたいのがいい感じなんだけど、現実は結局二人とも、駅、渋谷まで一緒なんで、そこまではいっしょに歩いて、しかも途中で男のほうがお金返すか

ら銀行ちょっと寄っていい？　ってことになって、だから銀行のＡＴＭが開く、九時から開くんで、朝イチで機械開く時間の九時にあれするように、ホテルも二人は出たんですけど、で、「銀行、ちょっと寄っていい？」「あ、いいよ」ってことになったんですけど、そしたらどこの銀行かと思ったら、なんか「北陸銀行」とか言って、え？　北陸銀行ってそんな銀行渋谷にあるのかよ？　って、そしたら結構おっきい北陸銀行が渋谷にあるんですよ、ロッテリアと同じビルの、知らなかったなあって、それでＡＴＭでおろして男は、女のほうは外で待ってて、それで無事お金おろして、ざっと二万円でしょ、今回の経費割り勘したらってことで二万円渡して、それでそれじゃあってことで、でも駅までいっしょに歩いて、それで駅からは、「あ、山手線なんだ」「あ、東横線なんだ」ってことで、そこでそれじゃあってなって、

男優１　で、それからアズマ呼び出して、こういう、今したような話をしてっていう、まあ、今、話したようなことがあって、それでアズマはその日、基本的にアズマは暇なんですけどその日は微妙に用事が、その日はあったんで、まあ、ひととおりミノベの話聞いたらそれじゃあって言ってファミレスを出て、六本木に、また六本木なんですけど、行って、

男優１　休憩の前にスズキくんの話をするって言って休憩に十分《じゅっぷん》入ったと思うんですけど、ちょっと、間にいろいろ挟まったんですけど、これからもうすぐやっとスズキくんの話にいけるかなっていう感じなんで、っていうのを今からやります。

第九場

男優1、退場。

男優2と男優5、登場。

男優2 （観客に）はい、今からやろうと思ってるのは、さっき、デモに参加してたヤスイくんが怒られちゃった、っていう話をやろうと思うんですけど、

男優5 （観客に）はい、（男優2に）渋谷って、地理って、渋谷の駅前のハチ公のスクランブルがあって、僕は今、すごい、中心が渋谷のスクランブルである地図を想像してるんですけど、そうすると宮益坂じゃなくて、バス停が右に見えるほうじゃなくて、右に見えるほうは青山とか行くほうなんですけどそうじゃなくてバス停が左に見えるほうの、六本木通りのほうを、っていうか六本木通りそのものですけど——を、ずうっと行って、ていうか、六本木通りはハチ公を起点にしないでモヤイ像を起点にしたほうがいいんで、ってことに今気付いたんで、モヤイ像が中心の地図に地図の中心をちょっと変更したいんですけど、それで六本木通りをずうっと行って、まっすぐかなり歩くと西麻布とかも過ぎて、ミノベたちが行ったライブハウスもこの道沿いにあるっていうことだったんで

すけど、それも過ぎて、六本木の駅とか過ぎてもうちょっといくと、アメリカ大使館とかがあるんですけど、デモはここまで歩いて、ルートはもしかしたらデモの場合、途中までは宮益坂のほうから青山のほう通って途中から右折して、乃木坂の辺でこっちに入ってくるルートかもしれないんですけど、アメリカ大使館は六本木なんですけど、住所はでも赤坂になるんですけど、大使館の前でたかって、すごい気合い入れてプラカードとか持ってやってると、「戦争はんたーい」とか、その辺の近所にもすごい住んでいる人とかいて、住民的にはでも、すごい毎日そんなことやってるじゃないですか、交通的にもすごい毎日渋滞とかするわけじゃないですか、彼ら的にはだからもうほんといいかげんにしてほしいわけですよ、もうすごいストレスがまじですごいんですよ、家族とかいる人も、ちっちゃい——いるわけじゃないですか子供とか、車にしたって通勤に使ったりしてる人もいるわけじゃないですか、赤ちゃんとかいる人も当然いるわけですよ、僕はまだ独身ですけど、でも毎日の生活を普通に暮らす場所なわけですよ（男優2「はい」）。（この辺から男優5の口調が怒り出している）僕とか、帰り、毎日遅いからまだあれですけど、普通に主婦の人とか、昼間、毎日これ聞かされるわけじゃないですか（男優2「はい」）、僕だって土日、すごい休みたいじゃないですか（男優2「はい」）、そしたらなんか昼間うるさくされるわけですよね、どうですかね、っていう、平和でもなんでもいいよ、どうせそれにイベント気分でやってるだけだろ、っていうことじゃないですかね、どうですかね、男優2　（男優5に）はい、（観客に）というわけで、「怒られちゃいました」っていうヤスイくんの話でした、というわけで失礼します。

男優2と男優5、退場。

第十場

男優4、登場。

男優4　（観客に）ユッキーって女の人は、「あ、俺、山手線だけど」「あ、私、東横線」ってことで、それじゃ、ってことで、さようなら、ってことで、終わったって話があるんですけど、そのあとで、でもその人はすぐ電車乗らないで、なんかもう少し余韻浸っていたいの渋谷、みたいなことで、今来た道玄坂のほう戻る感じで散歩みたいなことしたんですけど、ああこの5日間、渋谷、なんかいつもと違って知ってるのに知らない街、みたいだったけど、もうこれで渋谷から電車乗って一歩でもどっか行っちゃうと、もう次渋谷来たら普通の渋谷に戻っちゃうわ、っていうのを思ってたんですけど、そしたらなんか、もうちょっとだけいたいの渋谷、って気持ちで、いったん駅まで戻っちゃったけど、それまた戻って道玄坂のほうに歩いたんですけど、「あ、もうだめかな、感覚、普通の渋谷っぽく、いったんもう駅まで来ちゃったからなっちゃったかな？」ってのが一瞬あったんですけど、でも、あ、大丈夫だぞっていう、渋谷、っていう話なんですけど、それでずっと泊まってたホテルのとこまで、もっかい行ってみようかなってことになって、犯人必ず現場に戻るぞ、みたいな話だと思うんですけど、そしたら、そのホテルは坂の上にあるんですけど、坂の下の文化村とかの道からホテルのほうの坂のほう、こうやって見たら、なんか道がこうあって、両脇に電信柱とかあって、電信柱の脇にバケツ、ポリのデカいやつ置いてあったりすると思うんですけど、そしたら、その電信柱の脇のところに、最初すごい黒いデカい犬がいるな、ってことで、犬がなんか、電信柱のところにこう（しぐさで示して）屈《かが》んで、あれ、何か食べてっていうかクンクンとかしてるのかな？ っていうのがあったんですけど、そしたら、僕、メガネかけてて目が悪いんですけど、だからかな？ ってのもあるんですけど、それ、犬じゃなくて人間で、っていう話なんですけど、しかもこう（四《よ》つん這《ば》いになって口を地面に近づける格好）じゃなくて、こう（糞をする格好）で、あれ、ウンコしてるぞっていう、ホームレスだったっていう話で、それで僕僕、僕じゃないんですけど、ユッキーって女の人は、「あ」ってことになって、そしたらその人が、「あ」ってなって、こっちを見て目が合って「あ」ってなって逃げて、「すごい信じられない」って思って、「それは野糞が信じられないってことじゃなくて、その人、だっていちおー人間なのに動物だと思って自分が見てたんだっていうその数秒があったってことがすごい、人間のことを本気で犬かなんか動物だと思って見てたんだっていうことがあったんだっていうことが信じられなくて、ほんと信じられなくて、信じられないって思って（ズボンのポケットから女性用のリップクリームを出して、唇に塗り、仕舞う）、そう、それで吐いちゃって、トイレ、どこか、お店の入ろうと思ったんだけど間に合わなくて、道で吐いちゃってっていう、それで少しだけ落ち着いて、超急いで駅に向かって、そのときはもう全然、渋谷、普通に戻ってて、でもそれどころじゃなかったっていう、話があって」、

男優4　っていう、そういうことにこれからなるそのコとその相手の男が、三月の5日間の最後の朝に銀行で男が金おろして、っていう、女のコがそれを待っているっていうのを今からやって、それで『三月の5日間』を終わります。

暗転。

明るくなると女優2が登場している。春の防寒着をはおっている。

男優1、登場。同様に防寒着をはおっている。女優2のところまで歩いてくる。

男優1　はい（と二万円渡す）、

女優2　はーい（と受け取り、財布に仕舞う）、

男優1　じゃあ、

二人、歩き出す。

男優1　……って、駅まで一緒か、

二人、退場。
しばらくして暗転。
終わり。

アメリカ政府は核兵器を使用する

藤井貞和

湾岸戦争が現実になってより
わたくしは自分の仕事らしい仕事をしていません
仕事が手につきません
歌人なら、戦争を心配する短歌を作ったり
短歌雑誌がとくしゅうしたりして
いろめき立つことができるかもしれない
しじんは何をしますか
無用の、無能のわれらは、戦争ださあ表現を、という
いろめきをできません
ベトナム戦争みたいになったら
しじんはどうしますか

ベトナム戦争みたいにはならない、と予言できます
わたくしは右翼少年でした
六〇年安保のときに左傾しました
アメリカ大使館にデモをかけました
はじめてソ連が核実験をしたとき
共産党はそれをきれいな原爆だと言い張りました
でもわたくしはたった数十人のデモにまじって
ソ連大使館に押し掛けました
べ平連で歩いたこともあります
広島にも長崎にも行きました
教育者として平和教育に徹しています
かえりみて物書きとして平和主義者だったと思います
太平洋戦争の罹災を子供ごころにおぼえています
こんどの湾岸戦争は太平洋戦争のみちを
まっすぐにたどっています
クエートは沖縄です
地上戦争がはじまり化学兵器が使用されると
アメリカ兵の悲惨な死体がころがります

フセインがクルド人を殺したそれです
イラク人の子供たちがつぎつぎに殺されています
東南アジアの教科書によると
広島の、長崎の原爆は戦争を終わらせ
平和をアジアに蘇らせました
むろんアメリカ人の多くもまたそうかんがえています
唯一の被爆国日本でその悲惨を世界に訴えて来たと言います
四五年かんそれは核兵器の戦争での使用を阻止できました
数千回の核実験が太平洋上でくりかえされ
小規模の核、「きれいな核」を開発していると言います
その「成果」を世界に知らせるために
イスラエル政府を納得させるために
日本の被害者感情を萎えさせるために
あるいはベトナム戦争で使用しなかったことを悔やむ
多くの元アメリカ兵の父母のために
世界にたいして真の意味での核による抑止力の
確立のためにブッシュは、いまこそ
イラク領内での核兵器の使用をと

サウジ派兵の段階（九〇年八月）いらい考えてきました
その危険なデルタ地帯に乗り込む
イノキとドイに拍手を送ります
無能な、無用なノイローゼしじんは
一万円を出して詩の雑誌で泣いています
この予言は当たらないことでしょう
すぐれた予言者が予言をすると
予言された現実が逃げてゆき
なにも起こらない、ということをきいたことがあります
予言は当たらないことになるから
予言者はさげすまれ世に容れられなくなります
わたくしはいまだけでいいから
すぐれた予言者でありたいと思わずにいられません

（九一年二月一二日深更）

静かな朝に目覚めて

中村　純

静かな朝に目覚めて
穏やかな光の向こうに目をやりながら
海鳴りの聞こえてきそうな
横浜の丘を歩いた

一週間前
イラクの子どもたちが
テレビに映し出されたことを思う
「爆撃が起こったら、この防空壕に入るのよ」
女の先生に言われて
暗い防空壕の中に次々と入り
秘密基地に目を輝かせるように

カメラに向かってほほえんだ子どもたち
死ぬということの意味すらよくわからない
小さなくもりない　いのち

「爆撃が起きてもここにいます
　ここで子どもたちを守ります」
理不尽な殺りくのために
自分たちが国を追われる理由は何もない
そう思った教師の　意志的な眼差しを思う
彼女にとっては
そうすることが「生きる」こと
あの子どもたちと教師は
逃げることができたのだろうか
あの小さな防空壕は
子どもたちを守ったのだろうか

「緊急特報　イラク大規模爆撃」
テレビでは　テロップが流れ

興奮気味のキャスターたちの後ろで
煙の盛り上がるイラクの空が映し出される
ダイエットの特集の合間に

爆撃が始まって
恐怖のあまり吐いたというイラクの
六歳の子どものことが
新聞に報じられていた

殺りくの大地は
この静かな朝の延長の大地
いくつか海を渡るだけの
同じ空の光の向こう

この静けさに耳を澄ますと　聞こえる
恐怖に吐いておびえた子どもの眼差しと泣き声
やわらかな皮膚や髪を焼いた爆音
子どもの感受性や理解力を超えてしまった恐怖が

わたしの心身をざわつかせる
人間への信頼を破壊された子どもが
大人になってからも
どんなにこわばった体と心で
生きていかなくてはならないか

恐怖が
たくさんの小さなむきだしのいのちを
焼き焦がし
人間への信頼そのものも
焼き焦がし

相変わらずダイエットや消費
小さないす取りゲームに明け暮れる愚かな国の
卑小でひ弱な精神が止められなかった殺りく
歴史から学ぶことすらできなかった
わたしたちの知性と感性の磨耗

ＮＯと言う声すら届けることのできなかった
精神のひ弱さと　表現力の貧しさ

わたしの恐怖は　蚕のようにことばを吐く

死んだ子どもたちを抱いて欲しい
愚行の後始末を背負わされた子どもたちを
その冷たくなった眼差しに再び光がともるまで
それは何年も何十年もかかる仕事
腕が痛くなるまで　頭が痛くなるまで
背中が鋼のようになるまで
人間への信頼を失った
死んだ子どもたちが吐き出す
どんな罵倒をも引き受け
人類への呪詛を引き受け
子どもの屍の影を抱く

短歌

岡野弘彦

忘じ難し、少年の春

日本人はもつと怒れと　若者に説きて　むなしく　老いに至りぬ

地に深くひそみ戦ふ　タリバンの少年兵を　われは蔑《な》みせず

十字軍をわれらたたかふと　言ひ放つ　大統領を許すまじとす

髭《ひげ》・鬚《ひげ》・髯《ひげ》

ひげ白みまなこさびしきビンラディン。まだ生きてあれ。歳くれむとす

バグダッド燃ゆ

砂あらし　地《つち》を削りてすさぶ野に　爆死せし子を抱きて立つ母

東京を焼きほろぼしし戦火いま　イスラムの民にふたたび迫る

聖戦《ジハード》をわれたたかふと発ちゆきて　面わをさなき者ら　帰らず

わが友の面わ　つぶさに浮かびくる。爆薬を抱く　少年の顔

かくむごき戦《いくさ》を許し　しらじらと　天にましﾏす　神は何者

バグダッド業火に焼くるたたかひを　病み臥す妻に　告げざらんとす

「バグダッド燃ゆ　岡野弘彦歌集」より

電撃戦むかし日の丸いまイラク

南本重大（福井）

「川柳瓦版」一九九〇年九月号

それぞれの国の言葉で言う正義

永田和夫

「川柳瓦版」一九九〇年一〇月号

宇宙から今度は地球が黒かった

広瀬反省

「川柳瓦版」一九九〇年一二月号

空爆はテレビゲームと子が思い

半井甘平（貝塚）

「川柳瓦版」一九九一年三月号

屋台酒みんな湾岸評論家

池添広志（堺）

「川柳瓦版」一九九一年三月号

解説も付いて茶の間で見る戦

戸倉正三（甲府）

〈まいにち川柳〉「毎日新聞」一九九一年二月二日

掃海艇派遣に重すぎる錨

近藤節也（玉野）

〈まいにち川柳〉「毎日新聞」一九九一年三月三〇日

第九条またぐらつかす掃海艇

柿本辰水（大分）

〈まいにち川柳〉「毎日新聞」一九九一年四月二〇日

平和より石油が欲しい星条旗

藤原一志（奈良）

「番傘」二〇〇三年五月号

Ⅲ

武器よ、さらば

小田 実

武器について、うまいことを言った男がいる。原爆をつくった、すくなくともそのもととなったロス・アラモス科学実験所所長のノリス・E・ブラッドベリー博士である。彼が所長を務めたのは一九四五年から七〇年にかけてだから、原爆を最初につくり出したころには彼はまだ所長でなかったが、それでもそこで働いていたのは確実だから、原爆をつくり出した人物のことばとして聞いておいたほうがいい。彼はこう言った。「武器をつくる目的は人を殺すことにあるのではない。ひとえにそれは誰かが他の手だてを見つけて問題を解決するための時間を稼ぎ出すことにある。」

さすがに原爆をつくり出した人間のひとりとしてうまいことを言ってのけたものだ。しかし、やはり、私は、武器は人を殺すことを目的としてつくられた人殺しの道具だと思う。原爆にしろ小銃にしろ、ただの拳銃にしろ日本刀にしろ、戦車にしろ爆撃機にしろミサイルにしろ、侵略の武器にしろ、祖国防衛の武器にしろ、人民解放、あるいは人民弾圧の武器にしろ、「内ゲバ」の武器にしろ、人殺しの道具だ。ブラッドベリー博士の言い方を少し借りて言えば、武器をつくる目的は人を殺すことにある。ひとえにそれは誰かが他の手だてを見つけて問題を解決するための時間を稼ぎ出す。そのために人を殺す、その人殺しの道具が武器だ——が、さて、誰を殺すのか、たとえば、私を、だ。

戦争——第二次世界大戦末期、私は大阪にいた。ということは、その日本第二の大都市、当時の日本の商工業の中心を徹底して破壊し、焼きつくすためにくり返して行なわれた空襲のなかにいたことだ。空襲はただ市街を破壊し、焼きつくすのではない。なかにいる人間を殺す。殺しつくす。爆弾、焼夷弾という武器はそのために投下される人殺しの道具である。私は年少ながら(当時、十三歳。中学一年生)なかにいた人間のひとりだ。爆弾、焼夷弾ともにまさに私を殺すために投下された。

ホメロスの「イーリアス」の冒頭近く、天上の神ポイボス・アポロンが怒りにまかせて地上のトロイア進攻のギリシア軍兵士めがけて殺戮《さつりく》の矢を射おろす場面がある。銀づくりの弓から放たれた矢がうなりをあげて落下して来て、まず殺すのはギリシア軍が連れて来た騾馬《らば》や犬の群れである。ついで、兵士たち自身。アポロンの怒りをひき起こしたのは彼らを引き連れて来た総大将アガメムノンで彼らには何《な》んの責任もないのだが、いつの時代にあっても理不尽に殺されるのは下々《しもじも》の人間である。兵士たちの頭上に情け容赦なく殺戮の矢は降り注ぎ、彼らはあまた殺され、地上には屍を焼く火が切れ目なく燃え上がった。

空襲のさなかに十三歳の私が「イーリアス」のこのくだりを想起していたはずはない。私はホメロスの名前ぐらいは知っていたかも知れないが（それもあやしい気がする。私が当時確実に知っていたと今確実に言える西洋人の人名は、ヒトラー、ゲーリング、ゲッペルスでなかったなら、ルーズベルト、チャーチル、あるいは、スターリン、そしてまた、「出てこいニミッツ、マッカーサー」でなかったか）、「イーリアス」など読んだことはなかった。逆に私ははるか後年になって「世界文学全集」か何かでこの西洋古典中の古典に取りついて読み始めてすぐこのくだりに出くわすことで、空襲の記憶をよみがえらせた。

それは、空襲のなかで、私自身をふくんで地上の人間——まとめ上げて「私たち」と言うなら、その私たちが天上からの人殺しの道具の投下に抗する術《すべ》を何ひとつもっていなかったからだ。空襲はアメリカ合州国の私たちに対する一方的な殺戮だった。そのさまは「イーリアス」のそのくだり——それは「イーリアス」が始まってまだわずか四十行ほどしか進んでいない個所だが、そこに描き出されたアポロンの矢による地上のギリシア軍兵士殺戮の場面とおどろくほど二重の意味において似ている。ひとつは、それが地上の人間には抗する術のない一方的な殺戮であった事実において。そして、もうひとつ、アガメムノンにしろ天皇にしろ、責任ある人物が殺戮の対象とならずに責任のない、すくなくとも彼らにくらべればはるかに責任から遠いただの兵士、人間が殺戮されることにおいて。

「イーリアス」を読み始めてそのくだりにさしかかって、私は読むのを中断した。空襲の記憶があまりに明瞭によみがえって来て、うなりをあげて天上から射おろされるアポロンの矢同様、轟音とともに落下して来る爆弾、焼夷弾の耳をつん裂く落下音を私の耳は聞き、すべてを焼きつくす火焔《かえん》とそのあとに残された黒焦げの死体のさまが私の眼に見えて来たからだ。

それでも度重《たびかさ》なる空襲の最初のころには、日本の戦闘機もB＝29爆撃機の迎撃に駆け昇るのが下から見えもすれば、私の住居の近くにあった高射砲陣地から上空めがけて射撃もしていた。しかし、そのうち、そうした応戦はまず見られないことになった。夜間であれ昼間であれ、単機であれ数百機の来襲であれ、それ自体が巨大な人殺しの道具の、当時の言い方で言えば「超空の要塞」は大阪上空、私の頭上を自在に飛びまわり、人殺しの道具の爆弾、焼夷弾をところかまわず投下した。まさにポイボス・アポロンの殺戮の矢だ。

まったく一度だけだったが、偵察飛行に来たのか、それともただの遊びがてらの天上からの気まぐれな敵地訪問であったのか、夜間、単機か二、三機かでやって来た「超空の要塞」の一機に私の住居の近くの高射砲陣地から珍しく射ち上げた高射砲弾が命中して、その一機が墜落したことがあった。私はそのときの上空の光景は見ていないのだが、巨大な機体が火だるまになって墜落して行ったにちがいないと考えるのは、しばらくそれまでまっ暗だったわが家のなかが外から強烈な照明を受けたように明るく照らし出されたからだ。庭先の防空壕から飛び出して私はその光景を見たにちがいないが、大音響をたてて墜落して行ったにちがいない火だるまの巨大な「超空の要塞」が発するその大音響のほうはまったく記憶していないのに、すべてのものの黒白の陰影が一瞬にして刻印されたようなそのときの光景は今まだ私の眼のなかに残っているような気がする。

しかし、ここで書いておきたいのはその記憶自体のことではない。二、三日後の新聞に、このみごとにB＝29爆撃機一機を撃墜した高射砲部隊の殊勲が上聞《じようぶん》に達して畏《かし》こくも感状を賜ったという記事が出た。私がここで書いておきたいのは、その記事を読んだときの私の反応だ。たった一機撃墜しただけで感状を貰うというのでは、もう日本はおしまいだと十三歳の私は思った。感状も記事も私を元気づけなかった。私はかえって意気ソソウした。

　事物で大事なことは、事物があまりに巨大、極端になると、事物そのものが自分の重みに耐えかねて自己崩壊して行くことである。戦争末期の日本がそうだったし、今の日本の「経済大国」のさまもそう見てとれる。「経済大国」が「バブル経済」でふくれ上った重みに耐えかねて崩れつつある。それは今大方の人の実感だろうが、戦争末期、かつての「軍事侵略大国」日本もあまりに巨大になった自分の重みで着実、いや、今や急速に自己崩壊の道をたどっていた。ここで面白いのは、「軍事大国」がこの自己崩壊によってこれもまた着実、急速に「軍事大国」でなくなって行くことである。それは「非軍事化」ということばさえ、そこで使っていいような変り方だ。早い話、大阪の軍事の中心は、野間宏が後年「真空地帯」で描き出した「第四師団」の司令部、兵営だが、すべては空襲の火焰で消滅して、あとはただの赤茶けた瓦礫《がれき》の焼跡原野になっていた。

私は敗戦の年、一九四五年四月に府立の「旧制」中学に入学したのだが、ふつうこう書いただけで、私はまさに軍国教育のまっただなかに入ったと想像されるのにちがいないが、事態はまったく逆だった（この府立の「旧制」中学への入学自体が自己崩壊のひとつの例だったと言えるだろう。なにしろ、府立の「旧制」中学入試の前日か前々日かに大阪に対する本格的空襲が始まって、試験問題や試験場が燃えてしまったのか、それとも被災者多数で収拾がつかなくなったのか、志願者全員が「無試験入学」できることになった。それ以来私は、すべての秩序は崩壊するという度しがたい信念の持ち主になった）。軍国教育の根幹となるはずのものは誰がどう考えても軍事教練だが、それはほとんどなされなかった。理由は簡単で、上級生は動員されて毎日工場やどこやらで働かされていたし、下級生の私たちに軍事教練をほどこそうとしても、連日の空襲でそんなのんきなことはやっていられなかったからだ。そして、もうひとつ、もうそのころには全国津々浦々の中学校、高校、大学その他の学校から教練用の古びた小銃を帝国陸軍は回収して前線に送ってしまっていた。かんじんの武器がなければ軍事教練も何もあったものではない。その帝国陸軍が学校から召し上げた小銃の一挺《ちょう》がフィリピンの前線で大岡昇平が手にした小銃であったらしくて、彼は「野火」の主人公に、そのたぶん彼が手にしていたらしい「遊底蓋《ゆうていがい》に菊花の紋が、バッテンで消してあった」「三八銃」を持たせている。

しかし、前線の兵士は、そんな「三八銃」であっても持っているだけまだましであったかも知れない。すくなくとも兵士の外貌は呈せただろう。私が通い出した中学の校舎はそのころその半分が仮設の兵営となって、三十代半ば以上と見える「老兵」の召集兵たちが居住することになっていたが、当時のことばで言えば、「スフ」の見るからにお粗末な、もうあちこちほころびやら裂け目やらが目立つ軍服を着た、いや、着せられた「老兵」たちは小銃も持たず、ただ腰にこれまた見るからに貧弱なゴボウ剣と称する短剣をぶら下げただけの一見すでに戦わずして敗れた敗残兵であった。そうでなかったら、さながらそのころ大阪の市内でときどき見かけた連合軍俘虜《ふりよ》の「非軍事的」集団だ。そう見えた。ついでに言っておけば、戦時風景の写真としてよくあるのは竹槍訓練やら防空演習のバケツリレーの写真だが、焼野原の大阪に竹はどこにもなかったし、空襲は一切のバケツリレーを無にするかたちでそのほんものが来た。

事態は、この「敗残兵」「俘虜」の「非軍事的」集団をふくめて、日本の武器が、それが何んであれ、アメリカ合州国が「超空の要塞」をはじめとして日夜私たちにむかって私たちを殺さんとしてふりかざして来る人殺しの道具に対して、私たち、いや、私を護《まも》るためのものとしてなかったことだ、それでは何んのためのものとしてあったのか。歴史の事実が証明することは、日本の武器は「明治」このかたアジアの他国、他民族にむかって「軍事大国」拡大のための武器——人殺しの道具としてあって来たことだ。

つまり、弱者いじめ、弱者支配のための武器である。強者にむかってはまったく歯が立たないが、弱者にはこの武器は十分に人殺しの道具として役に立つ。大岡昇平はこの事態を象徴させるように、フィリピンの戦線をひとりで彷徨《ほうこう》する「野火」の主人公が「遊底蓋に菊花の紋が、バッテンで消してあった」アメリカ合州国軍相手の実戦ではたいして役に立ちそうもない「三八銃」で塩を取りに来たフィリピンの女性を射殺したあと、その「国家が私に持つことを強《し》いた」銃が「なかったなら、彼女はただ驚いて逃げ去るだけですんだことだろう」との思いにとりつかれて「三八銃」を水に投げた――と書いている。

アメリカ合州国の武器が私たちに対して人殺しの道具としてあったのなら、日本の武器は私たちを護る武器とはならずに他国、他民族に対して人殺しの道具となる。このありようにおいて、どちらの武器もまさに人殺しの道具だ。そして、アメリカ合州国は、日本に対する武器の行使は、日本のアジア侵略、その拡大においての日本の武器の行使に対してのやむを得ない武器の行使だと主張するのだが、そうだとすれば、私たちは二つの武器の行使、人殺し道具の行使のあいだにはさまれて、まさに両者から殺されていたことになる。その私たちのなかにまぎれもなく、そして、逃れようもなく十三歳の私がいた。

当時の私に今述べたようなことの全体の姿かたちが見えていたとは言えない。しかし、あれだけ空襲をくり返されていれば、少年のまだ硬直していない若い眼にいろんなものが見えて来るものだ。なにしろついこのあいだまで「南京陥落」か何かの祝賀で皇軍勝利を祝って提灯《ちょうちん》行列に駆り出されていたのだ。それが急転直下、空襲の火焔のなかを逃げまどうことになった。この激しい落差から少しは見えて来るものがなかったらかえってふしぎだろう。とにかく私は殺されかかっていた。

この体験、あるいは、そこから来る認識を私に決定的なものにしたのは、一九四五年八月十四日午後、十五日正午の天皇の録音盤の放送からわずか二十時間まえの大空襲だった。考えてみると、私自身をふくめて大阪の市民はアメリカ合州国の人殺しの道具に最後の最後までとことんつきあわされたことになる。その力ずくのつきあわされに日本の天皇がからみ、天皇を「上御一人《かみごいちにん》」とする政治がからんでいる。そのからみあいは、両者が人殺しの道具として、市民を殺しにかかった、いや、多くが殺されたからみあいだ。

私はこの小説の冒頭のところで、ノリス・ブラッドベリー博士のことばを少し改造して、武器は人殺しの道具だ、道具の目的は誰かが他の手だてを見つけて問題を解決するための時間を稼ぎ出す、そのために人を殺す、その人殺しの道具が武器だ——と書いた。ほとんどそのことば通りのことが敗戦二十時間まえの大阪で大規模な空襲のかたちで起こった。私はそのなかにいた。

起こったことを手みじかに箇条書きにしてみよう。片カナで書いたほうが当時の緊迫感が出る気がするので片カナで書く。

(一) マズ、ソレハ来襲機数数百ノ大阪ガ受ケタ最大級ノ空襲デアッタ。(二) ソノ空襲ノソレマデノモノトチガッテイタノハ、ソレガ一とん爆弾トイウ巨大ナ破壊力ヲモツ爆弾空爆デアッタコトダ。(三) 目標ハ、今ハ「大阪城公園」トナッタ大阪城東方ノ造兵廠《ゾウヘイショウ》。

コノ空爆ハ、コノ「東洋一」ト呼バレタ兵器工場ヲワズカ数時間デ壊滅サセタ。(四) 私ガ当時住ンデイタトコロハ、ソコカラ近イ。空襲ノアイダ、兄ガホトンドヒトリデ庭先ニ掘ッタオ粗末ナ防空壕デ、私ハ両親トトモニ恐怖ノ時間ヲ過シタ。近クニ一とん爆弾ガ落下シタ。落下ガモウ少シ近ケレバ、私タチハ確実ニオダブツニナッテイタ。(五) 空襲ガヨウヤク終リ、防空壕カラ這《ハ》イ出《デ》テ外ニ出タ私ハ一枚ノびらヲ拾ッタ。私ハ呆然トシタ。ソコニ、オ国ノ政府ガ降伏シテ、戦争ハ終リマシタ、トアッタカラダ。コノ、戦争ハ終リマシタ、ノびらヲ、B＝29爆撃機ハ一とん爆弾トイッショニ空カラ地上ニムカッテ投下シタ。(六) 私ハ信ジナカッタガ、タシカニ翌日正午、天皇ノ声ハ、ソレハ聞キトリガタイ声デアッタガ、戦争ハ終ッタ、ト告ゲタ。(七) 私ハ泣カナカッタ。私ノ周リデ、誰モ泣イテイナカッタ。(八) 当然、戦争ハスデニ終ッテイタノニ、ナゼ、アンナ大キナ空襲ガアッタノカ、ト私ハ考エ始メタ。多クノ人ガ、戦争ガ終ッテイタノニカカワラズ死ンダ。イヤ、殺サレタ。ナゼカ。(九) ソノ問イハソノトキカラ私ニ取《ト》リ憑《ツ》イタ。(一〇) 事態ハコウダ。八月六日、九日ノ広島、長崎ニ対スル原爆投下ノアト、天皇ト天皇ノヒキイル日本政府ハツイニ降伏ヲ決メ、八月十日、中立国すいすヲ通ジテ「ぽつだむ宣言」受諾ノ用意アルムネあめりか合州国ニ通告シタ。(一一) シカシ、ソコニ、天皇ト天皇ノ政府ハ、「国体ノ護持」トイウ条件ヲツケタ。コレハ周知ノ事実ダガ、忘レテナラナイノハ、天皇ガ自分ト自分ノ家族ノ生命ノ安全ヲ心配シテイタコトダ。近衛公ニソノ心配ヲ告ゲタガ、近衛公ガ心配シテイタコトハ、ココデ革命ガ起コルカモ知レナイコトデアッタ。彼ニハ

「ろしあ革命」ガ念頭ニアッタ。「国体ノ護持」ハ便利ナコトバデアッタ。コレデ「革命」ハ起コラナイコトニナルシ、天皇ガ生キテイナイト「国体」ハ「護持」サレナイノダカラ、コノカタチデ天皇ノ生命乞《イノチゴ》イハ成功スル。㈢　天皇ト天皇ノ政府ノ「国体ノ護持」ノ要請ニ対シテ、あめりか合州国側ハ正式ニ答エナカッタ——トイウコトニ「歴史」ハナッテイルノダガ、事実上、答エテイタ。八月十一日ノあめりか合州国ノ新聞ハ、ドレモコレモ、大見出シデ日本ノ降伏ヲ報ジルトトモニ、カナリ大キクとるーまん大統領ハ戦後ノ日本ニ必要ナノデ、天皇ノ存続ヲ決メタ、ト報ジテイタ。㈢　コノ報道ハ、即刻中立国ノ出先ノ日本ノ役人タチヲ通ジテ、天皇ト天皇ノ政府ニ伝エラレタニチガイナイ。らじおデモ聞イテイタコトダロウ。コレラ一切ノコトハ日本ノナカノフツウノ日本国民ハ知ラナカッタ。私モモチロン知ラナカッタ。㈣　ソノ上デ、天皇ト天皇ノ政府ノエライサン方ハ「御前会議」ヲ開キ天皇ハ、国民ノ苦難ハコレ以上見ルニ忍ビズ、ワガ身ハドウナロウト降伏セント「御聖断」ヲ下シタ——トイウコトダ。ソウイウコトニ話、イヤ、「歴史」ハナッテイル。シカシ、モチロン、天皇ハ、ワガ身ガスデニ安泰デアルコトヲ知ッテイタ。エライサン方デナイフツウノ日本国民ハ、ワガ身ガスデニ安泰デアルカドウカ、知ラナカッタ。実際、安泰デナカッタ。コトニ大阪ニ住ム日本国民ハ。㈤　シカシ、天皇ト天皇ノ政府ハ降伏ノ内意ハ伝エタモノノ正式ニ「ぽつだむ宣言」受諾ヲ通告シテイナカッタ。あめりか合州国ハ、内意ノ通告ヲ受ケタアト、シバラク大キナ空襲ヲ停止シテ、二、三日ノアイダ日本ノ空ニ平和ガ戻ッテイタノダガ、空襲ヲ再開スルコトニ決メタ。ソノカタチデ天皇ト天皇ノ政府ニ圧力ヲ加エヨウトシタノダ。㈥ 空襲再開。主要目標ハ、海軍燃料廠ノアッタ徳山、ソシテ、造兵廠ノ大阪。総数八百機ノB＝29爆撃機ガてにあん、沖縄ノ基地ヲ発《タ》チ、二都市ニ殺到シテ、二都市ダケデ六千とんノ爆弾ヲ投下シタ。コトニ大阪ニ大部分ガ来タ。びらトトモニ一とん爆弾ヲ撒《マ》イタ。㈦ 一とん爆弾ハ私タチノ住居ノ近クニ落チ、びらハ住居ノ庭先ニ落チタ。㈧ 私ハソレヲ拾ッタ。

私の長年の友人、アメリカ合州国の歴史家のハワード・ジンは、彼自身の言い方を使って言えば「熱心な爆撃手」としてB＝17爆撃機（こちらは「超」がつかない「空の要塞」だ。そう当時言われていた）に乗り、ヨーロッパじゅうをドイツと言わずフランスと言わずハンガリーと言わずチェコスロバキアと言わず爆撃してまわった人物だ。それこそ人殺しの道具を撒き散らしたのだが、のちになって、彼は自分が地上にどのような結果をもたらしていたかを知り、「回心」して彼は白人だが黒人の解放闘争に積極的に参加するとともに、ベトナム反戦運動にも知識人としても草の根の市民としても熱心に活動した（私は彼と、おたがいのベトナム反戦運動の活動を通じて知り合った）。彼の過去の「所業」のなかで「回心」の最大の原因になったのは、ドイツの敗戦の三週間まえのフランスのボルドー近くのロワイアンという小さな町に対する空爆だった。彼ももちろんそこに参加した。

彼らが受けた命令は、その小さな町にはまだ約千人のドイツ兵がいる、危険だ、彼らを撃滅せよ、というものだったが、事実は、このドイツ兵たちはドイツ軍の主力からとり残されて、ただ戦争が終るのを待っていただけのことだ。アメリカ合州国軍側はそれを十分に知っていた。知っていた上で、ロワイアンに対する千三百機もの爆撃機による大爆撃は敢行された。投下された人殺しの道具のなかには、四十六万ガロンの液状焼夷弾があったが、これはのちにわが大阪にも投下されたナパーム弾の初期の段階のものだ。ドイツ兵は文字通り撃滅され、人口二万人のかつての避暑地の小さな町ロワイアンもまた壊滅された。市民も多数死んだ。いや、殺された。

ジンはこの不要な空襲には、三つの理由があったと彼の著書（「独立宣言　アメリカの理念に対する反対訊問《じんもん》」。ただし、日本語訳名は「甦《よみがえ》れ　独立宣言」）に書いている。ひとつは、新型人殺し道具の、ナパーム弾の実験。二番目には、これだけの飛行機があり、これだけの訓練された搭乗員がいれば、そして、ここに彼らがなすべき何ごとかがあれば、当然、爆撃は行なわれる。これは戦争ではありふれた動機だ。いや、もうひとつあった。フランスの将軍たちは戦争が終るまえに何んらかの栄光を得たかった。

ヨーロッパでの戦争が終ったあと、日本爆撃の戦場に送られるまえ、ジンたちは三十日間の休暇をあたえられてアメリカ合州国へ帰った。そのあいだに、ある日、彼はバスを待つあいだ新聞を取り上げ、広島に原爆が落とされたのを知った。彼の最初の反応は、「戦争は終るだろう。これでわたしは太平洋の戦場へ行かなくてすむ」だった。

しかし、もしもう少し戦争がつづき、彼の休暇が終ったあと、太平洋の戦場へ行っていたら、彼はどうしたか。私は訊《たず》ねたことがある。「日本を爆撃しに来ていたのか。」「イエス」と彼はすぐ応じた。「それは私の頭上にあなたが爆弾を投下したことだ」と私はことばを返した。「その通り。」彼はうなずいた。

ジンは、戦争が終ったとき、自分の持ち物を整理して、ひとまとめにして紙ばさみに入れた。そのとき、それはまだ彼の「回心」まえだったからなぜ自分がそうしたのかよく判らないと彼は書いているのだが、ジンはその紙ばさみに「二度としない《ネバー・アゲイン》」と書いた。

この彼の「二度としない《ネバー・アゲイン》」は、私の場合、「武器よ、さらば」だ。いや、もうひとつある。「天皇よ、さらば」だ。二つの「さらば」は私の骨の髄に今もしっかりとある。

しかし、私は自分の「武器よ、さらば」を他人に押しつけるつもりはない、と私は言った。言ってから、「あなた方に」と念を押すようにつけ加えた。テントのなかにいても、寒気は耐えがたかったが、私は毛布一枚を上半身にかけてふるえながらしゃべっていた。明りはテントの半ば開いた入口から射し込んで来る月光だけだ。そこから風も入って来たが、月光も必要だった。なかで明りを懐中電灯であれ、小型のランプであれつけるのは危険だった。それだけで「敵」の砲撃を誘う。「あなた方」は私の話相手の「老コマンド」を除いて、みんな、私のまわりで寝込んでいる。しかし、横にそれぞれがソビエト製、ブルガリア製などのクラシニコフ自動小銃を置いている。いざというとき、すぐその愛用の自動小銃を持って出動できるためだ。女性も混じっている。ニューヨークはブルックリンで生まれ育ったという二十二歳の女性。ブルックリンはジンが生まれ育った場所だが、彼女は秘書養成の学校に通っているあいだに、このたたかいは大事だ、このたたかいには「大義《コーズ》」があると考えた。それでやって来て「コマンド」になった。これでもう一年、たたかいつづけて来ている、自分の決断に悔《く》いはない——そう上手な、私よりはるかに上手なアメリカ英語でさっき私に言った。美しい女ではなかった。しかし、今、彼女の愛用の(彼女はこの「コマンド」小隊随一の射撃の名手だと何人もの同僚、いや、同志「コマンド」が言った)クラシニコフを抱えるようにして眠る寝顔には魅力があった。かわいいと言うのではない。もっと威厳のある、大人の女性の魅力だ。「これは、わたしの恋人」。そうクラシニコフを抱くようにしてさっき子供っぽくおどけてみせた彼女とは人がちがったように見えた。彼女のクラシニコフ——それはソビエト製でもブルガリア製でもなかった。おどろいたことに北朝鮮製だ。そう彼女は言った。ソビエト製にしろブルガリア製にしろ、はたまた北朝鮮製にしろ、各自のクラシニコフのおかげで、銃器特有の鉄の匂いが強くする。鉄の匂いにつけ加えて、銃器を手入れする機械油の匂いだ。二つの匂いが「コマンド」の体臭と汗の匂いとともにテントの内部に充満する。まとめ上げて言って、それは「コマンド」の匂いというものだろう。「コマンド」の匂いの充満のなかで、私はさっきから「老コマンド」としゃべっていた。

「老コマンド」とは、私の話相手が自分で言ったことばだ。年齢は四十歳を越えている。「オーバー・フォーティ」という言い方を彼はした。髪の毛、口ヒゲ、アゴヒゲにも白いのがかなり混じっている。「コマンドには年齢制限はない。すくなくとも自分には。」彼はそう言って、笑った。笑顔がよかった。彼が笑うと何かこちらも安心する。若い「コマンド」もそう思っているのか、彼らに人気があった。彼らと彼はたいてい彼らのことばでしゃべっていたから想像で言うだけのことだが、みんなは彼のことを「とっさん」とでも親愛感と信頼を込めて呼んでいたのではないか、彼らの「老コマンド」とのやりとりを見ているとその感があった。

「老コマンド」はかなり上手な英語を話した。もちろん、ブルックリン生まれ、育ちの彼の娘ほどの年齢の「コマンド」より下手だが、不自由なくアメリカ英語とかイギリス英語とか言うより、それらすべてをこきまぜての彼自身の英語をしゃべった。「どこで英語をものにしたのかね」と私はそんな言い方で訊ねたのだが、彼の答は「私らパレスチナ人は国がないので世界のあちこちに行って住み、仕事をして食っている。あちこちで通じるのは英語だ」とそれはそれで彼流の答え方になっていた。

「コマンド」——「老コマンド」になるまえ、過去に彼が何をして食っていたのか、彼は言わなかったし、私も訊ねなかった。それこそ世界のあちこちで工場の技師をしていたのではないかと彼のことばのはしばしから私は想像はしていたが、「老コマンド」の彼にとって現在彼が「コマンド」になってたたかっていることがかんじんなことで、あとのことは何がどうあろうが、それはどうでもいいことだ。彼らといっしょにしばらくいて、私もそんな気持になっていた。彼ら自身のあいだでも、ことはそんなふうになっているように見えた。出身地ももともとは現在のイスラエル、彼らの言い方で言えば「被占領地区」で今はレバノンのどこかの難民キャンプ、シリア、ヨルダン、クエート、エジプト、カタール、イエーメン、あるいは、アメリカ合州国、というぐあいに千差万別なら、年齢はだいたいが若いがそれでも「オーバー・フォーティ」の「老コマンド」がいてこれも千差万別、職業経歴もくわしくは知らないし、こちらもきかなかったが、もと学生もいればもと工場労働者もとフウタロウ、そうとしか言えないのもいて千差万別。性別——それは女性がいることはさっき述べたが、とにかくこうしたことはすべてどうでもよいことであった。かんじんなことは、彼らが今「コマンド」であること、今「コマンド」として彼らのパレスチナの解放、独立の「大義《コーズ》」のためにたたかっていること、そこにおいて千差万別の彼らが一致していることだ。

彼らを見ていて、私が親近感をもったのは、彼らのそのありようが市民運動とよく似ていたことだ。もう少し正確に言うと、市民運動のデモ行進に似ていた。

仲間うちで行なわれる、したがって多かれ少かれ参加者どうしにおたがいの氏素姓が知られている労働組合や学生運動のデモ行進とちがって、市民運動のデモ行進では、誰がどこからやって来るか見当もつかない。そして、やって来た人びとは、日本の社会ではふつう見知らぬおたがいが名刺交換するのが礼儀だし、慣習だが、市民運動のデモ行進の場合、これからえんえんといっしょに歩くというのに、いや、警官、機動隊とわたりあうことになるかも知れないのに、いつもはそういうことを礼儀正しくやっている人たちが名刺交換しないで、つまり、おたがい、横の人がどこの誰か、何んの仕事をしている人かまったく知らないままでいっしょに並んで歩き出す――これが市民運動のデモ行進だ。おたがい年齢ぐらい、性別ぐらい判っているだろうが、このごろ七十歳ほどの年齢の人が実に若々しい風貌をしていたりしてよく判らないことがあるし、いつか私がキモ入りとなってかたちづくった市民運動のデモ行進には、性別、最初から最後まで不明だった参加者もいた。

しかし、これは市民運動の本質、そして、成り立ちを考えてみれば当然のことだ。まず、社会――近代社会は、そこに住み、生きる住民はみんなそれぞれに仕事をもって働いて暮らしている。子供もこれからの働く住民予備軍だし、年寄りは、よく働いてもらった、あとはゆっくり休んで下さい。仕事に職業とそれぞれの技術の意味を込めて職能と言ってもよいが、会社員も教師も役人も工場の労働者も農民も医者も商店主も専業主婦も、それぞれに「職能」をもって働き、生計をたてて家庭をいとなむとともに社会全体を形成、維持している。社会の問題も職能を通じて解決すればよろしい。会社員、役人は汚職などしないで、接待づけにならないで真面目に働く。医者はいい診療をする。労働者はいい製品をつくる。専業主婦はいい家庭をつくり、いい子供に育てる。これで問題は解決する。しない？　これは問題が職能のワク組みを越えて社会の住民全体にひろがり、それぞれにかかわる問題としてあることだ。みんなが集まって問題の解決をはかるよりほかにない。そう考える人が実際に集まるとき、「市民運動」が始まる。この集まりがそのまま問題解決を求めて歩き出す。これが市民運動のデモ行進だ。

名刺交換をしないので、市民運動のデモ行進では横の誰かれの氏素姓が判らないままで歩くとさっき書いたが、名刺交換の最大の目的はおたがいの職能を知り、たしかめあうことだ。しかし、すでにして、市民運動のデモ行進が対象とする問題は職能のワク組みを越えてしまっているのだ。そして、ここで確実に判っていることがある。それは、問題が住民全体にひろがり、かかわってあることと、もうひとつ、問題解決にかけた参加者の志の強さだ。このとき、私は、市民運動のデモ行進に来た人たちは文字通り「市民」になっているのだと思う。こうした「市民」によって「市民運動」は成立し、「市民社会」も形成、維持される。

ここまで書けば、パレスチナの解放、独立闘争と市民運動、市民運動のデモ行進との類似はあきらかだろう。いや、類似と言うよりは、彼らの闘争は彼らの市民運動それ自体だと言えなくもない。たぶんもと工場の技師らしい「オーバー・フォーティ」の「老コマンド」にしろ、もと学生にしろもと労働者にしろもとフウタロウにしろ、パレスチナの解放、独立は彼らの職能のワク組みをはるかに大きく越えた問題としてあるのだ。だからこそ、彼らはおたがいよく知らないままに集まり、ともに歩く——いや、たたかう。おたがい千差万別のちがいを越えて彼らを結びつけるものは、問題自体が彼ら全体にひろがり、それぞれにかかわりあってあることと、彼らのパレスチナ解放闘争の「大義《コーズ》」にかけた志の強さだ。この二つのことで、たしかに、彼らは市民運動に似ていた。いや、市民運動のデモ行進そのままだった。

しかし、大きな、そして、根本的なちがいがあった。彼らは銃を持っていた。クラシニコフ自動小銃をそれぞれが持っていた。持ち、射った。

一週間まえ、私は彼らの本部に交渉に出かけて、前線へ行き、彼らと生活をともにしたいと言った。「たたかい」をともにしたいとは言わなかった。彼らの「たたかい」は彼らがすることであって、私のすることではない。ただ、生活をともにしたいと言った。「どうしてか」と本部の人間たちは訊ねなかった。私が作家であることを彼らは知っていた。私がベトナム反戦運動をしていた作家であることも知っていた。「よかろう」という意味のことを彼らは言った。私は前線へ行った。

それから五日間、私は「コマンド」と生活をともにした。彼らのテントのなかに入り、彼らがたたかうとき、彼らにつき従って進み、退き、あるいは、穴のなかに隠れ、あるいは、すばやく逃げた。そうしながら何をしていたのかときかれると困る。私は「見ていた」と答えることはできる。しかし、私はジャーナリストでないから、記事にするために見ていたのではない。見ながら、考えていたと言えば、まだしも実態にそくしている。考えていることのほかに、彼らと市民運動、市民運動のデモ行進との類似を考えることがあった。しかし、それは同時に、ちがいを考えることでもあった。彼らが銃を持ち、私が持っていない。持とうとしないというちがいだ。

「コマンド」たちは何も訊ねなかった。はじめはたしかにウサンくさげに見ていたが、二、三日間いっしょにテントで暮らしているあいだに彼らの私を見る眼は変った。それは、ひとつには、私が彼らのたたかいにおめず臆せずついて行ったからだろうと思う。いや、そう見えただけのことだ。私は勇者ではない。むしろ臆病者だ。人一倍、こわがり、用心もする。しかし、私には、たぶん、空襲の火焔のなかで身を処した体験があるからだろう、私には、この瞬間、右へ行けばよい、いや、左だ、いや、今はうしろへさがるべきだ、が直感的に判った。自慢げに言うのはよそう。おそらく過去にその体験がない人よりは判った。そう言えばよいだろう。私の動きを見て、「コマンド」たちは、こいつは戦場を少しは知っていると思い始めたにちがいない。連帯感がそこから生まれた。そう考えてもたいしてまちがいはないだろう。

私は彼らに私が「武器よ、さらば」の信念の持ち主だと言わなかった。理由は簡単だ。誰もきかなかったから、私も言わなかっただけのことだ。彼らの闘争は、さっきも言ったが、市民運動、市民運動のデモ行進同様、氏素姓、故事来歴、そんなことはどうでもよい闘争だった。みんな、それぞれに自分のことに忙しかった。彼らはたたかい、クラシニコフ自動小銃を「敵」にむかって射つことに、私は彼らと生活をともにし、考えることに。

しかし、ある日、ついに「老コマンド」が訊ねた。五日間に予定された滞在期間の最後の夜、テントのなかでのことだ。他の「コマンド」たちが眠りについたあとも、私の滞在の最後の夜だということがあってか私と話し込んでいた（他愛のない話だった。いや、他愛のない話ながら、たとえば、パリの何んとかいう料理店がいかに安くてうまいか。ニューヨークでは、あそこの店がいいというようなそれだけで彼の人生巡歴の広さを感じとらせる話だ)。「オーバー・フォーティ」が突然、思いついたように、あるいは、それがずっと訊ねたかったことでもあるかのように、そして、私の何かを見抜いたように、「あなたは銃を射ったことがあるだろう」と訊ねた。

「ある。」

と私は答えた。

私はベトナム反戦運動の仲間とともにキューバ大使館にかくまわれていたアメリカ合州国の脱走兵を助けて、国外に脱出させた。そのまえに私たちは直接私たちのもとにやって来た脱走兵を国内にかくまい、そのあと国外に脱出させていたので、彼を助けることにしたのだが、彼のことで苦しいところに追い込められていたキューバ大使館の人たちを私たちは助けたことになる。そこから彼らとのつきあいは始まったのだが、「キューバ革命」も、多分に市民運動、市民運動のデモ行進的なものをもっていた闘争だった。なにしろ、大使はかつては学生活動家として活動していた人だし、一等書記官はキャバレェのピアノ弾きだった。ピアノを何くわぬ顔で弾きながら活動をしていたのだが、根が陽気な人物で、私が知りあったころはやっていたコマーシャル・ソングの、「ケロヨンの歌」をことの外《ほか》愛好していた。ある大学での集会に彼を連れて行ったら、学生たちのまえで「ケロヨンの歌」をピアノの弾き語りでやってみせた。なかなかみごとな弾き語りで、さすがにもとキャバレェのピアノ弾きだと私は感心したが、学生たちは呆気《あつけ》にとられた顔をしていた。「キューバ革命」の闘士が歌うというので、勇ましい革命歌のたぐいを予想したのが「ケロヨンの歌」だ。呆気にとられてふしぎはない。あと、みんなが笑い出した。みんなが陽気になって、いいフンイ気であった。

かくまわれている脱走兵のことで、私は彼とよく会った。ある夜、喫茶店で話している最中に、重い音がして、重い物が彼の上衣の内側から床の上に落ちた。拳銃だった。そのときのことで私に忘れられないのは、まわりにいた客がその物音でいっせいに床の上の拳銃を見たが、一瞬そのときまわりに静寂がみなぎったが、そのあとすぐみんなは眼をそらせて、あたかも何ごともなかったように、何ごとも見なかったようにいっせいにめいめいの会話をつづけたことだ。彼も何くわぬ顔で床の上の重い物体を取り上げると、そこに何か拳銃を固定させる特別のベルトでも縫い込まれているのか上衣の内側にしまい込んで、あとまた私との対話をつづけた。

あとから考えて、そのころキューバは私を通じて日本の「過激派」に渡りをつけて彼らに「武装闘争」をやらかせようとしていたのではないかと思うことがある。「連合赤軍」事件などが起こる少し以前のことだが、大学で学生たちが「ゲバ棒」と称して角材をふりまわし、「過激派」が「武闘」に無邪気にあこがれていた時代だ。ベトナム戦争は終結に近いと見えた一時期でもあった。どうやらキューバは戦争が終れば、「アメリカ帝国主義」

のホコ先が自分たちキューバにむかって来ると予測していたようだ。そうなるまえに日本で革命勢力、ことに「過激派」が「武装闘争」のひと波瀾《はらん》をひき起こせば、「アメリカ帝国主義」は日本、アジアに釘づけになってホコ先が自分たちにむかって来ることはない、あるいは、それはおくれる。その思惑で日本に「武装闘争」を持ち込もうとしていたのではないか。その橋渡し役に私を選んだと考えたのかも知れない――と思うのは、キューバが私たちのベトナム反戦運動がただプラカードと風船と花を持って街を歩く無害安全な市民運動とみなされているうちに（そうみなされて世の穏健な大人たちから評価され、「革命」を呼号する角材とヘルメットの若者たちから大いに馬鹿にされた）脱走兵をかくまい、国外に脱出させるというまことに無難安全ならぬことをやらかすようになった事実にいたく心動かされたように見えるからだ。日本の運動は口先だけは過激なことをどれもこれもが言うが、ほんとうに過激なのはあなた方だ――と私はキューバの誰彼からその意味のことを言われたことが何度かある。その多大の彼らの評価があって、キューバは私に「武装闘争」への橋渡し役を期待したと思えなくもない。あるいは、もう少し空おそろしい想像をつづけて言えば、このプラカードと風船と花のデモ行進の市民運動を日本での「武装闘争」の土台となるものとして期待したのではないか。この想像があながちただの空想でないのは、「老コマンド」たちのパレスチナ解放闘争にしても、「ケロヨンの歌」氏が参加した「キューバ革命」にしても、まさにそうした市民運動、市民運動のデモ行進として始まった、あるいは、市民運動、市民運動のデモ行進的なものを多分にもった「武装闘争」であったからだ。

脱走兵にかかわることでキューバに出かけたとき、私は山中の射撃場に連れて行かれた。何人かが射撃の訓練をやっていた。「やってみないか」とひとりが言った。小型の拳銃から始まって、アメリカ合州国軍のM＝16自動小銃に至るまで、私は射ってみた。「筋がいい」とお世辞を言われた。「日本での武装闘争の可能性は」とべつのひとりがきいた。「ないね」と私は答えた。「日本にはシエラ・マエストラはない。」「シエラ・マエストラ」は言うまでもなく、カストロが「キューバ革命」の武装闘争を始めた山脈の名だ。

しかし、私は自分の気持をもてあましていた。正直に書いておこう。武器——人殺しの道具を持ち、使うことで、自分が強くなった気になってもいた。その強さは、二つの意味での強さだった。ひとつは、さあ、これでどんな「敵」にでも対して行けるという強さ——それを私は感じとっていた。そして、もうひとつ——それは、いざとなれば、逃げ場がなくなれば、これで自分を射ち殺せるという強さだ。だから、何んだってできる。相手をいくらでも殺せる。二つの強さはつながっていた。しかし、二つともに、強さは武器の強さであって、自分の強さではない。私にはすぐそれが判った。こういう武器——人殺しの道具の強さに動かされる自分では、自分より力弱い者にその人殺しの道具の銃口、切っ先をむけかねない。「武器よ、さらば」と、私はもう一度、自分に確認した。

「あなたは銃を射ったことがあるだろう」ときかれて、テントのなかで「老コマンド」に

「ある」と答えてから、私は「しかし、これから射つつもりはない」とつづけた。「あなたは非暴力《ノン・バイオレンス》の平和主義者《パシフィスト》か」と「老コマンド」は訊ねた。私は「イエス」と応じてから、しかし、私は自分の考えを他人に押しつけるつもりはないとつづけた。いや、さらにもうひと言、「あなた方に」と念を押すようにつけ加えた。

私はさらにつづけた。あなた方と私たちは過去の歴史もちがえば、現在の状況もちがう。あなた方にはあなた方のやり方があり、私たちには、いや、私には私のやり方がある。「それでうまく行くのかね。武器を使わない非暴力で。」「老コマンド」は唐突にさえぎってから「この強い側が無制限に弱い側に暴力をふるう世界で」とつけ加えた。憤りがこもった口調だった。「うまく行くかどうかは判らない。しかし、私はそれでやって行く。」私は答えた。憤り——というよりは焦《い》らだちが口調に出ていた。それから、私は同じ口調で、武器を使うには、武器に自分が動かされない強さがいる、それがないと、欠けていると、武器は往々にして自分より強い側ではなく、弱い側にむけられるとつづけた。そこから内部抗争での殺し合いが起こる。パレスチナ解放闘争でも、そうした殺し合いが多いと聞いている。数万人の「コマンド」がこれまでに死んでいるが、「敵」とたたかって死んだ人間の数より内部抗争での殺し合いでおたがい殺し合って死んだ人間の数のほうが多いと言った人がいる。「老コマンド」は黙って聞いていた。私のことばに肯定も否定もしなかったが、やがて、私との対話にケリをつけるように「もう寝ることにしよう、明日があるからな」と言って毛布をひきかぶって横になった。いや、横になりながら、自分は「被占領地区」の自分の生まれ故郷の村でイスラエル軍が村人を虐殺するのをただ見ていたことがあるのだ、と言った。武器を持たない自分たちはただ見ているよりほかになかった。殺された村人のなかに父親がいた。

私も横になった。眠りかけた。しかし、それは長くはつづかなかった。轟音がとどろき、周囲が不意に燃え上るように明るくなった。テントの入口からべつのテントの「コマンド」の顔がのぞいた。「敵の砲撃が始まった。退避。ここは狙われている。」そのときにはもういっせいにテントのなかの「コマンド」たちは起き上ってすばやく準備を完了していた。

「散開して歩け。」その命令通り、みんなは闇のなかの山の急斜面をひとりひとり歩いた。私もひとり歩いた。雲が出て、月光はもうなかった。それがかえってよかった。何本もの木が裂けて、一本は燃え上っていた。ようやく小休止できる地点まで来た——と思ったら、機関銃の銃音が鳴り出した。私は窪地を見つけて、とっさにそこに転がり込んだ。そこはいちめんにかなりな高さの草で覆われた水のない小さな川で、かっこうな隠れ場所になる。私の空襲での体験が見つけた隠れ場所だと私は苦笑したが、横に「老コマンド」がいるのを見つけて、苦笑を微笑にかえた。彼も草で覆われた水のない小さな川の川床で微笑を返しながら、「今もっともかんじんなことは生き残ることだ」と言った。彼はクラシニコフ自動小銃を抱え持っていたが、私は何も持っていなかった。しかし、「今もっともかんじんなことは生き残ることだ」は、二人にとって同じだった。そう私は思い、微笑をふたたび彼に返した。

半年後、私はまた機会があって、いや、機会を無理につくって、彼らの前線へ行った。「コマンド」たちは大半が死んでいた。「老コマンド」も死んだ。幸いなことに、彼らは内部抗争で殺し合って死んだのではなかった。立派に「敵」とたたかって死んだ。そう生き残った「コマンド」のひとりが私に言った。「幸いなことに」は彼が口にしたことばではない。私が思ったことだ。

義足

平野啓一郎

　フリー・タウンに辿《たど》り着《つ》いた時、「白靴下」は、脛《すね》から下の左足を失っていた。逃げ込んだ森の中で、反政府軍の少年兵たちと遭遇し、右腕と一緒に鉈《なた》で切り落とされたのだった。

「ほらよ！　そのうち黒い、もっといいのが生えてくらァ！」

　解放された時、足はまだ皮一枚だけ繋《つな》がっていたが、ちぎれかかったまま、引きずって行くのが痛いので、途中で自分で切って、藪の中に泣きながら投げつけてきた。

　腕は、手首から15㎝ほど上の位置が切断されている。これは、四度出鱈目《でたらめ》に鉈を振り下ろした挙げ句、たまたま骨が砕けた場所だった。今でもまだ、二度失敗した深い傷が、肉塊となって萎縮した腕の先で痛みとともに固く凝《こ》っている。もう一つの失敗した傷は、無くなった手首の近くにあった筈《はず》である。それがまだ痛いのかどうかは分からない。

　足の方は、もっと正確に狙いを定めて切り落とされていた。何の理由でか、男の足は、生まれた時から膝の下から先が白人のように真っ白だったので、何時《いつ》の間《ま》にか、「白靴下」という渾名《あだな》がつけられていた。それが嫌で、子供の頃にはよく炭を塗って隠そうとしたものだった。

捕らえられた時、必ずしも戯《たわむ》れからというわけでもなかったが、鉈を渡された少年は、思わずその境目を、刃を打ち下ろす的にした。それで力が加減されたせいで、足を切り落とすためには、八度も鉈が振り下ろされなければならなかった。尤《もっと》も男は、途中で泡を吹いて気絶してしまったので、それを数えることは出来なかったが。今、男の左足は、まるで失った先端まで同じ色であったかのように真っ黒である。

街に戻ってきたあと、どうやって自分が助けられたか、「白靴下」は、まるで覚えていなかった。大量の出血と、恐らくは安堵《あんど》とから、その場に倒れ込んでしまったのだったが、そこから自分が恢復《かいふく》していった過程がよく分からない。誰かの助けを蒙《こうむ》ったには違いないが、そういうことが信じられなかった。家族は皆、殺されていた。時々、ぼんやりとそれを考えてみることはあったが、思い出そうとすると、どうしても森の中での出来事の方へと記憶が引き寄せられて、途中で止《や》めてしまった。

「白靴下」は、普段はアンプティ・キャンプにいたが、配給だけでは喰い足りないので、今では街に出て、同じ境遇の者たちと通りで物乞《ものご》いをしている。仕事もなく、ただ人の情けに縋《すが》るだけだが、そういう者らがあまりに多いので、情けの分け前にありつくことも少ない。殺された者たちは、覚えている者たちも死んでいくので、次第に忘れられつつある。社会の余計者として改造され、生かされた彼らは、何時までも当時の恐怖のまま、街の片隅に蝟集《いしゅう》している。それが、記憶の疼《うず》きのようである。人々は、彼らを見たがらない。反政府軍の企てたこの独創的な作戦は、その狙いを完全に実現していた。「白靴下」は、二年前に、やはり彼と同じで、右足を腿《もも》から切断された男と親しくしていた。男が死んだあと、義足を貰ったが、長かったので、自分で切って調整した。義足といっても、病院で宛《あて》がわれたものではなく、切断された足の端を受ける皿の部分に杖のような棒がついているだけの、自分で作った極《ご》粗末なものである。これを器用に操って、死んだ男は、杖も持たずに街中をひょいひょい歩いて回っていた。

鉈で棒を切る時、嫌な感じがした。予《あらかじ》め自分の足の足りない長さを測って、印をつけておいたので、それを正確に狙うのに苦労した。余った棒は、別の者が欲しいというので譲ってやった。

襤褸《ぼろぬの》布をたくさん重ねた受け皿に足を載せて、歯と左手と先のない右手とを使ってどうにか紐で固定すると、少し歩いてみた。痛くて仕方がない。削って先を短くすると、大分マシになった。布を厚くして、更に良くなったが、安定が悪く、杖だけの時とどちらが歩き易いのかは、考えものだった。

両足を前に放り出して、壁に凭《もた》れて座ってみると、奇妙な感じだった。汚れてはいるが、右足は相変わらず、靴下を穿《は》いたように真っ白である。それに並んで、左には、死んだ動物の骨のように、乾いた棒切れが横たわっている。

俺の切られた足も、俺が投げつけたあの藪の中で、今頃は骨になっているんだろうかと、「白靴下」は考えた。無いというのは不思議な感覚である。まったく無いよりも、無い印のある方が、余計に強く感ぜられるものである。

「白靴下」は、以来ずっと、その義足をつけていた。断面に痛みは棲《す》み続《つづ》けたが、要領を得ると、さほどでもなくなってきた。二年経つと、もうすっかり慣れてしまって、まるで自分の本当の足のように、何処《どこ》でも自由に歩けるようになった。時折酷《ひど》く疼いたが、痛風持ちでも自分の足の中にそうした痛みを抱えているのだから、彼の足と義足との間にそれが潜《ひそ》んでいたとしても、だから本当の足ではないとは言えない筈だった。

さて、ある日のこと、「白靴下」は腹が減ったので、森にマンゴーの実を取りに出かけた。もう二日間も、ろくなものを口にしていなかったので、空腹に耐えられなくなっていた。彼は、黄熱病にかかっていた。途中、かなり足場の悪い道を抜け、よろめきながらも漸《よう》く雑木林の藪に差しかかったところで、突然、左足が地面に突き刺さって、抜けなくなってしまった。これまで何処かに引っかかったりするようなことはあっても、突き刺さるというのは初めてだったので、彼は、何となく可笑《おか》しかった。それから、どうにか抜こうと試みたが、どうしても抜けない。右に捻《ひね》ってみても、左に捻ってみても、まるで地中で何かに摑まれでもしているかのように、ビクともしない。最後に力を込めて目一杯、足を引き揚げると、義足だけをその場に残して、尻餅をついてしまった。

植林されたばかりの頼りない若木のように、「白靴下」の左足は、地面からまっすぐに伸びて、受け皿から、薄汚れた色とりどりの襤褸布を垂らしている。今度は手で引っ張ってもみたが、土台、病人の片手と片足とでは大して力も入る筈がない。足が滑った拍子に、また尻餅をついた。

「白靴下」の額には、悲愴《ひそう》な汗が浮かんだ。段々と、視界が怪しくなっていった。それから、三十分ほども押したり引いたりを繰り返していたが、その度《たび》に尻餅をつき、到頭その場に倒れ込んで、黒っぽい血の塊のようなものを吐いた。次に何とか起き上がった時、「白靴下」は、地面に立つその奇妙な棒切れを、もう自分の足だとは感じなかった。

あの日そうしたように、「白靴下」は、右足一本で、途中何度も転びながら、辛うじてフリー・タウンまで戻って来た。その入口で力尽きて気を失うと、今度はもう、二度と目を覚ますことはなかった。

森の中の奇妙な棒には、その後、蛾《が》が留まり、鳥が休み、虫が這《は》い、蛇が上った。ある時、鼬《いたち》がその根を掘ると、軽く土を蹴上げながら、ゆっくりとその場に横倒しになった。やがて、雨季が訪れ、襤褸布の束が流されて、一本の極短い裸の棒が、骨のようにその場に残された。

強い雨が降る度に、土が棒を呑んでいった。腐敗は日ごとに進んだ。雨季を終え、次に人が通った時には、もう誰もそれに気がつく者はいなかった。

「義足」については『ダイヤモンドより平和がほしい　子ども兵士・ムリアの告白』（後藤健二著　汐文社）、『ようこそボクらの学校へ』（後藤健二著　ＮＨＫ出版）を参考にした。

IV

ナイフ

重松　清

1

計算してみたら二十五年ぶりだった。中学校の卒業式の後、校門の前でクラス全員の記念写真を撮って別れて以来のことだ。

かつての同級生は、夕食時のテレビニュースの中にいた。カーキ色を基調にした迷彩服に身を包んでいた。表面がネットで覆われたヘルメットを目深《まぶか》にかぶり、差し出されたマイクに向かって「自分たちは与えられた任務を円滑に遂行すべく努力するだけです」と低い声で答え、虚空《こくう》を見据えた。浅黒く陽《ひ》に焼けた顔は、昔に比べ頰や顎《あご》の線がはっきりしていた。痩せたのではなく、骨格ぜんたいが一回りも二回りも太くなったようだ。

政府の声明や諸外国の反応を伝える女性のナレーションが、映像にかぶさる。カメラは望遠レンズを使っているのだろう、整列した隊員たちをフェンス越しに見つめる報道陣や市民団体の群れは色や輪郭がぼやけ、〈再軍備化反対〉と大書されたプラカードの文字も、意識して目を凝《こ》らさないと読み取れない。

「仲良かったの？」

冷蔵庫から晩酌のビールを取り出しながら、妻が訊《き》いた。

私は風呂上がりの火照《ほて》った体から噴き出す汗をタオルで拭《ぬぐ》い、ビールで喉《のど》と唇を湿してから答える。

「いま、顔と名前を見て思い出しただけだよ。みんなは『ヨッちゃん』って呼んでたけど……友達っていうんじゃないな、二人で話したこともなかったから」

「あなたとはタイプが全然違うものね」

私は苦笑いを浮かべた。タイプの違い。なるほど、ものは言いようだ。妻も気を遣ってくれたのだろう。ヨッちゃんは、中学時代は柔道部の主将だった。県の大会で優勝したこともある。高校へも柔道の推薦で入ったはずだ。一方、私は、身長百五十二センチ、体重四十四キロ。若い連中はもとより同世代やその上を眺めてみても、極端に小柄な体だ。運動がからきし苦手なうえに性格もおとなしく、腕力とは縁のない四十年を過ごしてきた。私たちは、タイプではなく、生きている世界が違うのだ。

ヨッちゃんの所属する部隊は、数日後に海外へ派遣される。向かう先は、遠い大陸の隅にある小さな国だ。二年前に勃発《ぼっぱつ》した民族紛争が長期化し、難民問題が国際的に議論されるようになるまで、私は名前すら知らなかった。派遣部隊は難民キャンプの人々を隣国へ移すための護衛をつとめることになっていて、それはきわめて危険な任務なのだとスタジオでニュースキャスターが繰り返していた。

テレビカメラは、基地の周囲の草むらを群れ飛ぶ赤トンボをフレームにとらえてから再び焦点を隊員に戻し、彼らが肩から提げている自動小銃を映し出した。

「ねえ」

低くしわがれた声が横顔にぶつけられた。私は反射的に「はい？」と会社にいるときのような声を出して答えた。もちろん、ここに会社の人間はいない。声の主は一人息子の真司《しんじ》だ。夏のうちに声変わりを終えたのだと頭ではわかっていても、不意に呼びかけられると、一瞬その声がどこから発せられたのか訝《いぶか》ってしまう。息子が自分の声と同じ低さで話すようになるなど、ほんの数年前までは思いもよらなかった。

「あの銃、本物なんだよね」

真司は画面に顎をしゃくって言った。

「そうよ」と妻が答える。

「いいよなあ」

「なにがだ？」と私。

「だって、撃てるじゃん、あっち行ったら。俺ならめちゃくちゃ撃ちまくっちゃうよ。どうせわかんないじゃん、遠いし、戦争してるんだし。二、三人殺したってわかんないよ。お父さんの友達だって、ほんとは楽しみにしてたりしてさ」

鼻を鳴らして笑う。「真ちゃん」と妻がたしなめると、「嘘だよ、嘘」とまた鼻で笑い、自分の部屋に引き揚げていく。「ごちそうさま」すら言わない。中学二年生になり、私の背丈を抜き、自分のことを「僕」ではなく「俺」と呼びはじめた半年前から、こんな態度をとることが増えた。

妻は「しょうがないなあ」とつぶやき、真司の食べ残したおかずを一皿に集めてラップをかけた。ニュースは別の話題に移り、私はリモコンでテレビのスイッチを切る。静寂が訪れるのを待っていたかのように、窓の外でバイクの音が聞こえた。

「あなたの前だとそうでもないけど、二人でいるときの言葉遣いなんて、ひどいものよ。ほとんどババア呼ばわりなんだもん」

「母親としゃべるだけでも、かわいいもんさ。晩飯だって親と一緒に食べてるんだし、上出来だよ。駅前の奴らなんか見てみろよ。終電になっても遊《あそ》び惚《ほう》けてるんだぞ」

「高校生でしょ？」

「いや、中学生もいる。真司と同じ制服の奴らを見たことあるから。女の子までいるんだからな、親の顔が見てみたいよ」

妻の相槌《あいづち》は食器を片付ける仕草に紛れてしまったのか、私の苦笑いは受け取ってもらう先を見失って、少しぎごちない間が空いた。

「……そう思わないか？」

妻は、そうね、と気のない返事をして、流し台の蛇口をひねった。皿やグラスが洗《あら》い桶《おけ》の中でぶつかりあう音が、ふだんよりも耳障《みみざわ》りだった。水の勢いが強すぎて、皿から跳ね上がったしぶきがテーブルにも飛んでくる。

「よそのことはどうでもいいじゃない。ビシッと締めるときは締めてよね。男の子だし、難しい年頃なんだから」

しぶきが、またテーブルに飛んでくる。手狭なダイニングキッチンが、一家揃うとよけいに窮屈に感じられるようになったのは、いつからだっただろうか。たぶんその頃から、私は真司をほとんど叱らなくなっていた。

その週の終わり、派遣部隊は敬礼と拍手と涙と派遣反対のシュプレヒコールに包まれて、基地を飛び立った。ヨッちゃんは、中学の同級生の中でただ一人、戦場へと赴《おもむ》いたのだ。

私は深夜のダイニングキッチンでウイスキーを啜《すす》りながら、ニュースと夕刊を交互に眺めた。水も氷も入れていないウイスキーを啜ると、舌に熱さが貼りつき、飲み下すときには喉に痛みが走る。難民キャンプは、半月前に反政府軍の襲撃を受けたばかりだった。フランス人のボランティア職員が死んでいる。政府軍にも何人かの死者が出たという。ヨッちゃんも殺されるかもしれないし、逆に誰かを殺すかもしれない。それを思うと、みぞおちの奥深くが軋《きし》む。

テレビを切り、新聞をラックに戻してからも、ウイスキーを飲みつづけた。週末の夜は、たいがい強い酒を飲む。飲まずにはいられない。この一週間は、決算前の忙しさに加えて部下のミスの後始末で、昼休みすら満足にとれなかった。目を閉じても、瞼《まぶた》の裏ではパソコンに表示された数字の連なりが淡い色で明滅しつづける。どこかにミスはないか、このまま社内メールで重役室に送ってだいじょうぶか、もう一度確認したほうがよくないか……。入社以来十八年間を経理一筋に過ごしてきたが、仕事に慣れたという実感はない。むしろ管理職になったぶん、心配や不安の種が次々に増えていく。

一日中オフィスに閉じこもって、電卓を叩き、伝票を処理し、パソコンのディスプレイに向き合う。静かで単調で、そのくせ忙《せわ》しく神経を使う仕事だ。だからなのか、週末の夜に感じる疲労感は輪郭の定められないかすかな鈍痛にも似て、じつはまったく疲れていないような気もするし、逆に水にひたしたスポンジのように全身が疲れきっているのではないかとも思ってしまう。

廊下に明かりが灯《とも》り、階段を降りる足音が聞こえ、パジャマ姿の妻がダイニングキッチンに入ってきた。

「まだ起きてたの？」

「もうすぐ寝るよ」

「あのね……ちょっと、いい？」

向かいの席に腰をおろした妻は、居心地悪そうにしばらくあたりを見回した。

私は椅子に座り直し、テレビのスイッチを入れる。会話の邪魔にならない程度ににぎやかな番組を選び、音量を微調整する。妻は、そんなことはどうでもいいから、と鼻白んだ顔になり、ようやく踏ん切りがついたのか、身を乗り出して言った。

「真司のことなの」

二学期に入ってから真司の様子が少しおかしいのだという。

「死ね」や「殺せ」が口癖になっている。テレビを観ているときもファミコンに興じているときも、しかも意識せずに口をついて出てくるような様子で、真司はそうひとりごちる。

「嫌いなタレントが出てきただけで『殺すぞ、てめえなんか』なのよ。すさんでるっていうか、残酷になったっていうか……あんなこと言うような子じゃなかったのに」

「たいしたことじゃないさ」

私は深刻な顔の妻をいなすように、軽い口調で言った。正直、拍子抜けした気分だった。

「ワルぶって言ってるだけだよ。そういう年頃なんだ。俺だって、中学生の頃は……」

「あなたが？」

「ああ。誰だってそうだよ。ハシカみたいなものなんだ」

妻が小さくうなずいたとき、遠くで爆竹をたてつづけに鳴らす音が聞こえた。駅の方角だ。私はブラインドを閉じた窓に目をやり、話をそれで切り上げるつもりで大袈裟《おおげさ》に舌打ちした。

「駅前の奴らなんかとは違うんだ、真司は。すぐに元通りになるさ」

だが、妻は「それだけじゃないのよ」とつづけた。

「二学期に入ってすぐに塾で模試があったんだけど、成績が急に落ちちゃったの。嘘みたいにひどい点なのよ」

「調子が悪かったんだよ」

「あと、あなたも晩ごはんのときに見てるでしょ、あの子、毎晩よ、毎晩おかずを残してるの。いままでそんなことなかったじゃない」

「そうだっけ」

「学校で、なにかあったのかしら。いじめとか……」

まさか、と私は笑った。一学期はクラスで総務委員をつとめた真司だ。サッカー部でも、夏休み前に三年生が引退して、新チームの副主将になったと聞いた。父親が言うのもおかしな話だが、なかなかリーダーシップがある。小学校入学から大学卒業まで、委員と名のつくものに一度も選ばれなかった私とは違う。

「いじめグループに入ったんならともかく、その逆はないだろう」

妻は曖昧《あいまい》にうなずき、しかしそれを打ち消すように視線を横に流した。「どうした?」とうながすと、申し訳なさそうな様子で言葉を継ぐ。

「あの子、クラスの男子で一番背が低いでしょ。そういうのって、やっぱりちょっと心配なの」

「一番ってことはないだろう。百五十五、六はあるんだから」

「三よ。百五十三」

「でも、俺を抜いたんだぞ。もうちょっとあるだろう」

「ほとんど変わらないわよ」

「……まあいいや。それで？」

「一学期までは三番目だったんだけど、抜かれちゃったみたいなのよ、夏休み中に。ほら、中学生の男の子って、ひと夏で大きくなっちゃうから」

「関係ないさ」

私はテレビのリモコンを手に取った。コマーシャルの音が大きすぎる。駅からまた音が聞こえた。今度はバイクの空吹《からぶ》かしだった。時刻はすでに午前零時を回っている。真冬や、あるいは雨でも降らないかぎり、週末の夜は明け方近くまでそんな騒がしさがつづく。私は、今度は本音の舌打ちをして、テレビの音量を再び大きくした。

「真司は、背は低くても、そんなヤワな奴じゃないさ。ああいうのは、無抵抗のおとなしい奴が狙われるんだ。真司はだいじょうぶ」

私は空になったグラスを持ってキッチンにたった。

真司は、私とは違う。私のような男ではない。私は私が嫌いだ。スポーツが得意で、リーダーシップがあって、友達がたくさんいる少年だ。昔からずっと、いまも変わらない。貧弱な体が性格を臆病にしてしまい、臆病になればなるほど貧弱な体はいっそう縮こまっていった。だが、真司は違う。体は小さくても、いや小さいからこそ、いつも全身に明るさと元気をみなぎらせている。言葉を荒らげてもいい。両親に無愛想な態度をとってもいい。妻には言わなかったが、私は、真司が乱暴な口をきくことが嬉しくさえあったのだ。

浄水器から汲んだ水を流し台の前で飲んでいる間に、妻は寝室に引き揚げた。
駅の方角から、またバイクの音が聞こえてきた。

数日後、私と同期で経理に入った男からの手紙が会社に届いた。彼は一年前に公認会計士の資格をとって会社を辞めていた。手紙は、事務所を開設したという通知で、印刷された文面の脇に〈借金だらけのスタートです〉という手書きのメッセージが添えられていた。私たちは「この不景気に独立するんじゃ大変だぜ」と冷ややかに笑ったが、一人が「一国一城の主《あるじ》になったんだな」とつぶやくと、冷笑はあっけなく舌打ちに変わり、それきり誰もが黙りこくってしまった。

会社帰りの電車の中で、ヨッちゃんたちが向かった国のフォト・ルポが載った週刊誌を読んだ。ほとんど廃墟と化した首都の風景が粒子の粗いモノクロ写真で紹介され、その隣の写真は、無数の弾痕が散らばった難民キャンプの看板をアップで撮ったものだった。派遣部隊が来る前の撮影らしく、日本人の姿は写っていない。写真に添えられた短い文章は、〈政府は、この国が〝混乱〟しているのではなく〝戦闘状態〟にあるのだということを、どこまで認識しているのだろうか〉と締めくくられていた。

みぞおちが軋み、背中の肌が毛羽だつ絨毯《じゅうたん》のようにうごめいた。

週刊誌を網棚に残して降りたった駅前には、いつものように若い連中がたむろしていた。私はロータリーの遊歩道の真ん中にしゃがみ込んだ彼らを避けて、自転車がでたらめに放置された歩道の端を歩く。真新しいガムを踏みそうになった。聞こえよがしの大きな音をたてて、毒々しい柄のシャツを着た男が路上に唾を吐いた。バイクに乗った男が無意味なクラクションを、拍子をつけて鳴らした。ブレザーの制服姿の女子中学生が放り捨てたコンビニエンスストアの袋が、風に舞って、ロータリーの中央の噴水池にまで飛んでいった。

私は立ち止まり、彼らを振り向いた。

もしも、いま自動小銃を持っていたら——。

髪を茶色に染めた男と目が合った。私はあわてて顔を伏せ、大股に歩きだす。

全員撃ち殺してやるぞ、ガキども。

つぶやきはロータリーを回るバイクの轟音に砕かれて、私の耳にさえ届かなかった。

2

日曜日の朝、妻はオーブントースターに食パンをセットしながら言った。

「今夜の晩ごはん、ひさしぶりに外に食べに行かない?」

ふと思いついたような口調や表情を装っていたが、昨夜のうちに寝室で何度も練習していた言葉だ。妻は感づいていた。塾の行き帰りや買い物のとき、真司は駅前を通るのを避けている。家にいるときも、バイクの音が聞こえると表情がこわばる。「気のせいだ」と昨夜私は何度も言った。だが、妻は「ちゃんと確かめて安心したいのよ」と言って譲らなかった。顔の動きを鏡で確かめ、私に「どう？　不自然じゃない？」と尋ね、眠る前には胃薬を服《の》んでいた。

「どこに？」

朝刊のスポーツ欄から目を離さずに、真司が訊く。うつむいた横顔に、ほんの一瞬、怯《おび》えの色が溶けた。妻もそれに気づいたのだろう、「あのね」とつづける声は微妙にかすれた。

「駅ビルの中華料理のお店で、こないだからバイキング始めたのよ。そこに行ってみない？　真ちゃん、どう？」

「……ああいうのって普通の料理よりも安い材料使ってるんでしょ？　ほかのところにしようよ、もっと遠くてもいいじゃん、美味しいところ、連れてってよ」

真司はうつむいたまま早口に言った。十四歳の子供だ。なにげない芝居を打つには、声が感情に寄り添い過ぎている。妻は困惑したまなざしで私を見る。当たってほしくない予感が、確かになりつつある。

「じゃあ……」私は言った。「焼肉にするか。こないだ駅の裏に開店しただろ、あそこなんか、なかなかいいんじゃないか？　お父さん、一度行ってみたかったんだ」

真司は黙って新聞をめくった。耳たぶからこめかみにかけて、肌に赤みが差している。ずっと下を向いていたせいだ、わかりもしない経済欄の記事を息を詰めて読んでいるせいだ、きっと。

「どうだ？　付き合ってくれよ」

問いをさらに深く押し込んだとき、妻は不意に甲高い声をあげた。

「あ、ごめんごめん。忘れてた。今夜は炊き込みごはんにしようと思って、昨日買い物したんだった。傷んじゃうものもあるから、悪いけど、外食は今度ね」

一息に言って、また私を見る。もういいから。妻は小さくうなずきながら無理に笑ってみせた。

朝食の後、妻は「頭痛がする」と寝室に引きこもり、真司も午後からサッカー部の練習に出かけた。

私は、〈お父さん専用〉と妻の字のラベルが貼られたビデオテープを、デッキにセットした。木曜日の夜のニュースで、ヨッちゃんたちの様子が紹介されていた。〈密着速報〉と銘打たれた現地リポートだった。

派遣部隊が現地入りして一週間が過ぎている。その前のコーナーでは、紅葉の見頃が平年より早めになりそうだとキャスターが伝えていたが、ヨッちゃんのいる国に四季はない。雨の日がえんえんとつづくか日照りで地面が干上がるかのどちらかで、いまは乾季のさなかだ。

白く抜けたような画面の中で、隊員たちは照りつける陽射しに汗だくになりながら、居留用のテントやトイレを設営していた。強い風が吹くたびに砂埃《すなぼこり》が舞い上がり、「夜になると南十字星がきれいなんです」と話す特派員の声にノイズがかぶさる。ジャングルを凝視する見張りの隊員は、肩に自動小銃を提げていた。反政府軍はいつキャンプを襲撃してくるかわからない。隊員が作業に気をとられている隙をつくのか、夜明けを狙うのか、真夜中の暗闇に乗じるのか……。濃密な緑の陰には、斥候が身を潜《ひそ》めているのかもしれない。すでに居留地のすぐそばに地雷が埋め込まれているのかもしれない。ヨッちゃんがいた。カーキ色の天幕の下で無線機の前にしゃがみ込み、レシーバーを耳に押し当てている。袖をまくりあげた腕は筋肉の流れが見分けられるほど鍛えられているが、もちろん鉛の弾の前ではそんなものはひとたまりもないだろう。

みぞおちが軋む。ただの一度も殴り合いの喧嘩をしたことのない私の体の奥深くで、恐怖とも嫌悪感とも似ているようでいて違う、名づけようのない感情がうごめいている。

ビデオテープを停めて、真司の部屋に入った。

いいのか、というためらいを振り払って、机の引き出しを順に開けていった。

一番下の深型の引き出しの隅に、パソコンの分厚いマニュアルで隠すようにして、小さなビニール袋が二つあった。一つには数十個の消しゴム、もう一つにはカッターナイフで細かく切り刻んだ消しゴムのかけらが詰まっていた。

真新しいと思えた消しゴムにはすべて、ボールペンで人の名前が記されている。大半は男の名前だったが、女のものも数人ぶん交じっている。見覚えのある名前は、サッカー部の部員だ。聞いたことのある名前は、真司が同じ塾に誘った仲間だ。かけらのほうも同じだった。文字は読み取れなかったが、インクの青や黒が表面に滲《にじ》んでいた。

通学鞄の蓋《ふた》を開けて、教科書やノートをベッドの上に出した。迷いはなかった。戸惑いも、そして驚きもない。目に飛び込んできたものを、私は不思議なくらい冷静に受け止めた。

国語の教科書は表紙が引きちぎられ、数学の教科書は水に浸けられたのか紙がふやけ、英和辞典の表紙には蛍光マーカーで女性器が落書きされ、ノートのすべてのページに〈ドチビ！　死ね！〉と大きく殴り書きしてある。ボールペンやシャープペンシルやマジックペンなど、文字はさまざまだった。筆跡も、ざっと見ただけで十人ぶん以上あり、そのうちのいくつかは女の文字だった。

私はベッドの脇に立ちつくして、教科書やノートをぼんやりと見つめた。傾いた陽射しがブラインドのルーバーをすり抜けて、ベッドに縞模様《しまもよう》を描く。

どこかで見たことがある。違う、実際に見たのではなく、思い描いたことも、たぶんなかっただろう。けれど、級友やクラブの仲間の名前ごと切り刻まれた消しゴムも、陰湿な悪意に傷つけられた教科書も、奇妙に懐かしかった。

ずっと遠い昔、もう二十数年も昔、私はいまの真司と同じくらいの年頃で、いまの真司と同じようなまなざしで世界と向き合っていたのだった。

中学生の頃、私は怖いものばかりに取り囲まれて生きていた。受験も、親も、教師も、廊下ですれ違う先輩も、柄の悪い同級生も、体育の授業も、数学の授業も、通学のバスの車内も、女の子の視線も、自分の将来も……あらゆるものが、怖かった。

眠れない夜もあった。目が覚めると同時に激しい嘔吐《おうと》に襲われる朝もあった。夕食のカレーライスを三杯もお代わりした翌日には茶碗半分のごはんすら食べられないこともあったし、おそらく心因性のものだったのだろう、唇の端にはいつも吹き出物ができていて、緊張や不安が高まると腋《わき》の下《した》から膿《う》んだような黄ばんだ汗が染み出してシャツを汚した。

誰かが実際に私を怯えさせたわけではない。私の教科書は三学期が終わるまで折り目すらほとんどなく、消しゴムは左右均等にちびていた。

けれど、あの頃の私は、ほんとうに、自分でも情けなくなるくらい怖がりで臆病者だった。

私は、私を取り囲む世界をまっすぐに見ることができなかった。

「チビ」だの「コビト」だのといった囃《はや》し文句は、じつのところ言われた本人はたいして気にならないものだ。悔しさや反発は抱いても、恐怖にまでは至らない。恐怖は、むしろ、たとえば廊下ですれ違ったり、満員電車の中で体が押し付けられたりするような、なんの変哲もない場面にあった。目の前の相手が、もしも襲いかかってきたら……。ばからしい思い込みで、無意味な予感だ。頭ではわかっていても、剃り残しの髭《ひげ》がちらばる同級生の顎が、刃を鈍く光らせた斧《おの》のように見えてしまう、そんな日々を、あの頃の私は過ごしていたのだ。

私はヨッちゃんを、いつも遠くから見ていた。黒帯で縛った柔道着を誇らしげに肩にかけて歩いているヨッちゃんは、いつも誰かと笑っていた。ヨッちゃんのまわりには体の大きな連中ばかりいたが、その中でも彼は頭一つ大きかった。ヨッちゃんは、クラスで一番背の低かった男のことを、もう覚えてはいないだろう。私など目に入っていなかったかもしれない。私はヨッちゃんが怖かった。怖くて、憧れていて、憎んでいて、好きだった。一発でいいから殴り飛ばしてみたかった。そして泣きながら土下座をして、友達になりたかった。笑うだろうか。頭がおかしいんじゃないかと言うだろうか。だが、同級生の誰に対しても上目使いにならなければ話せなかった私の気持ちは、ヨッちゃんには決してわからない。あの頃も、きっと、いまも。


部屋に入ってきた妻は、ベッドの上に目をやったとたん息を呑み、顔色を失った。

私は教科書やノートを元通りに鞄に戻しながら、言った。

「真司によけいなことは言うなよ。黙って、そっとしといてやるんだ。いいな」

妻はベッドの縁にへたりこんで、力なくかぶりを振った。どうして……。紙をこすり合わせるようなつぶやきが、ほとんど動かない唇の隙間から漏れる。

「なにも気づかないふりをするんだ。いいな、できるよな。真司がなにも言わないうちに、こっちがよけいなことを言ったりするな」

「それでいいの？」

妻の目は潤み、震える声が私を咎《とが》めるように響いた。

「新聞にも出てただろ、最近のいじめなんてゲームみたいなものなんだ。一時的に誰かをいじめても、またすぐに別の誰かに変わるんだ。いまは、たまたま真司が……運が悪かったっていうか、ちょっと標的にされてるだけだから」

私は鞄を元の場所に置いて、出よう、と戸口に顎をしゃくった。窓から射し込む陽光はずいぶん赤みがかってきた。そろそろ真司が帰宅する時刻だ。

「私、どんな顔してればいいの？　できないわよ、知らん顔なんて。あの子、かわいそうじゃない。平気なふりなんて、できない」

「こっちがいくら騒いでも、どうしようもないんだ。逆に話がこじれるだけだぞ」

「でも……」

「とにかく、黙ってるんだ」

妻の返事を待たず、先に部屋を出た。階段を降りてダイニングキッチンに向かいかけて、踵《きびす》を返し、浴室に入る。背中に貼りついた汗を洗い流したかった。

蛇口を一杯にひねって、熱いシャワーを浴びた。つぶてのような熱く痛いしずくに、肌がたちまち赤くなる。ヨッちゃんなら、どうするだろう。ヨッちゃんは、いま、なにを思って戦場にたたずんでいるのだろう。銃に撃たれ、蜂の巣になった自分を思い描くと、腋の下に黄ばんだ汗が染み出てきたような気がした。

妻は約束を守れなかった。その報いは、「真ちゃん、どんなふうにいじめられてるのか、お母さんに話して」と声をかけた次の瞬間にやってきた。素知らぬ芝居を一晩だけつづけた翌日、月曜日の夕方のことだ。

会社から帰宅した私を迎えた妻は、左頬に濡れタオルを押しあてて、泣きながら言った。

「……真司を叱らないで……私が悪いんだから……」

タオルをはずした頬は、赤黒く腫れあがっていた。唇が切れて、そこから盛り上がる血は、まだ固まりきってはいなかった。

不意に殴りかかってきたのだという。真司は顔を真っ赤にして、いてもたってもいられないようにうめき声をあげ、右の拳《こぶし》を振りまわした。反射的につぶった瞼の裏で光がはじける直前、妻は真司の目を見た。おせっかいで無神経な母親への怒りは、そこにはなかった。まなざしに宿っていたのは、追い詰められ、怯えきった感情だった。

「私が倒れると、すぐに謝ったの……タオルもあの子が濡らしてきてくれた……私が避《よ》ければよかったのよ、最初からなにも言わなければよかったのよ。だから、真司を叱らないで」

「部屋にいるのか」

「あなた、お願い」

「部屋にいるんだな」

妻は黙って、顎の支えがはずれたようにうなずいた。タオルは血で汚れている。指先で押せばジュッと滲みそうな、生々しい染みだった。

私はキッチンで水を飲んだ。浄水器の細い水流でグラスを満たすのがもどかしく、蛇口から直接水道の水をグラスに注いで、一息に飲み干した。水はなまぬるく、錆《さび》のにおいを鼻の裏側で感じた。流し台の脇には割れたグラスが置いてある。尖《とが》った切っ先に、蛍光灯の明かりが涙のしずくのように映り込んでいた。

真司の部屋のドアは閉まっていて、中からも物音は聞こえない。ノックのために拳を軽く握りかけたが、腕は縮こまったまま動かなかった。

安普請《やすぶしん》の薄っぺらなドア一枚で区切られたこの部屋の中で、私の息子はじっと息をひそめている。消しゴムをカッターで切り刻み、布団を頭からかぶり、怯えた上目使いで世界を眺めている。

私はドアのノブを見つめ、曲げた指をゆっくりと伸ばしていった。小さな、厚みのない拳だ。中学生の頃に体育の授業で測った握力は、女子生徒の平均値にも達しなかった。こんな拳でドアをノックし、ノブをひねっても、そこから先のことはなにもできない。なにより私は、もはや真司と向き合うときにも上目使いをしなければならないのだ。

三年前にガンで死んだ私の父親は、その世代にしては大柄な人だった。子供の頃の私は、いつも父親を振り仰いでいた。父親の大きさが嬉しかった。息子の目で見る父親は、他の大人の誰よりも大きく、たくましく、怖く、頼もしかった。

私はそんな思い出すら、真司に与えてやれなかった。

3

一週間が過ぎた。

真司は毎日学校に通っている。家で暴力をふるうことはない。食事もふつうにとり、「殺す」や「死ね」を口にしなくなり、話すときにはきちんとこちらを向き、屈託のない冗談を言って笑うことさえある。まるで、あの一夜の出来事が記憶からすっぽり抜け落ちているかのようだ。

だが、私も妻も知っている。真司は一週間、ずっと下痢をしている。食事の後に嘔吐する夜もある。明け方近く、叫び声があがり、ベッドの横の壁を蹴る音が響く。朝に妻が起こしに行くと、両膝をきつく抱き込み、背中を丸めて眠っている。塾やサッカー部の練習から帰宅しても、すぐにはダイニングキッチンに入って来ない。しばらく玄関の上《あ》がり框《かまち》に座り込んで、頭を抱えてなにごとかじっと考え、それから笑みを浮かべて「ただいま」と言う。

いじめをなぜ訴えてこないのか、妻にはそれがもどかしくてたまらない。教師に相談することを禁じる私へも、いらだちはぶつけられる。

「手遅れになったらどうするのよ」

真司が風呂に入っている隙に、ダイニングキッチンで早口の会話を交わす。妻は、私の許しさえあれば今夜のうちにでも担任教師の自宅に電話をかけそうだった。

「よけいなことをすると、かえって逆効果なんだ」

「でも……」

「おまえにはわからないんだよ。親が首を突っ込むっていうのは、屈辱なんだ。恥ずかしくてたまらないから、こないだも、おまえを殴ったりしたんだよ。泣き言なんか言いたくないし、自分の負けてるところを家族には見せたくないんだ」

「そんなこと言ったって、現実にひどい目に遭ってるじゃない」

「真司が黙ってるんだから、俺たちも黙ってればいいんだ。真司の気持ちも考えてやれよ」

妻の顔はまだ納得しきってはいなかったが、私は「いいな」と念を押して話を打ち切った。

私にはわかる。真司は、私たちの望む子供でありつづけようとしている。体は小さくとも全身に明るさをみなぎらせていた夏休みまでの自分のままで、私たちに接しようとしている。無意味でやるせない強がりかもしれない。だが、その強がりを失ったとたん、真司は彼を取り囲む世界に対してうなだれてしまい、もう二度と顔を上げることはできないだろう。

「真司の気持ちって、なんなの?」

妻が、ぽつりと訊いた。

「男だぜ、プライドがあるんだよ」

「それだけ?」

「とにかく真司がなにも言わないうちはほっとくんだ」

「じゃあ」妻はため息をついて、まっすぐに私を見た。「もしも真司が助けを求めてきたら、あなた、救ってやれるのね？」

私は黙ってうなずいた。違う、うなずいたふりをして、目をそらしただけだった。

妻はもう一度ため息をついて、椅子から腰を浮かせた。

「あの子、ほんとうは、あきらめてるんじゃないの？　私やあなたに話してもどうにもならない、って」

ビクン、と心臓が胸を突き上げるように跳ねた。

キッチンにたった妻は、私に背中を向けて、流し台の蛇口に手を伸ばしながら言った。

「私は、早く学校に相談したほうがいいと思う。そうしないと……」

蛇口から流れ落ちる水音が、つづきの言葉を隠した。


遠い国で、ヨッちゃんも苦しい日々を送っていた。

派遣部隊が到着するとすぐに始められるはずだった難民の移送は、受け入れる隣国の準備が整わずに予定より大幅に遅れ、まだ移送者の名簿すらできあがっていない。難民キャンプに蔓延《まんえん》している伝染性の皮膚病は派遣部隊にも広がり、全身に湿疹《しっしん》の出た隊員の何人かは入院を命じられた。部隊が到着して二週間後に、キャンプから百キロしか離れていない村が反政府軍によって焼き払われ、鎮圧にあたろうとした政府軍の部隊は返り討ちにあって全滅した。

最初の頃はしばしばニュースで紹介されていた現地リポートも、その事件以来、激減した。取材陣に避難勧告が出されたのだという噂もあれば、政府の圧力で放映されないのだという憶測も流れたが、ニュースキャスターは、そんな話が街でささやかれていることすら伝えはしなかった。

中学三年生の同級生に一人、使いっ走りの役に甘んじながらもヨッちゃんに始終くっついている男がいた。運動は不得手なくせに背はひょろりと高い男だった。おしゃべりで、調子のいいところがあった。名前はもう忘れてしまったその男のことを、私はクラスで一番嫌っていた。憎んでいたと言ってもいい。

いつだったか、その男がヨッちゃんをひどく怒らせたことがあった。理由は知らない。ヨッちゃんは昼休みに教室の後ろで腰巾着《こしぎんちゃく》を殴りつけながら、何度も「卑怯者《ひきょうもの》！」と怒鳴っていた。そうだ、ヨッちゃんは卑怯なことがなによりも嫌いだったのだ。ヨッちゃんの取り巻き連中を除いて、クラスの誰もが見て見ぬふりをしていた。私もそうだ。机に広げた英語の教科書の同じ行ばかり繰り返し目でたどっていた。ヨッちゃんの叫ぶ「卑怯者！」を聞くたびに首筋が縮まり、肩がこわばっていった。

やがてチャイムが鳴り、ヨッちゃんの興奮も収まり、さんざん殴られた当の腰巾着が、教室の隅に押しやられたり床に倒れたりした机を一人で片付けた。その後何日かすると、またヨッちゃんの席のまわりで腰巾着の甲高い笑い声が聞こえるようになった。私はあいかわらず教室の最前列の席に座ったまま、耳だけでヨッちゃんと自分が同級生だということを確かめるのだった。

なぜ、いまになってそんなことを思い出したのか、よくわからない。

寝付かれないベッドの中で苦笑いを浮かべた後、不意に胸が熱いもので一杯になった。ヨッちゃんは、遠い国で、顔も知らない誰かに殺されてしまうかもしれない。同じ誰かを逆に殺してしまうのかもしれない。可能性よりももっと強い、ざらりとした現実味がある。恐怖とも悲しさともつかない高ぶりが、胸から喉へ迫《せ》り上《あ》がるのではなく、むしろみぞおちを押さえつけるような感じで、背中を丸めるのが癖の私の寝姿をいつも以上に縮めさせる。

ヨッちゃんは、あの日の出来事をもう忘れてしまっただろうか。腰巾着の男は医師になったと、いつか誰かに聞いた。

教師になってまだ三年目だという真司の担任教師は、「いじめ」という言葉を「いたずら」と言い換えた。

「確かに少々行きすぎのきらいはあるようですが、正直に言いまして、教師が介入したせいでほんとうにいじめになってしまうケースも多いんです。子供たちには子供たちのルールがあるというか、多少の理不尽なことがあったとしても、大人たちの理屈や正論だけでは通じない、そんな壁があるんですよ。でも、まあ、だいじょうぶですよ、彼は根が明るい生徒ですから。自分で試練を乗り越える力を持ってます」

食い下がる気力も失せた妻は、黙ってうなずくだけだった。

担任教師は「それより」と語調を変えて、応接室を出ようとした妻を呼び止めた。

「ほんとうはもう少し様子を見るつもりだったんですが、せっかくの機会ですから、一応申し上げておきます」

表情も、今度はこちらの番だとでも言いたげなものに変わっていた。

「サッカー部の一年生の父母から学校に苦情が来てるんです。先輩にしごかれる、って。練習が厳しいだけじゃなくて、ときどき暴力もふるったりするらしいんです」

真司が……ですか？　尋ねる言葉は声にならなかったが、担任教師はうなずいて、唇の端をねじるような笑みを浮かべた。

「まあ、後輩は先輩に絶対服従ですからね。お母さんのお話をうかがって、なんとなく事情もわかってきましたよ」

どういう意味ですか。言葉はまた、喉を塞ぐだけだった。

「でも、そんなのは現実逃避というか、なんの解決にもならないんです。ご家庭でも、そのあたりのご指導をよろしくお願いします」

会釈なしで部屋を出る、それがせめてもの意地だった、と妻は私に力なく笑いかけた。

妻は、張り詰めていたものが切れたように、大粒の涙を流した。二階の真司に聞かれないよう嗚咽《おえつ》を抑えつけ、喉を絞って、泣く。

「どうすればいいの？」

何度も訊いてきた。

私には、なにも答えられない。ただ黙ってウイスキーを飲みつづける。週末の酒の量が増えた。仕事を忘れようとすれば真司のことが胸に浮かび上がり、それを振り払えば再び瞼の裏で数字の連なりが明滅しはじめる。

「ねえ、どうすればいいの？　どうすれば、真司、昔のようになってくれるの？」

「……だから、待つしかないんだよ」

「待ってればいいの？　ほんとに、待ってればあの子はクラスの子にいじめられなくなるの？　一年生の子をいじめなくなるの？　ぜったいにそうなの？」

「うるさい！」

テーブルに置いてあった夕刊を窓に投げつけた。妻は一瞬目を大きく見開いた。夕刊のぶつかったブラインドが揺らぐ。私を見つめたまま固まった表情は、息をひとつ継いだとたんに崩れ、新たな嗚咽が閉じた唇をこじ開けた。

バイクの音が聞こえる。きっとそれは真司の部屋にも届いているだろう。

テーブルに突っ伏した妻の髪には、白いものが見え隠れしている。

私はグラスにウイスキーを注ぎ足しながら、この家のローンの残債と定期預金の額を頭の中で比べ合わせる。

私は、弱くずるい父親だ。

十月の半ば、結婚退職する部下の女子社員の送別会が開かれた。会費だけ払って欠席するつもりだったが、「課長がいないと格好つきませんよ」と若い連中にひっぱられた。わかっている。奴らの目当ては私ではない。私の財布だ。私の裁量で落とせる会合費の枠だ。それとも、私を嘲笑することが目当てなのか。女子社員を含めても課内で最も背の低い私を上座に据え、声をひそめて営業部への異動の可能性を探り合い、「あんなふうにはなりたくないもんな」と顎をしゃくり肩をすくめる、そのために私を誘うのだろうか。

二次会、三次会と飲み屋をまわった。アルコールの巡りが、深く、速い。話がくどくなり、愚痴と説教が増えた。部下にうっとうしがられているのが、自分でもわかる。昔は酔ってもこんなふうにはならなかった。四十歳だ。もう、人生の半ばを過ぎてしまった。夢はない。野心もない。楽しみは一人息子の成長を見ることだけだった。私の息子が、私とは違う男に育っていくのを、ずっと眺めていたかった。

「もう一軒行こう」

三軒目を出たとき、初めて自分から部下を誘った。最初は二十人ほどいたメンバーも、若手ばかり数人に減っていた。誰もが私より背が高い。私は、私が中学生の頃に生まれた彼らと、上目使いでしか向き合えない。

「珍しいですね、課長がハシゴ酒なんて」

女子社員の一人が言った。

私は「そうか？」と笑いながら、彼女の肩に腕を回した。彼女もおどけた悲鳴をあげて私の腕をふりほどこうとした。

「逃げるなよ、おい」

私の声も、そのあたりまでは笑っていたはずだ。

「セクハラになりますよ、課長」と男性の部下が冗談めかして言う。

私は黙って、もう一度彼女の肩を抱こうとした。彼女は、今度は本気の悲鳴をあげて身をかわした。

「なに逃げてるんだよ」

さらに腕を伸ばすと、彼女は、助けを求めるように男性社員のもとに駆け込んだ。

部下が二人、彼女をかばって私の前に立ちはだかる。

「課長、飲みすぎですよ。そろそろお開きにしましょうよ」

言葉遣いは丁寧でも、声は上から下へ降ってくる。

「どけよ、そこ」

私は足を二、三歩、前に踏み出した。体が揺れる。足に重みが伝わらない。

「なんなんですか、帰りましょうよ」と一人が鼻白んだ顔と声で言った。「タチ悪いっスよ、今夜の課長の酔い方」ともう一人はあからさまに不愉快そうに舌打ちをする。

「どけ！」

右側の部下の胸を突いた。

「危ないっスよ、やめてくださいよ」

部下の胸倉をつかんでねじりあげた。もう一人の部下が割って入る。さらに別の部下が私の肩を後ろからつかむ。体の重みが足に降りてくれない。部下の手に力がこもった。後ろに引き倒されようとする体を、酔った腰は支えきれない。

尻餅をつくような格好で倒れた。一度体勢が崩れると、もう起き上がる気力は湧いてこなかった。部下が私を見下ろしている。笑っている。うんざりしたまなざしが私を射すくめる。

「すみません、課長、だいじょうぶですか?」

差し伸べられた手に、かぶりを振った。

「……いい、一人で帰るから……ほっといてくれ……」

何人かはためらい、何人かは肘《ひじ》をつつきあって目配せしあった。一人が「じゃあ、すみません、お先に失礼します」と声をかけて、残りも小さく会釈をして、それでおしまいだった。

私は路上に座り込んだまま、彼らの背中をぼんやりと見送った。「最っ低」と女子社員が言い、誰かが「まいっちゃうよなあ」と肩をすくめ、やがて人込みが彼らを飲み込んでいく。

よろけながら立ち上がり、繁華街を彼らとは反対の方向に歩き出した。

シャッターの降りた銀行の前で、金髪に青い目をした男が露店を出していた。黒い紙を何枚もつなげて路上に広げ、その上に針金細工や小さな油絵やインディアンの人形を並べている。男が素肌に羽織った革ジャンは、胸が大きくはだけ、そこから蝶の入れ墨が覗《のぞ》いていた。

「ヤスイヨ、ナンデモ」と男は甲高い声で言った。ポキポキと音を折っていくような発音だった。愛想よく笑ってはいたが、目は、いつ拳をふりかざしても不思議ではない暗い光をたたえていた。

紙の端に、キーホルダーが並んでいた。銀メッキの十字架、砂時計、コイン、ゴム製の骸骨、コンドームが入ったプラスチックケース……そして、折り畳み式のサバイバルナイフ。

しゃがみ込み、ナイフのキーホルダーを手にとった。サイズは小指ほどの長さしかない。柄にはナイフだけでなく、ノコギリやヤスリ、缶切りからルーペまで収められていたが、おそらく二、三度使ったらだめになってしまうだろう。ただのオモチャだ。そう思うことで気が楽になり、親指と人差し指の爪の先で挟むようにしてナイフの刃を引き出した。カッターナイフのような薄っぺらな刃だったが、街灯の光をはじく先端には、確かに刃物の鋭さがある。

「ホンモノヨ」と男が顎をしゃくって言った。

「いくら?」と私は刃を柄に収めながら訊いた。

「八百……五百円デイイヨ」

五百円玉を一枚、ポケットの中の小銭入れから手探りでつかみ出して、男に渡した。

「これで、人、殺せるかな」

男は少し考えてから「タブンネ」と言って、黄ばんだ前歯を剝き出《むだ》しにして笑った。

4

私はナイフを持っている。

背広の内ポケットに、それはいつも入っている。

私はナイフを胸に貼りつかせて朝の満員電車に揺られ、オフィスでパソコンに向き合い、社員食堂でBランチを食べ、スチロールのカップに注いだコーヒーを啜《すす》る。

誰も知らない。経理課をキャッシュコーナーとしか思っていない営業部の連中も、目を離しているとおしゃべりばかりする女子社員も、そんな彼女たちの歓心を買うことしか頭にない若手の部下も、しつこくソフトウェアを売り込みに来るパソコンソフトメーカーの営業マンも、無愛想な部長も、くたびれた同僚も、駅前にたむろする中学生や高校生も、妻も、真司も……誰も知らない。そのことが私を上機嫌にさせる。

会社のトイレの個室や、妻と真司の寝た後の洗面所で、私はナイフの刃を引き出す練習をつづける。柄を握り込み、体ごと預けるようにして突く。一度で相手を仕留めないとだめだ。刃が曲がらないよう、まっすぐに突かなければいけない。狙うのは腹だ。あばら骨のすぐ下だ。みぞおちでもいい。薄っぺらな刃がはじき飛ばされないよう、柔らかいところを狙え。

洗面所の鏡に、ナイフを持った私が映る。笑っている。私は人を殺せる。ナイフを持っている私は、その気にさえなれば、いつでも誰かを殺せる。

ちゃちなナイフだ。サバイバルという言葉が、なにかの皮肉のように感じられてしまう。だが、捨てる気はない。もっとちゃんとしたものに買い替えるつもりもない。私に似合いのナイフだ。私はこのナイフで生き延びる。

毎朝、真司に「おはよう」と声をかけることにした。返事はたいがい、つくりものめいたあくび交じりで返ってくる。私の目を見ない。ニキビがいくつもできている。妻は朝食の支度だけすると、また寝室に入ってしまうようになった。頭痛がひどいのだという。

家を出るのは、私のほうが先だ。けだるそうにトーストを口に運ぶ真司に「朝飯しっかり食わないと、元気出ないぞ」と笑いかけて、テーブルから離れる。背広を羽織り、胸にあるかなしかの重みと厚みが宿っているのを確かめ、ときには服の上からそっと掌《てのひら》をあてる。

そんなふうにして、一週間が過ぎた。

帰りの電車の中で、駆け込み乗車をしたＯＬに足を踏まれた。

「あ、どうも」

おざなりに頭を下げる彼女を、私は上目使いでにらみつけた。

「ちゃんと謝ってください」

声は震えてしまったが、目は逃げなかった。

「はあ？　あたし、いま謝ったじゃない」

「ちゃんと謝れ」

「……なんなの？」

「謝れと言ってるんだ！」

ＯＬの顔に怯えの色が走った。まわりの乗客が一斉に私を見る。負けない。怖くなどない。私はナイフを持っている。私は、いつでも殺すことができる。目の前のおまえを、その隣のおまえを、私の後ろにいるおまえを……。

ＯＬは消え入りそうな声で「すみませんでした」と言い、次の駅で電車を降りた。私はまわりの乗客をゆっくりと、一人ずつ、にらみつけていく。目が合うとうつむくのは向こうだ。私にはナイフがある。ひとわたり視線を巡らせて、最後に吊り革を握り直した。まわりの乗客とは、腕の角度が違う。吊り革の位置が、私には高すぎる。背広の袖がいっぱいに伸びて、左右の裾のバランスが引き攣《ひっ》れたように崩れているのは、私だけだ。

けれど、私は、ナイフを持っている。

駅に降り立つと、バイクの空吹かしの音が響き渡った。

ロータリーにたむろしている連中の数は、十月の後半に入ってからかなり増えてきた。制服姿の中学生も多い。パン屋のシャッターは赤いスプレーの落書きで汚され、自転車を整理するプラスチックコーンが壊された。スケートボードは駅の構内にまで入ってきて、近くの幼稚園が世話を引き受けていた花台も、いつのまにかジュースの空き缶の捨て場所になっていた。

私は改札を抜けて、奴らがたむろしているあたりに目をやった。ナイフがある。なにも怖がることはない。遊歩道の、端ではなく真ん中を歩いていく。このまま進めば奴らのすぐ脇をすり抜けることになる。こんなに近づくのは初めてだ。

路上に座り込んだ男が、ガムを噛みながら携帯電話で話をしていた。髪も眉毛も銀色に染め、鼻にはピアスが入っている。

「うっそお、マジかよ、それ」

電話機を握り直して、素《す》っ頓狂《とんきょう》な声で笑う。目付きは鋭くても、声には幼さが溶けている。あたりまえだ。仮に高校三年生だとしても、十八歳。私が大学を卒業した頃に生まれた、ガキだ。

私は暗がりに苦笑いを紛らせて通り過ぎようとした。

「落ちたのかよ、マジ？　マジに川、入ったって？　泣いてる？　最高じゃんよ、それ。行くよ、すぐ行くから」男は電話機を顔からはずし、まわりの仲間に言った。「よお、一中のチビ、学校の裏の川に入ったってよ。見に行こうぜ」

暇を持て余していた仲間は、はずんだ声をあげた。

「なんでなんで？」「知らねえけどさ、鞄、川に放り込んだら、それ拾いに泣きながら入ったってよ」「ひっでえ」「最近の中坊、やることが違うよなあ」「それでよ、なんか、鞄ぶち込んだのって一年坊だってよ。あのチビにやられまくってたから、復讐キメたんじゃねえのか？」「情けねえよな、チビも」「で、いまもいるのか？」「おお、なんかよ、チャリンコ、ボコボコにされて、石ぶつけられて泣いてるって」「ひっでえ」「行ってみようぜ」……。

何台ものバイクの音が絡み合うように響き渡り、ロータリーを半周して通りに出るまでの間に、景気づけにクラクションと爆竹が鳴らされた。

私はその場に立ちつくしたまま、しばらく動けなかった。

バイクが走り去り、駅前に静寂が訪れた頃、ようやく我に返った。

「真司！」

叫びながら、駆け出した。

十四年前、真司が生まれたとき、私は新生児室のガラス窓にへばりついて、まだ目も開かない我が子をじっと見つめた。父親になった戸惑いと喜びが、膝や顎を小刻みに震わせていた。

偉くならなくてもいい。賢くなくてもいい。金持ちでなくてもいいし、特別な才能がなくてもいい。どこにでもいる、平凡な男でかまわない。

幸せに、と考えても、これが幸せなのだと言い切れるものを見つけられない。だから、私は、まだ「真司」という名前すらない我が子を見つめながら、ただひとつのことを祈ったのだった。

生きることに絶望するような悲しみや苦しみには、決して出会わないように。

甘い父親だと笑われても、我が子に望むものはそれ以外に思いつかなかった。

中学校までの道を息を切らせて走りながら、戦場にいる同級生を思った。肩に自動小銃を提げて虚空《こくう》を見つめるヨッちゃんの姿が、すれ違う車のヘッドライトを背景に浮かび上がった。

足がもつれる。汗が目に染みる。苦く酸っぱいものが喉を逆流する。走りながら、背広の胸を掌で押さえる。ナイフがある。ここに、確かにある。私はナイフを持っている。

グラウンドが見えた。

バイクの音が聞こえる。遠ざかっていく音だ。

真司を呼ぶ私の叫び声は、もう、風のようにかすれてしまった。

校舎の裏を流れる川は切り立った両岸をコンクリートで固められ、底の水は、草が生い茂っているせいで、流れの向きすら見分けられないほど澱《よど》んでいる。

橋の上から川を見渡した。

あたりに人影はない。

「真司！　どこだ！」

橋を渡り、幅の狭い土手を走りながら探す。川の水は、溺れるほどの深さはない。それがせめてもの救いだったが、そんなことを考えてしまう自分が悔しく、情けなかった。

橋から数十メートル走って、やっと見つけた。真司は向こう岸のコンクリートの斜面を這《は》い上《あ》がっているところだった。紺色のブレザーの上着は夜の闇に溶けていたが、同じ色のズボンを穿《は》いているはずの下半身は、白いパンツしか着けていなかった。

真司が振り向く。驚いているのか、泣いているのか、助けを求めているのか、にらみつけているのか、表情はわからない。だが、私に気づいたのは確かだ。パンツから伸びる両脚は、葉を落とした木の枝のように細く頼りなげだった。怪我はないか。濡れたのか。鞄はどうなった。自転車はどこにある……。

真司はまた四つん這いの格好で斜面をのぼっていく。

「待て！　真司、そこにいろ！　すぐ行くから！　待ってろ！」

川岸に目を落とした。角度はかなり急だ。コンクリートには菱形《ひしがた》の浅い窪みがついていたが、革靴で下まで降りるのは難しい。

雑草に何度も足をとられながら、来た道を引き返した。さっきの橋を渡り、もう一度、名前を呼んだ。声が裏返り、夜の冷たい風を吸いそこねて、ひどく咳《せ》き込《こ》んでしまった。

返事はなかった。

真司は自転車に乗って、土手沿いの道を遠ざかっていく。下半身はパンツのまま、ペダルを漕ぐたびに軋んだ音が聞こえる。前輪が不自然にふらついているのが後ろからでもわかる。

私は路上にへたり込んだ。両膝をついて、片手で体を支え、もう一方の掌を胸にあてる。みぞおちが痙攣《けいれん》し、うめき声が漏れる。背広の襟《えり》の合わせ目をわしづかみにした。人差し指が、小さな堅さに触れた。背広の布地越しにたぐり寄せる。

私が恐れ、憧れ、憎み、友達になることを夢見ていた同級生の顔が、また浮かび上がる。ヨッちゃん。私は彼に、そんな親しげな呼び方で声をかけたことは一度もなかったのだけれど。

寒々しい風の吹き渡る道を、駅に向かって歩く。夜も十時を回ると帰宅する人の流れは途絶えがちになり、商店街のシャッターもほとんど閉ざされている。自動販売機の前で呷《あお》ったカップ酒の酔いは、きっとすべてが終わった後でいちどきに回ってくるのだろう。

四つ角の電話ボックスから、家に電話を入れた。コール音が三度鳴らないうちに、真司が出た。

「もしもし?」

その声を聞いて、私は黙って受話器を置いた。よく帰ってくれた、と感謝したい気分だった。

電話を切った後、頭上のカーブミラーを見上げた。体が映り込むよう、交差点の真ん中まで出た。小さな体がさらにひしゃげてしまい、まるで脚が半分地面に埋まったようだ。鏡の中の私が、いつもまわりの人間がそうしているように、私を見下ろした。私も、顔を上げて鏡の中の私を見つめる。目をそらさない。私には、ナイフがある。

商店街を抜けて、駅前のロータリーに出た。街灯の青白い光にナイフの刃をかざし、ひとつ深呼吸をして、柄を強く握り直しながら背広のポケットに手首から先を隠す。

改札の正面のタクシー乗り場から、この時間なら二十分近く行列に並んだのだろう、最後の客を乗せた車が走り去ったところだった。客待ちのタクシーも、これですべて出払った。次の電車が着くまで、あと十数分。

電線を鳴らす強い風に背中を押されるようにして、ロータリーの半円を進む。奴らが、いた。シャッターの降りたパン屋の前にたむろしている。店先に積み上げられたパンケースを崩して、それを椅子代わりに座り込んでいる女もいるし、ケースをロータリーの車道に蹴り出している男もいる。バイクの空吹かしの音に調子のはずれたホーンが重なり、店の前にはコンビニエンスストアの袋やジュースの空き缶や弁当の容器が放り捨てられている。

私はゆっくりと奴らに近づいていく。しゃがみ込んでいた男の一人が私に気づき、すぐにそっぽを向いて、火の点いた煙草を指ではじいて捨てた。

数は七人。高校生は関係ない。中学生はいるか。二中の奴はいるか。二年C組だ。サッカー部の一年生はいないのか。二人か。背中に竜が刺繍《ししゅう》されたサテン地のボマージャケットを着たおまえと、ニットの帽子をかぶってジッポーを点けたり消したりしているおまえか。

なんだよ、おっさん。ボマージャケットが路上に唾を吐いた。

なに見てんだよ。ニットの帽子が細く剃った眉をそびやかした。

私は、ポケットの中で殺意を握り直す。汗で滑る。指の関節がこわばっている。

ボマージャケットもニットの帽子も、中学生にしてはかなり大柄だ。真司の目には奴らがどれほど怖く映っていただろう。

くだらないいじめはやめろ。私は二人に言った。やっていいことと悪いことくらい考えろ。

空き缶が背後から宙を飛んできて、私の肩のすぐ横をすり抜けた。軽い音とともに缶は路上に跳ねて転がり、ガードレールの支柱にあたって止まる。

ボマージャケットとニットの帽子は互いに目を見交わして、私の正体がわかったのだろう、息を詰めて笑い合った。

あいつが勝手に転んだんだぜ。そうっスよ、勝手に転んで、ドブにはまったんスよ。ガキの話に親が出てくるって最低だと思わない？　あいつ、生意気なこと言うくせに根性ないから嫌われるんスよ。それにチビだし。おじさんもチビだよね、遺伝ってやつ？

まあ、もうちょっと待っててよ、飽きたらやめるからさ。で、俺らが別の奴をいじめにかかったら、調子くれて一緒にいじめるんだぜ、あいつ。言えてる、セコイもんな、あのドチビ……。

　殺すぞ。

おっさん、なんか言った？　口のきき方、気をつけたほうがいいっスよ。クソみてえなサラリーマンが偉そうなこと言ってんじゃねえよ。あのね、俺ら頭がパーだから、マジに殺しちゃいますよ、いいんスかあ？

バイクの空吹かしが長く尾を引いて響き渡る。女が笑う。私の背後に高校生が一人、回り込む。バイクに乗った男がトランクケースからスパナのようなものを取り出して、私の背後の男に放る。

　殺すぞ。

おっさん、震えてんじゃん。もうさあ、いいから帰んなよ、これ以上しつこいとさ、俺らもマジになるからさあ。帰れって。それともさあ、駅の裏、付き合ってくれるの？

ナイフを出せ。いまだ。ポケットからナイフを出せ。最初はボマージャケットから。奴は腹だ。腹を狙って、体ごとぶつかっていけ。手ごたえを感じたらすぐに抜いて、今度はニット帽だ。立ち上がりかけたところで、喉を突け。ポケットに入れた手を出すんだ。早く。柄をちゃんと握れ。早く。私はナイフを持っている。私は殺意を握り締めている。私はいつでも殺せる。私は私の一人息子をここまで苦しめてきたおまえたちを、殺せる。

早く——。

5

ダイニングキッチンで私の帰りを待っていたのは、妻ではなく、真司だった。音量をぎりぎりに絞ったテレビには、見覚えのある映像が流れている。遠い戦場でテント設営の作業をつづける派遣部隊の姿だ。

「お父さんのビデオテープ、勝手に観ちゃったけど」

真司は画面から目を離さず、ひとりごちるように言った。

「ああ、かまわない」

私も真司をまっすぐに見つめられない。しわがれた声が真司の耳に届いたのかどうかもわからない。部屋に入るとすぐに湿布薬のにおいが鼻を刺した。泥水のにおいは嗅ぎとれなかったが、獣の体臭に似たなまぐささが部屋中に澱んでいる。私の腋の下に滲んだ黄色い汗のせいかもしれない。それとも、真司も、私と血のつながったたった一人の息子も、あの頃の私と同じ汗でシャツを濡らしているのだろうか。

「お母さんは？」

「……頭が痛いって」

私は椅子に腰をおろした。真司と斜向《はすむ》かいの格好になる。夜風にさらされていた頬が、エアコンの温もりに触れて、痺《しび》れるように火照る。鼻の奥でこわばっていたものが、徐々に解きほぐされていく。背広のポケットの中で掌《てのひら》をゆっくりと開いた。指の節のひとつひとつに血が巡りはじめるのがわかる。

「あのね」真司は顔の向きを変えずに言った。「お父さんの友達、死んじゃったかもしれない」

「え？」

「さっき、ニュースでやってた。難民キャンプが爆破されたって。撃ち合いになって、死んだか大怪我かはわからないんだけど、とにかく日本人がヘリコプターで病院に運ばれたんだって」

「名前は出てなかったか」

「うん。外務省で調べてるって。ビデオ、停めようか？　どっかでニュースやってるかも……」

「いや、いいよ」

かぶりを振って、ポケットから掌を引き抜いた。力仕事とも出世とも率のいい利殖とも無縁の、やわらかく薄っぺらな掌だ。ついさっきまで、ここには殺意が載っていた。違う、私は、私の掌でつかめる程度のものをそう呼んでいただけだった。

気がつくと、真司はまなざしをテレビから私へ移していた。なにかを伝えようとして、それが言葉にならない、そんな表情を浮かべていた。

「お母さんにはなにも言わなくていいよ。お父さんも黙ってる。ほら、すぐに大袈裟に心配しちゃうから」

私は廊下のほうに顎をしゃくって笑った。あてずっぽうの言葉だったが、真司もほんの少しだけ頬をゆるめ、けれど、目は赤く潤んできた。

ビデオテープの録画部分が終わり、テレビの画面は青一色に変わった。ヨッちゃんの家族もこんなふうにニュースを録画しているのだろうか。ヨッちゃんに家族はいるのだろうか。中学卒業後のヨッちゃんのことは、なにも知らない。インターハイや国体の新聞記事に名前を見かけることもなかったから、柔道の方は思いどおりには強くなれなかったのかもしれない。

「真司」

「……なに？」

「お父さん、やっぱり臆病者だったよ。なにもできなかった。怖くて、逃げ出しちゃったよ」

「どうしたの？」

「ごめんな、だめなんだ、なにも変わらなかった」

「わかんないよ、お父さん、なに言ってんのか」

「そうだよな……わかんないよな……」

ポケットからナイフを取り出して、テーブルに置いた。柄を握り締めていたときより、むしろそこから指を離したときに、俺はナイフを持っていたんだな、と実感した。

「これ、おまえにやるよ。学校に持って行ってもいいし、部屋の机にしまっといてもいいから、とにかく持ってろよ」

「使わないよ、ナイフなんて」

「使わなくていいんだ」

リモコンでビデオテープを巻き戻す。適当なところで再生ボタンを押すと、ちょうどヨッちゃんが無線機の前でしゃがんでいるシーンだった。

ヨッちゃんは、ほんとうに殺されたのだろうか。敵のゲリラを殺したのだろうか。震える指で撃ったのか、泣きながら撃ったのか、それとも、撃てなかったのだろうか。

真司はテーブルの上のナイフをじっと見つめていた。ごめんね、と唇が小さく動いた。いらないよ、やっぱり。ささやくような声は、鼻にかかってくぐもったかと思うと、奥歯を食いしばった嗚咽《おえつ》に変わった。

私はキッチンにたち、水を飲んだ。真司にかけてやりたい言葉や、問いただしたいことがらが、錆《さび》のにおいのする水と一緒に喉からみぞおちへ滑り落ちていった。

真司はなにも話さず、涙を流しつづけた。

ビデオテープはさらに三回巻き戻され、再生するたびに無線機の前のヨッちゃんの背中はしぼんでいくようだった。

もうすぐ日付が変わる。戸口に妻がたたずんでいることにさっきから気づいていたが、私は振り向かなかった。

零時。壁の時計の針が、長針も短針も、いっぱいに背伸びをする。

私はゆっくりと息を継いで言った。

「お父さん、一緒に学校に行くよ」

真司は黙って顔を上げた。鼻の頭が真っ赤だ。幼い頃、イタズラを私に叱られて、押し入れに閉じこめられたときのように。

「おまえとずっと一緒にいる。今日から、ずっと、おまえのそばから離れない」自分の声を自分で聞いて、初めて自分がなにを言おうとしているのかを、知る。「いいな。お父さん、臆病者だから、なにもできないけど、でも、一緒にいてやる」

「……いいよ、そんなの」

「おまえのためじゃない。お父さんのためなんだ。おまえを守りたいんだ。笑われてもいいし、馬鹿にされてもいいから」

「嫌だよ、そんなの。やめてよ」

「お父さんのこと、嫌いか？　情けないと思うか？　でも、お父さん、それしかできないんだ」

声は喉を絞らなければ出てこないのに、頰からは力が勝手に抜けた。

私はナイフを手に取った。

「だいじょうぶさ。なにも怖くない。ほら、お父さん、これ持って、学校に行くから」

話しながら、刃を引き出そうとした。何度も練習してきたことだ。刃の背を右手の親指と人差し指の爪で挟み込んで、柄を握る左手の力を少しゆるめて、一気に……。

おかしい。引き出せない。窮屈な柄の中に収められた薄い刃が、微妙に歪《ゆが》んでしまったのだろうか。

ズボンで左右の掌の汗を拭い、もう一度刃の背を挟んだ。右手に力を込めると、不意に刃の重みが消えた。左手で握った柄がバウンドするように跳ね上がり、次の瞬間、右手の指先に熱さが走った。

ナイフの切っ先が、人差し指の第二関節の少し上の皮膚に触れた。あわてて指を見ると、濃い赤のひび割れが一筋走り、それはすぐに丸く盛り上がった。皮膚の下から噴き出すのではなく、しずくが一滴落ちてきたような、そんな血の滲み方だった。

「あなた！　だいじょうぶ？」

妻が駆け寄ってきた。

「切れちゃったの？」と真司もテーブルに身を乗り出して覗き込んでくる。

指をくわえて、だいじょうぶだ、と身振りで二人に告げた。痛みというよりも、熱さがある。傷口を吸うと、さっき飲んだ水と同じ錆のにおいが鼻に抜けた。

たいした傷ではないことを知ると、真司は肩を揺すって笑った。

「なんだよ、それ、お父さん……すっげえカッコ悪いじゃん、なにやってんだよ、最低だよ、こんなの……」

だが、笑い声は長くはつづかなかった。

真司はまた泣き出した。今度は声もあげた。顔をくしゃくしゃにして、何度もかぶりを振った。妻も泣いていた。私も、泣いた。情けなく、せつない。けれど、ほんのわずかだけ、背負ったものの重さが消えていく心地よさを感じながら、私は人差し指をいつまでも吸っていた。

妻と真司が寝入ってからも私はダイニングに残って、テレビの深夜番組をぼんやりと眺めた。水着姿の若い女性タレントが、室内プールでゲームをしていた。出演者も、プールサイドの観客も、へらへらと笑っていた。はしゃいでいることだけはよくわかったが、それほど楽しそうには見えなかった。

ウイスキーのボトルとグラスをテーブルに出しておいた。だが、手は伸びない。今夜はもう飲まずにおきたい。体も、たぶん心も疲れきっている。その重さを、酔いで紛らせずにきちんと背負いたかった。

画面の上のほうに、ニュース速報のテロップが出た。

派遣部隊の負傷者は、三人。名前と階級、年齢が、三人まとめて画面に並んだ。

ヨッちゃんは、いない。

負傷者は三人とも軽傷だった。ゲリラ側の死傷者は不明だが、威嚇《いかく》が目的の攻撃だったらしく、最初に報じられたような銃撃戦はなかったという。

二度繰り返された速報を最後まで観て、テレビを切った。目をつぶり、耳をすました。バイクや爆竹の音は聞こえてこなかった。

目を開けて、テーブルの上のナイフを手に取った。絆創膏《ばんそうこう》を巻いたせいで右手の人差し指をうまく曲げ伸ばしできない。けれど、刃は、拍子抜けするぐらい簡単に引き出せた。

ヨッちゃんは無事だ。だから、今日も、明日からも、自動小銃を提げて虚空を見つめる。

私も、きっと。

ナイフを、マドラーのようにグラスの中に立てかけた。ウイスキーを注ぐ。刃が触れないよう気をつけて唇を湿して、それでいい。ウイスキーの中で折れ曲がったナイフを見つめ、また目をつぶる。この酔い心地がヨッちゃんにも伝わればいい。この苦みと悔しさをいつか、一人息子にも伝えられればいい。そして、ひとより強くなくてもかまわない、父親を、おまえは超えろ。

私はナイフを持っている。

ナイフはテーブルの上で、朝の陽射しを浴びている。ブラインドのルーバーが淡い横縞の影をテーブルに落とし、ナイフは、その影と影のはざまの光の部分に収まっている。焼き上がったベーコンの香ばしいにおいがキッチンから漂い、夜明け前の冷気にさらされた窓ガラスは露をびっしりと貼りつかせている。洗面所から真司が顔を洗う水音が聞こえ、妻が食パンをオーブントースターに入れ、私は朝刊をざっと読み終えたところだ。

示し合わせたわけではないのに、妻も真司も私も、ふだんよりずっと早く起きた。「おはよう」を交わす以外はなにも話さない、静かな朝だ。

洗面所の水音が止《や》み、代わりに電気髭剃りの音が聞こえてくる。

髭剃り——？

妻は食器をテーブルに並べながら「ときどき使ってるみたいよ」と泣き腫らした目で微《ほほ》笑《え》んだ。

「……まいったな」

「なにが？」

「いや、なんでもない」

ブラインドを全開にする。さえぎるもののなくなった陽射しが窓からあふれ、私は目を瞬《しばた》いた。なにも見えない。まぶしい暗闇に、私は、敵の気配を探る。一人息子を狙う悪意と策略と暴力と罵《のの》りと虚勢といらだちと退屈を、歩哨のように凝視する。どこにいる。どこまで近づいてきた。そして、いつ、襲ってくる……。

私は、ヨッちゃんが見ているのと同じ虚空を見つめる。

入学したときに買った制服は、丈も幅もずいぶん小さくなっていた。防虫剤のにおいが気になるのか、真司は歩きながらしきりに袖を鼻先にあてる。

「クリーニングに何日かかるって？」

私が訊くと、真司は「三日ぐらいだって」と答え、短かすぎる裾をつまんで伸ばした。不満そうな真司の横顔とは逆に、私は家を出たときからずっと頬をゆるめていた。子供の服が小さくなって着られなくなる、それが親にとってどんなに嬉しいことなのか、きっと真司も親になったときにわかるだろう。

交差点に出た。ここから私は右に曲がって駅へ向かい、真司はまっすぐに進んで、学校までは一本道だ。二人とも同じぐらいふだんの道順より遠回りをしたことになる。同じぐらい、というところがなんとなくくすぐったい。

私たちはどちらからともなく足を止め、まなざしを交わした。

「ほんとうにいいのか？　お父さん、会社なんて休んだってかまわないんだぞ」

念を押して尋ねる私に向き合う真司は、ほんの少し、私を見下ろしている。

「なあ、真司。もしあいつらがゆうべのことでなにか言ってきたら……」

「だいじょうぶ」

真司はきっぱりと言った。

私は言葉のつづきを呑み込んで小刻みにうなずいた。私の息子は、私とは違う。いや、同じなんだと、妻なら言ってくれるだろうか。

真司は、行ってきます、と唇を小さく動かした。そのまま、青信号が点滅しはじめた横断歩道を小走りに渡る。

私は交差点に残って、真司の背中を見送った。信号は赤になり、青に戻り、また赤に変わった。私は身じろぎもせずに、十四歳の兵士を見つめた。

異状なし。前進せよ。

私はナイフを持っている。心配はいらない。左胸には、私の守らなければならないものを守るためのナイフは、いつもある。

交差点を右へ、少し急ぎ足で駅へ向かう。途中で、右手の人差し指に巻きつけた絆創膏をはずした。傷は塞がっていたが、指先を吸うと錆のにおいはまだかすかに残っていた。

指をくわえたままの深呼吸で錆のにおいを胸に行き渡らせて、四十歳の負傷兵は唇を結び、少しだけ背伸びをして歩いていった。

ゆで卵

辺見　庸

ふつう、卵はまず殻を割ってから食べる。
――『シンボル・イメージ小事典』（ジェイナ・ガライ著、中村凪子訳）から。

夜、ゆで卵を食っている。ポクポクと食っている。黄身のところが、少し腐った西陽みたいな味がして、ああ、うまい。硬ゆでの四個のうちの、一個をいま食い終わるところだ。ゆで卵なんか、じつはそれほど好きじゃない。胸やけするから、まるごと食うなんてめったに、ほんと、めったにない。キオスクの、白い網袋に入ったゆで卵を見ただけで胸やけするほどなんだから。硬ゆではなおのこと好きじゃない。もんわりと臭いから。どうかすると、あくどく臭い。というより、えれえくせえ。でもいま、そのくせえのを平気で食っている。ええ、そうなんです、私めといたしましては、これが一食たりとも欠かせない常食なんですね、みたいなごく当たり前の顔をして、きょう一日を振り返りながら、しみじみと食っている。静かに、ポクポク。すると、硬ゆでの卵を食べた他のいくつかの夜とそれらの夜につづいた昼のいくつかまでが、ゆで卵の殻の、割れたかけらが遠くほの暗い空から飛んでくるみたいに、ほろほろと胸に蘇《よみがえ》ってくる。ろくでもない日々の、とりわけてろくでもない夜と昼とが。

黄身がペーストになって、口蓋《こうがい》の前にも奥にもしつこくねっとり張りついている。それを、舌先を硬くして突いてこそげて、ぼろぼろ落ちてきたやつをまた舌で丹念に拾っては、臭いにおいごと飲みこむ。硬ゆでの卵を食うときの、これは結構根気のいる作業だ。ひどい胸やけとともに、このやっかいな舌使いを連想してうんざりしてしまうことが、硬ゆでを普段は食わない理由になっていたのに、厭《いと》わず食っているいまとは、いったいなんだろう。

それがなにか、しかとはわからないままに、黄身にからみつかれた黄色い舌を、巻き上げたり巻き下げたり、においに噎《む》せたりしているうちに、過去にやはり同じ舌使いをして、厭わず硬ゆでの卵を食べた日の景色のかけらが頭のなかに浮かんでは消えていく。

そうだ、人がコロリと死んだ日の夜か、その次の日の夜に、俺はよく硬ゆで卵を食っている。人の死んだ日の夜か、もしくは翌日の夜には、不思議に硬くゆでた卵を食うチャンスがある。

そんな夜には、なぜだろう、突然体質が変わったみたいに、硬ゆでが嫌いでなくなる。あまり胸やけもしない。それどころか、人が惨《みじ》めに死んだ日の夜、もしくはそれに近接する夜には、硬ゆで卵をとてもおいしく感じる。人がボロキレのように殺された当日の夜か二日目の夜に半熟卵なんか食うやつは、とんでもないろくでなしだと心のどこかで信じている。

そう気がついて、俺は、全世界の、何百万もの坊主や火葬係や水葬係や鳥葬係や墓掘り係や葬儀屋や監察医や、それに、いま流行《はや》りの、あれはエンバーマーといったっけ、遺体衛生保全技術者たちが、一日の仕事を終えて、鼻唄まじりに手を洗い、ゴロゴロとうがいし着替えて帰宅して、それから座り慣れたキチンの窓側の自分の椅子にゆったりと腰かけて、鉢植えのベゴニアなんかを眺めるともなく眺めながら、目を細めてポクポクとうまそうに硬ゆでの卵を食っている、なんだか心なごむ風景を想像し、一人びとりに俺からの心のこもった連帯のあいさつを、卵の絵葉書かなにかにしたためて送りたくなってくる。

そうやって彼ら彼女らに食べられる何百万個ものゆで卵たちは、アヒルのであれ鶏のであれ、おそらく、相当の硬ゆでにちがいない。硬ゆでの卵は半熟よりかなり臭い。

「あなた、四個とも全部食べちゃうつもりなの。フケ出るわよ。ゆで卵をたくさん食べたら、翌日、頭にフケがいっぱい出るのよ」

ササジマ・ケイコが間延びした声でいう。あたし、さっき、あなたがゆで卵を食べるのを見てて、なんとなく思い出したのよ。たしか、タカシマ・タダオだったと思うな、子供のころ卵の値段が高くて食べられなくて、いつかいっぱい食べたいと思っていて、それで、食べられる日がきて、一日に二十個だか、たくさん、たくさんゆで卵を食べたら、次の日に髪がフケだらけになっちゃいましたって、テレビでいってたわ。でも、あなた、またその卵の殻剝《む》いたげようか？

一個目は、シャワーから出てきて、ケイコが剝いた。ゆでるときには、ゆで湯に酢を入れたり塩を入れたり、鍋の卵を箸で転がして黄身を真ん中にもってきたりと、じつに丁寧にやるらしいけれど、殻を剝くのは、まるで冬眠から醒《さ》めたばかりの年寄りの月の輪熊みたいに下手だった。つるつるの白身を、子鼠《こねずみ》が齧《かじ》りでもしたように、長い爪でぎざぎざにしてしまった。

人が手をかけた世界のあらゆる形象のなかで、ぎざぎざのゆで卵ほど無残なものはない。谷底にでも落ちていくようにがっかりして、お盆みたいに大きくまるいケイコの顔を見つめつつ、いっそこの女と別れてしまおうとまで思いつめたり思い直したり、気持ちを立て直すのにだいぶ時間がかかってしまった。二個目は、だから、俺が剝くことにした。

ゆで卵の殻を割るには、第一に、卵の横腹を軽く打ちつけるのが正しい。ケイコのように卵の先端を割ろうとすると、殻が案外に硬いし、細かな罅《ひび》が入って剝きにくくなるから。さて、罅が入ると、殻と卵白を隔てる、というか、両者のどちらをもひっそりと覆う、半透明のパラフィン紙みたいな薄膜がわずかに目に入るはずだ。時間というものに色があるとしたら、こんな上品な薄膜色だろうと思うのだが、最も精妙な殻剝き法とは、殻と白身の間ではなくして、殻とこの薄膜の、あるかなきかのすき間に、爪をそっと挟みこみ、殻を白身からではなく、その手前の薄膜から引きはがそうとする志の高さ、というか、精神の集中から出発しなくてはならない。技術というより、気持ちの問題だ。あわてず、注意細心に。

卵の殻とこの薄膜の関係は、たとえていえば、肉づきの面におけるお面と肉のそれのようなものなのだ。両者を全体に破綻なくきれいにぺろりぺろりと引きはがすなんて、土台できない相談である。ただ、そうしようという集中力さえ維持できれば、必ずや狂うことになっている指先がやはり狂っても、薄膜の一部が白身本体からちょろりとめくれ上がる程度だし、そこから薄膜を全体にほれほれほれと引っぱり上げてやると、かりにそのとき俺が十分にラッキーならば、割れた殻ごとぺろぺろといい塩梅《あんばい》に剝けてくれることになっている。

問題は、だから、気持ちなのだ。

で、二個目のゆで卵の横腹をテーブルで叩き、剝くのに理想的に長い罅《ひび》を三、四本走らせてから、ふーっと気息を整えて、さて剝きましょうかと指を見たらば、親指と人差し指と中指の爪に、一個目を食ったときの乾いた黄身のくずが入りこんでいるではないか。まるで、お絵描きのあとの子供の爪である。これは愉快ではない。殻剝きが必要としている繊細な爪使いなど、まず無理だ。

右手を口に運んで、前歯で爪を噛み、いまいましい黄身のくずを取ろうとした。すると、である。指というより、爪の奥がなにかのにおいを漂わせている。いうまでもなく、最初は、硫黄泉《いおうせん》の湯気みたいな、硬ゆでの黄身の圧倒的においであった。かなり厚いにおいの層である。が、その下の層にも別のにおいが死なずに淡く残っていた。

いったい、これはなんだろう。

指先を口から鼻に持ってくる。それは、硬ゆでの卵のにおいの成分と縁もゆかりもなさそうでありながら、硬ゆでの卵に負けず劣らずの、ひどくあくどいにおいであった。

つまり、それはやはり、えれえくせえにおいである。

ただし、ゆで卵のが陽のにおいであるとしたら、こちらは陰のそれ。前者がノーテンキであるなら、後者はどこか不穏で剣呑《けんのん》で、少しくふしだらである。俺にとってそれは、決して馴染みなくはなく、ゆで卵とは別種の、いく筋かの危うい記憶の帯にまつわりついたにおいであるらしかった。だからか、整えた息が少し乱れた。

黄身のくずにほぼ完全に覆われながらも、それは、しぶとく窒息を免れ、しかも、黄身の臭気とどこまでも折り合おうとせず、黄身に勝るとも劣らないふてぶてしさを保って爪の奥に潜《ひそ》んでいるのであった。

ふぐふぐと、俺はさらに爪を嗅いでみた。淡くあくどいにおいは、いったんは出自を隠そうと、身を震わせて部屋の空気に拡散しかかったが、やがて俺の鼻に、意外にあっさりととらえられた。

それは、夕刻に俺の指たちがいじり遊んだ、ケイコのあそこのにおいだったのだ。手を、それから俺は洗っていない。バッチイ話だ。なーんだそうかと、それで腑に落ちればいいようなものであった。だが、そうもいかないのが、この種のにおいの手に負えないところなのだろう。

直接にはあそこが出所というか身元であることにまちがいないにせよ、このにおいの記憶には裏があるなと俺はすぐに気がつき、さらには、裏のその記憶が、ごく手近にも、ずいぶん遠くにも、破れた写真みたいに散らばっているように思われて、たぐり寄せようにも、いったいどれがケイコのあそこのにおいと表裏をなすものなのか、わかるようでわからずに、またぞろふぐふぐと爪のにおいを嗅いでみた。

ふぐふぐ。

ふぐふぐ。

ああ、それは懐かしいハノイのニョクマムのにおいであった。フィッシュ・ソース、魚《ぎょ》醤《しょう》というやつだ。

俺にとって、薄い飴色の、あの不可思議な液体の世話にならないハノイの暮らしなんて一日だってなかった。うどんにかけた。鳩料理にもかけた。春巻にもかけた。スッポンにも、亀にも蛇にも蟹にも、犬料理にまで。要するに、ご飯とプリンと酒のツマミの向日葵《ひまわり》の種などなど、ほんの少数の品目を除く、ハノイの食いもののほとんどすべてにかけた。

かけまくった。しまいには目も口も手も尻の穴もニョクマム臭くなった。

謎だな。

ハノイのあの液体は食いものにかければ、えもいわれぬほどの味を引き出すのに、ほんの一滴でも人の肌にかかれば、汗かき一日いろいろ仕事をしたあとの、夕暮れどきの女のあそこの、チリチリ酸っぱく哀しく、それでいてふてぶてしいにおいになってしまう。それがなぜかは、昔もいまも、おそらくは来世紀にわたり誰も解明できず、論なく、解明しようとは誰もしない、世界のちょっとした謎でありつづけるだろう。

長雨でホテルが停電になり、テレックスも電話もダウンして、東京に記事どころか連絡電も送れなくなった日には、人の形にボコリと凹《くぼ》んだ藁《わら》マットのベッドの、その凹みに嵌《はま》り、ぬらぬら両生類みたいに汗かき仰向いて、日がな一日、湿った闇にニョクマム臭い手をかざし、鼻に近づけたり鼻から遠ざけたりして、はるか遠いかなたの、たくさんの夕暮れどきの女の、あそこの、酸っぱく哀しくふてぶてしいにおいを想い、俺はただぼうぼうと懐かしがったものだ。

ただそれだけのこと。

人間の成長にも後退にも関係のない、生き抜く意思や意味のある生き方にはなおのこと無縁の、何日も原っぱで雨に打たれて脱色しかかった、ノラ犬の糞のようにつまらない思い出だ。それでもしかし、においは残り、ひたぶるにわが身につきまとう。廃墟に立ちこめる原因不明の煙のように、薄い徒雲《あだぐも》のように。あるいは淡くあるいは濃く、記憶に滲《にじ》み記憶とともにさまよい、連鎖球菌みたいに遠くや近くのろくでもない記憶の断片をとりとめもなくつないでいく。

乾いた黄身のくずに隠れていたのが、ケイコのあそこのにおいであり、それはまた、ハノイのニョクマムのにおいにひどく似ていることに思いいたりはしたものの、俺の頭にはなお比較的に新しい記憶の残り香がかすかに漂っていて、落ち着きどころを探しているのだった。

俺は爪を齧った。爪の内側の卵黄のくずを前歯でこそげてみた。すると、そこに蹲《うずくま》っていたケイコのあそこのにおいが、待ってましたといわんばかりに勢いづいて、ピョンと跳ね上り、鼻孔をきつく撃ってきた。

卵黄の厚地の衣を脱いだそのにおいは、予想を超えて新鮮なのだった。それは直ちにニョクマムの記憶を刺激し、さらには、ひどい乱丁本のページをめくるみたいに時系列を崩し、あろうことか、つい今朝方の景色を引き寄せてきた。

今朝の景色。なぜなのか。俺は喉《のど》に毛玉を詰まらせた犬のように顎《あご》を上げてあえいだ。

今朝、俺はこのマンションのすぐ近くの営団地下鉄神谷町駅の階段をよろよろ下りていた。地下構内の公衆電話を使うためだ。

夜勤を終えて、六本木のバー、マグナムで、昼間は腕のいい板金工でもある中年オカマのシズカ相手に朝まで死ぬほど酒を飲み、五十円玉一個に十円玉二個しか金がなくなったから仕方なしに虎ノ門駅まで歩き、そこから定期があるので乗り継いで川崎の自宅に帰ろうとしたけれど、ひどい吐き気に襲われたために電車は断念して、桜田通りの歩道のツツジにゲロを吐きかけ吐きかけ、一週間ほど前の春の社員検診で指摘された胃潰瘍痕《いかいようこん》をなんとなく心配しながらまた五分も歩いたら、ジョギング中のデブの白人と肩がぶつかって腋《わき》臭《が》のカウンターパンチを食らい、再び吐いて、もう吐くものなんかなんにもなくなり、破れた鞴《ふいご》にでもなったような気持ちでやっとのことで神谷町駅にたどりつき、来る前には必ずそうしろといわれているから、いつも申し訳ないが寝せてもらえばとても助かるんだけどと、食肉チェーン店を経営していた助平な中国人の元愛人で、いまは広尾の硯《すずり》問屋の経理をしている、とても顔が大きくて人のいいササジマ・ケイコに、一応電話で来意を告げようとしたのだった。毎度のことではある。

助平な中国人が肝機能障害でちっとも助平でなくなり、1DKのこのマンションをケイコに遺《のこ》して昨年末コロリと死んだあと、代わりにといってはなんだが、やはり妻子持ちの俺がケイコとつきあうようになってからは、夜中にオカマのシズカを連れてきたり、早朝に急襲したりと迷惑をかけ通しだ。うっすら、すまないなと思いつつ、俺は階段を下りた。でも約十三時間後に、半熟ではなく、硬ゆでの卵を食うことになるなんてほんのひとかけらだって考えもしなかった。

(あとでわかったのだけれども、ケイコはそのころ出勤の支度を半ば整えて、神谷町駅のフードショップ・ツルヤで買ってからすでに三週間ぐらいたった卵パックの残り四個を冷蔵庫から取り出して、温度差がありすぎるとゆではじめてから殻が割れるのでしばらく流し台に放置してから、四個すべてを鍋に移し、沸点を高くするために、それに殻が剝けやすくなるように、ミツカンの米酢大さじ二分の一と塩少々を水に加え、ゆで時間十分を念頭に、助平な中国人の大好きだったランブリング・ローズを鼻唄でうたいながら、ことことゆでていたのだという。「古い卵は硬くゆでなきゃだめなのよ」と、後刻ケイコは何気なくいったものだが、俺は心底ドキリとした。俺が今夜、硬ゆで卵をこうやって食うのを、彼女があらかじめ知っていたように思えたのだ。まるで、人が死んだ日の夜に、俺が硬ゆで卵をポクポクと食うのを察知していたかのように……）

地下鉄の階段をよろけながら下りていったとき、いま振り返ればだが、俺は空気のにおいがいつもより埃臭《ほこりくさ》くなくて、なんだか酸っぱいなと感じたと思う。朦朧《もうろう》としながら伝言板の隣の緑の電話に向かったが、鼻の脇に大きなほくろのある意地の悪そうな若い女が話し中だったので俺はわざと彼女に聞こえるように舌打ちしてから、伝言板に目をやった。

〔合言葉はBeeよ〕

なぜ覚えているのかわからない。ともかく、チョークで一言だけそう書いてあった。意味不明。でも日常なんか、とりわけ月曜早朝の東京の地下鉄構内なんか、味のない寒天と同じほど意味のないことだらけだ。

俺はまだ酔っていたからだろう、それにちょっとほくろの女を脅してみたかったのかもしれない。話し中の彼女の背後から、「合言葉はビーよ」と、大きな声にして伝言板の字をなぞってやった。そうしたら、いやはや、意味不明どころか、これがまさにほくろの女が待ち受けていた合言葉だったかのように、あわてて電話を切って立ち去ったので、早めに俺に電話の番が回ってきたというわけだ。それでケイコに連絡がついたのだから、そのままさっさとマンションに行けばよかったのだけれど、受話器を置いて体を反転したときに、足早に階段に向かう通勤者の背広の肩が俺の肩とこすれ、澱《よど》んでいた空気を攪拌《かくはん》した。

それで浮き立ったたにおいに、俺はなんだかひっかかり、立ちつくした。そのにおいに嗅ぎ覚えがあると思ったのだ。

いやに懐かしかった。胸に甘酸っぱい液がわいてきた。

だが、においの源も懐かしさの出所もとらえきれない。はるか遠くの闇の底から、俺とどこかで縁のあった誰かが、俺の名前を何度もとぎれとぎれに呼んでいるのに、呼ばわっている者がそも誰か、思い出せるようで思い出せない、そんなもどかしさに俺はしきりに足踏みした。

もう一度試しに「合言葉はビーよ」と呟《つぶや》いてみたのだが、今度はなんのご利益もない。俺はさかりのついた犬みたいにやたらと鼻をクンクンと鳴らし、焦りまくった。

それにしても、地下鉄構内は、奇妙といえば奇妙な光景だった。俺は脳みそでなく腐った魚のはらわたでも詰まったみたいに酔った頭で考えたものだ。奇妙ってのは、普通と普通でないことが、互いに文句もいわずに仲よく同居していることをいうんだな、と。通勤者たちの群れは、打ち放しのコンクリートの壁のように無表情に自動改札機を経てぞろぞろ出口に向かっていた。

何台かの自動改札機の端には、黒いドゴール帽に鶯色《うぐいすいろ》の制服をつけた、えらく腹の突き出た眼鏡の駅職員が立っていて、喉ちんこが見えるほど大口開けてあくびしていた。音はといえば、定期券が次々に改札機に吸いこまれる摩擦音、そしてシュパシュパと弾き出されてくる繰り返しと、たくさんの規則的で冷淡な靴音、ホームに電車が入るときの洪水のような響きしかなかった。

切符売り場の横の水槽ではデイコの花みたいに紅く小さな熱帯魚が数匹、風にそよぐように優雅に泳いでいた。通勤者より深紅の熱帯魚のほうがよほど贅沢《ぜいたく》で自由に見えた。

ここまでは、いつもと同じ風景だった。

ところがというべきか、自動改札機の内側では、テレビ局の広告のあるほうの壁に、全員が背中をぐったりとあずけて、上等なスーツ姿の男女の通勤者が横一列に十数人、汚れるのもまるで気にしない風情《ふぜい》で、床に腰を下ろし、両脚を無造作に床に投げ出して、しきりに目をこすったり、喉をさすったりしているのだった。白人の男も、若いのと老けたのが二人いた。

まだ三月というのにみんな顔中にたくさん汗をかき、腰でも抜けたように、L字の格好でじつに静かにへたりこんでいたのだ。ちょうど、山頂にたどり着いたばかりの汗だくのハイカーたちが、樹木に背中をあずけて、やれやれと休憩しているみたいに。

声がまったくなかった。叫び声も、泣き声も、呻《うめ》き声《ごえ》もなかった。これでいいのかと戸惑うほど、静かなのだった。

よく見れば、何人かが口の端に白い泡を浮かべ、何人かの足下には茶色や灰色の吐瀉物《としゃぶつ》があった。それらは一様に、ほんの少量だけなのだった。吐きたくてもそれ以上は吐けなかったのか、まともな人間は朝には吐くほどたくさんものを食わないものなのか、俺にはわからなかった。

クリーム色のミルクセーキみたいなゲロも少量あった。こちらは白人たちの足下にあったから、なるほど、あなたがた外国人は今朝、ご飯に豆腐のみそ汁に納豆なんかじゃなくて、俺の大嫌いな、あの耳垢《みみあか》みたいなシリアルを食ったんだな、と俺は妙に深く納得したものだ。

これらの人々もまた俺のように飲みすぎたためにゲロを吐いたか、そうでなければ、集団食中毒ではなかろうかと一瞬思ったが、いやいや、立派な服着たまともな通勤者が、朝っぱらから酔っぱらって地下鉄構内の壁に横一線に並び、そろってゲロなんかあげていたらこの世は終わりじゃないか、それに、それぞれ家も食ったものも違うだろうに集団食中毒のわけがないと、すぐに俺は打ち消したのだった。

人間、酔っていると、とんでもないことを考えるものだ。俺のような酔っぱらいというのは、それに、とんでもないことを考えるわりには、ものごとの原因とか理由とか結果とかを深くは考えないものだ。もっとも、あのとき、あそこにいた人間のうちの、俺だけじゃない、ほぼ九七パーセント以上は、原因とか理由とか結果とかを、深くどころか、まるっきり考えてもいなかったように、俺にはいま思えるのだが。

脚をでろりと投げ出し床にへたりこんだ通勤者たちは、泣きも身もだえもせず、口さえきかず、ただ、なにかの理由があって、あえぎあえぎ薄く苦笑いでもしているように見えた。

そう、あれは苦笑いによく似ていた。

全員が目をしきりにしばたたいていたけれど、頬がひどく弛《ゆる》み口も半開きになっていたから、いやはやまいったね、といった程度の顔つきに、たぶん、そうしたくなくてもなっていたのだ。苦笑いというのは、たとえ同時に一万人の集団によってなされても、一般に事態をいささかも深刻には見せないものだと俺は思う。

奇妙だった。

元気な通勤者たちの大方は、へたりこんだ彼ら彼女らに目もやらず、あるいは目の端に入れてもさして表情も変えず、または薄気味の悪い動物でも見るように眉間《みけん》に皺《しわ》をこしらえて、行く手に枕木みたいに投げ出されたいく本もの脚をひょいひょいと器用かつ無感動に跨《また》いでは、ぞろぞろグンタイアリのように改札口を目指すのだった。連中が今朝の地下鉄構内の最大多数派だったのだ。こちらのほうが、へたりこんでいる人々よりも不気味で奇妙に見えた。槍《やり》が降ろうが原爆が落ちようが、一秒だって職場に遅れないぞという面持ちだった。ハードだったな。ありゃすごかった。

ところが、しっかり歩いていた通勤者のなかにも、傀儡師《くぐつし》にいきなり糸を断ち切られてしまった哀れな操り人形のように、突然にくねくねと床に崩れ落ち、それでも這《は》うようにしながら、壁際の、へたりこんで苦笑する人の列に加わって、まるで空気伝染したみたいに自らもまた苦笑いに似た表情をこしらえてしまう者もいた。

俺がしきりに気にしたあのにおいは、そうやって横一列に腰を下ろして汗をかき口に泡を浮かべてあえいでいる人々のあたりに、とりわけ濃く漂っているように思われた。だから、俺は俺自身の吐き気を抑えながら、彼らに近づいていったのだった……。

いま、ある種の感動とともに思い当たるのだ。あのにおいは、ハノイのニョクマムにどこか似ていたのだ。数時間後にサリンと判明することになる、あの酸っぱく揮発するみたいなにおいが、よりによって……。

より正確にいうならば、今朝、地下鉄構内に漂っていたサリンのにおいは、俺にとって、ハノイのニョクマムが人の肌についたときに醸《かも》す、あの、一日汗かき働いたあとの、夕暮れどきの女のあそこのにおいに似ていた、とこうなる。だから、そこはかとなく懐かしかったのだろう。

にしてもだ、ハノイのニョクマムが人の肌についたときに醸す、あの、一日汗かき働いたあとの、夕暮れどきの女のあそこのにおいにどこかよく似たにおいが、人をあんなにもたくさん殺してしまうとは……。まったくもって、二の句が継げないとはこのことだ。

今朝の一件をそのようにしみじみ振り返りながら、俺はゆっくりと二個目のゆで卵の殻を剝く。両目をよせて注意深く、殻を、白身からでなく、なるべくその上の半透明の薄膜から引きはがすよう心がけて、剝いた。

薄膜は殻からいくぶんずれたり、一部が卵白本体に張りついたりもするのだけれど、結局は殻に引っぱられて全体にぺろりぺろりと剝けていく。

そしてそれは、たとえてみるならば、九月のよく晴れた朝に掃除人が三人がかりで清掃を終えたばかりのバッキンガム宮殿のダイアナ妃の専用ビデみたいに、白く燦然《さんぜん》と輝く皮膚を、プルルといったん寒そうに震わせながら、花恥ずかしい素っ裸の楕円の全容を見せてくれた。

思えば、ゆで卵は有史以来、幾兆個となく殻を剝かれ全裸にされ人の口に食われつづけているのであり、いまさら敢《あ》えて記すべきなんらの意味もなさそうでありながら、ゆで卵たち一個一個にとっては殻を剝かれることそれ自体がじつのところ、世界初の、一個一個にそれぞれ名前がないのがとても不思議なぐらい、栄光あるデビューなのである。と、感慨にふけりつつ、二個目の、これもまったく無名のゆで卵に俺はしゃぶりつく。

ところが、である。前歯が硬ゆでの黄身に達したそのとたん、俺は思わずうううっと呻いてのけぞった。臭い。くせえのだ。一個目より倍は臭い。

恥じらいも慎みもあったものでない。まるで、とびきり面相も性格も悪く、腸にもなにか問題のあるアフリカの中年のブチハイエナが、便秘期間二十日後にはじめて一発ぶっこいた音なしの屁を、まともに顔に浴びたような衝撃であった。

傍らのケイコにもいってやった。この卵、まったく、えれえくせえよ、と。

彼女はまんべんなくクリームを塗った大きな顔一面を軽井沢のアイススケート・リンクみたいに光らせ、目を細めて笑った。なんだか驚くほど幸せそうだった。

おそらくは、と俺は考えるのだが、人が惨めに死んだ日の夜に、臭いゆで卵の話なんかをとろとろとしている男女は、必ずしもそうとは露骨に口にしないとはいえ、「臭いゆで卵」という、限りなく愚劣に近いテーマについて話せることの幸せを、内心漠然と噛みしめているといえるかもしれない。

ケイコはいう。無論、幸福についてでなく、そのための総選挙についてでもなく、卵の問題について。

「どうしてなのかしらね。同じ店の、同じパックに入れられた同じサイズの卵でも、割ってみると、味も形も色も、実際は一個一個微妙にちがうのよね。黄身がオレンジ色だったり、薄い黄色だったり、どうかすると、双子の黄身だったりして……。母親が卵を産むときの体調とか心境とかが影響するのかしら」

ケイコの推理の通りなら、いまもまだこの国のどこかのケージで生きていて、コッコッコッとなにやらひとりごちているかもしれない白色レグホンのX子は、私によって結局食われることになる運命の、この特別に臭い卵をなしつつあったとき、おそらく、やれ産めそれ産めの毎日に倦《う》み疲れ、卵を産みつづけることなしにはなんらの意味さえ認められない、ただの自動産卵機でしかない自己存在をX子の全生涯のなかでも最も激しく呪い、来世ではひたすら産むのではなく、ひたすら殺すことのできるなにかに生まれ変わって、彼女を取り巻く薄気味の悪い「卵食い」の世界のすべてに、必ずや完膚なきまでに復讐してやると、赤い鶏冠《とさか》をいとどに赤く染め、卵巣をぶるぶると震わせて誓っていたのかもしれない。そのとき、彼女の腹や卵管は憎しみのガスで充満していたにちがいない。この、くせえ卵はきっとそうやって生まれたのだろう。

哀れな雌鶏X子。哀れな臭い卵よ。

最悪の時期というのは誰にだってあるものだ。めぐり合わせというやつだよ。俺にもきっとあるだろうよ。

二個目の、臭いゆで卵を俺は、しかし、委細構わず食った。鼻孔から咽頭《いんとう》まで白色レグホンX子の呪いのこもったガスが駆け回り、涙が出るほど噎《む》せはしたが、今朝には、相当薄いものだったにせよ必殺のサリンだって多少は吸った喉だ、卵ガスなんぞにやすやすと負けるわけがない。ヤニだらけの歯が臭い黄身とねばつく白身をがしがしと嚙みしだき、舌も負けじと破砕されたそれらをとらえ、包みこみ、こね回して、適度の湿りをあたえ、結局は全体にほの甘く、晩夏の昼下がりの食いものみたいに、復讐心も憎悪もない、しごく呑気でかったるい味に変えてしまった。食い残されてだいぶ日を経た甘栗に似た味もほのかにする。

俺はいま生きてるな、今夜も生きて、臭いゆで卵をわるびれず食っているのだな、と思う。

このようにゆで卵を食った夜は、振り返れば、これまで一度や二度じゃない。ニョクマムの名前もにおいも知らなかった三十年ほど前にも、俺は死のにおいの流れる夜に浸って、ポクポクと硬ゆでの卵を食った。食いつつ、俺は生きてるなと思った。それが、たぶん、そう意識してゆで卵を食った最初の夜かもしれない。けれど、その夜につづいた朝や昼の詳細は、輪郭が古い卵の白身みたいに溶け崩れてぼけてしまっていて、ただ、ゆで卵の味だけをきのうのことのように鮮やかに覚えている。

三十年ほど前の冬の夕暮れ、東武東上線の大山駅近くの線路の外側の砂利のなかに、俺は真っ白い歯のかけらを、ときをおいて都合二つ見つけ、コートのポケットに入れた。警察官も駅員も発見できなかったか、見つけても面倒臭がって拾わなかったのだろう。一つめの歯と、二つめの歯が、十メートルも離れた位置に飛び散っていた。

一万年も凍りつづけていた氷みたいにひどく冷たく硬い歯だった。未明の電車に飛びこんで死んだ友人が、いつもホワイト・ライオンで神経質に磨いていた歯だ、と俺は信じた。

連絡を受けてからだいぶたって、俺はなんとはなし、現場に行ってみたのだった。歯と、枕木にまだ残っていたチョークの線と、茗荷《みょうが》の花みたいな三日月の頼りない色がいまでも目に浮かぶ。

歯をポケットにしのばせたまま、翌日、内輪だけの通夜に出た。おずおずと棺の扉を開けてみたら、意外にも、化粧をほどこされ縫合の跡も見せず菊の花に埋もれた友人の顔は（いま思えば、その後の三十年間に俺が見たどの死体の顔よりも）とても美しく、役者がうたた寝でもしているように、おつにすましていた。閉じた目の端が幽《かす》かに笑っているようにも見えた。

彼の耳から、あれほど彼を苦しめた幻聴が完全にかき消えたのだ。

「おまえは鉄腕アトムなのだ。すぐに飛べ、この窓から飛んでみせろ、飛んじゃえ」だの「ほら、ほら、町中の犬たちがおまえの悪口をいってるぞ。いま擦れちがったフォックステリアだって、ほら、おまえのことをなんかぐちぐち悪くいってるだろ」だのという、たちのわるい幻聴が、エチルエーテルのように揮発してなくなった。たぶんそうだよ、よかったな、と俺は思った。

ただ、なんだか軽く去《い》なされたみたいにも感じたものだ。頰に紅まで入れられた彼の顔の美しさにではない。その顔の、口紅を塗られた口が、しっかりと閉じられていたことにだ。ばかというのか、迂闊《うかつ》というのか、俺は、てっきり口を大きく開けた死体と対面するとばかり思っていたのだった。つまり、歯の欠けた顔と、である。そうしたら、失われた歯と、俺のポケットのなかの歯の関係が、いい換えるならば、そこにないということと、ここにあるということの相関が、はっきりとするのではないかと思っていたのだ。たとえ開いていたからといって、口に歯をこじ入れることができたわけでなし、詮《せん》ない話ではあったのだが。

お清めの塩をもらい、片づかない心持ちで帰路についた。

行き場を失ったふたつの歯が、コートのポケットで、晩秋の虫みたいにカチカチ密やかに鳴いた。

下宿に戻って万年床にあぐらをかき、どうしてそれらが部屋にあったか、いまとなっては思い出せないのだが、ひどく冷たいゆで卵に、お清めの塩をつけて、俺はポクポクと食った。

ゆで卵って不思議だ、とそのとき思った。白身は真冬の月みたいに冷えていても、黄身はほっこりと温かい。お清めの塩で、黄身のひなた臭い味が引き立てられて、俺は、ああ生きてるなとその夜の底で感じ、今夜もまたそう感じている。

ケイコはいま、小さな声でランブリング・ローズをうたっている。けだるく。

ランブリン・ローズ

ランブリン・ローズ

ホワイ・ユー・ランブル・ノーワン・ノーズ……。

小節がきいている。ナット・キング・コールはこううたわなかった。去年の暮れに死んだ助平な中国人のうたい方がケイコに伝染したのだろう。俺の知らないその中国人には日本人の歌のうたい方がいつの間にか伝染していたのだろう。演歌が。金はたくさん儲《もう》けたのだろうが、ときには結構つらい、ランブリン・ローズの在日人生だったろう。

ワイルド・アンド・ウィンド・ブロゥン

ザッツ・ハウ・ユーヴ・グロゥン

フー・キャン・クリング・トゥ・ア・ランブリン・ローズ……。

なんだか御詠歌みたいに聞こえる。ああ、ケイコにとっては御詠歌なのかもしれないな。中国人はケイコを猫のようにかわいがり、ケイコはゴロゴロ喉を鳴らしてかわいがられた。なにも問題はなかったろう。ただ、中国人が死んで、いま俺がここにいる。

ランブル・オン

ランブル・オン……。

いくぶんあっけないとはいえ、どうでもいいことだし、特に不都合もないし、普段は忘れていることなのだけれど、ケイコの右の乳房はまるでコンビニで売っている白い肉まんのようだ。つまり、乳首がない。筆でちょいと描いた印のように、かつてそこにあったであろうということがわかる程度だ。

問いはしないしケイコも語りはしないが、中国人がぶちりと嚙みちぎったのかもしれないなと俺は推理している。左には桜貝色したやつがちゃんとついている。まあ、それでいいじゃないかと思う。ものみなすべて欠けていく。記憶だけが薄暗い納戸のガラクタのように増えていく。右の乳首が、たぶん、死んだ中国人とともに消えて、今夜、ケイコにとっても俺にとっても、左の乳首だけが、失われた右の乳首の分も代表して、喪主のように一個残っている。それでいい。

ホエン・ユア・ランブリン・デイズ・アー・ゴーン

フー・ウィル・ラヴ・ユー……。

ポケットのなかの死んだ友人の歯を、あれから俺はどうしたろうか。捨てたか埋めたか置き忘れたか、思い出せない。ケイコの乳首はどこに行ったのだろうか。中国人の墓のなかだろうか。彼はまだケイコの右の乳首を銜《くわ》えているのだろうか……。

俺は今夜三個目のゆで卵を手に取る。

「なにも三個も食べることないでしょう。頭にフケが出るわよ。あしたのサンドイッチにだって使えるのだから」とランブリング・ローズをやめてケイコはいう。責める調子ではない。それどころか、声が水飴みたいに蕩《とろ》けてきている。夕方にしたのに、またいま、したがっている。俺は黙って三個目の殻を剥く。剝きながら、試みに爪のにおいを嗅いでみる。

ふぐふぐ。

ふぐふぐ。

さっきほどの勢いはないけれど、ニョクマムに似たケイコのあそこのにおいはまったく死んでいない。見上げたもんだよと俺は感じ入る。ゆで卵のにおいも大したもんだが、ニョクマム系のにおいも大したもんだ。対戦成績十五勝十五敗の、西の横綱と東の横綱みたいだ。

ケイコがじわじわと這い寄ってきて、俺を舐《な》め、しゃぶりはじめた。ほぼ同時に、彼女の右手が尻のほうから股越しににょろりと入ってきて、ふぐりを下に引くようにして揉《も》みはじめる。ゆで卵の殻剝きは冬眠から醒めたばかりの月の輪熊か寝起きの河馬《かば》みたいに下手なくせに、舐めしゃぶり揉むのは、どうせランブリング・ローズが好きだった死んだ中国人にとことん仕込まれたのだろうが、重要無形文化財級だ。二芸に秀でるというのはやはり難しい。

舐められ揉まれつつ、俺は思う。ゆで卵のにおいはそこはかとなく生が漂い、ニョクマムのそれには幽かに死が漂う、と。いや、それだけではない。ゆで卵のは、死を境にした生のにおい。ニョクマムのは、生を境にした死のにおいかもしれない。

俺はハノイで聞いたことがある。最上級のニョクマムの作り方について。

売春でもボートピープルの斡旋でも密輸でもおよそ金になることならなんでもやっていたカフェの女主人のヒモの、殴りつけたくなるほど慇懃《いんぎん》で大ボラ吹きのヒエンが、俺とサイゴン製の偽シーバスを飲み、向日葵《ひまわり》の種をついばみながら、黒褐色に汚れた歯を剝き出して話したのだった。私めの死んだ祖母の自家製ニョクマムときたら、そりゃあ、世界最高でしたね。そう切りだした。

「比べりゃ、きょうびの市販のニョクマムなんか食えたもんじゃない。ありゃあ、ただの魚臭い水ですよ、水。あなた、ご存じかもしれませんが、ニョクマム樽の中身はアジやらイワシやらの魚と塩だけじゃありません。何層にもなってます。下から順に、砂利、シュロやアオギリの皮、貝殻、もみ殻、また砂利という具合に段々に敷きつめて、次に塩、魚、塩、魚、塩……の層の繰り返しです」

そのぐらいのことは俺でも大体知っていた。ヒエンはさらにつづけた。

「あなた、私、わざといわなかったけど、これだけじゃ足りないのですよ。世界最高のニョクマムをこしらえるには、あなた、樽の一番下の砂利とシュロあるいはアオギリの間に、あなた、まじめに聞いてますか、とても大事なものを敷かなくちゃならない。これがポイントだって、私めの祖母は口癖のようにいっておりました。なにか、あなたわかります?」

毛髪だろ、人間の、と俺は答えた。有名な話だよ、とつけ加えた。

樽の下層に敷く砂利も毛髪もシュロもアオギリの皮も、何か月かしてとろとろに熟成した魚の汁を濾過《ろか》するのに役立つらしい。

塩でとろとろ溶けた魚の肉や目玉や肝の汁が、樽のなかの闇に層をなす人間の毛髪を、濡らし汚して、髪と髪の間をじわりじわりへめぐっていく図を俺は想像した。でも、いまでも人の髪なんか使うのかね、と俺は怖気《おぞけ》を隠して問うた。ヒモのヒエンはなんだかこすっからくニヤけてから、声を落としていった。

「さあ、市販のを買うようになりましたから、少なくはなったでしょうが、髪がなければ駄目だって者もいるのですよ。祖母もそうでした。私めの祖母によればですね、ニョクマムをこしらえるのに髪を敷くのは当たり前だが、ただの髪でもいけないってんですよ。あなた、つまり、女のじゃなきゃあ、いけないというわけです。若い女のって思うでしょう。あなた、処女の黒髪とかって。たしかに、ハノイには若い女の髪の毛を敷いてこしらえている家が何軒かあるかもしれない。でも、あなた、そんなやり方は、ノーです。ちがうですね、私めの祖母によれば、ね」

慇懃なヒモは、向日葵の種の表皮をプイッと器用にカフェの土間に吐き出してから、また一段と声を落としていった。

「あなた、祖母によればね、ニョクマム用の毛髪は、婆様のがいいってんですよ。白髪になったのでも、あなた、年寄りのがいいって、ね。それがどうしてか、私めにはいまだにわからないんですけど。なんですか、深い人生の味ってやつでしょうかね。それでですね、隣近所で婆様が死ぬと、祖母は、髪をもらいに行くんですね。使用目的を隠して、ね、あなた」

彼は俄然《がぜん》調子に乗りはじめた。

「これは祖母が死んだあとに父から聞いた話ですけど、祖母はなんでも北爆で死んだ隣町の知りもしない婆様の髪の毛まで、やれ遠縁だの形見分けが要《い》るだのと嘘つき、ひと房せしめてきて、あなた、翌年、ニョクマムの樽に敷いたってんですよ。他の婆様の毛髪と混ぜて、砂利とアオギリの皮の間に、びっしりと……。私はそうとは知らずに、その特製ニョクマムを食ったけど、あんな傑作、あなた、あとにも先にもなかったですね。祖母はね、かわいそうに、三年前に病死しましたが、あなた、死ぬ間際まで、彼女自身の髪もいつかニョクマムの樽に敷くようにって、遺言みたいにいってましたです。遺言は守れませんでしたけどね、残念ながら。だって、祖母が死んでから間もなく、あなた、わが家はみんなで香港に渡りましたから、いわゆるボートピープルってやつですね。経済難民だってんで、送りかえされちゃったけど」

この大嘘つき野郎、と俺はいってやった。そうしたら、慇懃なヒモは急に真顔になって、ほんとうですよ、嘘なんかつくもんか、なんで嘘つかなきゃならないんだよ、と低く野太く脅すように呟いた。いつの間にか目が据わっていた。

それだけ、それだけいまも覚えている。ニョクマムなんかでなく、醤油を常用する日本人の生にも死にも、おそらくはクソの役にも立たない話だ。

だが、ヒモのヒエンの話のうち、あの毛髪の部分が、仮に三割しかほんとうでなかったにしても、ニョクマムという液体は実際大したもんだと俺は思う。いくつも死をかいくぐってきたにおいだ。これと堂々と四つ相撲をとる硬ゆでの卵ってやつもほんとうに大したもんだと思う。

ケイコはまだ俺のをしゃぶっている。無心に。中国人一人と乳首を一個失った女が、いま俺のチンポを銜え二個の玉を揉んでいる。問題ない、それでいい、と俺は思う。ゆで卵の白身と同じほど白いうなじが見える。そうさせたまま、俺は三個目のゆで卵の、黄身をポクポクと食っている。冷えたマグマの味がする。どこかで低く鐘が鳴った気がする。うねるように、一回、ゴーンと。

信じられないほど静かな夜だ。俺とケイコ以外の人間、すなわち、ゆで卵を食っている中年男一人とそいつのチンポを舐めている女一人を除く人類が、今夜、すべて死に絶えたみたいに。


ケイコが首を振《ねじ》り、そろそろしてほしいという目で、ゆで卵を食いつつある俺を見上げた。その間は口が離れるから、俺のあそこは寒がって首を縮めた。

ねえ、とケイコはいう。

俺はもうしたくない。今朝方のニョクマム系のにおいに気分が再び引き戻されている。

地下鉄構内に漂っていた、あのにおいに、だ。

それにしてもまったく、ろくでもない朝だった。

俺は、においにひかれて、神谷町駅構内の壁際に横一列にへたりこんだ一群に近づこうとしたのだった。で、あのくそいまいましい自動改札機に進入しようとした。そうしたら、パタンと音がして、灰色の扉が無慈悲に閉じて俺を通せん坊するではないか。

人のちょっとした過失も勘ちがいも許さない、切符の値段が十円足りないだけでも、おまえにはこの社会で生きる資格はないといわんばかりに偉そうに行く手を遮《さえぎ》り人に赤っ恥をかかせる仕掛けの、あのクソ機械とその発明者、導入者、積極支持者を、俺はベトナムから帰国して以来、(妻との離婚時期とか慰謝料の額および支払い方法とか家のローンの残りとか健康保険証をどうするかとか子供の歯列矯正代だとか、ほかにもまじめに考えなくてはならないことが山ほどあったけれども) まあいってみれば、核兵器とその発明者、支持者に対するのとほぼ同じほど、軽蔑し憎んでもいた。

だからか、右足が反射的に扉をボコンと蹴とばしていた。ところが、扉は俺の足を呆《あき》れるぐらい強いバネで跳ね返し、それを見ていたドゴール帽の駅員が、お客さん、ちょっと、ちょっと、あんたなにすんの、と声を尖《とが》らせたのだ。構わず、俺は改札機の仕切りに手をかけて、えいやっと扉を乗り越えた。

たしか、ちょうどそのときだ、景色が一変したのは。

ああいうのを暗転というのだろうか。「警備」の腕章をつけた制服の警察官が二、三人、地上の風とともに、どたどたと血相を変えて階段を駆け下りてきた。と同時に「ゼンシャ、ウンコウテイシー」(全車運行停止) と誰かが大声で繰り返し叫びはじめた。

「築地も霞ヶ関も……」という声もどこからか聞こえてきた。「築地は……がもっと多くて」「ガスの……」「車内……まるめた新聞紙の先から……」という言葉も礫《つぶて》みたいに脈絡なく飛びかった。

白衣の救急隊員も数人、警察官に比べると、なぜだかずいぶん悠長な顔をして構内に下りてきた。こちらはひどく消毒薬臭かった。すぐにつづいて新聞社のカメラマンも二人登場して、ほとんど銃の乱射みたいにカメラのシャッターを切りはじめた。ストロボライトが繰り返し爆発して俺の目を痛いほど刺した。

完全に焼きが回り錆《さ》びついているけど、俺だって一応はまだ記者の端くれなんだから、話を聞くとかメモを取るとか、この際果敢になんとかすべきではなかろうか、職業人というのは一般にそうするもんではないかと、酒漬けの脳みそでちっとは考えないわけでもなかったけど、ほんとうに、俺はまるでなんにもしなかった。

新たな登場者たちが、みんな体に地上の空気とにおいを帯びて下りてきたからか、地下構内に滞っていた臭気が薄まり、俺はひどくあわてた。ニョクマムに似ているとも気づかず、無論、そのときにはサリンとわかるわけもなかった、俺にとってどこか懐かしかったにおいが、鼻の先からどんどん遠くに逃げていくのだった。

駅員も通勤者も、ネジを巻き直された人形のようにピキピキピキと動きはじめた。それまで冷淡で規則的だった周囲の足音が乱暴に乱れて、怒声、命令調の声があちこちで上がった。ごく普通なことと全然普通でないことの同居がこしらえていた奇妙な風景が壊れて、構内は全然普通でないことだけのオンパレードになってしまった。

俺はなんのために地下鉄構内にいるのかをすっかり忘れて、能なし同然に立ちつくした。早くケイコのマンションに行き、彼女に出勤を思いとどまらせ、冷えた缶ビールを一缶だけうがいがわりに飲んでから、ほかほかの湯豆腐みたいに柔らかなケイコの横で、いやはやひでえ目に遭ったよとぼやきつつ、乳首のあるほうでも、ないほうでもどっちでもいいから、とにかくおっぱいをなでさせてもらって死ぬほど眠りたかった。そのときには、今夜こうしてポクポクゆで卵を食うことになるなんて、まったく思いもよらなかった。

人々は駆け回り、オマキザル科のホエザルのようにおめいていた。

壁際にへたりこんだ人々だけが、相変わらず、静かに微苦笑に似た表情をこしらえつづけているのだった。なにも口をきかない分だけ哲学的といっていい顔になっていた。

彼ら彼女らだけが、世界で一番ものごとを深く考えようとし、万事に寛容でありたいと願い、この世の善のみを最終的には信じてやまない、ときに傷ついてもいちいち言挙《ことあ》げしない、文字通りの善《よ》き人々に見えた。まあ、ばりばり元気なら、そうも見えなかったのだろうけれども。でも、あとは報道の人間もおまわりも通勤客も、ああそうだな、俺もだ、ろくでもないゴロツキばかりじゃないかと俺は思った。必ずしも皆が皆そうでもないのだろうけれども。

つらつら考えていたら、横からポンポンと肩を叩かれた。

「もしもし、おたくさんは大丈夫ですか。もし大丈夫だったら……あっ、全然大丈夫みたいですね、お酒臭いし。この人たちを助けましょうよ。とにかく、ひどいことになってますから。上に運んであげましょう。いい空気吸わせてあげないと。世の中、お互い様ですから」

やたらに元気な声。

季節はずれのプルシャンブルーのネクタイをした若い男だった。たぶん、大震災以来ではないか、この手の妙に元気で妙に親切な男や女が増えている気がする。

　この手の男は、この手の妙に、この手の場面で、待ってましたとばかりに元気づき、元気でも親切でもない他人を断固として許さず、かつ、元気と親切に反発するのはユネスコや世界全体を敵に回すようなものだと当方に思わせて、元気でないことと親切でないことを少なからず反省させてしまう、妙に力強い気配を漂わせており、声がよく通り合唱が上手で、背広の襟《えり》や帽子に一個以上のバッジをつけ、その時期が到来すれば、さらに赤い羽や緑の羽までつけたりする一般的特徴を持つのだが、派手めのネクタイの、この若い男がまさにそれであった。

会社の徽章《きしょう》のほかになにか見たこともない小鳥のバッジを背広の襟につけていた。俺のいる場所にはなるべく現れてほしくない、二日酔いの朝っぱらには、是非とも登場を控えてもらいたいタイプだったから、俺はむっとした。

全然大丈夫じゃないよ、俺は。なにがおたくさんだ、お互い様だ、このばかが。そう口ごもっていると、バッジ男は、壁際に座りこんでいた白人二人のうちの年寄りのほうに、英会話学校のテレビCMでユー・ドロップト・ア・ハンカチとやるあの変な男みたいな歩調で（そういえば、バッジ男はユー・ドロップト男に瓜二つだった）、とことことこと歩み寄り、明瞭な日本語で「失礼します」と仁義を切ってから、やおら彼の背広を脱がせにかかった。そして白人の長い腕を自分の肩に回し、汗でびっしょりと濡れた脇の下に首を突っこんで、中腰のまま、俺に向かって「おたくさん、そっち、そっちの肩持ち上げて」と澱みなく命令してくるではないか。

俺はいつだってこの種の命令を瞬時に冷たく拒否できる強い男でありたいと思っているのだが、実際には、本意でないのについつい従ってしまうという恥ずべき欠陥の持ち主だ。そういう自分が俺は嫌いだ。

今回限りだぞと自分にいい聞かせ、夢遊病者みたいによろけながら近づいて、冷や汗をたらりたらりと垂らして曖昧《あいまい》な笑いを浮かべている白人の、一方の脇の下に俺はいやいや頭を突っこんだ。そこには、ほぼ予想通り、チープなチーズのにおいが蟠《わだかま》っていたから、俺は予定通り息を詰めたが、やはり胃液がこみあげてきてまたぞろ吐きそうになった。

二人してよいしょと担ぎ上げようとしたが、外国人はばか長い脚を、岩礁に根を生やした長大な昆布みたいにでろでろと床に投げ出しているばかりで、膝をいっかな立てもできず、曲げもできないものだから、重くて二人ではとても手に負えない。

若い男はいったん動きを停止し、「ああ、この人、どうしてだろ、体の関節がみんな駄目になっちゃってるよ」と吐息をついてから、「おたくさんも、そっちのおたくさんも、ねえ見てないで、手伝ってくださいな、みんなお互い様なんだから」と、通りがかりの通勤者になんだかずいぶん慣れた調子で脇の下から声をかけ、これは大変な実力だと思うのだが、俺以外にさらに三人を、難なく外国人運びに参加させてしまった。そうなれば、祭りのお神輿《みこし》のようなものだった。

小鳥のバッジをつけた若い男は、もうボロ切れのように疲れていた俺をよそに、どんどん調子づいていくのだった。

「頭、頭が先で足はあと」と指示したり「そこ、ほら、道を開けて。どいて、どいて」と邪魔な通勤者をさばいたりして、いよいよ難関の上りの階段にさしかかるや、誰も頼みもしてないのに「セーノ」と大声で音頭をとって、俺を含む残り四人の担ぎ手に逡巡《しゅんじゅん》する暇もあたえず「よーいしょ、よーいしょ」と唱和させてしまったのだから大したものだ。

足並みが揃うと、酔っぱらっているくせに、それなりに快感のようなものを感じてしまう自分を、俺はバッジ男より百倍もばかで千倍も哀れだと思った。

足並みが合わず、階段の途中でガクリと白人の体が揺れたりすると、俺が最初に地下鉄構内に入ったときに感じた、あの懐かしいにおいがほんの幽かに漂った。

ところで、いまこうして振り返ってみると、そのとき俺は、お神輿のこと、つまり苦労して担ぎ上げていた白人の悲惨の理由を、なぜか、少しも考えようとしなかったことに気づく。当の白人は汗で白髪を地肌に張りつかせ、弛緩《しかん》したように半開きにした口からはだらだら涎《よだれ》まで垂らしていたのに。だが、俺も、おそらくはバッジ男も、その異常の原因については、なぜだろうか、一秒だって語り合い、意見を出し合い、真剣に追究してみようとはしなかった。

いったい、どこの誰が、あるいはなにが、この見るからに善良そうな中年外国人ほか多数をかくも惨めな目に遭わせているのかなんて、しっかり立ち止まって考えてみようとしなかった。

犯人がいるもいないも、おおむね思慮の外だったから、誰かを憎む気持ちも正直、露ほども起きる余地がなかった。まず被害者を助けるのが緊要で、原因究明はそのあと、などと上等な段取りを踏むつもりだったわけでも、無論、毫《ごう》もなかった。さりとて、さほどに気が動転していたということでもなかった。これらすべての、どうにも意味のすっぽ抜けた、空洞めいた時間は、ともあれ、俺やバッジ男という並みはずれたばかが、ただ人間を担ぎ上げるのに無我夢中だったから生じたというのでもなかったろうと思うのだ。

では、なぜなのだろう。

どうだろうか、地上にいた連中はいざ知らず、天にまします聖なる運命の支配者によって、まったく迷惑な話だが、なんともまあ光栄にも選ばれて、地下鉄構内にたまたまいた俺たちは、不意のこのとんだ出来事を、とんでもない事件としてでなく、まともな人間は誰もそうははっきり口にはしないけれども、いつか起きるかもしれない災厄一般というか、ろくでもない運命一般として、ひどい理不尽とも不条理とも残虐とも案外に思わずに、心のどこかで無意識にすんなり受け入れていたのではないかしらん。

正体不明の、途方もない、未曾有《みぞう》の一大災厄がいつかは必ず身辺にやってくる。ろくなことをしてこなかったこの国と俺たちがこのまま平穏無事でいられるわけがないという、大災厄必至の呪われた町から集団で逃げ出す前のネズミの勘のようなものが、ネズミたちほど正確でなかったから未然に脱出しなかったにせよ、多少は俺たち地下鉄構内組に働いていたので、おお、ついに来たなと思いはしても、災厄の特異な性格までわざわざ考えることをしなかったのではないか。

いや、いや、わからない。これは留保だ、留保、留保。

実際には苦悶《くもん》の表現だったのだろう、あの微苦笑によく似た顔の群れが、たまたま俺をさほどに深刻にしなかっただけなのかもしれない。それに、あれは、あのとき、まだ名前のない現場だった。名なしの現場。名づけられないと、他人に意味をあたえてもらわないと、人は恐怖さえしないのかもしれない。

ま、どうでもいい。はっきりしているのは、あのなかで、俺がたぶんただ一人、べろべろに酔っぱらっていたことだけだ。酔っぱらって、フィラリアに罹《かか》った犬みたいに嗅覚がいいかげんになっていたのに、しきりににおいを気にしていただけだ。

でかい顔を下から仰向かせて、ケイコが、ねえ、ねえ、と囁《ささや》いて、したがる。あしたは春分の日なんだから、世の中みんなお休みなんだから、と誘う。

ろくでもなかったきょうの次の日が、あっけらかんと春分の日だなんて、なんだか信じられない。

乳首のない彼女の右の乳房が俺の腿《もも》とつるつると、とっかかりもなくこすれている。したくないんだな、どうも、と俺は卵の黄身だらけの口でもぐもぐと呟く。

とっても静かな夜だ。どこかでまた、ゴーンゴーンと低く太く、鐘が鳴っている気がする。萬年山・青松寺の鐘だろうか。幻聴だろうか。中有《ちゆうう》って、こういう感じじゃないかと俺は思う。

ゆで卵があと一個だけナツツバキの花の色して、中有の闇にぽかりと浮かぶみたいに、ああ、たった一個だけ残っている。春の夜の墨色の海原に、俺とケイコとゆで卵だけが、ゆらゆらと漂っている。

死滅した世界を、どんぶらこ、どんぶらこ、と漂流している。

こんなにもいい夜なのだから、俺は一曲、俺とケイコとゆで卵のテーマソングをつくってみる。ランブリング・ローズは、ケイコと死んだ中国人のテーマソングだから、新しいテーマソングがあったっていい。

タイトルは、そうだな、「どんぶらこ」でいいだろう。

𝄞

どんぶらこっこ、どんぶらこ

俺と女とゆで卵

どんぶらこっこ、どんぶらこ
俺と女とゆで卵
どんぶらこっこ、どんぶらこ
まだ見たこともない異方《ことかた》へ
あだしの里へと流れてく
どんぶらこっこ、どんぶらこ
俺と女とゆで卵
ほーら、ほら、はるかに聞こえる謡《うた》などあてに
どんぶらこっこ、どんぶらこ
ごめんなさいね、どんぶらこ
招待状はないのだけれど
どんぶらこっこ、どんぶらこ
あだしの里のお彼岸の
踊りの会に行くのです
どんぶらこっこ、どんぶらこ
冥界便《めいかいだよ》りで読みました
あだしの里の踊りには
どんぶらこっこ、どんぶらこ

ばけものたちが勢揃い
目玉ひんむきベロ出して
どんぶらこっこ、どんぶらこ
どんぶら踊りを踊ってる
俺と女とゆで卵
どんぶらこっこ、どんぶらこ
いっしょに腰振り、ベロ出して
踊り狂ってみたいのです
はーあ、どんぶらこっこ、どんぶらこ

𝄞

ろくな文句が浮かんでこない。でも俺は口のなかでもぐもぐとうたう。なに、それ、とケイコは問う。どんぶらこっこ、どんぶらこ、と俺は答える。それ、なによ、と再びケイコがいう。どんぶらこだよ、と俺はいう。ケイコはずいぶん罰当たりだ。俺たちのテーマソングに合わせて、どんぶらこっこ、どんぶらこと俺のをしごき下げしごき上げしている。せめても悄然《しょうぜん》とうたうべきこんな夜に、こんなにしつこくしたがるなんて。

俺は今夜最後の殻つきゆで卵を荘重な顔をこしらえて手に取って、彼女の下の口を、どんぶらこっこと封じにかかる。

するとランブリング・ローズの歌をこよなく愛した食肉チェーン店経営の中国人が生前、真顔で「ケイコの縁側」とニックネームで呼んでいたという彼女の大きめのビラビラが、まるで長らくお待ち申し上げておりましたとでもいうように、てらてらの唇をぱくりと開けて、世界の幾百万ものゆで卵たちを代表して今夜、そこにぶちこまれることとなった俺の最後の硬ゆで卵を、細いほうの頭からいったんは一気にぐびりと呑みこもうとする。でも、それではいかにも慎みがないとでも恥じたか、ビラビラは卵をわずかに吐き出すように躊躇《ちゅうちょ》もしてみせて、つまりは、入れもやらず、さりとて、出しもやらない未決定の数秒間を、半身を熱いぬかるみのような闇に埋め、もう半身を涼やかに光にさらしたゆで卵ごと、わらわらわらと震え戦《おのの》くばかりなのだった。

なにすんのよ、ばかと、俺の今夜最後のゆで卵をそこに塡《は》めたままケイコがさほどに怒りもせずにいい、彼女がいうのに合わせてゆで卵が震えるものだから、まるでゆで卵がしゃべったみたいに思えて俺はあっと驚く。

それにしても、なんて静かな夜なんだ。

俺と、ケイコと、そして、ケイコのあそこから半身だけをのぞかせた硬ゆでの卵しかいない。

俺は絶滅した他のたくさんの俺のような男たちのなかから、ケイコは死滅した他のたくさんのケイコのような女たちのなかから、最後の俺のゆで卵はもう食われちまった他のたくさんのゆで卵のなかから、辛うじて生き残り、消え去ったそれぞれを代表して、この春の夜更けをしみじみと遊んでいるような気がしてくるから不思議だ。

俺は、俺の仲間のケイコと、俺とケイコの共通の仲間の今夜最後のゆで卵をしげしげと覗《のぞ》いてみる。

あれほどしたがったケイコがいまは、泳ぎに飽いた魚のように静まっている。もう、ねえ、ねえとねだりもせずに、膝を立て、夜に蕩けるように優しい顔をして仰向いている。これは、ゆで卵君の友情と、健気《けなげ》な努力の結果以外のなにものでもない。俺とケイコとゆで卵の間には、まちがいなく今夜最高の連帯感が生じつつある。

股間のゆで卵はいま、温かなケイコのビラビラを赤黒いハーフコートのようにまとい、身じろぎもしていない。ゆで卵一個が、昼夜の別ないケイコのおまんこのなかの闇と、うつつの世界全体を、じつに形而上的につないでいる。

俺はやがて、殻つきの、硬ゆでの卵がなぜそこにあるのかの理由を忘れてしまう。

それは、もともとケイコのなかの闇の奥に入りこもうとしているものではなくて、長かった闇の幾日かを経て、晴れてこれから光の世界に躍り出ようとしているもののように見えてくる。ケイコはいま産卵中なのであるとも、つまりはいえるじつに聖なる景色なのだ。

そうだ、こんなにも深い夜というのは、世界中のもっともらしく、しかつめらしい理由と原因と時系列というものを、きれいさっぱりと呑みこんでしまうものらしい。ケイコの股間の卵の半身を、俺によってそこにぶちこまれた不幸なそれとしてでなく、一九九五年三月二十日の深夜、晴れがましくこの世に生《う》まれ出《い》ずることになった祝福すべき卵として、俺はいま、父である雄鶏の慈愛に満ちたまなざしでしみじみと眺め、母である雌鶏のケイコの腹をさすり、がんばれとかけ声だってかけてやりたくなる。

ケイコはいう。産卵の使命を持たされた者のみが持つ、たとえようもなく深く落ち着いた声で。

「あたし初産だから少し不安だけれど、これって、気持ちがなんだか落ち着くものなのね」

そうかもしれない。

あそこにしっくりと卵が塡《はま》っていると、女は聖なる母のように落ち着くものなのかもしれない。ひょっとして、これは女たちの間で密かに流行するかもしれないなと俺は思う。

世界の数多くの心を苛立てた女たちが、鶏やアヒルやカモメや駝鳥や鶉の卵から、それぞれ自分に合った卵を見つくろい、すぼりすぽりとあそこに塡めては、なんとか落ち着きを取り戻し、仕事に励んだり、居間で夫と語らったり、なごやかに買い物をしたりしている風景を想像して、俺は微笑《ほほえ》み、塡めるならゆで卵に、それもなるべく硬ゆでの卵にしたほうがいいのではないかと思う。余計なお世話だろうが、生卵も半熟も、ものの弾みで割れたりするとなにかと面倒だから。

いきんでみなよ、試しに、と俺は猫なで声でケイコに提案する。ばかねえと彼女は一応抵抗してみせるけれど、卵を半分だけ含んだビラビラがもうひくついているばかりでなく、卵そのものも内奥の得体の知れない闇からもりもりもりと押し上げられるように、白く濡れた体を外側に乗り出してくる。

ところが、はーい、一個誕生、お疲れ様でした、と俺がいおうとしたそのとたん、彼女の下腹が大きくうねり、ビラビラがそこから離れかかったゆで卵を再びしっかりと捕捉して、今度こそぐびぐびと呑みこみはじめ、あれよあれよと思う間に、卵の半身のそのまた半分が埋まり、さらにその半分が消え、侏儒用《しゆじゆよう》の真っ白のベレー帽みたいな先端のみがわずかに残ったと思ったら、ついにはそれも空《むな》しく底なしの闇に埋まってしまった。

「どうすんのよ。取れなくなるわよ。お医者さんに行かなきゃなんなくなるわよ。卵をひとつ取り上げていただけますかっていわなきゃなんないのよ。あなたついてきてくれるの」

ケイコは仰向いたままそういってふざける。でもさあ、内科かしらね、それとも外科に行けばいいのかしら、産婦人科じゃないわよね。

卵が消えて、世界には見た目、俺とケイコの二人しかいなくなる。

3マイナス1。取り残された寂しさを感じないわけでない。しかし、ケイコは真っ白な卵一個をいま懐胎したのだと思えばいいのだ。1プラス2。2のうちの1は闇のなかにある。

そこは、どんな闇なのだろうか。ゴーンと、また萬年山・青松寺の鐘が鳴った気がする。

卵よ、ゆで卵よ、硬ゆでたまごよ、と俺の心が卵の心に呼びかけている。

おまえはいま、どんな闇を経験しているのだろうか。心細くはないか、怖くはないか。その闇は、いい闇だろうか、それともあくどい闇だろうか。おまえがケイコのなかの闇に、殻から白身、白身から黄身へと染まり、じわじわと、まるで皮蛋《ピータン》のように醜悪に黒ずみ溶けていくことを俺は恐れる。そうであってはならない。闇を滲《にじ》ませ、闇に同化して皮蛋になってしまってはならない。

人の死んだ日の夜に皮蛋なんて、いくらなんでもふさわしくない。なんぼ臭くたって恥じ入ることはない。硬ゆで卵はやはり、白身はあくまで白く、黄身はあくまで黄色の王道を、しっかりと、そしてごく呑気に歩むべきだ。それこそが闇にも負けず、死にも負けない道なのだ。

そう、闇にも死にも勝てるのは、おそらく硬ゆで卵しかない。

俺にいわせれば、闇にも死にも吸いこまれずにいられる秘訣とは、祈りなんかじゃない、硬ゆでの卵といっしょにいることとしかない。致死性の闇に呑みこまれそうな深い夜には、十字など切らなくていい、お経など唱えなくていい、硬ゆで卵の殻を剝き、硬ゆでの黄身をポクポクと食うことだ。

そうやって俺は、闇のピンチをしのいできた。ああ、そうだ、いつか、あの鉄紺色の奥深い闇に呑まれそうになったときにも……。

死にせよ闇にせよ、所構わず、人も選ばず、得心のいく理由もなにもなく、ある日突然に、黒い翼をばさりと広げて覆い被さってくるものだ。

そんなものだ。頷《うなず》ける根拠もないのに、日時、場所、人を決めたら、断じて逃しはしない。いきなりおとない、ごくあっさりと、しかし断固として人を殺す。

あれは、そう、日本中のすべての犬や猫や人間が、一斉にヨーデルをうたったりハミングをしたりしてもおかしくないほど、気持ちよく晴れあがった日曜の昼下がりだった。練馬に住んでいた商社勤務の友人が、たしか出張先の上海から帰国して間もなくだったと思う、建売住宅の二階の書斎で、家人の留守中に首を吊って死んだ。なんてまあ、あっさりと消えるもんだ、と当時俺は悲しむより先に舌を巻いたものだ。五年前の秋だ。学生のころはラグビーをやっていた百八十五センチもある大男で、誰にも負けない大声の持ち主だった。寿司が好きだったが、横から見ていると気持ち悪くなるほど貝類ばかり、飲みこむように食った。赤貝やホタテやホッキ貝やミル貝が自分たちからもぞもぞ這うように行進して彼の大きな口のなかに消えていった。

借金もなければ別に女もいなかった。この町にひとかけらも悩みのないやつはいるかと問われたら、町中の人間だけでなく、猫まで躊躇なく彼を指さすような、そんな男だった。しかも馬のように健康だったのに、真っ昼間に突然バサッとかき消えるように死んだ。遺書はなし、家人にも職場の同僚にも俺にも心当たりはまるでなし、動機は未だに謎といえば謎なのだが、自殺って案外にそうだ。原因と結果が必ずしも密着していない。

あの日の雲ひとつない空のように、死ぬべきなんらの理由も見当たらないという人生は、ときに、生きるべきなんらの理由も見出せなくなるのかもしれない、と月並みに考えるしかないのかもしれない。でも、これ以上ない快晴の昼下がりに、いきさつをすべて端折《はしょ》って、不意にお迎えが来ることは誰にだってある、と俺は思う。

俺が駆けつけたとき、彼は白い布に顔を覆われて、書斎の隣の寝室に横たえられていた。

書斎に入って仰天した夫人が「お父さん、首痛いでしょう。首苦しいでしょう」と泣き騒ぎ、嫌がる高校生の長男に無理やり手伝わせて、彼の牛みたいに太い首からロープをなんとかはずし、死んでなおのこと重くなったみたいな体を、布団を持ってきてさしあたりは書斎に寝かせておけばいいものを、動転していたからわざわざ寝室までずるずる夢中で運んだのだと、存外に冷静だった長男から大体の経緯を聞いた。

夫人はそれだけで持てるすべての力を一滴残らず使い果たし、あげくに、現場は保存しておいてくれないと困る、一応これ変死なんだから、普通のケースだと奥さんがいきなり仏に触ることなんかないんだけどねえ、と警察官にねちっこく追い討ちまでかけられて、白目を剝き、両手をだらりと下げて、腰が抜けたみたいに座りこんだままだった。

夜になってから、彼の、やはり巨漢の父親が秋田県から駆けつけてきて、遺書なりなんなり手掛かりを捜すためだったと思うが、彼の書斎に入ることになった。

俺にも見てはくれまいかというので父親の背後から六畳ほどの部屋に入ると、窓際に紫色の花をつけたセントポーリアの鉢植えがあった。本来はその窓際にあったのであろう机が、パソコンごと、部屋のほぼ中央に引きずられてあり、ああ、彼はこの机を踏み台にしたのだなと俺は思った。

横に、息子のだろう、金属バットが立てかけてあり、机の上には、「空の名前」だったか「雲の名前」だったか題名は忘れたが、雲のカラー写真がたくさん載った結構高価そうな本が、こちらはまだなぜか覚えているのだけれど、「きんと雲」のページを開いたまま置いてあった。

その写真のきんと雲というのは、孫悟空が乗るという話ほどには大したことがないどころか、ちょうど卵の黄身の両端についているひも状の、あのカラザとかいう、赤ん坊の頼りない鼻汁のようなしろもの（もっともカラザは黄身の位置を安定させる立派な役割を果たしているらしいが）に似ていたから、おれはなんだか拍子抜けしたものだ。

それに忘れられないのは、机一面にホタテの貝柱を包んでいた呆れるほどたくさんのセロファン紙が、干からびた犬の糞みたいな貝柱のひとかけらだけを残して散乱し、キラキラと光を放っていたことだ。ホタテの包装紙が、だ。

あいつ、乾燥貝柱をひとりで山ほど食い、カラザみたいな雲の写真を見てから、ぷいっと死んだんだ、とそのときだけはそのように率直に納得し、隣の部屋に横たわる死んだ彼の腹のなかで、夥《おびただ》しい数の乾燥貝柱たちが胃液をじゅうじゅうと吸いつづけ、たちのわるい生き物みたいに胃壁を押し上げてどんどん膨らんでいる図を想像して俺はしきりに感嘆したものだ。

そのときだと思う、彼の父親が秋田訛《なまり》でどすの利いた声を上げたのは。

「梁《はり》が見えねえがらなあ……いまどぎの家じゃ、梁がなあ。あいづは梁を一生懸命探すたんだべなあ」

父親は天井を見上げていた。俺も見上げた。

ロープはもうなかった。が、天井が穴だらけだった。

穴から闇が洩れていた。うつばりは闇に埋もれて見えなかったが、たしかにそこに水平に重くあると思われた。艶《つや》がなくて埃っぽい、いやな闇だった。

輪を結んだロープが下がっていたと思われるひときわ大きな穴には、他の穴のより一段と深い鉄紺色の闇が、下にどろりと垂れんばかりに厚く濃く漂っていた。

彼は雲の写真を眺め、乾燥貝柱をたらふく食って、階下から金属バットを持ってきて、新建材の天井板に隠された梁を求めて、下からドンドンと懸命に突きまくったのにちがいなかった。ずいぶん焦ったのであろう、何度も見当が外れて天井が穴だらけになったのだ。

机のほぼ真上の大きな穴を見上げていたら、鉄紺色の暗がりから垂れたロープが、闇のなかの滑車がそうしているように、輪に縊《くび》られている彼ごと、ゆっくり音もなく吊り上げられ、頭、首、肩、胴体と上から順番に闇に溶けていく光景が思い浮かび、俺は震えた。その闇の直下に立っていると、脳天が引っぱられて、つま先立ちになりそうなほどの磁力を感じた。

闇に食われそうな気がした。だから、穴をじっと見上げていた父親の目を盗み、俺は窓際にずるずる後じさった。

　天井裏の闇に追いかけられるような思いをして夜半に家に帰ると、キチンにゆで卵が二個、ノホホンと転がっていた。よがり声の尾をいつまでも長く引いて、猫たちがどこかで交尾していた。

　俺の脳天には、その日友人を消した鉄紺色の闇がまだ重くかぶさっていた。

　キチンに立ったまま、ゆで卵の殻を剝いた。

　待っていたように殻がぺしりぺしり音たてて簡単に剝けた。塩もつけずに俺はいきなりぱくりと嚙みついた。待っていたかのように蟠《わだかま》っていたにおいがボンと鈍く爆発した。それは、蒸れた太陽がこいた、人を小ばかにしたような、かすれっ屁のにおいだった。俺はずっと立ったままで、蒸れた太陽の屁をポクリポクリと食いつづけた。噎《む》せた。屁に噎せた。脳天の闇が、たまらず静かに逃げていった。


「産まれたわよ、あなた。立派なのが、ポンと一個産まれたわ」

　キチンからケイコの陽気な声がして、水の流れる音がつづいた。

　戻ってきたのだ、ケイコのあそこから、俺の今夜最後のゆで卵が。

「おめでとう、おめでとう」。俺はキチンのゆで卵に向かい、スペースシャトルで生還した宇宙飛行士の友人を迎えるときのように、いや、俺にそんな友人がいるわけがないけれども、きょう最高の浮き立った声で叫ぶ。

こんなに静かな夜には、失われた大切なものがひょっこりと戻ってくるぐらい嬉しいことはない。とりわけ、人のたくさん死んだ日の夜に、消えたゆで卵がポンと俺のもとに帰ってくるぐらい胸躍ることはない。

水道で洗ったそれを、彼女が布巾に包んで捧げ持ってきた。得意満面で。

最悪の場合、皮蛋色に染まっているかと思われた卵は、ケイコのなかのぬかるみでかえって脱色されたかのように一段と白くなっていた。しかし殻の先端がひしゃげて、罅《ひび》が入っている。煮とろけたようなおまんこに入れられたり、闇に怯《おび》えたり、孤独に苛《さいな》まれたり、急にぬるぬる闇の管を滑り降り、床に落下して負傷したり、いやはや散々な目に遭ったのだ。

おお、おお、かわいそうにな、悪かったな、といいつつ、俺は罅に爪を立てて殻を剝く。白身が「プルルン、コンニチハ」とでもいいそうに元気に身を乗り出してくる。

でも、水道で洗ったのに、ずいぶんと生温かい。そのことを俺は不思議に思う。生卵だったのが、ケイコのあそこでゆで卵になってしまったように一瞬錯覚してしまう。「そんなばかなこと、あるわきゃないさ。どんぶらこっこ、どんぶらこ……」と呟きながら、また俺は殻を剝く。ケイコが真剣に問うている。

「えっ、あなた、それも食べる気なの。本気なの。なんだかバッチクないかしら」

「そうさ、食う気さ」と俺は答える。バッチイわけがない。

それより、硬くゆで上げられながら、人に食べられもせず、ぽいと捨てられてしまうゆで卵ほどこの世で空しいものはないではないか。それでは、無以下になってしまう。

さっきのようにおまんこに入れられるのも、正式に食されることに加え得る、ゆで卵のもうひとつの輝かしい使命であるという考え方も、あながち俺だけの孤立的付会としてでなく、こんな特別の夜なのだから、ごく自然に成り立つとは思う。だから今夜最後のゆで卵は果たすべき大役をすでに果たしたのだと、いえばいえないこともない。ゴミ箱に捨ててもいい、と。

けれどケイコのあそこに入れられ、せっかく脱出してきたのに、食われもせずに捨てられるゆで卵の身にもなってあげてもいい気がする。こんな静かな夜には、そのぐらいの慈しみがあっていい。多大の労をねぎらいつつ、俺は今夜四個目のゆで卵を残さず食うことに決めている。

殻を剝きながら、なんとはなし、ふぐふぐと俺はまた爪を嗅ぐ。ニョクマム系の、ケイコのあそこのにおいが身を縮め、爪の奥にだいぶ沈みこんではいるが、まだ消えずに、ゆで卵のにおいに負けまいと必死で頑張っている。たぶん、最後の抵抗だ。まったく大したもんだ。

ふぐふぐ。

ふぐふぐ。

懐かしいにおいが菌糸のように鼻孔で増殖して、俺は今朝方の光景を再び思い出す。まんべんなくろくでもない俺の人生でも、ワースト十五位ぐらいには楽に入るほど、ろくでもない朝だった。

へたばった外国人を他の四人と担いで、よいしょ、よいしょと神谷町駅の階段を上っていたとき、俺の頭蓋骨のなかの腐った水には、死んだ魚が白い腹を上にして、プカプカ浮いていた。一段上るごとに死んだ魚が頭のなかで揺らめいた。そんな気分だった。

白人が絶え間なく流す涎《よだれ》や彼のワイシャツの肩口あたりに、幽かにあの懐かしいにおいがある気がしたけれど、それがなにかなんて、もうどうでもよくなっていた。正直、疲れきっていたのだ。地上部分に出たら、気の毒な白人を放り捨ててでも、すぐにケイコのマンションに行こうと腹に決めた。

小鳥のバッジをつけたあの若い男だけがやたらと元気だった。バッジ男にとって千載一遇の一大親切行使チャンスを見つけてしまったのだから、無論、俺などが傍から止めようもない。

「もう少し、よいしょ。頑張れ、よいこら。もうすぐ、よいしょ」と、バッジ男は運動会みたいに楽しそうに大声で音頭をとった。頬も目も、生徒たち千人の大掃除で磨き立てられた校舎の窓ガラスのようにピカピカと輝いていた。それが、階段を上りつめたら、さらに爆発的に光り輝いた。

無理もない。

俺もこれほどまでとは予想していなかったことだが、地上は見渡すかぎり、ずらりとカメラの放列だったのだ。

頭上ではヘリコプターが何機も旋回し、記者ややじ馬の向こうにはパトカーと救急車がけたたましく走り回っていた。上を下への大騒ぎってやつだ。玩具屋をまとめて百軒ほど引っ掻き回したような混乱であった。シャッターが次々に鋏《はさみ》で紙を切るような乾いた音を立て、テレビカメラが何台もこちらに陰険な目を向けてきた。

バッジ男は一段と大きく、よいしょ、よいしょと声を張り上げ、カメラに向けて胸まで反らせた。もうスーパースターだった。人を一人担いではいたけれども、黒山のファンと記者の前に突如姿を見せたエルヴィスみたいだった。

俺は舌打ちした。このうすらばかが、と呟いたかもしれない。バッジ男のいうなりになって善行まがいのことに加わったことを悔いた。

シャッターが切られる度に俺はびくついて首を竦《すく》めた。頭蓋骨のなかの腐った水が、死んで浮いた魚ごとピチャピチャと波打った。俺は首を捩って救急車を探した。報道関係の車両は所挟しと並んでいるのに、救急車はまだ二台しか到着していなかった。しかも、どうやら患者でいっぱいで、白衣の隊員はこちらなど見向きもしなかった。

仕方なく俺たちは不幸な白人をフードショップ・ツルヤの脇の歩道に横たえた。とことんついてない彼は依然、苦笑に似た顔をして涎を垂らしていた。

これでバッジ男と永遠に縁が切れると俺は正直ほっとしたものだ。バッジ男を残して、三人の通勤者はすでにどこかに消えていた。記者の群れのなかにいるであろう社の同僚の目を避けて、俺はケイコのもとにこそこそ歩きだそうとした。

そのときだったと思う。些細《ささい》だが、変化があった。そのために、俺のマンション到着がまた遅れたのだった。

バッジ男は仰向いた中年白人の涎や汗を自分のハンカチで拭《ぬぐ》ってやっていた。階段を上りきったときの、スーパースターの顔ではなく、なんだか貧相でわびしそうな、その分だけ俺には近しく感じる顔になっていた。

そこに、赤みがかった臙脂色《えんじいろ》のスポンジキャップをつけたマイク片手に、同じ色のツーピースを着た若い女が早足で近づいてきた。バッジ男になにか話を聞くつもりだったのだろう。テレビカメラを従えていた。市民らの勇気ある救助活動なんぞというお話を仕立てあげるつもりだったにちがいない。

マイクの女はカメラの男と最初うすら笑いを浮かべてなにか話していたのに、こちらに歩いてくる途中で、まるでポケットから取り出した安っぽいお面をひょいと顔につけるような塩梅で、さも深刻そうな顔に切り替えてみせた。きょうびは大体こんなやつばかりだけれど、誰が教えるのか高校の演劇部員みたいに臭い演技だった。

被疑者の実家に押しかけてインターフォンを押しっぱなしにして、ろくでもないことをしつこく詰問したり、事件に関係もない母親の買い物かごまでいけ図々しく覗きこんで、

「あっ、大根が入っています。あっ、人参も」なんぞと叫ぶのを報道だとか根性だとかと勘ちがいさせられているような姉ちゃんだ、と俺は底意地わるく思った。マイクにしゃべるんじゃなく、まずマイクをしゃぶってみたらどうだいといいたくなるようなこのマイク女に、バッジ男がどう反応するのか、まったく見ものでなくもなかったけれど、俺はすでに、くの字に曲がったタバコに火をつけてから、上衣の肩についた白人の涎をハンカチで拭き、そのハンカチを歩道に捨てて、マンションに向けて歩きだしていた。どうでもよかった。

ところが、二、三歩離れたら、いきなり背中にバッジ男のもう聞き慣れた声を聞いた。意外だった。

「あっち行け。君たち、関係ない。ばかたれ！」

例のユー・ドロップト・ア・ハンカチの調子でそれだけのことをいった。マイク女を嫌悪した理由が俺と同じかどうか定かでないが、なかなか大したもんだ。思わず振り返ると、マイク女は、なによこのクソッタレが、とでもいいたげな品のないふて腐れ顔になって、テレビカメラといっしょにじりじりあとじさっていた。

自分の膝に仰向いた白人の頭を載せたバッジ男と俺の目が合った。するとこの若い男は、どこまで俺に命令すれば気が済むのか、あの、おたくさん、おたくさんとまたもや声をかけてくるのだった。

「おたくさん、ひょっとして英語できません？　この外人さんに、救急車がすぐ来るから頑張れ、すべて大丈夫だとか、そういった感じのことをいってくれませんか。人助けですから。ねっ、できるならやってくださいな。お互い様ですから」

できねえよ、なにがお互い様だ、といえばよかったのだ。できるといえるほどの英語でもないのだし。が、バッジ男のものいいには、抗《あらが》いたくてもやはりどこか抗えない不可思議な力があった。

俺は頭のなかの腐った水と死んだ魚をチャプチャプさせながら、廃棄寸前の安ものロボットみたいによろよろ近づいていって、目をしょぼしょぼしながら涎を垂らしている白人に、バッジ男にいわれた通り、頑張れ、大丈夫、救急車すぐ来る、と台本の棒読みみたいな気のない通訳を結局していた。

中年外国人は苦笑いの顔のまま、首の骨でも脱臼したようにガクッと頷いた。

バッジ男はそれを見て「やあ、通じた、通じた」と、カエルに電流を通す悪戯《いたずら》にでも成功したように歓声を上げ、至福の笑いで顔をくしゃくしゃにするのだった。それから「しばらくここはおたくさんにおまかせします。あたしはもう一回下を見てきます」といい置いて、駆け足で地下鉄の階段に向かった。もう一人、二人助けるつもりらしかった。

猫背になって駆けていくバッジ男の後ろ姿を見て、もしかしたら人生ってほんとうにお互い様なのかもしれないと思い、俺は急に目の前が暗くなった気がしたものだ。

俺と涎の中年白人が取り残された。

やじ馬と記者とカメラの放列が分厚い垣根のように俺の行く手を遮っていた。よく通る歯切れのいい声が、あちこちからばらばらに聞こえてきた。テレビ局の記者たちはマイクで、新聞記者たちは携帯電話で、一斉に現場の様子を伝えているのだった。じつに真剣に大嘘をつき、じつに無神経に事実を語っていた。俺の耳には、そう聞こえた。

「朝の、地下鉄、未だかつてない、騒然と、平穏、戦慄《せんりつ》の、恐怖の、ラッシュアワー、電車、異臭が、パニック、当局では、救急隊は、迅速に、悪魔のような、大混乱、次々に倒れ、怯えて、薬物、特定を、喉も、目も、酸性、痛み、異常な、不審な、不審者、証言、なんの罪もない、許しがたい、平和、ガス、無差別、その上で、市民生活、破壊、犯人像、全容、とみられて、憎むべき、協力し、前例のない、警視庁、必死の、目撃者、毒物とも、というもの、捜査、本格的に……」

一人が代表すればこと足りるほど、判で押したように同じ空洞の言葉の羅列だった。ジャンクフード。パサパサのお粥《かゆ》。そんな、言葉というより連中だけで通じる符丁であった。大半はたった一分だって地下鉄構内を見てもいないはずなのに、まるで見てきたかのように伝えていたのだが、いま思えば、たとえ彼ら彼女たちが目玉を剝き出して一時間たっぷり車内や構内をつぶさに見てきたにせよ、あらまし同じ表現になるのではないかと俺には思える。

いったん麻薬みたいに骨の髄まで侵した空洞の言葉たちは、逆立ちしようが、性転換手術を受けようが、いっかな体からきれいには抜けてはくれない。彼らにとっても、俺にとっても、だ。世界は永遠に干からびた糞みたいな言葉で語られ、わるい屁といい屁程度にお気楽に二分されて、じつに安っぽく売られていくだろう。

すぐには現場から去りもできず、俺は記者とやじ馬に背を向けて、次第に肌から赤みが消えていく外国人に話しかけてみた。全体に端正だが、青い目の青にどんより白みがかかっている分、彼はハリウッドの俳優のなりそこないみたいな無個性な顔に見えた。ただ、ほのかに、懐かしい酸性のにおいを体にまだ帯びていた。そのにおいと俺の肩に付着した涎だけが、縁もゆかりもないこのとてつもなくアンラッキーな中年白人と俺を結ぶなにかだったのだ。

俺は生気を失った人造皮膚みたいな彼の巨大な耳にいってやった。あんたはアメリカ人か、と。白濁した青い瞳が、チロリと反応した。イエスだ。

よく考えれば、俺にはこの男に語るべきことなどなにもありはしないのだった。誰に似せたかわからない蠟人形《ろうにんぎよう》に話しかけているようなものだった。当てずっぽうに、問うでもなく問うた。

「ニューハンプシャーあたりからきたのかい」

瞳動かず。

「どこでもいいや。あんた、ひどくついてないよな」

首を再びガクッと落とした。強い同意。口の端から涎の糸が首にまで伝わった。俺にはもうハンカチがなかった。持っていたとしても、拭ってやらなかったかもしれない。

まだ苦しいか、と俺は問うた。イエスといわれたところで、どうする当てもなかったが。

すると、話せないとばかり思っていた男が、煤《すす》だらけの煙突から出すみたいな嗄《しやが》れ声《ごえ》で、途切れ途切れに、吐きたい、目が変だ、よく見えない、といった。口をきくのさえ苦しいのだった。

俺はいった。オーケー、あんたは話さなくていいよ、俺だけ話すから。で、俺はいってやった。この種の話のほうが病人の気分をほぐすと思ったから。

「俺は朝まで酒飲んで、まだ酔っぱらってる。これから女のところに眠りにいくんだ。羨《うらやま》しいだろう。でも、これでだいぶ行くのが遅れたよ。あんたはまったくついてないが、俺だってすこしついてないわけだ」

アメリカ人の目がまたチロリと動いた。

「彼女はセックスの大好きな、顔が大きくて、性格のいい女だ。彼女は肉屋をやっていた中国人の元愛人で、その中国人はとても助平だったらしいが、去年、病死したんだ。それぐらいしか知らない」

瞳動かず。まったく動かず。

つまらないやつだと俺は思った。話して損をしたと思った。俺はなんだか意地のわるい気分になった。

「あんた、今朝、シリアルを食っただろう。スィーリアルだよ。あの耳垢みたいな」

アメリカ人は濁った目にやや驚きの色を浮かべ、苦しげに、そうだ、と声を絞り出した。

「話さなくていいよ。でも、あれは信じられないほどつまらない、ガキの食いもんだよ。

俺の考えによれば、だが」

ノー、と一言、男はそれまでで一番大きな嗄れ声を出して反発した。

いま振り返れば、ちょうど、そのときだったはずだ。人生ってなにが起きるかわからない。とんでもない邪魔が入った。

やじ馬のなかからだったと思うが、シジミみたいな目に派手な金縁眼鏡をかけた、大学の女性教授風のおばさんが右手をピストルの形にして俺を堂々と指さし、つかつかと登場した。眼鏡の縁には青い貝殻のくずのようなものがあしらわれてあって、朝の陽《ひ》に反射して、景気よく青やら金色やらの光を上げた。

おばさんは、鼻が曲がるほど強く香水のにおいを漂わせ、古傘みたいに縦皺だらけの口を俺の耳に無遠慮に近づけてきたのだ。

いやな予感がしないでなかった。そして予感の通りだった。

このおばさんの発言、たった一言に、俺の頭蓋骨のなかの腐った水が急激にうず巻き、プカプカ白い腹を上にして浮かんでいた魚が、突如生き返って勢いよく泳ぎだし、頭蓋骨の壁にコツンコツンとぶち当たりはじめたのだ。

それは、じつは、文字通りまことに正しい警告、適切なアドバイス、勇気ある注意、すばらしい気遣い、良識的勧告、寸鉄人を刺す指摘……という言葉のどれでもあてはまる質のものであった。

にもかかわらず、俺はそのたった一言に対し、この数年間世界中の誰にも感じたことのない底なしの怒りというより、殺意すら感じ、舌が海牛のように膨らんで、吐き気までしてきたのだから摩訶不思議《まかふしぎ》というほかない。

おばさんは俺の耳元に口を寄せて、威厳をこめて、なんのことはない、こういったのだ。

「あなたねえ、ご気分の悪い外国の方とお話するときには、タバコを遠慮するものよ」

いや、失敬、失敬、いやご親切に、とでも応じて、フィルターのところまで喫《す》いかけていたちびたタバコを捨てればよかったのかもしれない。

俺は、しかし、そうはしなかった。通常この種の唐突な発言に対する俺の反応は、あとで考えると悔しくなるぐらい遅く、恥ずかしくなるほど妥協的なのだが、なぜか今回はちがっていた。つまり、十分の一秒も置かず、反応した。

その対応については、いささか品位に欠けた嫌いはあるけれども、全体としてそれほどひどくまちがってはいなかったと俺はいまでも思うのだが、とても正しかったとも思ってはいない。ただ、奇跡が起きて同じ経緯と局面が再現されたら、俺は再び同じ行為におよび、まったく同じことをいってしまいそうな気がする。

俺はまず、口のなかの煙をすべて、そのご婦人のよく光る眼鏡を中心にプーッと吐きかけてやった。親切な警告の主が白髪ごと煙に霞《かす》んだ。それから、できるかぎり上ずらないよう、俺は低い声で、しかし、よく聞こえるようにいったのだ。「余計なお世話だよ、クソババア……」と。

これが、俺にとっての今朝のみじめな終わりだった。

俺は相変わらず微苦笑のまま固まった顔のアメリカ人を置き去りにし、お節介焼きのおばさんを押しのけ、深刻ぶった少年探偵団みたいな記者たちをかき分け、テレビのコードに一回蹴つまずきはしたが、やじ馬の壁を体当たりで突破し、憤然として歩いた。情けなかった。頭蓋骨のなかの腐った水がやがて凪《な》ぎ、蘇生した魚がまた死んで、白い腹を上にしてプカプカ浮いていた。

俺は今夜最後のゆで卵の殻を、爪の跡ひとつ残さずにすべて剝き終えていた。殻よりよほど肌理《きめ》の細かな白身の皮膚がぬめりを帯びて、鏡面みたいに俺やケイコの影をぼんやり映している。ケイコは再びシャワーを浴びて寝じたくをしている。親切なバッジ男も、微苦笑のアメリカ人も、マイク女も、節介おばさんも、記者たちも、やじ馬も全員死に絶えたような、静かな夜だ。

俺は素っ裸のゆで卵を占い師の水晶玉みたいに両の手のひらに載せて眺めつつ、今朝の憎しみの所在、あるいは憎しみの理由、あるいは憎しみの対象について考えてみた。わからないのだ。節介焼きのおばさんを押しのけて現場を立ち去り、このマンションにとぼとぼ歩いてくるときも、同じことを考えたが、なにもわからなかった。頭蓋骨のなかの水は依然、濁り腐っていた。

マンションに着き、入れちがいに硯問屋に出勤しようとするケイコに必ずタクシーで行くようにと声をかけ、俺は年寄りの死人のように深い眠りを眠ったのだった。それから夕刻まではほんの一瞬だった。

ケイコは帰宅してドアを開けるなり、あなた、知ってるの、たくさん人が死んだのよ、たくさん入院したのよと叫んだ。それから俺たちは連れ立ってドトールに行き、コーヒーを飲み、スパイシードッグを頬ばりながら、朝の事件について話し合った。周りの誰もが皆、同じ話をしていた。声音が皆、観てきたばかりの話題のスリラー映画について語るように、どこか浮いていた。皆が知ったかぶりだった。

俺はバッジ男のことと俺たちが地下から地上に担ぎ上げたアメリカ人のことだけをケイコに話した。バッジ男は感動的に優しかったな、あの外国人はかわいそうに涎を垂らしながら死んだのかもしれないな、と。

外国人はまだ死んでないはずよと彼女は専門家みたいに重々しく断言した。

眉間に皺を寄せているのに、頬が不謹慎に笑っているおかしな顔だった。その顔つきでだった、日も暮れかかっていたのに、ケイコが唐突に近くの青松寺へお参りに行こうといいだしたのは。

「たくさん人が死んじゃったんだから、それに、あなたもあたしもこうやって助かってるんだから……」

ケイコの声の根っこも心なしふしだらに浮いていた、と俺はいま思う。

愛宕下通りの青松寺に着くと、ケイコは本堂には向かわずに、墓地につづく極楽坂を上りはじめた。坂の途中の薄暗がりで俺を振り向きもせずに呟いた。声がくぐもっていた。

「お墓の入口に立ってる六地蔵にお祈りするのよ、いつも。右端の、お数珠《じゅず》を持った、下ぶくれのお地蔵様が、あたし好きなのよ」

頭にカラスの糞をこんもりと載せたその下ぶくれのお地蔵に十円玉を二枚捧げ、俺たちは合掌した。

それでおしまいと思ったら、ケイコが俺の手を引いて、慣れた足どりでずんずん墓地に入っていくのだった。手がひどく熱かった。

墓はどれも真っ黒に煤けていて、森の焼け跡のような湿ったにおいが風に散らずに重く漂っていた。時折、卒塔婆《そとうば》がカタカタと鳴り、林立する墓石のどれも次第に輪郭を崩し闇に隠れはじめていた。

ケイコもパンプスの音だけ残して小走りに闇に消えた。ややあって、墓石の陰からだろう、生白い手だけが一本ニュッと伸びて、おいでおいでをするではないか。

手のひらに吸われるように近づき、俺はそこでケイコとした。背後から乳首つきの左の乳房を揉み、一日汗かき働いて酸っぱくなったあそこに指を沈めてたっぷりと遊ばせると、酸っぱいにおいがそこから徐々に滲み出て、森の焼け跡のにおいと溶けていっしょになり、周りに濃く滞った。

白い尻をまるく大きな行灯《あんどん》みたいに闇にぼんやり浮き立て、墓石に両手をついたケイコに、頭がそう命じてもいないのに、俺の口は勝手に、いいか、振り向くなよ、顔、振り向くんじゃねえぞと凄んだ。卒塔婆はカタカタと鳴き、ケイコは顎を突き上げ喉でヒューヒューと泣いた。

不公平だから、乳首のないほうの乳房もわしづかみにして攻めたてていたら、一瞬だけれど、自分が死んだ中国人になってあくどい腰使いをしている気がしてはっとした。度胆《どぎも》を抜くほど大きな東京タワーがオレンジ色に点灯されて、俺の眼前にあった。まるでどでかいお灯明だった。

風がやや強くなってきた。ごんごんと腰振りながら顔だけ仰向くと、タワーの尖端《せんたん》よりさらに上の、濃紺にオレンジ色がまだらに滲んだ上空を、人が、たぶん死んだ人たちだろう、ぴゅうぴゅうと幾人も横ざまに吹き飛んでいるように見えた。仏さんたちは皆、スーパーマンみたいに両手を真っ直ぐ前に突き出して、気持ちよさそうにどこか遠くの夜に飛んでいった。


今夜最後のゆで卵を俺はしみじみ眺めている。

俺のろくでもない一日が細かにマッシュされて、臭い黄身になって詰まっている気がする。

嚙む。

白身に歯が凍える。歯の先が黄身にいたる。だが、味がしない。ほとんどしない。湿気た夕陽のにおいがほんの幽かにするだけだ。これではただの黄色い粉ではないか。

それでも、それを俺はポクポクと食う。空しい黄色い粉の塊を、芯の抜けた音をポクポクと夜のしじまに響かせて、食う。

今朝のことを俺は考える。憎しみのありようを。

いや、憎しみなんかなにもなかったのかもしれない、とも思う。荒誕《こうたん》だけがあったのかもしれない、と。

皆がまじめだった。狂おしいほどにくそまじめだったな。通勤者は通勤者で、偉大なバッジ男はバッジ男で、阿呆のマイク女もマイク女なりに、虫酸《むしず》が走るけれども、節介おばさんも節介おばさんなりに、犯人もたぶん犯人なりに、その場の役目におそろしく忠実だったのだ。

若い記者たちもそうだ。飼い主を裏切らないだけが取り柄の利口ぶったビーグル犬のように、けたたましく、かつ役回りに忠実だった。

群集劇の全員が、あたえられたそれぞれの役割を結局のところ裏切らず演じきった。ほんとうの憎しみなんか、かけらもなかった。どこといって悪意もなかった。かといって気のきいた廃頽《はいたい》もサボリもなし。それらすべての根拠のないきまじめが、あのにおいになって漂い、荒誕の景色をこしらえ、選別もせずに人をたくさん殺したのだと思う。憎しみはおそらく人を殺さない。憎しみは深ければ深いほど、憎むそのわけをあなぐればあなぐるほど、当初の殺意の色を薄めるだろう。

今夜最後のゆで卵を、俺は少しの味も記憶せずに食い終えた。いつかまた、こうやって硬ゆでの卵をポクポクと食う夜がやってくるだろう。いくつものゆで卵を食って、やがて俺も死に、俺の死んだその夜も、どこかで誰かがポクポクとゆで卵を食うのだろう。そいつもしみじみと、ああ、今夜生きているなと思うのだろう。それでいい。

俺はまた爪を嗅いでみる。ふがふが。酸っぱいあのにおいもついに消えかかっている。ニョクマム系のにおいとゆで卵の勝負はまだまだこれからだ。

なんて静かな夜だろう。青松寺の鐘がまた耳鳴りみたいに聞こえる。ああ、これはただの耳鳴りなのかもしれない。

ケイコのベッドに潜りこむ。あなた口がとってもゆで卵臭いわ、とケイコがいう。それへの返事のように、俺の尻が一発屁をこいてしまう。もう上も下も黄身のにおいだ。自重してよ、あなた、とケイコがため息ついていった。自重するよ、なるべく、と俺は答えて眠った。

燃えつきたユリシーズ

島田雅彦

さほど昔ではないその昔、一人の連続放火魔が逮捕され、無期懲役刑の判決を受け、北方の刑務所に入れられた。火の気のない凍てつく独房で、放火魔は刑務所が燃えさかる光景を思い浮かべ、暖を取っていた。

ある日、天皇が亡くなり、放火魔にも恩赦が下り、二十年ぶりに塀の外に出られることになった。刑務所長も看守もすっかり入れ替わっていて、誰もその男の罪を覚えていなかった。受刑者名簿で罪状を確認した刑務所長は「二度と火遊びをしないように」と告げた。その男も独房にいるあいだは、いつか刑務所に火を点《つ》けてやろうと、大胆な計画を練っていたが、塀の外へ出される段になると、そんな気は失せていた。それどころか、自分が本当に放火魔だったという自覚さえ消えていた。ここ二十年間というもの、火と名のつくあらゆるものから遠ざかっていて、それがどんなに熱く、どんなふうに揺れ、なぜ自分はそれに誘惑されたのか、忘れてしまっていた。男の意識下では、放火の罪などとうの昔に風化していたが、依然、火が恋しくてたまらなかった。

所長は「何処へ帰る？」と男に訊《たず》ねた。帰れるかどうかわからないが、社会に帰ってみる、と男は応えた。

——世の中がおまえのことを覚えているか、忘れているか、どっちにしてもあまりいいことはないだろう。おまえが竜宮城にいるあいだ、世の中はおまえと無関係に変わってしまったからな。

所長の訓示に対し、男は「それでけっこうです」と応え、頭を垂れた。男は小学生の頃、将来の夢は、と訊《き》かれ、「浦島太郎になりたい」といい、大人の失笑を買ったことがあった。いよいよその夢が実現する。


塀の中には時間も閉じ込められていて、それは世の中の時間のようには流れず、ぶつかっては跳ね返り、渦を巻き、澱《よど》んでいた。世の中で何が起きているかは、テレビやラジオ、新聞で知ることもできたが、男には社会に戻るアテもなかったので、自ら進んで、塀の中の時間に身を委《ゆだ》ねた。そのうち、彼の意識はアンテナと同じ機能も果たすようになり、宙空を飛び交う電波を受信して、おぼろげな映像を三一三号の独房の壁に映し出すことができた。独房の壁テレビには外界の幻影しか映らなかったが、何の不足があるだろう。終身刑の受刑者には外界の現実など毒にしかならないし、そもそも外界の現実を映すテレビなどこの世には存在しない。だから、男は一人、自らの妄想を耕して、心地よい幻影の果実を収穫すれば、生きてゆけた。たとえ、外界に暮す身であっても、大抵の者たちは外界とはむやみやたらに交わらないものだ。常に気分を中庸に保っていられるような、加工された現実に抱かれている。その意味では、終身刑の男と郊外に暮す主婦はそれほどかけ離れた存在ではない。

独房の壁テレビには、スイッチもチャンネルもプログラムもなかった。男は坐禅と同じ手続きで、壁に映像を受信させるのであった。壁にはちょうど小型テレビに映るアナウンサーくらいの大きさの人型の染みがあり、それを凝視することから始まる。染みにはやがて二つの穴が開き、鼻息を立て始める。次にもう二つの穴が開き、まばたきを始める。そして、もう一つ穴が開くと、そこから歯が生えてきて、壁の染みはニヤリと男に微笑《ほほえ》みかけ、落ち着いた三十女の声で語りかけてくる。

——東京は火の海です。一九四五年の下町大空襲以来の惨事です。少年放火団による同時集中放火によって、都内の銀行、地下鉄各駅、公園、デパート、学校などからいっせいに火の手が上がり、明治神宮や新宿御苑の森にも燃え広がり、勢いは増すばかりです。放火の連鎖反応は郊外に延びる私鉄各線の沿線にも広がっています。自衛隊や地元消防団、市民ボランティアも全力で消火に当たっていますが、放火はそれ以上のペースで起きていまます。焼け出された市民は荒川や多摩川の河川敷に避難し、テント生活を余儀なくされています。避難民の一部は放火団に加わったり、暴徒と化し、スーパーマーケットやホテルを襲撃する者も現れています。

壁にぼんやりと現れたアナウンサーに、たとえば、男はそんなニュースを伝えてもらうのであった。

壁の染みは、男の父や母、婚約者になって現れることもあった。

父はいつも呆《あき》れた顔で、男を睨《にら》みつけていた。父は同じ文句しかいわない。まるで彼が知っている言葉はそれ一つだけであるかのように、繰り返し繰り返し、呟《つぶや》く。

――何をやってもいい。死ぬこと以外には。

しかし、何もやることはなかった。死ぬこと以外には何もしたくなかった。幸か不幸か、塀の中にあっては、死ぬ自由を奪われていた。あるいは、父は息子がこの場所に辿《たど》り着《つ》くことを望んでいたのかもしれない。蟬《せみ》の鳴き声にも似た父の呟きは、独房の壁に染み込んでいて、単調な日々の暮しを反復する男には欠かせない祝詞《のりと》となっていた。

父は黙々と役所に通い、黙々と帳簿をめくり、黙々と計算に励んでいたが、帳簿を誤魔《ごま》化《か》したい人には憎まれていた。国家のため、家族のための計算をやめてからは、眉間《みけん》の皺《しわ》が消え、茶の間に根を生やして、昔の映画のモノクロ画面に貼りついていた。おやじ、何見てるんだ、と男が声をかけると、父は黙って振り返り、冷たいビールを息子に勧める。

母は、男が栄養失調になってやしないか、絶えず気にかけていた。母が現れると、独房はそのまま茶の間になった。毎日、麦飯ばかり食べていると男がいうと、母はすかさず真珠色に光る飯とほうれん草と油揚の味噌汁をよそってくれた。ぬか漬の茄子や茶碗蒸し、肉じゃがも用意してあり、飽きるまで食べなさいと勧めながら、どうだい、そっちの暮しは、元気でやってるのかいと聞いてきたりする。靴を作るのうまくなったんだぜ、男ものだけどね、今度、何か買ってやるよ、といってみる。いつ帰って来るんだい、土産なんていいから、自分を持っておいでよ。茶碗蒸しを丼で作っておいてあげるから。しばらく、帰れないんだ。町に火を点けちゃったからね。どうしてそんなことしちゃったんだろうね。どうしてかな、もう忘れちゃったよ。しかし、町はくすぶるだけでよく燃えなかったな。放火した季節が悪かったな。いい加減、町もあんたもほとぼりが冷めただろう。早く出て来ないと、私も父さんもいなくなってしまうよ。うん、そうだね。長生きしてくれよ、天皇陛下よりもね。そうすれば、恩赦が出て、おふくろとも生きて再会できるだろう。そんな罰当たりなこといっちゃ駄目だよ。

母親は困惑顔に微笑を隠して、消えてゆく。

婚約者は、その横顔を男に向け、口紅を差している。上下の唇を擦り合わせ、こちらを向く。なぜかスローモーションだ。この色どう、と訊ねる彼女の顔は二十年前のままである。そして、彼女の背後には光まで緑色に染める深い竹林が広がる。あなたはここで、私にプロポーズしたのよね。何ていったか覚えてる？　結婚してみないかだって。みないかはないでしょう。失敗するかも知れないからって予防線を張ってるみたいに。

塀の中では彼女のボヤキを聞くのが、何よりの退屈しのぎになった。独房の壁テレビは、実現しなかった彼女との家庭生活をのぞかせてくれた。もし、男が町に火を点けなかったら、今頃、アパートのベッドで彼女の隣に寝そべり、天井の木目を眺めて放心しながら、無期懲役刑となった自分を想像していたのだろうか？

もし、塀の外に出ることができたら、二十年前の彼女と海辺を散歩したいものだ、と男は思った。すると、にわかに磯の香りが便器から漂ってくる。男はトイレの水を流してみる。それが潮騒の代わりになる。そして、いつものように壁を凝視していると、剝《は》げたペンキ絵のような松原と白い砂浜が見えてくる。その何処とも知れない海辺に、彼女は裸足《はだし》で立っている。

私に会いたい？　私に何処で何をしていて欲しい？

男は自分と夫婦でいて欲しいと願う。プロポーズはしたものの、その返事は聞かずじまいだった。だから、婚約は成立していない。でも、男は彼女を婚約者とすることで、家庭の幻影を追いかけることができた。もし、結婚していたら、文通くらいの交わりは続いていただろう。そうなれば、逆に彼女は男の思いのままにはならなかった。彼女は自分の意志を男にぶつけてくるだろう。男は残酷な宣告を受けていたかも知れない。それなら、幻影の優しさに触れていた方がどれだけましか。彼女の幻は、男とのあいだにできた子を連れて来てもくれるのだから。

パパ、このあいだ、ママとナイアガラの滝を見に行って、帰りに養老乃瀧で焼鳥を食べたんだよ。合羽《かっぱ》を着てボートに乗ったのかい？　うん、ぼくは虹に触わったんだよ。ママが教えてくれたんだ。虹を渡ってゆくと、パパに会えるって。パパ、ここは動物園？　そっちに行ってもいい？　パパ、トイレに住んでるんだ。広いトイレだね。畳もあるね。

いるはずのない息子を男は独房の壁で育てていた。男は息子の幻に銀次という名前をつけた。名前はあっても、年齢はなかった。息子は壁に現れるたびに、五歳になったり、十歳になったり、三歳に戻ったりした。その顔も、幼ない頃の男にそっくりだったり、婚約者を丸刈りにしただけの顔だったり、幼児がクレヨンで描いたような顔になったりした。

婚約者は裸で、添い寝してくれることもあった。それが男にとっては唯一の性的な慰みだった。オナニーに関しては、男は二十年間、自分で作った規則を守った。女の生理のように月に一度、婚約者を招き、儀式として行った。それ以上の射精はかえってわだかまりを高めるだけだった。体調のいい時は、夢精もあった。婚約者の体は、男の体調や気候によって変わった。雨の日は青白く、痩せていた。晴れの日は、ピンク色に張りつめ、乳頭は凝視する目のようだった。凍える冬の日には、湯上がりのようで、喉《のど》が渇いている時は濡れていた。

壁の染みは男のかつての友人たちも召喚した。

Pは珍しい酒を持って訪ねてきた。

Hは借金を申し込みに現れた。

Aはタキシードを着て、祝い金を持参してきた。

Nは怪我をして、助けを求めてきた。

Tは新しい恋人を自慢しにやってきた。

Oは釣ったばかりの鯛を持って参上した。

Mは愚痴をこぼしに立ち寄った。

友人たちを招くのはおろか、親子三人で暮すにもその独房は狭過ぎた。家族の幻と暮す分にはちょうどいい大きさだった。孤独が癒《いや》され、男がフッと微笑混じりのため息を漏らすと、独房の壁テレビは消え、人影のような染みだけが残る。

そうやって外界の幻影を受信しながら、男は感情や判断力を使って遊んでいた。そうしなければ、言葉が涸渇し、神経が閉じられ、脳がしぼんでゆく気がした。独房に暮しているはずの自分まで幻影に限りなく近くなってゆき、遂《つい》には婚約者や息子のように壁の染みに戻ってしまうのではないかと思った。男は絶えず、幻影と対話し続けなければならなかった。自分の声を聞くこと、自分の足で狭い部屋を大きく歩き回ること、呼吸数や心拍数を数えることを日課にし、自分が消えてしまわないように努めた。

今や男は作り話の天才だ。騙《だま》す者と騙される者、男は一人二役を演ずる。独房で自分と一緒にいる身内、友人たちについての作り話をし、その作り話に笑ったり、涙を流したりしてしまう自分についての作り話をこしらえる。そうやって男は他者と交わるが、男自身が他者になってしまうような作り話も得意だった。

たとえば男はねずみになり、一日に五百回、前歯で壁をこするのをノルマにする。そして、一年後、壁には眠り猫やスフィンクスやメデューサやガネーシャの浮彫《レリーフ》入りの〝門〟が完成する。男はその門をくぐって、ねずみから英雄になり、社会に凱旋《がいせん》する。

たとえば、男は革命家になり、二十年間の幽閉生活から釈放され、新政府の功労者として迎えられ、大統領に二つの希望を叶えてやるといわれる。男は、腹いっぱい寿司を食べさせて欲しい、という。大統領は、死ぬまで食べ続けてよい、と応え、今一つの希望は、と訊く。男は、花壇が欲しい、という。この二十年間というもの、花を見ることがなかった。だから残りの人生は花を育てながら送りたい旨を告げる。

たとえば、男は幽霊になりたいと思う。塀も壁も時間も幽霊を縛ることはできない。幽霊は窮極の自由を生きている。いや、生きているのか、死んでいるのかも定かではない。幽霊はあの世とこの世の境目あたりを漂い、他人の意識を訪ねては、無断で休息を取ってゆく。テレビやラジオの電波に紛れることもできる。

でも、作り話が終りに近づくたびに、相変わらずの現実が、だからどうしたといわんばかりに男を待ち構えている。そして、男は再び一人になる。

刑務所をあとにして、ともあれ歩き出したものの、まっすぐ歩いていいものか迷った。壁がないので、その気になれば、何処までもまっすぐ歩けるし、走ることも、スキップをすることもできた。立ち止まってしゃがむことも、後ろ向きに歩くことも自由だった。しかし、何処へ向かって歩くかは自分で決めなければならなかった。すれ違う人もなく、訊ねることもできず、道路に導かれるままに歩き、駅に着いた。

底なしの自由……何処へ行ってもいいし、何をしてもいい。天国へ行こうが、地底へ行こうが、ねずみになろうが、幽霊になろうが、誰も止めはしない。男は恩赦によって、終身刑から自由の刑に処せられたのであった。

財布には靴作りで稼いだ金がそこそこあった。スーツは二十年前のままだったが、靴だけは自分の手作りの新品を履いている。二十年間、サンダル履きで過ごしたせいか、早速靴擦れを作ってしまった。

男はとりあえずメシを食う。駅前の食堂に入り、カレーときつねうどんとビールを注文し、自分が食べたいものを食べる自由を使ってみる。しかし、ビールは余計だったとすぐに気付く。コップ一杯飲み干したあと、たちまち壁や天井が歪《ゆが》み始《はじ》めた。この二十年間で、ビールはウォトカほどにも強くなっていた。しかし、酔っ払ってしまった方が、外界の刺激は弱まり、緊張も和らぐだろうと思った。何しろ、男の感情も判断力もかなり摩耗していたから、酒の力でも借りないと、二十年後の世界には馴染《なじ》めそうもなかった。

メニューを見ても、知らない料理があるし、広告の文句はチンプンカンプン、第一、何を売っているのかすらわからない。男が塀の中に入った頃にはまだ生まれていない少女や少年が、町を我物顔で歩いている。よく見れば、男と女の区別はつくが、もはや性別には大した意味はなくなっているようであった。男がとりわけ驚いたのは、短過ぎるスカートをはき、広東語かスワヒリ語か日本語かよくわからない言語で話す集団だった。どうやら、SF作家の妄想に過ぎなかったクローン人間が巷《ちまた》を歩き回る時代を迎えていたらしい。

男は、独房にたびたび現れた幻の息子とは似ても似つかない少年を捕まえて、訊ねた。

——今、日本はどうなってるんだ。

無精髭《ぶしょうひげ》を生やし、内臓がプリントされたTシャツを着ている少年は、古めかしいスーツを着込んだ丸刈りの男を下から上まで眺め、「日本?」と甲高い声をあげた。

——壊れました。

田舎町の少年がそういうのだから、首都は大混乱の只中《ただなか》にあるかも知れない。それはそれで、自分には好都合だ、と男は考えた。うまくすれば、ドサクサに紛れて、二十年のズレを御破算にできるに違いない。男は早速、駅の窓口に行き、東京行きの切符を買った。


乗客もまばらな列車が線路を滑り出すと、背中に心地よいくすぐったさを感じつつ、眠りに落ちた。誰にも咎《とが》められることのない午睡は短く、ちょっとやそっとでは覚めようもなかった。男は夢も見ず、ただ泥のようになっていた。

男が再び目を開くと、そこは男が知らない東京であった。車掌にうながされ、電車を下りようとしたが、上着がなくなっていることに気付いた。自動的に、上着の内ポケットに入れていた財布もなくなっていた。上着を盗られた、と車掌に訴えたが、車掌は表情一つ変えずに「お気の毒です。遺失物取扱い所へどうぞ」といい残し、小走りで去っていった。

二十年かけて稼いだ金が、まるで昼寝の罰ででもあるかのように、持ち逃げされ、男は早速、自由の刑の過酷さを思い知らされた。刑務所の暮しに金は必要なかったが、外界では一事が万事、金だ。文無しの男を手厚くもてなしてくれる社会に帰ってきたとも思えず、男は途方に暮れつつも、歩き出した。すでに首都は闇におおわれ、宿を探さねばならなかった。

駅構内は宿なしと警官で賑《にぎ》わっていた。五十メートルおきに武装警官が立ち、そのあいだをホームレスが埋めていた。改札口の向こう側にはもう一つゲートがあり、警官が怪しい乗客に目を光らせていた。消毒液のニオイが充満している地下通路で、男は一人の警官に、上着と財布を盗まれたので、何とかして欲しい、と告げた。警官は男を睨《ね》めつけ、身分証明書の提示を求めた。そんなものは持っていなかったが、「それも盗まれた」と応えた。住所、氏名、職業を訊かれた。男は正直に、本日釈放されたばかりである旨を告げると、「塀の中に戻りたくなかったら、早く家へ帰れ」と背中を押された。


三食、寝床付きの暮しから自由になったその日から、男は厳しい競争に投げ込まれた。駅構内のホームレスの流儀を見よう見真似で、段ボールの箱を調達しようと、銀座通りを探し回り、やっと見つけたところで、いいがかりをつけられた。

——とんでもねえ奴だ。オレの家を盗もうとしやがったな。どけ、どけ。それとも何かい、オレの家を買いたいのかよ、おっさん。千円払えば、譲ってやらないこともないぞ。腕ずくで奪おうなんて思うなよ。血が足りなくなるぞ。

自分より一回りは大きい図体を前に男はひるみ、黙って脇にのくと、相手は男を真正面から見据え、「いつから宿なしだ?」と訊く。「きょうからだ」と男が応えると、相手は舌打ちをし、「新入りに負けられるか」と呟き、段ボールの束を抱えて行ってしまった。

それから二時間、男は段ボールを求めてさまよい、ようやく一つだけ手に入れることができ、大手町のオフィス街の一画にできた空き地に身を寄せた。そこにはガレキを積み上げ、トタンの屋根をのせた〝家〟があり、段ボールハウスも二つあり、少なくとも三人の先客がいたが、男は疲れ果て、その片隅で休息を取らせてもらうことにした。

そこは男に全く無縁な場所ではなかった。二十三年前、男はここに建っていた銀行に火を点けようとして失敗した。東京火の海化計画の最初の標的がここだった。銀行を焼き尽くすには火ダネが小さ過ぎた。それまで男が頼みの綱としていたこの銀行に融資を断られ、事業が行き詰まったのが、きっかけだった。一度は首をくくる覚悟を決めた。ところが、いざ死を覚悟すると、不思議な生命の躍動を覚えた。火事場の馬鹿力というやつだ。自分一人を殺すにはもったいないくらいの過剰な破壊衝動が全身にみなぎっていた。その力を小出しに使い、事業を立て直そうなどとは考えられなかった。男は死に取り憑《とっ》かれていた。首都を道連れにした死刑を自らに宣告した。

銀行は燃えなかった。恨みはなおもくすぶり、東京を火の海にする壮大な連続放火計画に発展した。渋谷のラブホテル、新宿のデパート、六本木のディスコ、永田町の駅と続けざまに放火を重ねたが、燃え尽きたのはラブホテル一軒だけで、東京は燃えないゴミだと思い知らされた。爆弾を買う金はなかった。

偶然にも、今は廃墟と化した銀行の跡地に舞い戻ってきた男は、ため息混じりに笑うしかなかった。

とどのつまりは、徒労に過ぎなかったのだ。男がいくら、恨み憎しみの火を放っても、銀行は燃えなかった。けれども、時が男の代わりに銀行を廃墟に変えた。男は何もせず、ただ待っていればよかった。

——火、持ってる？

やにわに闇の中から声がする。段ボールから頭だけ出したホームレスが煙草をくわえて、男を見ている。男はボソッと応える。

——火はない。金もない。

ホームレスはイッヒと一回だけ笑い、「家もない。仕事もない。あしたもない、か」といい添え、近づいてくる。

——どうしてわかる？　オレじゃないのに。

——わかるさ。同じ時代に同じ空気を吸ってりゃな。

——オレは別のところの空気を吸っていた。

——外国か？　何処にいた？

——シベリアだ。

——ああ、刑務所か。人気あるよな、最近。どれくらいいたんだ？　一年？　五年？

——二十年。

——そりゃ長いな。あんた、よほどの悪人だな。二十年前はまだ命の値段は高かったろう、円みたいに。あんた、何人殺した？

――オレは殺してない。勝手に焼け死んだんだ。オレは火を点けただけだ。
――人を燃料にしたんだろ。葬儀屋でもないのに。まあ、いいさ。あんたはこの国を狂わせた先駆者ってことだな。浦島太郎さんにはわからないだろうが、近頃は人が泥みたいに殺されてるぞ。一種の病気だな。普通の奴がある日、突然殺人鬼になる。悪性のウイルスに感染したみたいによ。憎くて殺すんじゃない。恨みがあって殺すんでもない。ましてや正義だの革命だのの建て前で殺すんでもない。逆に建て前があったら、大変なことになる。年寄りに席を譲るように人殺しを始めるだろう。小さな親切で人を殺してみろ。たちまち人口は半分になっちまうぞ。毒殺、切り裂き、爆弾、射殺、撲殺……きょうも死体ばかりが増えてゆく。

このホームレスは何をいっているのか、薬でもやっているのか、作り話がうまいのか、男は闇に紛れたホームレスの表情を読もうとする。ホームレスの息は酒臭い。そして、なぜか笑いながら、鼻をすすっている。いや、泣いている。
――戦争でも起きたのか？

男の問いかけに、ホームレスは「刑務所の中は平和だろうな」と呟く。「少なくとも殺されることはないだろうからな」

まるで、刑務所に入りたいかの口ぶりに、男は「何をそんなに絶望してるんだ」と訊ねる。
――平和が長く続き過ぎたってことかも知れない。好景気のあとには不景気が来るみたいに、必ず反動ってもんがやって来る。戦争は必要悪で、避けられないのかも知れない。普通の国ではな。しかし、この国は太平洋の向こう岸に一切合切を委ねて、惰眠を貪《むさぼ》ってきた。世界一待遇のいい刑務所で、パンダみたいに暮してきた。確かにオレたちは理性あるパンダだったよ。いたずらに命と物と金を消耗するだけの戦争を放棄するくらいの理性は持っていたんだ。しかし、その理性も五十年が限度だったな。ちょうど戦争放棄から五十年目に大地震があり、毒ガステロがあった。あれ以来、急坂を転げ落ちるみたいに不況になり、巷にオレたちみたいなゴミが増えた。ガキどもがいっせいに人殺しを始めるようになった。たとえ、戦争と無縁に暮していても、放っとけば、人は本能的に殺し合いを始めちまうものらしいな。にわか兵士どもが無差別に人殺しを始めやがった。困ったことに誰が理性を持っていて、誰がブッ壊れてるか、見分けがつかない。

そういってホームレスは流し目で男を一瞥《いちべつ》し、イッヒッヒとさっきより大きな声で笑った。男はその笑いを封じるつもりで、「なぜオレにそんな話をするんだ」と問い詰める。

——さあ、どうしてかな。たぶん、オレも壊れちまってるんだろう。あんたはどうだ？

——オレは一度壊れたが、もう治った。……と思う。

——気をつけろ。すり減った歯車は突然狂い出すからな。オレだって三ヵ月前までは家も家族も仕事もある男だったんだぜ。ほら、そこのビルがオレの勤め先だったんだ。

ホームレスが顎《あご》で指し示したその古いビルは新聞社の本社だった。

——あんたは新聞記者だったのか。

——社会部のね。

——クビになったのか。

——辞めたんだ。オレの家族が社会面のネタになりかねなかったからな。未だによくわからないんだが、ある日を境に、我家に様々な災難が降りかかるようになった。娘にはストーカーがつきまとい、家の壁には物騒な落書きがされ、無言電話がしきりにかかってくるようになった。オレも何度か路上で若者に殴られた。気まぐれの暴力とは思えなかった。連中はあくまでもオレや家族を標的にしていた。警察に届けても、似たような事件が無数にあるらしく、ちゃんと対応もしてくれない。オレは意を決して、娘につきまとう男を尾行して、脅迫をやめさせようとした。ところがどうだい、ストーカー扱いされたのはオレの方だ。目には目を、のつもりが、ミイラ取りがミイラになっていた。その後もオレや家族への攻撃はネチネチと続いた。とうとう妻が過労で倒れ、心臓発作で死んでしまった。オレは家を売り払い、その金で娘を外国に逃がした。会社も辞めた。そして、オレの家族を破壊した奴らを殺してやることにした。気付いたら、オレ自身も戦争に参加することになっちまったんだよ。

——殺したのか?

——これからだ。準備は整った。殺そうと思えば、いつでも殺せる。これ以上失うものはないからな。その前に、あんたに訊いておきたかったんだ。オレはあんたのことを覚えてる。何せ社会部の記者だったからな。あんたは二十三年前、東京を焼け野原にしようとしただろう。偶然、オレは連続放火事件の担当記者だった。確か最初に火を点けたのは、ここにあった銀行だ。違うか？

——そうだ。よく覚えていたもんだ。東京にはもうオレのことを知っている奴なんていないと思っていたのに。

——この銀行はつぶれた。満足か？　当時はあんたの真意をはかりかねたが、今となってはよくわかる。オレはあんたより二十年遅れて、個人的な戦争を始めようってわけだ。あんたとオレは同い年くらいだ。当時のあんたは若かった。だから、放火を思い立ったら、すぐに実行に移した。きっと、仕事も手際よくこなしてたんだろうな。しかし、オレはもう若くない。憎きストーカー野郎どもを殺す計画だけは綿密に練ってあるんだが、なかなか実行の踏ん切りがつかない。そこで教えてもらいたいんだが、あんた、放火したこと、後悔してるかい？

男は、どう応えたものか、思案に暮れる。この二十年間、人前では後悔し、改悛《かいしゅん》している態度を通してきた。その効あって模範囚の扱いも受けた。しかし、塀の中の退屈を最も癒したのは、燃え上がる首都の幻影であり、放火の瞬間に味わったくすぐったいような感覚の記憶であった。

——放火をしなければ、塀の中に二十年もいることはなかった。でも、放火をしたお陰で塀の中の退屈に耐えられた。

男はそう応えた。ホームレスは「なるほど」と無精髭の生えた顎をしゃくり、「要するに現状の不愉快に耐えるか、刑務所に行くかを選ばなければならんのだな」と呟いた。

――それで、刑務所の暮しはどうだったかね。ホームレスの暮しとどちらがいい？

――オレは社会に戻ってきたばかりで、まだ何ともいえない。むしろオレの方が訊きたい。ホームレスの暮しはどうだい？

路上に長らく暮していると、そんな笑い方をするようになるのか、ホームレスはまたイッヒッヒとやりながら、「オレも同じように応えるしかないよ」という。「ストーカー野郎どもを皆殺しにしてやろうと思い続けていないと、とてもじゃないが耐えられないよ、ホームレスの暮しは」

ホームレスは段ボールハウスに横たわり、換気用に開けた天窓から夜空を見上げながら、いつか再び家族三人揃って、夕食のテーブルを囲み、シャンパンを開け、娘の帰国と妻の復活と自分の再出発を祝うことを夢に思い描くのであった。しかし、その前に彼はユリシーズの如《ごと》く、ホームレスに身をやつし、辛抱強い心をもって、飢えを忍び、いわれのない暴力に耐え、深い謀計《たくらみ》をめぐらし、ストーカー野郎どもへ向け、呻《うめ》きに満ちた復讐の矢を、面と向かって放ち、次から次へ勢いに任せ手当たり次第、殺しまわってゆかねばならない。

さりとて、復讐が首尾よく運んだにせよ、死んだ妻が生き返る望みはなく、人殺しの罪を免れるはずもなく、ホームレスは連続放火魔と入れ替わりに塀の中へ収められるだろう。彼もまた、独房の壁に幻影を受信するテレビを発明し、トイレ付きに三畳間の幻の家庭を再現するに違いない。

一方、塀の外に出た初日からホームレスになったもう一人のユリシーズは何をすればよいのであろうか。生きていれば、八十にはなろうかという両親の許《もと》へ帰るべきか、もはや期限切れになってはいるものの、かつての婚約者をペネロペに見立てて、彼女を訪ねるべきか。ユリシーズはいかなる苦難も乗り越えて故郷に帰る偏執狂的英雄であるがゆえ。

けれども、男は薄々悟っていた。もう帰るところなどないことを。恩赦が出たので、社会に戻ってきたものの、遅かれ早かれ行き着く先は死以外にないことを。なぜなら、男は二十三年前に、首都に火を点けた時、自分のあり得べき未来も一緒に燃やしてしまったからだ。首都は燃え残ったが、男の未来は燃え尽きた。家族も、憎しみも、破壊衝動も。男が塀の中で見ていたのは幻影だったが、幻影を見ている自分もまた、幻影と化していた。男はメシを食い、靴を作り、ものを考え、一年に一歳ずつ年を取っていたが、それは単に囚人として生かされていたに過ぎない。男はとっくに燃えつき、灰になっていた。恩赦は実質、男に自分の葬儀を行わせる命令だったのだ。

燃えつきたユリシーズは、灰になった自分を風に吹きさらすだけ。きっと玉手箱を開けたあとの浦島太郎もそうするほかなかったはずである。

姫と戦争と「庭の雀」

笙野頼子

それは十二月の三十日。

インターホンで猫が逃げたと、教えられて、――え、でも皆いるんですけどと思いながら、一応外に出た。知らせてくれた近所のお方が、ほらほらあれあれ今お宅のフェンスの中に潜り込もうとして突進しているところ、と指さすので見た。が、判らない。え、どこ、え、そこにそこに、などという内、あ、猫じゃない、ウサギ、耳長い、となった。

でもぼんやりの上に目の悪い私は、結局指さす方向を見ても姿を見つけられない。ただフェンスの金属が震えて鳴って、何かが家に侵入しようとする音だけを聞いた。

白塗り鉄製の猫運動用フェンスは、家の裏表に張りめぐらしてあって、天井まで囲ってあるから絶対入れない。んで、根性な兎ダな入ってきてどうするダ。猫と兎で。え、暮らすか、え、暮らすか、え、え、え、え、――と後から思った。

教えてくれた人は、その日、ひとりで認識の変化を、声に出していたね。

兎、猫、兎、猫――違う。だって、あーらほーら、耳長いみたい、だったら猫ではない。

だっから兎でしょう、ほーらぴょーん。

ぶゅーん（フェンスの鳴る音）。

それは土に近い色の兎の尻、裏は他人の畑で、不作のなりものや、農具がそのままなので、一層見えにくい。そもそも庭に兎がいるなんて設定初めてだった。逃げていく影を隣人が指さして、やっとどのあたりか特定出来た時、ブツは、既に消えていた。

知らせてくれた事に礼を言った。また何かありましたらよろしくと付け加えた。どんな小さい事でも結局は関係ない事でも、うちの猫に関する事だったら、教えてくれた方がいいに決まっているのだから。

兎は山から下りて来たのだと私は思った。その年、当地にしては寒くもない冬だったが、それでも暮れはマイナス四度にはなったはずだ。食べるものがないのか。でも、飼い兎、ペット、ではないはずである。

というのも郊外ファミリー帝国S倉にはペットを飼う人は多く、変わったペットを飼う人もいやに多く、ホームセンターでは巨大なケヅメリクガメが三匹も一度に売りに出され、近所の公園など時にテリヤ大の猿（紐付き）を抱いて来る人までいるのである。しかもソレの顔は毛がわしゃわしゃしていて、テリヤ的な珍猿。つまりあらゆる家であらゆる動物を飼ってる状態なのだ。が、にもかかわらず、それでもこのあたりには、普通の野ウサギを飼っている家だけはないはずであって。だから、それ、「町の子ではないのよ」、つまり「山の野兎よ」、と。——その一方で、茶色く、縞《しま》がほとんどなく、尾も猿とか兎に似ているという猫が家にはいた。尻が丸く体も小さくて、見間違えられても、仕方がない。

さて、年を越えて暖かい日と厳寒の日が混じるようになった。一月上旬、――。郵便受けにS倉土建というところの主催で、超党派、一般市民の自由参加、イラク派兵反対集会のチラシが入っていた。黄色地に赤で駐車禁止のマークのようなものも描かれていた。「?」と思った。

おや? だって、チラシも郵便も持ってきた人の姿は、一階にいれば見えるはずだ。二階で寝ていたって気配なら判る。しかしそれはいつ配られたものなのか覚えがない。私は滅多に外出しないので妙だなと思った。忍者のように来たな、でも、派兵の事は新聞の一面に堂々と載っていたぞ。そしてその色刷りのでかい瓦版の絵は、すっごく戦争だった。戦争丸出し。

昔、赤塚不二夫のマンガで「ザッザッザッザッザッ」と変な小さい子供が行進して最後にみんな(その「ザッザッザッザッ」の子供が)唐揚げにされて食われちゃう(ムシャムシャムシャと書いてある)という、政治的な意図の特にはなさそうなマンガを(だってザッザの子供の歌ってたのはジングルベルなのだ)、確かオッちゃんとポッちゃんというのが出てくるマンガを、私は太平楽に読んだと思うのだが、それでも、その唐揚げにされて食われる運命の子供(すっごく不細工)の「ザッザッザッ」にはちゃんと「ほーらファシズムですよー」という感じがあった。そしてそれは、ギャグだった。しかし今ではそのザッザッザを日本人の顔で自衛隊の方が、つまり「マジ」で「ほんこ」で「しりやす」にやってオラレる状態である。また先導するのが髭《ひげ》を生やしてても優しそうな男で、それも平家物語等、戦記物の伝統に則《のっと》っているような気がするのだった。「つーことで」、——戦争全開、なのか、それとも、まだまだまだだっ、なのかを考えてみます。「しかしねー」。派兵ビラはこの郊外の城下町に、野兎と共に到来した程なのだ。「つまりねー」、流行《はや》り物《もの》では、ない、という事だよ！　一般物である。ねえ、「一般物」——って変だ？　要するに普通の事、という意味でね、だったらこんな郊外までも切迫してない、違う？　違う？　それともまだまだまだだっ、なのか？　やがて、——。取っている売売新聞には派兵とはいえ実は人助けで、部族の素朴な人々に水や何かを配って来るだけだ、という事が強調された、記事が、載るようになった。しかも布を被ったその部族の方は質朴で誇り高くも見え、子供はみんな彫りが深く、可愛い布をまとってとても愛らしく、何か派兵だからと言って文句を付けている人間が、因業にさえ思えるような記事のつくりになって。でも、一方S倉は静かな城下町であるし。集会はすぐだし。そこで赤軍おたくの知人に電話で聞く。と、——。

「ぜーたいアーぷ無いでツ、ブ族へノ給水は口実ダ、マターリしてイ鱈憲法苦情の改悪が来る、集会禿同、モマエもユくのよ（変換ママです・モマエ＝オマエ・音読して下さい）」という意味の事を言うのだった。が、別にこのように2チャンネル[注]用語で勧めたのではない。私がプライバシーを考慮してわざと変えたのだ。というのもこの人はその口調に特徴があるため、そのまま書くとすぐにセクトと間違えられ誤爆されてしまうかもなタイプだから（ちなみに禿同とは「激しく同意！」の意の2チャンネル用語らしい）。

その他、マルクス主義全集は読破しているが自然食すすめるえーとこの奥様等が、全身全霊、もー嫌いでねーという女の畏友にも私は電話をして、デモに行くかどうかを相談した、中で水を求める部族の話をしてみると、デモ行くのはいいけど、うーん、給水とか聞かれてもなんつーかのー、あんのねー、そんれんはんねー、と言う。でもその時には既に、面倒だったが、行く気になっていた。つまり野生の文士は多分こういうのあるとちょっと覗《のぞ》きに行ってしまう生物だから。無論面倒と思うのも野生の文士の常。だって、――。

そう、反戦ビラそれはちょっと難解な「庭の雀」だから。そうです、私小説で描写しなきゃ仕方なかった定番、永遠の流行、「庭の雀」。そしてこの原稿が載るはずの「新潮百周年記念号」にも同時発生してるかもしれない定点観測の対象・「庭の雀」である。

瀬戸内寂聴氏の「田村俊子」という本によると、俊子の亭主（作家）はこの俊子に向かって（妻よりずーと少ない才能の癖にっふん）、モマエはなんだって書くことがあるのだろう隣の夫婦の喧嘩だって、と言っていたそうだ。しかしここはオール電化の平和な郊外なので、両隣の夫婦は大変仲良く、その上私にはそういう無礼な事を言う夫は、というか言うにしろ言わないにしろ夫本体リアルタイプというものがまったくなく、故《ゆえ》に私は「庭」に視点を移すしかないのだった。まあそゆわけで、いつだって、私の書いているものは「庭の雀」ですダ。

極私的に言えば「反戦ビラ」だってその「庭の雀」なのだ。そしてその雀描写のためにだけ人様が真面目にやっているデモ等を私は、いけしゃあしゃあと、覗こうとするのであった。とはいえ、――。

主催のS倉土建が何か選挙関連のところであるとはとても思えないが、でも万が一誰か議員が来ていて演説したり、また何かの例えば、そう、「なになになに男に禿同する会」なんつーの人がたまたま来ていて「まー、政治的に白紙状態の可愛いおデブちゃんっ！　本日はごくろーさまねーお友達になりましょう」なんか言われるのは嫌なのであった。つまりそういう目に遭わない事をオレんちでは家芸にしてるんでね。

例えばウチの男親は地方に半世紀以上住んでいるが政治と選挙にだけは絶対係わっていない。祖父だって博打《ばくち》放蕩《ほうとう》芸者遊びはやったけど田舎の政治選挙だけは断固拒否してた。そいでわしも、株と、政治とをやらんのだよ。バブルの時もブラックマンデーの日も。むろん選挙それ自体はひとりで行くけどね。そして、……。

自分は一生東京にいるつもりだったけれど猫のために家を買い千葉に住んでしまい、つまりだからこそ今後は父、祖父と同じように地方政治とは完全に無縁で生きるつもりだった。ただ派兵というものは、そう、「一般物」なので。「地方限定」ではないし「選挙用」でもないので、やはり覗きたい。しかしその一方、「派兵」、「テロ」、「戦争」、「天皇」等を、「選挙用」または「お仲間、地方限定」または、「B級文学青年関連ブランドロゴ」、または「特定ジャンル叩き用具」にして株的政治的茶番的に使う人はがんがんいるから、ほーれ、むかつくのだよ。

そうなるともう「派兵」というのも「派兵」ではなくてね、まあ「○○」、大体、「『○○』の前に文学は無効」等の用法で使われるばっか。確かその「○○」は「派兵」がやって来る前には「会社の利益」だったしその前はもしかしたら「マンガM君事件」だったかもしれないのだし、そして彼らは左ぶっていても結局精神構造は戦時悪徳軍人のような出来具合であり、「この非常時に犬猫はっ」、「この不況時に文学はっ」、「この非常時にモマエラはっ」とか言って動物園の象を殺したり敵性学問を禁止したり、さらにはロリコンだけは無監査で奨励したりしながら「非常時」という特殊事情に付け込んで自分達の失敗をごまかしつつ、そして自分ちの倉には「非常時にとんでもないはずの」贅沢品《ぜいたくひん》がイパーイ積んであったり、また「いつもいつも権力側に弾圧されマッっ」とそこらで勝手にブリッコ流していても、実は本人が事前ケンエツ言論弾圧する側であったりとか、するのである。

まあ彼らにとっては何だっていいのでしょう。たとえば「食玩の前文学無効」だって別にーなわけだし。やーい「豆腐の前に田楽無効」とか言ってもいいわけです、「この非常時にっ」！

そういうわけで覗き、覗き、書く覗き。それは「一般用」、「極私」、「仕事丁寧」、つまり野生の文士の「吟行」方針である・ふんそれ故に私めこの前なんか三里塚行って、なんか官憲に写真撮られちゃった。でもそんなの別に極私の「吟行」なのに、ねえ。だけどこれでデモ行ったら写真二枚目になるな、その上私は、地元顔バレ人だ。

なんというか、ねっ、皇室行事にたまたま街の外で出くわしても私のする事ったら、それは、警備ぶりの描写。そしてテレビの画面と実際の皇妃のスーツの色の、つまりは彼我における皇室イメージの落差を読者様に差し出す行為。だって他に何をするか野生の私が・「庭の雀」を書くならばっ・ああ、ちゅちゅんがちゅんかちゅんが。つまりは、――。

そうだ。

どっかの文芸誌の対談で評論家と何か別の職業（作家だっけか）の偉い人が言っていた。昔の文士は一戸建ての家に住んでたから庭の雀も書けたけどでも今はマンションだから小説の感じが違っているってな、へーへーへーへー。あるぞ、だから、ここに、……。やすうーい一戸建て。都心の2DKより安いのがな。バブルも引いた遠千葉で、さあ千葉ニコソ、今コソ文士ハ庭の雀ヲ書カンガタメニ、集団疎開ダヨ。いや既に、あっちこっちにスんでいるがな。

「へ、純文学ですか庭の雀とか書いているだけの、へえええそれで、独自になれるという、雀で世界が書けるという、ああそれでいいんですからなー文学の方ではなーへっへーん」などと言われている日常茶飯事、「庭の雀」の、まだまだまだいる、遠千葉でな。へーへーへーーへー。

「庭の雀」はもう飽きたっ？　凡庸？　でもあなたもし……。

三日前「庭の雀」がコンクリートから生えてきた、妻の与えた生きた羊を貪《むさぼ》り食《く》ッタ、マターリ、マターリ、ニーコ、ニーコ、ニーコと、藁ッテイタ（藁イコール笑）て、例えば、私がそう書いていたら、そしてそう書いたが故に、タイーホされていたなら、ねえ、どうする？　というかそれ以前にそんな雀がいても飽きたって言う？
おおお、……そう言や十年前コンビナートの、排気ガス塗《まみ》れ、黒い小さい雀を書いた事があるぞ、つまり「庭の雀」でなかったらいいのかね？　あるいはそれも凡庸かね？　雀には「意味も個性も私もないっ」かね？　ああ、平和の平和の平和の雀よ！　春夏秋冬「庭の雀」よ！　ちゅちゅんがちゅんっ！　ちゅちゅんがちゅんっ！

で、小説内私小説・身辺雑記、「庭の雀」。

家のベランダに渡した猫運動用ネットは、二階の老猫ドーラが危険な外へ出ぬよう、そして日光浴と軽い運動が出来るように特注したものだ。しかし最近そのネットの縁がぷつぷつ切れ始めたので心配である。——さて、猫を外へだすな、出すと危険という風潮はここ十年位のものだろうか、つまり千葉で猫の運動用フェンスなどというと、年寄りから変な顔をされる事が多いって事で。

ある日、このネットの中へ青空を飛んでいた雀が一羽、侵入した。ピンポン球よりも小さいその、編み目を潜《くぐ》ってである。いったい胴をどうして突っ込んだのか。生き物は実にするりと動くけれど。

勝手に入ってきたはいいが出られない雀。それはベランダ内のネットで区切られた空間の中、警戒音で騒ぎ立て飛び廻った。やがて疲れて来たというのでエアコンの陰に入るが、また出ようとして騒ぐ。俄然《がぜん》老猫は若返った。2チャンネル用語で「しじめっ、取りマツっ」と鳴く・ウェッ、あっあーん、と外へ出たがる。「そうだよ大切なお前の猫を若返らせるにはね、一日に一匹こういう、私も個性もない凡庸な生《い》き餌《え》を」、ウェッ、あっあーん、駄目駄目駄目駄目駄目駄目駄目っ！

さて、でも雀にして見れば戦争全開だ。だって食われるんだもの、そいでもってこんなひどい雀を見たのは初めてであった。それは狂乱して外見が一秒で窶《やつ》れた、変化した雀。

まず羽に色が無い。でかい蛾《が》に水を掛けた時の、鱗粉《りんぷん》飛んじゃってるような状態で、血の気の引いて白っぽくなった体は、狂い飛ぶだけで羽が落ちる。嵩《かさ》も、胴体なんか半分になった。焦るだけで雀の体積は二分の一になるな。「ああひどいな、これは（引用・落語）」。

逃げパターンを見といてから取りやすい位置で、ありあわせの道具を構えて待ち構え捕獲した。しかしいくら保護するためとはいえなんで私はこう、野良猫野生雀等を捕まえる運命になるのであろう。上手というではない。しかし相手もよくも捕まるなー（捕った！）。

猫と違い、雀は捕縛するとぷっと静かになるね。玄関で放すまで私はひやひやものだ。ドーラだーめドーラだーめ、まだまだまだまだまだまだっ！　そして、雀は逃げる時また元の色と嵩になって平然とぴっぴーと逃げて行った。その後大変な大事件として、私はこれを鳥識者長野まゆみ氏に全開で報道した。そしたら、よくある事らしい。ふーん、でもでもでもでもっ、私は私は私は私は、私は私は私はーっ、疲れマッた。

小説内私小説「庭の雀」

終わり。

その後集会の日はますます近づき、それで一月十七日私はどうしたか。

ひどかった。だって行ったらデモは終わってた。というかS倉土建にその、責任はない。私が勝手に間違えたのである。一月十七日（土）、とビラにはあったのに、「あー土建のヤすみ八日曜だーっ」って勝手に思い込んでそれを、一月十七日（日）って読んでいたのだった。当日は長編の著者校了をやってたりして、日付はともかく曜日の判るような生活してない。むろん一日中ばたばたしていた。しかしその、雪がちの十七日（土）にデモはあったらしい。

その日は図書館でどさーり借りたふるうい資料の返却期限が来ていて、それぞれ駅から徒歩十分以上の、あちこちの図書館へ、タクシーとバスと電車を併用して本を返しに行っていた（私はリウマチ）。そしてやっとふらふらと、自分ちの最寄り駅の階段を下りると、市民団体のような人達が集まって、一斉に何か言っていたのだった。んで思った。

あれ、これ違う？　それぽーいよ？　でも明日でしょ？　じゃあ同じ嘘井の駅で二日、でも連日集会なわけ、そしたら。野兎の里で戦争全開なの？　まだまだまだまだなの？　だってネットね、——ネットワークっていう垂れ幕があるからきっとこれ他の団体だわ。だってネットワークってなんだか運動ぽいのだもの。極私的でないし土建っぽくないもの、と思って見ても、でも——。

タクシーで二三キロ走れば田んぼの中に道祖神群、というようなこの嘘井の「わー三年経っても変化ないここの駅前」と東京の編集者に感謝されてしまうような屋根の低い町並み、メルヘンな駅屋根、そこでいくらネットワークだからと言ってこんなに盛り上がるとはやっぱり、戦争全開か、だってその垂れ幕のあたりだけで二十人はいるし。しかし、……このあたりは御城下だから周辺からはちょっと浮くが、それでもS倉、義民と言ったらS倉宗吾様だしねー、だったら？　戦う土地柄？　違う？　つーて、ごちゃごちゃごちゃごちゃと、考えてみる。でもいいわ私はどうせ明日だもんね「吟行」は明日、と、——ふと見るとネットワークの人々はすっきりと痩せている。ビラだけ貰おうとして手の甲を反らせて、すーと横を通るが、なぜか貰えない。くれないんですの？

翌日日曜はいい天気でいかにも集会日和。時間は一時からだが腰痛と鼻血、いくら郊外に越して筋肉付いたからってデモで何キロも歩く気はない。眺めてメモとって世間話して、んで帰る気。暖かいのが取り柄よね本日。そして実は「全開かまだまだか」判定の他に、興味のある事がひとつあった。

派兵反対集会の場所がお伊勢公園という点。要は神明社がある場所だよ、つまりお伊勢さんの小さいのが。で？　ふーんお伊勢と戦争反対？　ちょっと、相性、悪くないか？　と。でもまあ今（戦後）ならアリかも。だって神社庁の総帥が平和サミットに出てるという事は新聞で知っていたし、ただその一方、……京都で梨木《なしのき》神社が爆破された時にはその神社特有の理由が背景になってたとも聞いていたし、すると、お伊勢、反戦って、はたして本当に、アリ？　そのまますするーっと？　繋《つな》がるのかな？　つまりそれってどうよ、どうよ？　とたとえば、参加者の方に質問したかったの。て言うか、伊勢出身者の私ならばそれは皇室系神社という認識が先だ。が、千葉まで来ると単なるお伊勢さん・ええじゃないか、で殆《ほとん》ど民間って事なのかな？　だったら一般神社と変わらないのかな？　つまりそういう「民間」の意識が知りたかったわけで。その他、まあでも一番判りやすく駅に近い場所だからそこでするというだけかもとも、思ったりして。で、結局その件は、――。

行ってみたら、たちまち、解決だった。お伊勢公園とは、神明社がある公園という意味ではなかったのだ。つまり階段を上がってその「広場」に入ってみると、お伊勢公園と神社とは仕切りで分けてある。お伊勢の隣にある公園という意味だったのだ。そうだよな、だって、公園税金で建てるのだからそこに「宗教」があったらきっと誰かが文句言ってくる。それにここのお伊勢は戦後丸出し。既にバブル期の昭和五十一年に移転して来たばかりの新しいのだった。それ故に外見もきれいげでありそれ故、――私はすーと通り過ぎていた。スーパーの近くなのに寄った事もなかった、興味なかったのだ。

私が好きなのは神仏習合で石物イパーイの、境内で出雲系や異端神が入り乱れてしまうふるーい、ふるいっ、S倉特有の、社《やしろ》、しかも小さくないと嫌。だって伊勢神宮なら郷里に「大きい」のがあるし。じゃあ、ここで待つ？

お伊勢公園は余裕あるベンチとてかてかの石、隣は運動場、子供とお母さんが遊んでいマツ。妙齢のご婦人が、トレパン姿でお弁当を使ってマツ。日溜まりの中、だらだらマツ。

そして、そのうちに、というか当然「待ち時間」が長くなってきたので、——。

「一時を過うぎぃたぁあぁらっ・二時がクるっ！　待ってた彼女はマッダ来ッないッ・アイオイェーッ・……・イャあーっ！」という昔フランキー堺が「夢会い」で歌ってた外国歌謡をすんなりと思い出してその時、なぜか、全身から恐怖がこみ上げて来た。でもなぜ怖かったのかはその時はよく、判らなかった。

ふん戦争迷惑、戦争不快、戦争別件、戦争最低。余計な用事、それは戦争。

要するに、……一ヶ所にとどまると、ここなんか、怖いんだよね、……それでしばらくすると神社と公園を行ったり来たり……でもまあどっちも一見平和でなんか「吟行」的にはスルー所も多いんだけども、ところで、……。

この「お伊勢には」社務所とか当然ない。つまり質問不可能。でもまあ由緒ならばあちこちに書いてあるから。それは案外に、面白かったけど。つまり、……。

伊勢神宮といったって御当地のは、山の麓《ふもと》に江戸時代からあったのを移転して来た奴。その上その当時から来歴不明のもの、江戸期、「余れる縄五把」を埋めて祀《まつ》る、というような記録があるだけ（うん、そんなのは好き）。——一方、「我が」故郷の「大きい」伊勢神宮の歴史、それは意図的戦略的民間化演出の歴史である。それ故経済的理由から表面上の神仏習合化も中世には結構進んでいた。しかし本質的に伊勢は神仏分離で、また根本に皇祖神神社としての性質があった。つまり、……。

一見民間風の信仰がもし伊勢信仰の中に入り込もうとしても、例えば地方にお伊勢を素朴な信仰で祀って、伊勢から商売気のある御師さんを呼んで、というような時でさえも、その中で民間の修験道的な祭りを、土俗の勢いでお伊勢に盛り込もうとか、地元の人がすると、たちまち神宮は出てきて阻止、という感じで進行していった。しかし、私見だけどここは本当に小さいお伊勢だなー（いいなー）。皇室神ほっといて、勝手にやってる感じ。おや、お鈴がピカピカの新調だなー。

公園に飽きたので興味ないはずの神明社を三巡りして、それなりに興味をかき立て、そしてここにもとてもS倉らしい浅間神社の石物があり、煎餅《せんべい》が一枚供えてあるのを発見。石ひとつ、煎餅一枚、これでも境内社です・よし！　つまり、屋根のある石に名前が彫ってあるだけでお社と称するの。こういうの伊勢では私、いまいち見てない。でもふるさとも十七歳までしかいなかったから、本当はいっぱいあったのかもねえ。で？　極私的にはこの祈り方、五重丸だ。

デモの写真を撮ろうと思って持ってきたカメラで、さあ石物を撮るぞ。元々このお伊勢は山の麓にあったというのだから、もしかしたらそれ以前は浅間神社がメインだったんじゃないかと勝手に想像する。そんな石は私好みに古く、江戸時代に見える。

そして、喫茶店があるのに缶コーヒーを買ってわざわざ、立って飲んだ。ここに越した秋、都心を戦車が走る軍事訓練があったはずだと思い出して。あの時はあの兎に似た猫がふいに脱走して、半日位で帰っては来たものの、その間生きた心地ではなかったよなーと、浮かんで来た。東京に戻りたいという気持ちは、あれでふっとんだ。

そして、……都心戦車・猫プチ家出事件から三年。今度は戦争の方が、なんと県まで出張して来てくれたよ、というか日本が余所様《よそさま》の戦争に出張するようになったのでそのため国内のそういう危機感が、こーんな郊外にまで出張して来てくださる羽目になったんかい。危機感デリバリー。ふっふーん。着々とやっているなくそっ。まだまだまだまだっ!? え、その割にはなんかまた、ぞっとしてきたで。

ただその時はでも、ぞっとする感じの根拠はよく判らなかった。派兵反対集会が全員検挙されて「牢屋」に入ってるなどとはまさか考えないが。しかしやはり、そうかデモは前日だった、という事にいつしか気付いて、――私は「外れ感」に押し止められたまま、しばらくうろうろして諦めて帰った。でもこの方がいいかもね、だって「行ったら日が違ってました」っていかにも「庭の雀」としての反戦ビラらしくって。

と思ってて、その日の夜とっておいたチラシのビラの裏を見たら炙《あぶ》り出《だ》しになっていた。ガスの火で炙った。知らない文字だった。「各派」の共通語だと後で知った・ぞっ。それで、判ったよ。

派兵反対集会は二部制になっていた。というのも、ただ集会場所の隣にお伊勢があるというだけでもそこに行きたくない、というか怖くて気が引けて、行けない方々がいるのだった。私は一日遅れたからというのでそちらに参加した。深夜だった。集会場だって判りにくい場所なのだ。歩いて三百メートルの沼際である。浄水場があって、畑の間には新しい建売が並んでいる。「伊勢出身の方ですか」って嫌な顔されたけど。帰らなかった。

場所はＩ旛姫ノ宮という神仏習合神社、境内は家一軒分もないと思う。丹塗《にぬ》りの明神鳥居、菩薩形の石物、境内その他石物は出羽三山三基、御神体は姫様、姫神様です、姫です。くどいですか。二人で動かせる程の比較的新しいお社の形式はもう忘れました。境内に本来の御神体ではないはずなのだけれどメインの、石物があります。これはいくら何でも自然石だと思った。でも実はあまり、よく見てこなかった。

そこは家から一番近所の神社。私は以前昼間に一度お参りした。タクシーで猫砂買いに行くついでに寄ったのである。しかしその後行きたくとも徒歩でも、近くとも行けなかった。タクシーもドライバーによっては行きたがらないのだよなんのかんの言って。また、すっごく行きにくい場所にあるのだよ山道ごろごろって程ではないのだが、曲がってて、草地の道。それから「信仰」に理解のない人だと誤解される神社だし。でもそこにその社の「関係者」が集まって反戦やるというから、丁度《ちょうど》いい機会なので参加して来ました。

さて、この社の姫様こそ国家に追放された異端の神、御神体は道祖神女性形つまり陰石であらせられる。随分古いもので元は城下町Ｓ倉のお城の所に確かあったのだと、最初に案内してくれたタクシーの人が言った。この人はS倉の三峰神社の氏子で、「ここの三峰の神輿《みこし》には男、女がある」なんて言ってて、姫様の御石を見ても、「あ女の神だ」と言ってさっと拝んだ。私の方はそういう御神体だという事を知らなかったもんだから、というか石文化圏に育ってないものだからあたふたして拝みそこねてしまったりした。それで後から郷土研究の本で、前はセメント製のもあったと書いてあるのを読んだ、うーむ。誰が作ったのか。

そしてその研究書には姫ノ宮は由来不明とあったけれど、タクシーの人は教えてくれた。お城に昔からずっと祀られていた姫様であった。しかし戦時中兵舎が出来るので「兵隊さんの側に女の神はよくないっ」・「この非常時にっ」とかそういう理由で沼際に転居させられたのだった。それでも戦前、この沼際で催される花火大会は姫ノ宮奉祝大会であったりとか、まあ大切にはされていたようだ。しかし戦後は「この平和時にっ」・「神社とはっ」て感じだったのかどうかは知らねども、まあ宗教禁止だし、国際化なんだし、セクハラに使われそうだしってあたりかなー、そして花火大会は国際花火大会という名になり実際世界各地から花火師が招待され、いながらにして世界各国の花火がほしいままに見られるという状況になっている。

しかも私がその姫様を見にいった時には既に、つい最近の、二度目の移転が、なされていた。建売が立つので区画整理されて、今までより一層沼に近い、一段下がった土地に移されていた。それまではどうやら自然石の陽石も二基あったらしいのだが、整理されていた。折口信夫が小馬鹿にしたような土俗の信仰、チューリップと兎のヌイグルミが供えられていた。お城にいた姫も今は沼際の暑さ寒さに耐え続けて、それでも花と兎に囲まれて暮らしている。

追われ追われる姫には親近感持つけど、誰かを案内したりしたら嫌がるかも。やはりひとりで行くしかない。が、もしそこにたまたま誰か来ていたら、そしてその方と私の「神に対する考え方が違ってたら」きついなー。

でも深夜、その神社で派兵反対集会、確かにそれはふさわしいかもしれん。炙りだしたチラシを書いてあった通りに、私は門の前に張っておいた。門に張れという指示は図になっていたから、判ったのだ。チラシは夜から、いきなり文字が発光しはじめた。ヨウレボシのように。そして主催者側は、迎えに来てくれた。一月の十二時だから気温はマイナスだ。周辺の神社からのメンバーが殆どで、顔見知りも多い、全員昔の戦争の体験者なので、物見遊山系の私はばりばりに肩身が狭く、というかいたたまれなくなった。

山を森を越えて重たげに飛んで来る石物の彼らを、私はベランダのネット越しに見た。まず、E原台の麻賀多《まかた》神社からは出羽三山九柱、ここの神様は修験系だから天狗《てんぐ》が多く、夜、正体を現すと石の背中から羽が生えてくる。駅南の星神社からもやはり出羽系統数名、他、社の扉を開けて来たらしい琵琶《びわ》を抱えた裸足《はだし》の弁天系一柱、このヒトは翼なし。神社脇の神仏習合系、秩父供養塔五基は当然お遍路ルックで、人間形、八幡神社から単独参加したのは白山系の小さい天狗像でこれもまさに飛来。石の天神様、牛車《ぎっしゃ》がないので歩き。

田んぼの中の三十番神社前から塞の神一名、これはお地蔵様、――。

文字だけの道祖神の石の胴体から、煙のように生えた手足、人間化した石像の霧のような衣服、ひとや精霊の形がもやもやと本体に絡みついていて、深夜の防犯灯の光の中で、一斉に道路に影を並べている。ひとつの講で次々同じ趣旨のものを建てていくタイプの道祖神は、やはり行進的に姿を並べているが、台石が少し宙に浮いてぐらぐら揺れながら移動して来た。結局全員整列してもザッザッザにはならない。全体に生まれた年も「理由」もそれぞれ随分、違うせいか？ 彼らの印象は夜の方が明るい。昼間の古びた石の方が怖いくらいで、出雲系というより縄文系、縄文系というよりでも、これは、極私系だな。だって、――。


戦争で馬を徴用された人が愛馬の無事を祈って建てた馬頭観音があると聞いた。それは、チェスの駒みたいになって来るのかと思ったらなんと、紬《つむぎ》のモンペ姿の女の人に見えた。縄文でなくても人は自然に石に祈るんじゃないのかなー。このあたりの庭はミッキーマウスでも猫でも石物だらけだし。

宮沢賢治的に「どってこどってこ」と行進するかと思ったらそうでもなかった。藤枝静男的に「でんでこでんでこ」になるかというとやはり人間とは違う。なんだか淡々と行進した。短い距離なので楽であった。姫ノ宮で集会をしてから夜なので花火をやった。姫は内気そうだが割りときれいな人で、そんなに若くはなかったが子供のようだった。沢山いた子供は「殺された」と言った。

ふん、結局それじゃ「庭の雀」は書けなかったのかだって・違う・だから・これが。
モマエラに読ませる「庭の雀」なのダ。

注　2チャンネルは2ちゃんねるとは違うものです。2チャン用語は2ちゃん語と相当似ています が「マッ」の用法等いろいろ違います。

参考文献　小川元著「印旛沼周遊記」崙書房出版
西垣晴次編「民衆宗教史叢書13伊勢信仰2」雄山閣出版

サラム

シリン・ネザマフィ

一

頭を後ろの窓にもたれさせ、次々と変わってゆく風景を、前に立ち並ぶ人々の壁の隙間から半開きの目でぼーっと見つめる。こんなに朝早く起きるのは本当に久しぶりだ。もともと朝に弱い人間であるうえに、朝の授業を取らなくなってからはさらに怠けるようになった。今日はあまりにもギリギリに起きたから化粧もまともにする時間がなく、髪もきちっとまとめていない。電車の中で両方を直そうと化粧ポーチと鏡をカバンに押し込んで出かけたけれど、電車に揺られている今は、だらしなくても別にいいんだと思うほど、眠気に襲われている。

目を開けつづけることは一苦労だ。早朝の柔らかい日差しが肩と腕を優しく撫でてくれる。暖かくて気持ちがいい。このまま、眠りたい。体を車体の揺れに任せていると、電車のリズミカルなガタンガタンという音が子守り歌のように耳に入って眠りに誘ってくる。

今日行くところは初めてだ。正確な場所は知らないし、弁護士と一緒じゃないと入れてもらえないから、まず弁護士の事務所に行ってから一緒に車で向かうことになっている。それで、こんな早朝に起きざるを得なかったのだ。

外の風景を見つめるのに飽きた。視線を落とした。前に立っているサラリーマンの腕と体の隙間から、向かい側の席に座っている女の子の姿が見える。首が横に倒れ、電車の規則的な動きに合わせ、顔を覆う髪が揺れる。半開きの口の端から細長いよだれの線が肩まで流れている。目玉がまぶたの下でキョロキョロと激しく動く。目玉が激しく動くのは深い眠りに入っている証拠だと聞いたことがある。身につけている服装は学生っぽい。実家が大学から遠いのか、それとも部活の朝練のためこんな辛い思いをしなければいけないのか。

大きくあくびをした。人の観察にも飽きた。今から行くところをもう一度思い出してみた。どんなところなんだろう。いろんな人からチラホラと聞いているけど、はっきりと想像がつかない。刑務所のようで刑務所ではない。収容所という呼び方のほうが適切だという。でも何が違うんだろう。一時的な収容所のはずだが、長居させるケースもあるらしい。とにかくすごく悪いことをしている人達の収容所ではない！　ちょっとだけ悪い人達の居場所かな。事務の金子さんは〝悪いことをしていない人達の居場所だけど、悪いことをしたように思い込ませる場所だ〟と熱く語る。比較的冷静な田中先生は単に〝外国人の収容所だ〟と説明した。どういうところかは気になるけど、その場所がどうこうというより、外国人として外国人の収容所に足を踏み入れるのは正直少し怖い。

横で爆睡している小太りのおっちゃんの腕時計を覗《のぞ》いた。七時前だ。まだまだかかる。こんな遠いところ、こんな朝早く、本当は断りたいところだけど、時給が素晴らしすぎて文句は言えない。時給はこれぐらいですと額を聞いた瞬間、驚きのあまり目玉が飛び出そうになって、心臓がうるさく鳴り始めた。興奮した声で「やります！　引き受けます！」と叫んだとき、朝起きるのが弱いんだということは脳の奥の奥にもひっかからなかった。

二

田中先生が面会用の申込書を二部書いて、受付のような小さな窓口の向こう側に座っていた男性に渡した。数分後、正面のぶあつい鉄のドアが開き、背が高くがっしりした警官がその中から現れた。日本人と思えないほど体格がよく、筋肉は制服を破り出そうなほど隆々としていた。彼は「こちらへどうぞ」と言い、私と田中先生がドアから入った後、後ろから入ってドアを閉め、鍵をかけた。ドアの向かい側は細長い通路だった。通路の両側に鉄製のドアと、所々小さな窓があるだけで全体的にとても暗かった。外の光があまり届かないため、いくつかの小さなランプで目の前が見える程度に明るくなっていた。朝なのに暗い。この通路は夜になるとホラー映画のように怖くなるのに違いない。

大柄な警官は、私たちを通路の両側に並んでいた部屋の一つに案内した。ここはロッカールームだ。すべての荷物をここのロッカーに預けるようにと言われた。この建物に入る前に一度チェックがあって、カバンの隅々まで調べられた。携帯電話や鍵などを階下で預けたからこのまま面会の部屋に入れると思っていたのに、またフィルターがあるとは……。田中先生は不満そうに独り言を言う。持ち出す必要がある書類が多すぎて、カバンを持てないことがとても不便そうだ。先生は眉間《みけん》にしわをよせながらカバン内部のものをひっぱり出す。カバンがチェックされると知っていれば、あのキラキラピンクの化粧ポーチや予備のストッキングなんて入れてこなかったのに。おまけに鼻炎なので、カバン内はいつも鼻をかんだ使い古したティッシュだらけ！　ガードマンに見られてかなり恥ずかしかった。

私は必需品の辞書と筆箱を持ち、部屋の外に出た。田中先生はカバンを持ち出せるかどうかで警官と少しもめた後、ぶあついファイルと筆箱をカバンから取り出し、諦めたカバンをロッカー内部に入れて鍵を閉めた。その後、再び大柄な警官に案内され、廊下を少し進むと、違う警官が前に現れた。田中先生と挨拶を済ませた後、前にあったドアの鍵を開け、私たちが入れるように身を除《よ》けた。田中先生に続いて部屋に入った。さらに、私たちに続き大柄な警官も入りドアを閉め、ドアの前に立った。

案内された部屋は比較的小さく、建物全体の雰囲気と同じく灰色だった。真ん中でガラスが仕切られ、二部に分かれていた。そのせいか部屋全体はさらに小さく見えた。ガラスの前に三脚の椅子があり、田中先生は端っこの椅子に座った。私も田中先生とひとつ席を空け、端っこの椅子に座った。しばらくして、ガラスの反対側のドアが開き、一人の警官が入ってきた。ガラス越しに軽く会釈をし、後ろを振り向いて、手を動かして「入って」という合図を出した。すると警官の後ろから、細身で中背の女の子が、下を向いたまま静かに入ってきた。民族衣装のようなカラフルでダボダボな服を身にまとい、髪にはキラキラとした模様の入ったカーキ色の長い布を巻いていた。草原に暮らす遊牧民を彷彿《ほうふつ》とさせるような、今では映画でしか見られないような雰囲気の人だった。警官は彼女にガラスの反対側にあった唯一の椅子を見せた後、ドアの前に戻った。彼女は私たちの方を向かずに下を向いたまま、席に座り、無言で両手を膝の上に乗せた。興味津々に彼女を見つめる私たちとは、目を合わせようとしなかった。

田中先生が声を整え、セッションが始まった。

「サラム!」

ダリ語の挨拶で親近感をわかせたいと会話を始めた田中先生の足元に目をやると、ぶあつい、透明なファイルが置いてあった。その中にカラフルな色遣いで『世界の挨拶』と書かれた子ども用の薄っぺらな本が入っていた。

彼女は下を向いたまま顔も上げず、まったく無反応だった。

田中先生が私をチラッと見た。「通訳を頼むぞ!」という合図だった。

「田中です」

先生は少し緊張している声で続けた。「もうすでに説明を受けていると思うけど、僕は今日から君の弁護をする。怖いことは何もないから一緒にがんばりましょう」。日本風のまとまった挨拶で、ようやく言いたいことが言えたようなほっとした顔で腰の位置を整えて座りなおし、私の方を向いた。言葉を訳そうとしはじめたところ、田中先生は重要なことを思い出したかのように突然椅子から立ち上がり、独り言のように、「あ、ちょっとごめん！」と言いながらコートの内ポケットから一枚の名刺を取り出し、ガラスの小さい穴から向こう側に滑らせた。彼女は田中先生のこの突然の行動で驚きを隠すことができなかったのか、一瞬顔を少し上げ、私たちの方に薄い眼差しを送った。

一瞬のことではあったが、顔を見た途端、不思議な気持ちになった。光が消されたような、曇った無表情の目はとても生き物の目には見えない。透明なプラスチックで出来ているおもちゃのようだ。この静かな目で本当に見えるのだろうかと思わず考えてしまうほど、何の動きも表情もない目だった。

「あ、お願いします」

田中先生の声で我に返った。発音の違いで聞き取れない場合もあると聞いていたため、ゆっくりと田中先生の眼差しの下で彼の言葉を訳した。

彼女からは何の反応もなかった。ダリ語を久々に聞くと嬉しくなるだろうと予測していたのに。反応がないので、田中先生は少し疑うような横目で私をチラリと見た後、続けた。

「一緒にがんばるため、まず君は私の質問にすべてちゃんと答えないといけないんだ。いろいろ聞く必要があるから、少し辛いかもしれないけど、そのすべてが君のためだからがんばって答えてほしい」

彼女はまたしても無反応だった。田中先生は横目で疑いながら私を見た。静かに「ちゃんと訳しました！」と弁論した。彼女は、頭に巻いていた長いカーキ色の布の先を、膝の上に置いた片手で取り、もう片方の手の指の周りで回し始めた。日焼けした手の表面にはしわがたくさんあり、指のところどころがひび割れ、皮膚が硬くなっていた。短い爪の間にはアカが溜まり、黒ずんでいた。ハンドクリームという言葉なんてとても聞いたことがなさそうな人の手だった。

田中先生や私の言葉は聞いていない様子だった。先ほど田中先生が慌ててガラスの隙間から滑らせた名刺には目もくれず、そのまま放置していた。田中先生は透明プラスチックのファイルからぶあつい書類を取り出し、その内部にあった質問表に目を通した。

「名前はなんというの？」

先生の言葉を彼女に通訳した。短い沈黙の後、聞こえづらい声で「レイラ」と返事があった。雰囲気に似合わずハスキーな声だった。本人は知るはずもないが、大学の男子生徒がたまらなく好きそうなセクシーな声だ。彼女から反応があった瞬間、田中先生は突然まっすぐな姿勢になって嬉しそうに彼女の方を見つめ、そして質問表を見返した。古い携帯のバッテリーを新しく入れ替えたように、田中先生の声が突然元気になって、さっそく次の質問を切り出した。

「名字は？」——「ゴラムアリ」

「生まれたときは？」——「夏」

「あのー、日付とか年を聞いているんだけど……」。田中先生は私の方を向いた。生年月日という単純な言葉が脳の奥から完全に消えていた。慌ててずいぶん前に購入していたダリ語の辞書をカバンから取り出し、生年月日という言葉を探した。その言葉をダリ語で見つけ、もう一度質問を繰り返した。辞書を閉じて、顔を上げると、私の言葉探しの動作が面白かったのか、いつの間にか彼女はずっと下を向いていた頭を上げていて、あの不思議な目で私を見つめていた。その無表情な目と目が合った瞬間、思わず鳥肌が立った。

「知りません。母から夏に生まれたとしか聞いていません」

レイラが再び目線を下に落としながら答えた。改めて見た顔はかなり日焼けした肌に筋の通った綺麗な顔立ちだった。目の周りや口周辺には小さなしわが目立ち、口を動かして喋《しゃべ》るとしわがさらに深くなる。まだ十代のような子どもっぽい顔つきをしているのに、肌はまるで三十年以上先を語っている状態だ。こんなに若いのに働き詰めの中年女性の肌よりもひどい状態、一滴の水分もない乾いた肌だ。

田中先生は困った顔で「いま何歳か知っている?」と聞いた。彼女は両眉を上げた。

「たぶん、十七か十八!」

「どっち?」

田中先生は自分の歳さえ知らない人をどうやって弁護すべきかと、声が少しいら立ち始めた。

「知らない! 兄が十七と言うけど、母はいつも一年上だよと言っていた!」

田中先生は困惑した様子でドアの前に立っていた警官に助けを求めた。警官は慣れた様子で、「年齢不詳の人は多いですよ。ちゃんとしたIDカードやパスポートなど持ってませんからね」と言った。

「そっか、困ったね」

田中先生は片手で頭を抱えながら、体を少し傾け、もう片方の手でズボンのポケットから小さなタオルを取り出し、おでこの汗を拭いた。

「適当でいいと思いますよ。みんなそうしてますから!」

警官がまたもや慣れた口調で提案した。

「そっか! じゃ、とりあえず十七にして……、いや、母親の言葉を信じて十八だとして……」

田中先生は前に置かれていた紙に何かを記入した。

「どこで生まれたの?」

「マザーシャリフ」

彼女は聞こえづらい低い声で答えた。

「マザーかあ、大変だったんだろうね」

田中先生は目の前の書類に目を通した。

「君はハザラ人だよね?」

彼女は少し間を置いた後、無言で頭を小さく下げた。

「そっか……」

田中先生の独り言が聞こえてきた。

「両親は今どこにいるの？」

彼女が下を向いたまま「母親は死んだ」と答えた。

「あ、それは失礼。残念だったね」

田中先生は書類に何かを記入しながら悲しみの言葉を添えるのを忘れなかった。私は田中先生の独り言のような言葉をいちいち訳す必要はないと思った。

「父親は？」

田中先生の質問を訳したとたん、彼女は突然顔を上げた。あの無表情な不思議な目で私をじーっと見つめ始めた。その目は、見たことのない薄い色をしていた。茶色でもなく灰色でもない。頭に巻いていた布に影響されたのか、カーキ色に見えた。田中先生は彼女の心配の元を察知するレーダーのように、すぐに付け加えた。

「もう分かっていると思うけど、私たちは友達だよ。君を助けるために来ているのだから安心して話してください」

訳しながら、自分が知らない人の友達の輪に追加されたと思った。ハンドクリームを塗らない、年頃の娘の友達はどういう人たちなのだろうか。暇な学生とぽっちゃりした弁護士か！

「父は今パキスタンにいます」

布を指の間に回すことをやめた。無表情の目の光が消されたまま、何の動きもなく遠いところを見つめていた。

「何しに行っているの？」

「知りません！」

「父親の仕事は？」

レイラは下を向いた。無言のまま数分が経った。父親についての質問に答える気はないようだ。田中先生は深いため息を吐いた。

「知っていることを教えてくれないと何もできないよ」

彼女の方から反応はなかった。父親についての情報を渡すつもりはないという堅い意志があるようだった。

「兄弟はいる？」

田中先生は父親の話を諦め、話題を変えた。

「兄が二人」

「お兄さん達は今どこに？」

「一人は死んだ。もう一人は父親のところにいる」

「あ、失礼。どのようにして亡くなったのか、教えてくれる」

「戦争で。爆弾の破片が頭をぶち抜いたらしい。死体は見てないけど」

彼女の口から流れる実の兄に関しての淡々とした冷たい表現を訳すとき、背中に冷汗が流れた気がした。

「父親といるお兄さんは何をやっている?」

「父親を手伝っている」

「何をしているかを教えてくれない?」

また、レイラが口を閉じたまま数分が経った。

田中先生は腕時計を見た。

「そろそろだね」

先生の目を追って私も時計を覗いた。まあ、こんな時間! 気づかないうちに二時間もこの部屋で過ごしていたんだ。この取調べは想像していたほどうまく進むものではなかった。田中先生曰《いわ》く、最初の面会はいつも他より疲れるとのこと。さらに、最初の面会のゴールとは、たくさんのことを聞き出すのではなく、信頼関係を築くことだ。

弁護士の取調べを嫌がるクライアントは大勢いる。よく知らない人からいきなり沢山の質問を浴びせられ、その一つ一つに正しい答えと正確な記憶が要求される。弁護士は、裁判でアピールできそうな情報を獲得するまで土足でプライベートの奥の奥まで上がりこむ。その領域は、あらゆる角度に及び、プライベートという言葉が何の意味も持たなくなるまで探られる。一応自分を弁護する人だから質問には答えてくれるけど、心までは開いてくれない。だから、弁護士はこの仕事を、いかにデリケートに、相手が心を閉じてしまわないようにするかがポイントだと田中先生は分析したのだろう。腕を組んで、首を振りながらさらに言う。

「最近はIT化されてきて、若い弁護士らはクライアントのプライベートな情報まで、クライアントの目の前でパソコンという冷たい機械に叩き込んでいくという大胆な技まで披露する。それがどれぐらい相手に無関心さと冷たさを感じさせているかも知らずに。僕のポリシーは少なくとも、クライアントの前ではパソコンの入力を一切しないこと。ノートに書いた情報をもう一度パソコンに入力することは時間の無駄かもしれないけど、その反面、クライアントと向かい合う大切な時間を、友達同士の感覚で喋れる。それが信頼関係を築くためにどれくらい大切なことか。クライアントと過ごす時間で一番大事なことはちゃんと目を見て話をすることなんだから。そうするとお互いの小さな反応や顔の動きも理解するようになって、段々なんでも話せる仲になっていくんだ」

見掛けによらず、弁護方法を長々と熱く語る田中先生だが、果たして彼のこの独自のやり方で、下を向いたままずっと指で布を弄《もてあそ》んでいる、ガラスの向こう側に座っている少女とうまく信頼関係を築くことができるのだろうか。

「今日はどうもありがとう、また来週の火曜日には来る予定ですので」

田中先生はレイラと話しながら彼女の後ろのドアの前に立っていた警官の方に視線を向けた。「また来てよろしいんですね」と確認するように。「大丈夫ですよ。名前と時間帯を外のガードに渡してもらえば」。警官がガラスの前に座っていたレイラに近づきながら答えた。

「あ、どうも」

田中先生は会釈しながら席を立った。

レイラの後ろに立っていた警官がレイラを呼び、奥のドアを開いた。レイラは無言で席を立ち、私たちの方を振り向かず、ドアの奥に消えて行った。

私たちの後ろに立っていた警官がドアの鍵を開け、再び最初に案内されたロッカールームに通された。携帯や鍵がテーブルに置かれていた。荷物をまとめ、カバンを取って面談終了の用紙にサインをし、警官に渡した。外へと続く廊下をくぐり抜けるとき、田中先生は車で私を駅まで送ると言ってくれた。一緒に建物を出て、車に乗り込んだ。敷地を出るため、門のところで最後のチェックを受けるとき、助手席のドアミラーから、後ろの壁にかかれた〈入国管理局〉の大きな文字が光って見えた。

駅前で車から降りた後、すぐに電車に乗らないで、駅周辺をプラプラと歩き始めた。今日はこれ以外の予定は入っていない。だからといって何をしてもいいわけではないが、大学に戻る気分ではない。今はただ、入管の外の空気を少し吸いたいだけだ。駅の内部に大きなショッピングセンターがあり、買い物客でとてもにぎわっていた。お昼の時間も近く、少し早めの昼食を捜し求めているサラリーマンや、お昼の仕度のため近くのスーパーまで寄った主婦、授業が早く終わった学生や暇なフリーターが混ざり合っていた。

このにぎやかな駅を見るだけでは、数キロ先にあの暗くて怖い入管があるなんてとても想像がつかない。買い物客やサラリーマンでにぎわうこの駅は明るくて広い。その先端に小さな公園があり、その中には子どもが遊ぶスペースまで作られている。駅の周辺は塾の建物や英会話スクールの看板だらけ。この先の入管に自分の母国語でさえ読み書きができない人がいるなんて想像もできないくらい、予備校の看板が目に飛び込んでくる。そして居酒屋やカラオケ、ゲームセンターも。レイラは、これまでの人生でゲームセンターやカラオケといった言葉すら耳にしていないのに違いない。ハンドクリームさえ使ったことがないんだから。

小さな喫茶店に入った。コーヒーを頼んで窓ガラスの横の椅子に座った。香ばしいコーヒーの匂いが鼻をくすぐる。飲むにはまだ少し熱い。のんびりして、コーヒーが少し冷めるのを待っている間、店内を見渡した。気持ち良くカフェに座っているとだんだん現実に戻る。ここが私が住んでいる豊かな国だ。コーヒーカップを手にとって顔に近づけた。いい香りがした。

三

大学の先輩の紹介で二年生のときから通訳のバイトを始めた。英語の通訳が主な仕事だから、ネイティブスピーカーや帰国子女が大勢いる中では、第二外国語として習った英語力を持つ私にまで回ってくる仕事はさほど多くない。

「ダリ語の通訳が入ってますよ」と呼び出されたとき、何かの間違いじゃないかと思い、

「日本でダリ語も使うんですか！」と思わず言ってしまった。「時給がいいらしいぞ！」と言われるまでもなく、一回ぐらい私だけが出来る仕事がしたいという単純な願いでこの仕事を引き受けた。

その後、ベランダの外で忘れ去られた箱の中から、入学当初に使っていたペルシャ語の本や辞書を取り出した。時間の流れで紙の色は少し古く黄色くなっていた。中身をパラパラと見るとあちらこちら、紙の白いところには絵が描かれたり、しょうもないことが書かれたりしていた。まったく授業を聞いていない学生の証拠だ。ペルシャ語の辞書でダリ語の通訳は大丈夫だろうか。「ダリ語とペルシャ語は同じ言語なの？」とよく聞かれるけど、私にしてみれば、ペルシャ語とダリ語の関係は日本の標準語と新潟弁のような関係だ。ペルシャ語がベースとなり、ダリ語という方言が話される。地方にもよるけどたいていのアフガン人はペルシャ語が分かる。一方で、ペルシャ語を話す人達はダリ語の独特の発音に慣れるのに時間がかかる。万が一、通訳中にダリ語の独特な言葉を理解できない場合があったときのために、周辺の本屋さんをあさって、ようやくダリ語の辞書を見つけて購入した。

共通の国境を持っているのに、国民がダリ語をしゃべるアフガニスタンという国の地理や歴史についてほとんど何も知らない。中学に入った頃、街角にモンゴル人の顔をし、変な発音でペルシャ語をしゃべる人達が現れ始めた。彼らのことをアフガニーと呼ぶようになった。彼らは主に土木関係や車の修理などの力仕事をしていた。数年後、世界史を勉強した時にアフガニスタンでは内戦が続いているため、多くのアフガン人が難民として世界中をさ迷っていると習った。特にイランやパキスタンはアフガン人を多く受け入れている国として知られる。今思えば、家の近くにアフガン人の家族が住んでいたのだが、興味がなかったせいか、私はアフガン人がどういう人達なのか、どんな生活をしているのか、まったく知らない。映画では頭に黒いターバンを巻いて白く長い服を着ている人達がアフガン人として現れるが、私がテヘランの街角で見たアフガニーとはまったく違うイメージだ。

ダリ語の通訳を始めて一番面白かったのは、英語を訳すときに辞書を持つとなんだか白い目で見られるけど、ダリ語を訳すときに辞書を開くと感動されるということだ。通訳がまったく出来ないという前提の上に成り立っているから、「こんな変な字読めるのか？」「ミミズみたいだね、すごいね！」という感激の連続で迎えられ、ちゃんと通訳が終わると感謝と感激の言葉を浴びせられる。一応ほぼ母国語なのに！　この快感は今までに味わったことがないほどだ。

さらに、今回は田中先生と仕事をしているというのが楽で楽しい。田中先生は若い弁護士だ。司法試験に落ち続けた末、ようやく難関をクリアし、弁護士になって五、六年しか経っていない。努力派だけど、言いたいことがいえないタイプの、ちょっと恥ずかしがりやというか、神経質というか、そんな、弁護士にはまったく必要のない素質を持つ。何かプライベートのことや失礼に当たる質問などを聞かざるを得ないとき、すでにクシャクシャになっているタオルを手の中でもみながら、丸い体を左右に揺らし、聞こえづらい独り言のような声で用件を切り出す。初めて会う人にとってはこの様子はおかしくてたまらない。それでも仕事はとても細かく、その丸い体からは想像もできないくらい素早く行動する。

まだ若いため、もちろん自分の事務所を持たず、他人の事務所で働いている。そして、一番若いため、大量の仕事が、荒れた川のように彼の方に流れてくる。この仕事も実はボランティアに近いような仕事だ。アフガン人難民を支援するボランティア団体からもらうお金はとっても少ないのに、難民認定の裁判で勝つために使う時間と忍耐力はバカにならない。なのでこういう仕事の依頼が来ると当然事務所の一番若い人が引き受けないといけない。田中先生はまだ独身であるため、自分の時間をいくら仕事に使ってもいいという。結婚してしまうと、もうこのような仕事ができなくなるかもしれないから今のうちに経験しておいた方がいいと本人も解釈している。

四

二回目に入管でレイラに会ったとき、一回目のときのような気まずい沈黙はなく、レイラが私たちをちらっと見る回数も多くなり、私もあの無表情な目を見るたびにぞっとしなくなりつつあった。田中先生はいつもと同様、出てこないおでこの汗をタオルで拭きながら、書類に目を向けたまま質問をする。クライアントとのアイコンタクトが一番大事だと熱く語る田中先生だが、常に下を向いているレイラの目を見るチャンスがあまりないため、このケースにおいては声に耳を澄ませる方式を選んでいるようだ。

「これはお兄さんの写真ですか?」

田中先生は、ぶあついファイルの中から何枚かの写真を取り出し、そのうちの一枚をレイラの方に伸ばした。

ガラスの向こう側でレイラは視線を下げ、写真に目をやり、無言で頭を下げた。田中先生は一枚の写真をテーブルの上に置いたまま、ファイルの中の違う書類を捜し始めた。この間を利用して、座っていた位置から写真を覗いたが、何がなんだかよく見えなかった。

田中先生の質問はどうしてもレイラの父親の方に行ってしまう。父親がパキスタンにいるというところまで聞き出せた田中先生だが、その父親が今パキスタンのどこで何をしているのかを聞き出せず、あらゆる方法を試して似たような質問を繰り返す。ショートケーキの上をぐるぐると回り、着陸できそうな場所を探し求めているハエのように。田中先生によれば、裁判で勝つすべての鍵をレイラの父親が握っているそうだ。だが、レイラは父親について多くは語らない。その代わりに、お兄さん達についての質問にはほぼ答えている。田中先生の熱意が伝わっているのか、自分もこの取調べに協力したいのか、分からない。だが、大事な父親について語るほどの信頼感はまだ得られていないようだ。

「どうしてお兄さんと一緒に日本に来たのか?」

「おじさんは昔からアフガニスタンと日本の間で車関係の仕事をしていた。戦争で傷を負った兄は母の頼みで戦争に参加することをやめ、日本にいたおじさんの弟子になった」

「それはいつごろの話？」

「三、四年前」

「じゃ、お兄さんは何回か日本に来たことがあるの？」

「毎年二、三回ぐらい日本に来ていた。ここではアフガン人の知り合いも何人かいる」

「今お兄さんはどこにいるの？」

「パキスタンに帰っている。上の兄が戦争で死んだ後、父親は彼を呼び戻した」

「じゃ、どうして君だけがここに」

「父親と兄は戦争の準備のためパキスタンとアフガニスタンの間を行き交っていて、タリバンに見つからないように特定の場所には住んでいない。隠れ家生活をしている。私の母親が殺された後、女一人でアフガニスタンに住むことは危険だから、おじさんは父に、私を日本に連れてきて、彼に預けるように提案した」

「じゃ、どうして今入管に」

「アフガニスタンでは内戦がますますひどくなっていく一方だから、おじさんは、私は日本に居続けた方がいいと思った。でも私は読み書きできないから仕事ができない。父親の地位やアフガニスタンの状態を考えれば、日本で難民申請すれば認められるとおじさんに言われた。まさかそれで私が捕まえられるとは思ってもいなかった」

面会が終了したとき、下を向いたままではあったが、レイラはダリ語で静かに「コダハフェズ」と言いながら、警官の後ろについてドアから出て行った。コダハフェズの発音がむずかしすぎたのか横で書類を片付ける田中先生が「さよなら」とつぶやいた。丸っこい顔にうれしさと満足感の混ざった波が一瞬流れた気がした。信頼関係を築くことに一歩近づけたようだ。

前回と同様、田中先生の車で駅まで送ってもらった。車の中で先生に「さっきの写真、見てもいいですか?」と聞いた。先生は運転しながら、ぶあついファイルをカバンの中から取り出し、膝の上に載せた。その中から、写真が入った小さな紙袋をすっと取り出し、私の方に伸ばした。

黒い毛の生えた白い物体が写っていた。体の一部のようだった。他の写真から、この物体は人間の太ももだと分かった。おそらく膝からお尻までを写したのだろう。膝の少し上から太く深い線が、肉を溶かした状態のままお尻の近くまで引かれていた。その線の上には毛が生えておらず、皮膚が薄くピンクがかっていた。指一本が真ん中まで入るほど深い傷跡だった。見るだけで気持ち悪くなり、写真を田中先生に返した。

「これは何ですか?」

「レイラのお兄さんの太ももの写真です」

「どうしてこんな形に?」

田中先生は写真を取り、チラッと見た。

「戦争中、足に爆弾の一部が当たったそうだ。これでもだいぶ良くなっているよ」

「歩けるんですか？」

「少し足を引きずるけど、歩けるみたい」

車のシートに沈み込んだ。レイラにもこのような傷跡があるとすれば、多分私は写真ではなく実物を見ざるを得ないだろう。写真よりも十倍以上気持ち悪いはず。そうなる前に、レイラの難民認定が通ってほしいと思った。

五

日本で難民申請をする場合、入国してから六十日以内に申請を行なわないと認められないという法律があり、それを「六十日ルール」と呼ぶ。「難民以外の目的で来日し、仕事を見つけて日本が居心地よくなって、いざ滞在期間の締め切りが迫ってきたりビザが切れたりしたら、さあ、難民にでもなろうかということを防ぐためのルールでもあり、本当の難民を見分けるためのツールでもある」と田中先生が説明する。だが、来日してから自国の状況に異変が生じたり、革命や戦争が始まったりする場合もあるため、このルールが多くの難民申請者を苦しめている。

この六十日ルールを知らず、難民申請を行ない、当然のように不認定とされ入管に収容されたアフガン人はレイラ以外にも何人かいる。その中のグラムという中年男性の話をレイラから聞かされた。彼はアフガニスタンでは長年、バスの運転手をしていた。ある日、仕事中に突然タリバンに停車を命じられ、運転しているバスでハザラの人を国外へと逃がしているという事実無根の理由で捕まえられ、一ヵ月にわたってタリバンの収容施設で拷問や暴力と迫害を受け続けたという。

グラムの首の後ろには大きな穴のような窪みがある。タリバンの施設で電気ショックを与えられた跡だという。手や足首にも同じく穴のようなところがある。彼の妻が一生懸命集めた高額な釈放金をタリバンに支払い、彼は施設から解放された。体調が元に戻るまでに一ヵ月を要し、旅をするのに必要な体力がつくと、妻と子どもをつれ、アフガニスタンからパキスタンへと逃げてきた。しばらく仕事を探したが、アフガン人が多く避難しているため職が見つからず、知人の紹介でインド、マレーシアそして日本へとやってきた。日本で難民申請をしたが不認定となり、入管によって収容された。

一ヵ月間、タリバンによって収容された結果、彼は精神的にとても不安定な人間になってしまった。レイラの話によれば、夜暗くなると眠れず、大声で話し出す。ひどいときには何かを叫びながら頭を壁に打ちつける。夜中に同じ部屋にいる人たちに押さえられ、何度かベッドにしばりつけられたこともあるという。さらに彼は、パジャマで首を吊るなど、定期的に自殺を図る。精神的に不安定なため、週に一度入管から精神科に通い、薬をもらっている。

昨晩、彼は大量の飲み薬を服用し、また自殺を図った。早朝に部屋の仲間に発見され、病院に搬送された。入管の職員が付き添っているが、その後のことは誰にも知らされていない。

「家族の写真を見せてもらった。今はパキスタンのペシャワールに住んでいる。難民認定されれば家族を呼び寄せて一緒に日本で生活したいと言っていた」

レイラは無表情に、潤む目でそういった。

「父親とほぼ同じ年齢です。やさしいおじさんでした」

彼女にかける言葉はない。田中先生によれば、日本の裁判に勝って、難民として認定されることは現実的にはとても困難だ。事実、難民と認定されたアフガン人の数は非常に少ない。ただ迫害されたからといって認定の理由にはならない。単に迫害されたのではなく、本当に、その人がその人であるために特別な迫害や拷問を受けたということが大事だ。そして、今もなおその人がタリバンによってマークされ追われているという証拠が必要だ。ただハザラ人だからとか、たまたま爆弾が通る軌道にいたから死んだとか、アフガニスタンは安全な国ではないという〝単純な〟理由では認定されないという。

レイラとの面会の部屋から出るとき、入管の職員の話が耳に入った。彼らによればグラムは人の注目を集めるために、よくこういう変な行動をするのだと言う。今回はちょっとやりすぎたけど、きっと治ってまた戻ってくる。こんな状況に慣れきっている入管の職員の話は異常なほど冷たかった。

六

田中先生は最近、ダリ語の挨拶を覚えている。『旅行のための簡単ダリ語』という本をどこかの図書館で見つけ、レイラとより深い挨拶を交わすため、必死に勉強中だ。英語も苦手な田中先生の唯一の頼りは私だ。レイラと面会する日、入管の待合室で待っている間、目が合うたびに、「これってどう発音するんですか？」と言葉の発音や意味を聞いてくる。田中先生は少し神経質でとっても気を遣う人なので、本当に意味を理解していない限りその言葉を使おうとしない。相手に失礼にあたるんじゃないかとか、変な言い方や発音でかっこ悪く見えたりするんじゃないか、ということをかなり気にするため、同じ言葉の意味を何回も聞いてくる。

私は田中先生の繰り返しの質問に飽きるけど、レイラには良い影響をもたらしているようだ。最近習った言葉を先生が間違った発音で言うときのレイラの嬉しそうな顔は印象的だ。笑いながら、正しい発音でその言葉を繰り返す。田中先生はかっこ悪さのあまり、生貝にレモンを搾ったときと同じように椅子の上で縮む。この行動もまたレイラにとっては面白い。微笑《ほほえ》みが意地悪な笑いに代わり、口周辺のしわがより長く深くなる。

田中先生が今日も待合室で手帳を開いて、書き出したダリ語の単語を復習している。面会が始まるまでの暇つぶしに自分の携帯と遊んでいると、横から田中先生が「これ、最近見つけて、買っちゃいました」と言いながら、恥ずかしそうな表情で私に一冊の本を差し出した。本を手に取って中身をパラパラと見た。ペルシャ語のアルファベットと単語の書き方を勉強するための本だ。「ずいぶんお暇ですね」というコメントを飲み込みながら、「練習しているんですか」と聞いてみた。

「練習する時間がないというか、文字が難しくて覚えられないというか。あ、でもいくつかの単語を覚えましたよ」

田中先生が自慢げに言った。

「へー、たとえば何ですか？」

田中先生がさっそく、スーツの内ポケットからペンを取り出し、持っていた新聞紙の端っこに、幼稚園児レベルの書き方で何かを書き始めた。書き終わると新聞紙を私に見せた。個性の強い字を数秒間見つめた後、「レイラ？」と確認した。そして、こんなにも読みづらい字を読めた自分を、天才かもしれないと、一瞬思った。

「分かりますか？」

田中先生の顔に感動の波が走った。

「まだありますよ」

エンジンがかかったようだ。田中先生が新聞紙の端っこにまた何かを記入しはじめた。

「これ読めますか」と、新聞を私に差し出した。

「これ、……サラム、ですか」

「おお、やっぱり正しかったですか。よかった！」

田中先生が満面の笑みで手を叩き、嬉しそうにはしゃいだ。

「すごいですね」

舞い上がっている田中先生を少しほめた。

「この字の形が一番難しいんですね。どうしても上手《うま》く書けません」

田中先生が独り言を言いながら、ペルシャ文字の「H」の字を真剣に練習しはじめた。

新聞紙に向かって、必死に練習している田中先生を見て、幼稚園児レベルとはいえ、その努力はたいしたものだと思った。

「レイラにも見せたいですね」

田中先生が「H」の字を書きながら小さく呟《つぶや》いた。

新聞紙に向かって単語を練習している田中先生をしばらく見つめた。この感動をレイラと分かち合えないことを少しかわいそうに思った。なぜならレイラは読み書きができないから。

新聞紙の狭い余白が「サラム」と「レイラ」の言葉で埋められていく。

「サラムには意味ってありますか」

田中先生が突然聞いた。

「そうですね。もとはというと、降伏、救い、平和という意味も持つ単語なんです。昔は戦争で、負けた側が降伏の象徴として、大声で『サラム』と叫んでいたらしい。『サラム』と言われた側が『アッサラムアライコム』、つまり『あなたにも平和を』と返事して、初めて降伏が成立したそうです。それから『サラム』がそのまま挨拶になってしまって。今は誰も『平和』という意味では使っていませんけど。もう単なる挨拶になっていますから」

「深い言葉ですね」

田中先生が顔をあげ、私を見つめながら言った。もう少し教えようと思ったその時、つきあたりのドアの間から、入管の警官が現れた。

「お待たせいたしました」

田中先生が慌てて新聞紙を片付け、警官が立っているところに向かった。私も席を立って、田中先生の後ろを追った。

面談を重ねるうちに、レイラの父親がアフガニスタンで有名なハザラの司令官であることは明らかになった。よく知られている司令官にとっては現在のアフガニスタンはとても危ないところだが、彼には軍隊がある。今もなお軍隊を指揮するため、パキスタンのペシャワールに一時的にベースを置いているそうだ。身の安全のため、彼の本当の居場所はレイラさえも知らない。父を手伝っている二番目のお兄さんだけが彼の本当の居場所を知っている。そんな生活を続ける彼には、いつかアフガニスタンをタリバンから取り戻し、ハザラ人も幸せに住めるような国にしたいという夢があるという。

「近々裁判があるので、レイラの父親、つまり、サレフ・モハメドが司令官であることを証明しないといけないんだ」

　田中先生の裁判の書類が日々ぶ厚くなるにつれ、感情も熱くなっていく。書類がはみ出ている透明なプラスチックファイルの中からホッチキスで留められた書類を取り出した。

「これは、レイラから父親の仕事について聞き取ったことをまとめたファイルだ。これを裁判に提出するつもりだが、言葉だけでは不十分なため、何か証拠になるようなものがあれば……」

　レイラは静かに私の通訳を聞いた。しばらく無言で考えた後、手を、髪に巻いた長い布の間に入れた。布の下の見えないところに、物入れのような形にしていた粗末な皮を巻きつけていた。それを首の周りからはずし、皮を膝の上に置き、中身を私たちの見えないところで開き、聞こえづらい声で「写真があります」と言った。

　レイラが一枚の写真をガラスの下から田中先生の方に滑らせた。写真の中央には、雪が積もっている山を背景に、モンゴル人のような顔をした男性が、痩せ細った茶色の馬の上に乗っているのが写っていた。肩からロシアの武器カラシュニコフをぶら下げ、頭に黒いターバンを巻いていた。長い民族衣装がとても古そうで、それよりもさらに古いブーツを履いていた。彼の周りを、同じような服装をして同じような武器を肩からぶら下げた人たち数十人が囲んでいた。全員、長年にわたって山でさまよっていたような荒い顔立ちで、乾きすぎてひび割れた肌に、着古してぼろぼろになった服を身につけていた。武器さえなければ、この連中は兵隊以外の何にでも見えた。

私が想像していた筋肉隆々のハイテクのコマンドとは違い、数百年前に存在していたであろう兵隊の集まりだった。

「これは父親か？」

田中先生は指で、馬に乗っていた人を指した。

レイラは小さく頷《うなず》いた。そして、もう一枚の小さいカードのような紙をガラスの下から田中先生の方に滑らせた。

すべてがダリ語で書かれているにも拘《かか》わらず、その黄ばんだカードを見た瞬間、田中先生の顔が輝いた。

「これは……」

「ハザラ統一党のメンバーシップカードだ。そこに、どのぐらいの司令官であり、何人の軍人を指令しているのかが書かれてある」

田中先生はカードを両手でしっかり持ちながら、宝の地図を手にした海賊キャピタンのように、文字の上を大切に指でなぞる。一言も読めないというのに。横から「見ましょうか？」と言い、自分もこの大切なひと時の中に混じった。カードに書かれている言葉を確認する必要もないくらい、カードを目に焼きつけるほど見つめながら先生が呟いた。

「これで勝てるかもしれない」

七

田中先生とのこの通訳の仕事は半年ぐらいかかったが、ようやくレイラには仮釈放という希望の光が降り注いだ。難民支援のボランティア活動をする団体が保証人となり、レイラは釈放されることになった。さらに、同じ団体が運営する教会が彼女を引き取ることになった。彼女のように日本で難民申請を行なっている人達の多くがこの教会の世話になる。彼らはこのボランティア団体を通して仕事や寝泊りできる場所を探し、裁判のための弁護士などもこの団体を通して見つける。

「これは、仮釈放といって一応釈放されるけど」

田中先生は仮釈放の紙をレイラに見せながら続けた。

「毎月ここにハンコをもらいに来ないといけないんだ。〝まだこの町にいますよ〟みたいな存在アピールだけど、来るべき日に来なかったり音信不通になったりすると、保証人が代わりに返事しないといけないから、ちゃんとその日に来るようにしてくださいね」

レイラを引き受ける団体の事務をしている金子さんが入管の待合室で私たちを待っていた。レイラが荷物をまとめるため部屋に戻っている間、田中先生は手続きを済ませ、待合室で金子さんと合流した。しばらくして、入管の職員がレイラを待合室に案内した。どこに連れて行かれるか分からず、好奇心旺盛にキョロキョロと辺りを見回しているレイラと車に乗り、これからしばらくレイラが住むところに向かった。

教会は思ったより大きく、広い敷地内に建てられていた。貧しい国々に支援を送ったり、難民のために活動をしたり、UNHCR（国連難民高等弁務官事務所）のメンバーまでいるボランティアグループが運営するこの教会では、敷地内の一部を改造し、裁判の結果を待っている難民の人たちが住む部屋をたくさん設置していた。南米やアフリカ、アフガニスタンからの難民も住んでいて、レイラにも小さな部屋が与えられた。共同のキッチンとトイレと風呂があり、月々決められたわずかな生活支援金の中でやりくりする。決して楽ではないが、入管と比べたら天国のような生活が今日から始まる。

新しいところに移り住むレイラは不安そうな表情をしていた。金子さんは事前に建物内にいたほかの難民申請者を呼び集め、レイラを迎えるための小さなランチパーティーを開いていた。あらゆる国の香ばしい料理が駐車場の大きな組み立て式のアルミテーブルの上に載せられ、いつもこの教会のイベントに参加する近くの住民の主婦や老人もそれぞれ飲み物や食べ物を持ってきてくれた。想像もしていなかったもてなしと優しい笑顔で、レイラの硬い表情も少しずつ解け始めた。

レイラが教会に移り住んだときから、田中先生とレイラの面談は週一回、教会で行なわれるようになった。この環境の変化はレイラにとって、灰色の壁に囲まれた入管ではなく、明るい場所で人と交流し、街角に流れている日本の生活に触れるチャンスでもあるし、警官付きのガラス越しの面談ではなく、テーブルを囲んでお茶を飲みながら行なわれる、より心を開けるチャンスでもあった。私にとっても、山の上に建てられた入管より、市内にあり交通が便利な教会に面談場所が移ったことはとっても喜ばしいことだ。

教会で行なわれた二回目の面談のとき、田中先生より早く教会に着くと、教会の事務室で、週末のイベントの案内チラシを一枚ずつ折りながら封筒の中に入れていくレイラの姿が見えた。事務室のドアまで来ていた私に気がつかないまま、あのハスキーな声で何やら歌を口ずさんでいた。ドアの入り口の前に止まって、静かに聞いてみると、私と話すいつもの発音と違って、とてもなまりのある聞き取れない方言で歌っていた。アフガニスタンではひと昔前のペルシャ語が話されていることは知っていた。レイラの口からこぼれる言葉の意味はなんとなく分かるが、もうほとんど使われないほど古い。そんなひと昔前の言葉を切ないメロディーとともに、やさしく口ずさんでいくのに耳を傾けていたら、これは昔どこかの教科書に載っていた有名な詩人の詩ではないかと思った。知っていそうで、思い出せないこの詩、何だったっけ。

横の壁にもたれた。レイラのハスキーな声はどこかで聞いたような懐かしい言葉を、今までに聞いたことのない暖かい方言で宙に送り込んでいく。目を閉じた。初めて、ペルシャ語はこんなにも切ない響きがある言語なんだと思った。今どき誰もしゃべらない古臭い言葉だが、彼女のハスキー声で聴くと心が和らぐ。

あ！　思い出した！　この詩を知っている。有名どころではない。中東の人間なら知らない人は存在しないというほどに偉大な詩人、ハーフェズの詩だ。

ハーフェズは、ペルシャを代表する十四世紀の天才詩人。ペルシャ語を話さないインドやパキスタンにまで名が知られている。彼の詩集を置いていない家はないと自信を持って言い切れるほどにペルシャ語を話す人達に愛されている。ハーフェズの詩の特徴は、物事のすべてを「ワイン、それを飲ませてくれる美しい女性、愛」などといった甘い言葉に譬《たと》えながら現実を鋭く曝《さら》すことだ。それぞれの詩には表と裏があり、読むだけでは見えないメッセージが隠されている。ハーフェズの甘い言葉に包み隠されているメッセージを把握することは素人には大変難しいため、ハーフェズ解読者まで存在する。彼はすべての答えを知っていると信じ、詩集を使って占いをするほど彼を信じている人もたくさんいる。

何年ぶりに聞くだろう。は、もちろん学校で習わされた上に強制的に暗記させられた。が、期末テストで満点を取った後完全に忘れてしまった。レイラの歌のリズムに乗って、詩を思い出そうとした。だが、頭の中は真っ白になる。レイラの言葉を聞いて、あ、そうだった、そうだった、と頷くばかり。

この詩に含まれる深い意味と、レイラの今の状況を重ね合わせると、レイラはこの詩の意味を知って歌っている気がする。でも、読み書きすらできないレイラに、ハーフェズの詩の意味なんて本当に分かるのだろうか。

「素敵な歌声ですね」

後ろからの声で我に戻った。目を開けるとたくさんの書類を抱えながらタオルで汗を拭く田中先生が立っていた。

「あ、こんにちは」

いつからそこにいたのだろう。

「こんにちは。美しく切ない歌声ですね。これってアフガニスタンの民謡ですか？」

「違います。これはペルシャの有名な詩人の詩ですよ」

「そうなんですか？　じゃ、詩の意味が分かりますか？」

「もちろん！」

いえ……、多分……。

「教えてくれませんか」

田中先生は必要以上にレイラに興味を持とうとしている気がする。

「どう訳せばいいんでしょう。この詩はかなり難しいですから……」

少し考え込んだ。ペルシャ語でさえちゃんと意味が分かっていない私にはハーフェズの詩を訳すのは難し過ぎる。だが、これも仕事の一部だから簡単な言葉なら適当に訳せそうだ。

「これはですね……」、壁の向こう側から足音が聞こえてきた。レイラの歌はもうとっくに終わっていた。

「あ、終わったみたいですね。入りましょうか？」

田中先生がドアの方に歩き出した。

「レイラが歌っているのならきっと深い意味を持ってますね。詩の意味、後で教えてください」

壁から離れた。ドアの入り口に近づくと、大量の封筒を一つずつ引き出しの内にしまうレイラの姿が見えた。作業をする手のひび割れがこの距離からでも良く見える。

田中先生の後ろについて部屋に入った。

「サラム！」

田中先生の異常に元気な挨拶の声が事務室内に響いた。

レイラが顔を上げ、私達に微笑んだ。レイラの幼い笑顔を見て思った。文字が分からないこの子はハーフェズの詩を間違い一つなく歌い切れるのに、どうして、留学までして大学に通っている〝知的な〟私は覚えていないんだろう。意地でも訳してみせなければ。まずこの詩の一番の代表部分から「君が今歩んでいるこの道のりが険しいものでも、目的地が遠くても、この先……」、いや違う。適切な言葉が見つからず詰まってしまった。部屋の中央のテーブルの周りにあった椅子の一つを引っ張ってその上にカバンを置いた。レイラの切ないハスキー声が頭に響く。学校で読んでいた平べったい印刷の黒文字の詩を思い出《だ》す。それは知人の家の壁に飾ってあったカリグラフィーの作品とはまた別の雰囲気を醸《かも》し出していた。あの声に載って暖かいなまりと共にこぼれた、この詩にもまた違うメッセージが含まれている気がする。ハーフェズは、読む人によって解釈が異なる。色んな意味を持てるから愛されているんだろうと初めて思った。

「通訳、お願いします」

隣の席に座った田中先生の声が聞こえた。詩の代表部分を再び思い出した。私にもハーフェズの詩を簡単な言葉で訳せるかもしれない。けれど、私がこの詩を適当な言葉で訳してしまうと、その心が失われ、立体感のないありがちな言葉の並びになってしまう。七世紀も前に何を考え、この詩に何を込めたか、その真の気持ちを分かる人間なんているはずもない。だから読者一人一人が違うメッセージを受け取っている。それと同じくレイラがこの詩に込めて歌った気持ちを私は訳せない。だが、その気持ちがレイラの声に十分反映されていたに違いない。私の平べったい通訳なんていらないだろう。

「はい！」

私の返事でセッションが始まった。

面談が終了し田中先生が帰った後、お茶を一杯頂いて帰ろうとしたとき、レイラに新しい環境について聞いてみた。

「どう、ここ？」

「いいところです。みんなとっても優しいし、日本語も少しずつ習っています」

「退屈しない？」

「けっこう忙しいですよ。朝は事務を手伝います。書類をホッチキスでとめたりお茶をいれたり、最近はコピー機の使い方も習いましたよ。読み書きさえ出来ていたらパソコンの使い方も教えてもらえたのに」

レイラは寂しそうに笑った。日本での生活には慣れつつあるが、母国から引きずっているギャップがたまに姿を見せる。

「隣の部屋に小さいお子さんがいるから、その子の面倒をみたり、ご飯を作ったり、お祈りの時間に参加したり」

「お祈り？　ここは教会でしょう？　レイラはムスリムじゃなかった？」

「ムスリムですよ」

レイラは笑った。最近、気軽に笑うようになっている。気のせいか口周りのしわが減っているように見える。日本には湿気があるからかな。それともここの誰かからクリームを贈られたのだろうか。

「日本語が分からないから自分の言葉でお祈りしています」

レイラはまた無邪気に笑った。笑うと本当に幼くみえる。無邪気な彼女を見て、この何ヵ月間でとっても明るくなっていると思った。教会で面談を重ねるたび、レイラは自分の裁判に関して興味を持ち始め、協力をするようになった。以前よりずいぶん前向きになってきている気がする。

「ここにいると向こうのことを忘れます」

レイラが突然、あのハスキーな声でさびしそうに呟いた。

「いいことじゃない？」

椅子からカバンを取って、帰る体勢に入った。

「いいことかな？」

一緒にドアまで来たレイラは難しそうな顔をして言った。

「ここではみんな明るくて、優しい。信じられないほどに。毎日美味しいお茶を飲みながらテレビを見る。ときどき夕方になると近所の公園で散歩する。けど、そんなときでも向こうでは人が殺されている。忘れたら悪い気がする……」

靴を履いた。ドアを半分開けながら、「地球上の人々にはそれぞれ別々の人生がある。行き詰まって自ら命を絶つ人もいれば、一生懸命努力して出世する人もいる。殺される人もいれば殺す人もいる。ここに住んでいる以上、向こうのことを思い出して何の役に立つの？ 忘れれば前に進める」。ドアを全開にし、片足を外に出した。

「だから忘れたほうがいいんじゃない」

振り向いて、玄関に立つレイラに手を振った。

レイラは無言で、帰る私を見送った。

八

「裁判の結果、残念ながら不認定になりましたけれども」、田中先生は、心配そうに彼を見つめているレイラの顔を見て、「もちろんこれで終わったわけではない。これから欠けていたところを埋めながら最高裁にアピールしたいと思いますので」。田中先生の言葉をレイラに訳して伝えた。彼女はしばらく無言のまま考えていた。田中先生はこの間を使い、新しい話を切り出した。

「それで……、実はレイラさんの父親がよく知られた司令官であることには何の問題もなく……、ただ……、レイラさんは彼の娘かどうかというのは……」

レイラの眉間にしわが寄った。こんなことを言われるとは思いもよらなかっただろう。私は自分の意見を会話に混ぜた。最近はなぜか通訳以上の役割を果たそうとしている。

「でも、父親とお兄さんと一緒に写っている写真が一枚あったじゃないですか？」

「それについては、隣の家のおじさんや親戚のおばさんでも一緒に写真をとってくれるので、それだけでは証拠になりませんね」

「それでは普通の証拠というと何があるんですか？」

「例えば、日本人で言うと戸籍謄本、ほかの国だったらＩＤカードやパスポートなどが有力な証拠になります。が、生まれてくる人の記録を残す機関がない国やちゃんと認められた出生証明書を作ってない国、さらに政府の信頼性が薄い国のパスポートなどだと残念ながら証拠にはなりません」

「じゃ、レイラの場合はどうすれば……」

「具体的な証拠が必要になりますね。一番早いやり方はＤＮＡ鑑定ですが、レイラの父親は日本にいないし、アフガニスタンにまで行って彼を探し出して、血液などをもらうということになると、鑑定費用が非常に高くなるので現実的には難しい方法です。だから今はそのＤＮＡ鑑定以外の方法で何かないのか検討しています。例えば彼女の場合、父親は現在パキスタンにいるし、身の危険のため、アフガニスタンにも戻れないので、父親から、彼女が娘であると書かれているような正式な手紙など、証拠になるものがあれば……」

田中先生はため息をつき、続けた。

「父親がいる場所は彼女のお兄さんしか知らない。ですから、お兄さんと連絡を取って、そういう証拠を送ってもらえるように頼むしかないですね」

田中先生の説明をレイラに訳した。レイラはお兄さんの居場所を知っているから、彼女の言葉を私が手紙に書いて、お兄さんに送ることになった。

駅までの帰り道で田中先生に、「どうしてレイラは難民認定されないんですか？」と聞いてみた。

田中先生は頭を振りながらため息をついた。

「アフガニスタンの人々、特にハザラ人がこんなに迫害されているということを全世界が知っているじゃないですか。ほかの国にも多くのハザラ人の難民は住んでいますし、どうして日本だけ……」

「国を弁護したいわけではないが、もし日本が簡単にアフガン人の難民認定を出すようになれば、これから何十万人ものアフガン人が日本に流れてくるかもしれない。アフガニスタンだけではなくほかの国からも。比較的安全な場所で仕事もあり安定な生活を送れる環境が整っている日本は、自分の国が荒れている人達にとってはとても魅力的な場所です。でもほとんど日本人しか住んでいない日本を多国籍国に変えることは非常に難しい。しかも、あらゆる文化や国籍が混じるところでは問題も起きやすい。迫害とまでは言わないが、少なくとも差別はあるだろう。国籍や人権、教育や就職の問題から暴力や犯罪まで。もちろん人種差別も。移民が多かったアメリカや、ヨーロッパの国々のように難民を多く受け入れた国が現在、その難民の子どもや孫たちとたくさんの問題を抱えているように、多国籍の国であっても問題があるんです。まして日本は単一民族に近い国家です。難民を多く受け入れると数十年後にはたくさんの問題を抱えるようになるでしょう」

真剣な表情で分析する田中先生の顔を見つめた。まともに食事をする時間がないほどハードなスケジュールをこなしているこの男は、昼食のパンにかぶりつきながらもレイラの書類に目を通している。彼女の裁判のために時間と努力をすべて使い果たしてもいいほどの勢いを持つ人が、こんなにも合理的に国側の問題を弁護できるとは少し驚いた。

九

田中先生がレイラと面談を重ねるにつれ、単純な個人情報から話がさらに広がっていき、あらゆる地方や町の名前が頻繁に現れるようになった。通訳中にそういった町や地方の名前を間違わないように、アフガニスタンの地理についても少し知ったほうがいいと教会の方に言われ、事務の方が大きなアフガニスタンの地図をくれた。

教会から家に戻った後、もらったアフガニスタンの地図を部屋のベッドの上に広げた。レイラの肌の状態からはなぜかアフガニスタン＝日差しの強い砂漠の国というイメージがあったのに、地図上で見ると意外と山国だった。カブールとマザー。被害が一番大きかったこの二つの町はけっこう離れている。パキスタンとの国境に近いカブールは、首都であり一番人口が多い町だ。地図の右下にカブールの小さな地図が載っていた。よく見るとその中に、レイラが言っていた西カブールや彼女が住んでいたカルテセの名前も書かれてあった。

これがもしパリやロンドンの地図だったら、市内のあちらこちらに博物館の印や有名な建物の名前が書かれているだろう。地図を買えばおまけで買い物通りやショッピングセンターの案内も付いてくる。カブールも歴史のある古い町だが、見た限り見学できそうな場所はなさそうだ。レイラの話によれば、学校や病院さえ少なく、娯楽施設やデパートなどがあるとはとても思えない。買い物の場所と言えば、必需品をやっと買えるほどの小さなお店が並ぶ通りや市場があるぐらいだろうか。二十年もの間、戦争や内戦が続いていて、今や路地裏だけではなく、大通りでも殺し合いが行なわれるほど殺意と崩壊に対する罪の意識が鈍くなっている国にデパートや博物館があるほうが驚きか。

今年二十歳の若者にしてみれば、生まれた日から毎朝、爆弾の音で起こされ、毎晩のように激しい悲しみと痛みの涙で眠りにつかなければならないほど、戦争は日常化している。二十年もの間戦争が続き、あらゆる内外のグループに攻撃され、支配されるサイクルを繰り返してきた多民族国家のアフガニスタンは、世界のほかの国から取り残されている。最近はイスラム過激派グループのタリバンが権力を握っているため、時代がさらに千年ぐらい前に巻き戻されているという。ベールの下に忘れ去られた女性たちは勉強する権利すら持たない。だがほぼ同じ言葉を喋っている私もその現状をまったく知らなかった。私が初めてレイラに会ったとき、何がなんだかまったく状況がつかめないまま、ただ言葉を訳し並べただけ。レイラに会う前はアフガニスタンが多民族国家だということも知らなかった。私がイメージしていたアフガン人はテヘランの街角で見慣れていたアフガニーの姿だけだった。

中東に住んでいるのは全員アラブ人だという一般的なイメージとは裏腹に、アフガニスタンには主に四つの民族が住んでいる。パシュトン、タジク、ウズベク、ハザラ。この四つの民族の中ではハザラ人の体格や顔立ちがほかと少し違う。中東人の顔立ちではなく、どちらかというと日本人のような彫りの浅い、目の細い顔をしている。すべての民族はイスラム教であるが、スンニー派とシーア派に分かれる。少数派であるハザラ人はシーア派である。世界中の九〇%近くのイスラム教の人々はスンニー派であり、シーア派の数は圧倒的に少ない。アフガニスタンでもシーア派は全体の一五%にも満たないほどの少数派である。ハザラの民族は顔立ちの違いもあって、長年にわたりほかの民族から迫害を受け続けた。一九九二年、タリバンの登場により国は内戦状態に陥り、民族間の迫害がエスカレートし、世界的に知られているハザラ人の大規模な殺害に至った。その後、ほとんどがパシュトン民族から形成されたタリバンが政権を握り、アフガニスタンの暗く過激なイスラム教の時代が、激しい差別と迫害と共に始まった。

タリバンという言葉は、アラビア語のタリブ「探求者」という言葉の複数形であり、一般にイスラム教を勉強するマドラサという学校の生徒に与えられる名前である。タリバンというグループはパキスタンのマドラサを卒業したスンニー派のパシュトン人から形成されたグループで、その独自の考え方で築こうとしているイスラムは真のイスラムから遥かに遠い過激な教えの世界であるため、世界中のイスラムの国々から批判を浴び、実際、国として承認したのはたったの三ヵ国しかないといわれている。

ハザラ人が多く住んでいた町、マザーシャリフは過去に何度もタリバンによる攻撃を受けた。そして一九九八年の激しい攻撃の末、マザーは陥落した。レイラの話によれば、過去の攻撃の経験から、外からの攻撃だけでは成功できないと判断したタリバンは中からマザーを崩壊しようと計画を立てた。マザーに住むハザラ以外の民族の家にタリバンが隠れて泊まり、外からの攻撃を待った。そしてタリバンの軍がマザーに到着する日、マザーは一瞬にしてタリバンで埋め尽くされた。そして陥落。レイラの親戚のパン屋さんは、いつも二、三個しか買っていかないのに、この頃は毎日、大勢の来客があるかのように二、三十個のパンを買って帰る客が何人もいることを不思議に思っていたという。

マザーの陥落と共に大勢のハザラ人が命を落とした。それは必ずしも戦争に参加した兵隊たちではなかった。犠牲者の多くは避難できなかった無防備な女性と子どもだった。レイラの母親もその中の一人だ。彼女のお兄さんは母親が殺された夜、彼女を連れ、朝が来る前に父親とお兄さんがいるカブールの方に逃げた。

お腹の音で我に返った。地図をたたみ、立ち上がって、冷蔵庫の上から一本のバナナを取った。皮を剝《む》いて、小さく切ってミキサーに入れ、冷蔵庫から冷たい豆乳を取り出し、バナナに加えた。初めて日本の地に降り立ったレイラはものすごく驚いたに違いないと思った。こんなにも違う国が存在するのか、映画でも見ているのだろうかと。私だってアフガニスタンに行けば、映画のワンシーンを見ていると思うだろう。ミキサーのスイッチを入れた。粒になりながら白い豆乳の中に舞い上がり溶け込んでいく黄色いバナナを見て、レイラもこんなに早く日本に溶け込んで向こうのことを忘れるだろうかと少し思った。

十

書類でいっぱいのカバンをひきずりながら、駅に向かう歩道橋を、前から向かってくる人ごみをかきわけ、必死に自分の通れるスペースを確保し、足を進める。今日はとても疲れた。

最近の面談は同じ人生ストーリーの繰り返しをより細かく聞くだけでとても退屈だ。先生はものすごく細かい日にちや場所を聞くけど、レイラも正確に覚えているわけではないから余計に時間がかかる。第一回目の裁判に負け、最高裁にアピールすることになってから田中先生はこのケースに全身全霊をかけている。

田中先生はレイラのお兄さんが送ってくるはずの証拠にとても期待を寄せている。レイラの父親がアフガニスタンでは有名な司令官であることを裁判所は認めている。残っているポイントは、レイラが彼の娘であること、彼がアフガニスタンに戻ると身の危険があること、そして、その身の危険は家族全体も同じだということ、この三点を示さないといけない。だが私には、その三番目の身の危険を証明する方法をまったく理解できなかった。田中先生によれば、家族の一人が殺されてやっと身の危険があると認められる場合がほとんどという。しかも偶然に殺されたのではなく、本当にその人であるために狙われて殺されたということが大事だ。ただ偶然に殺されたのであれば、それはその国の治安が悪いだけで、その人自身がマークされていたことにはならないからだ。

ボランティア団体の方や弁護士ら四人で結成されるグループがアフガニスタンに送り込まれることになった。このグループの目的は、日本で難民申請を行なっているアフガン人、特に入管に収容されている人達の裁判のためのあらゆる証拠を集めることだ。その中でも音信不通になっているアフガニスタンの難民申請者の家族を見つけることや現在のアフガニスタン国内の状況や治安がどのようなものなのかについて証拠や映像を取ってくることがもっとも大事だ。

レイラのお兄さんに手紙を送ってから三ヵ月が経ったが、まだ何の連絡もない。田中先生は六日間ほど仕事を休み、レイラの件でこのグループと途中まで同行することにした。

十一

アフガニスタンに送り込まれた弁護士団から途中で別れ、一人で日本に戻ってきた田中先生は、団体の人と教会で会うことになった。このミーティングでは、田中先生が持ってきたアフガニスタンのスライドや映像が上映される予定であり、生々しいアフガニスタンの状況を見ることで悲しいことを思い出させないように、レイラは呼ばれないことになった。

ビデオに映っていた田中先生は、暑さのあまりシャツのボタンを上から二つ外し、袖を捲《まく》り上《あ》げ、だらしない格好でカメラの前で喋っていた。ヒゲは剃っておらず、短期間の滞在だったにも拘わらず、かなり日焼けしていた。プロのカメラマンではなくグループのメンバーが小さなビデオカメラを手で持ち、道を歩きながら録画していたため、時々映像が傾いたり、中心が外れたりして少し見にくい。

映像の中のカブール市内は土っぽく、高速道路はもちろんのこと、ちゃんとしたアスファルトの道路も見当たらない感じだった。日本では見かけない古い車が土を飛ばしながらお世辞にも道路とは言えない状態の道を走り、去った後は土けむりが空に舞い上がる。

あちらこちら、黒いターバンを巻いて、昔は白かった長い服を着て、銃をぶら下げて歩く人を見かける。顔も体も何も見えない布の塊のように歩く女性の姿は街全体では非常に少なく、空爆や戦争で被害を受けていない建物はないほどに、道の両側に壊れかけの建物が立ち並んでいる。どこを見ても土ぼこりが立っている。街角には所々、使い古したサイズの合わないダボダボの服と自分の足よりもはるかに大きいプラスチックのサンダルを履いて、面白そうにカメラの集団を覗き込む子ども達が座っている。その大半は裸足《はだし》で、サンダルを履いていた子も左右のサイズや色が違っていて、たいていは悲しいほどに破れていた。道端を歩く人達を見ると、ここの人種は生まれつき手足がひとつずつしかついていないのかと思わせるほど手足のない人が多かった。

何件かインタビューもあった。インタビューされた人達の九割は家族の少なくとも一人が殺され、何人かが行方不明という状態。お金も仕事もなく、ただ
さまようだけという。「将来をどう思うか」と聞かれると、苦笑いしながら「『将来』があるのか」と逆に聞き返す人や、答える代わりに「将来」という言葉だけを吐き捨て、その響きを確かめる人も。そして、レイラのように無表情な目でカメラを見つめるだけの人もいる。もっと危ない市内の地域も映しに行ったという先生は「ここからはかなりひどいんですよ」と説明した。何もない砂漠のようなところに、黒い布に巻かれた物体が何個も地面に放置されており、近づくとハエが飛んでいた。この地域の治安は最も悪いため、不運にも殺された人達だと通訳が説明する。そこは死体置き場ではないのに。夕方からお昼までここを通らないほうがいいとアフガン人の通訳は得意げに話しながら、黒ずんだ唯一の前歯を見せて笑った。

　上映が終わると、シーンとした雰囲気で部屋中が曇っていた。誰もが最初に喋りだしたくない様子。テレビから視線を逸《そ》らし、綺麗に整理されている教会の事務室を見て、現実はどっちなのだろうと少し迷った。

　テレビを消し、スライド機とカメラなどを片付けるため、最初に立ち上がった田中先生が沈黙を破った。

「ですからレイラはいない方がいいと思っていました」

　団体の方が何人か首を振りながら、「ひどい状況ですね」と頷いた。

「これはアフガニスタンの様子のほんの一部で、レイラと直接関係するニュースは残念ながらまだあるんです！」

　先生は新聞紙をカバンから取り出し、続けた。

「これはペシャワールで発行されているアフガン人向けの新聞です。ここに、サレフ・モハメド・ゴラムアリ、通常サレフ・モハメドというハザラの司令官がタリバンによって殺されたと書かれている」

　息を止め、大きく開いた目で先生の口に釘付けになっている私たちを横目で見ながら、田中先生は続けた。

「残念なことにレイラの父親の居場所はタリバンにより把握され、二ヵ月ほど前に父親が住んでいたところが取り押さえられ、昼間多くの人が行き交う道端で殺された。目撃者の証言も得ているので……」

田中先生はため息を漏らした。

「彼女の父親がパキスタンで亡くなっているということは裁判の行方に影響をもたらすでしょう。こんなに近い身内ですから、偶然ではなく、探されて殺されたということは彼女の身にも危険があるということを表します。身の危険があるため、自分の国やパキスタンに戻ることが出来なくなる。だから、裁判の結果には良い影響を与えると思う」

田中先生はペットボトルの水を少し飲んだ。

「でも、父親が殺されているという残酷な現実をどうやって彼女に突きつけるか。彼女はどう受け止めてくれるのか」

田中先生はおでこの汗をタオルで拭いた。下を向いて無言で考え込んだ。先生の姿を見つめる誰もが息を飲んだ。瞬きの音すら聞こえてきそうな無言の時間が経過した。しばらく経った後、田中先生が深いため息とともに顔を上げた。一気に疲れたような表情をしていた。

ミーティングが終了し、教会の敷地内にある難民の人たちが住む部屋が設置されているところに移動した。レイラはドアまで迎えに来てくれた。最近上手になってきた日本語で挨拶し、嬉しそうに、今日作ったアフガン風のクッキーを見せてくれた。小さく丸い形をしていたクッキーからは懐かしいアーモンドの匂いが漂う。日本のお菓子に馴らされている私の舌には少し甘すぎたけれど、美味しかった。

田中先生はそんな大変な話をいきなり切り出す勇気は持っておらず、とりとめのない話をあちこちから喋った。タイムアウトになるまで時間を無駄にするゲームのように、田中先生は喋り続けた。結局用件を切り出せずに、この日のセッションが終わった。

帰り道で田中先生は、「父親が殺害されたとき、何人かの目撃者がいたらしい。その人達の発言が記録されている映像がありますので、裁判のための証拠として使えると思う」と言いながら頭を抱えた。「レイラにとってはいいニュースではないが、彼女の裁判のためにはいいニュースになると思う」田中先生は罪を犯そうとしている人のような申し訳ない表情をしていた。駅の入り口に着いたとき、田中先生が振り向いて、「レイラに言わないことにします。本当は父親は二ヵ月前に亡くなっているけど、彼女はまだ知らない。ですからしばらく経って裁判に勝ったというニュースと一緒に伝えれば……」と言った。田中先生はため息を漏らしながら、「実は、父親が殺されて以来、お兄さんも行方不明なんだ」と付け加えた。

電車の切符を改札口に通すとき、一瞬思った。一人ぼっちになったレイラは、こんなに辛い現実が一気に押しかけてくることに耐えきれるのだろうか。考えるだけで背筋が凍る。

十二

この三週間は映画を見ていたかのようにアッという間に過ぎてしまった。何がどうなったのかを理解できる時間すらないまま物事が猛スピードで進み、次々と新しいことが起きた。世界中の人々が呆然となったあの事件、全世界の新聞第一面に大きく書かれたあの事件は三週間前に起こった。今もなお旅客機がビルに突っ込む映像が頻繁に放送され、世間の関心がアメリカに集中している一方、地球の反対側にも変化が起こりつつあった。タリバンによって支配されているアフガニスタンでは混乱や集団殺害が勢いを増している。そして、今日アメリカはアフガニスタンに宣戦布告した。「戦争が始まると、世界中に難民の川が流れ出す」という田中先生の言葉は、この戦争がレイラの裁判に影響をもたらすことを意味していた。

そして、世界中がテロや戦争のニュースで揺れる一方、身近なところでも事件が起きた。戦争のことで今後の方針を決めるミーティングの連絡が田中先生から来る前に、事務の金子さんから「レイラの精神状態が良くない」という連絡が入った。実は一昨日、入管からレイラに、父親がパキスタンで殺されていたという知らせが入っていたのだ。

初めてレイラが使っている部屋に足を踏み入れる。敷地内の奥にある小さな部屋でレイラが床に座り込んで、周りにはアフガニスタンで撮られた写真が散らかっている。電気がついていなくて思った以上に小さく、暗い部屋だ。が、この暗い中でも馬に乗った父親のあの写真がレイラの手に握り締められているのが見える。しゃがみこんだまま、頭に巻く薄緑色の布を顔に押しつけ、肩が激しく揺れている。泣きながら、途切れ途切れの言葉で何かを訴える。話しかけられる状況ではない。父親のことや戦争のニュースを聞きかじった教会のほかの国々の難民申請者と日本人のスタッフが駆けつけ、部屋の外に集まっている。部屋の中の暗闇に入ってドアの横に立った。どうすることもできないまま、ずっとレイラを見つめるだけ。

しばらくいると人の気配を感じたのかレイラが振り向いて、ドアの横に立っている私に気づいた。軽く会釈をした。あの上品な顔が赤く腫れ上がっている。無表情な透明の目はもう二本の線にしか見えない。私を見て泣くのをやめようとするが、また激しく涙が溢れる。部屋の中央に置かれているゴミ箱には大量のティッシュが捨てられている。布団の上には使い終わった複数のトイレットペーパーのロールが忘れ去られている。涙の激しさは増し、もはや人間の泣き声ではないような異常な声に変わっている。夜中、山の奥でさまよっている狼の鳴き声のような声だ。

定期的にスカーフで目を荒く拭き、また涙が溢れる。精神的にコントロールを失っているかのように無意識に泣き続けるだけ。泣きながら、切れた息で何かを呟く。とても聞き取れない発音だ。通訳中は私が言葉を理解するためにわざとペルシャ語に近い発音で話していたのかもしれない。立ったまま、どうすることもできずただ彼女を見つめるだけ。ドアの周辺に集まっている人たちも無言で彼女を見つめているだけだ。涙は薄緑色の布の先端に染み込んで布がクシャクシャになっていく。

田中先生は予定時間より少し遅れて、ハンドタオルで顔の汗を拭きながらドアから入ってきた。もう夏の暑さは消え去っているけど、丸い体で走り回るのにはまだ少し暑い。部屋の前に集まっていた人達が、田中先生が現れることで自動的にドア周辺から離れ始めた。

田中先生は心配そうな表情でレイラに近づいた。

「大変ですね」

先生は何を告げるべきか分からない様子でレイラに声をかけた。先生の言葉が聞き取れたのかどうか、無反応なレイラは人の言葉をちゃんと理解できる状況ではなさそうだった。

「私が来たときからこんな様子です」

「そうですか」

田中先生はため息を漏らした。しばらく無言でレイラを見守った。我に返れば、セッションを始められる。けど、レイラは父親のことを聞いてから神経ショックを受けたかのようにまったく泣き止むことができずにいた。

落ち着くまでレイラに話をすることは難しいと思った田中先生は、また今度改めて話をすると言い、部屋を出た。先生を玄関まで送るためレイラを残し、一緒に部屋を出た。

「先生、今アフガニスタンは攻撃されているじゃないですか、戦争がしばらく続くだろうし、難民を申請している人達は戦争のため帰れなくなる。そうすると、裁判所もやむを得ず難民として認定するという結果に繋《つな》がるのでは……」

「実は今日、同じことについて重大な話をしたかったが……」

田中先生はポケットからまたタオルを取り出した。

「どうしましたか？」

「今回の同時多発テロ事件はアフガニスタンの人々に関係している。あんなにも計画的に、ひどく残酷な手口で罪のない人達が殺されてしまった今、世界はとても厳しい目でアフガニスタンの人々を見ている。アメリカは戦争に入っているけど、だからって難民認定されることはないよ。残念ながら逆に、アフガン人は今、危ない殺人犯というレッテルを貼られているから実は裁判が難しくなったり、必要とされれば、送り返されることさえも考えられる」

「強制送還？　こんな時期に」

「まあ、たぶんないと思うけど……」

「でも、テロに関係していたのは、タリバンでしょう？　ハザラの人は一人も関係していなかったじゃないですか？」

「これはハザラだとかパシュトンだとかの問題ではない。アフガニスタンにそんなにたくさんの民族が住んでいるなんて世界の人々は知るはずもないよ！　もはやアフガン人であることが問題なんだ！」

「でも……」

田中先生の説明に納得いかないまま、先生は話を続けた。

「実は、先日日本にいる何人かのアフガン人が入管に呼び出され、タリバンと関係あるのかどうかなどが調べられ、住んでいるところまでも捜索された！」

「そんな……」

開いた口がふさがらないまま、首を振る田中先生を見つめるだけ。

「まあ、それはしょうがない。今は、裁判所にどのようにアピールすべきかを考え直さないといけない……。どうなるかは……、変な話だけど、レイラの父親がタリバンによって殺されていることはこの状況では予想以上に役に立つかもしれない。言わばグッドタイミングでした。まあ、まだ今は何ともいえませんけどね。とりあえずいい方向に行くことだけを願いましょう」

先生は頭をかき、玄関のドアを開けながら、「まあ、また連絡しますので、通訳を頼みます」と言い残して帰った。

先生が帰り、部屋に戻る途中、この話はレイラに言わない方がいいだろうと思った。こんな無意味な話、誰に通じるだろう。長年にわたりタリバンから迫害と拷問を受け続け、殺害され、挙句《あげく》の果《は》てに逃げ回っているハザラ人をタリバンと関係を持っていると考えること自体が不思議で仕方ない。

十三

アメリカがアフガニスタンに攻撃を始めてから一週間が経つ。このごろ毎日テレビでビンラディン氏が隣の町に隠れ、山奥に逃げたというあやふやな情報や、米兵の空爆で何千人ものアフガン人の罪のない女性や子どもが殺されたというニュースばかり放送される。

レイラがどうしているのかも分からぬまま一週間が過ぎてしまった。そして、月曜日の午後、家でゴロゴロしていると、携帯が鳴った。

「もしもし」

「あ、田中です」

「先生！　こんに……」

「あんまりしゃべる時間がないんです！　すみません、レイラは今朝入管によって収容されましたので、できれば明日朝一番の通訳をお頼みしたい……」

先生の口の回転速度がいつもより何倍も速く、言葉をうまく聞き取れない。

「え！　収容？」

一瞬耳を疑った。

「今日は仮釈放の紙にハンコを押してもらう日だったので、行ったら捕まえられたそうです」

「どうして突然収容されちゃったんですか？」

「裁判で一度負けてますのでね、その理由で収容することはできますから」

こんな状況でも冷静に分析できる田中先生はさすがだ。

「でも今、最高裁に……」

「そうですね。ですからまた仮釈放で出てくることもありえます。もしかしたら一時的な収容かもしれませんし、とりあえずまず行ってみないとわかりませんね」

興奮すると敬語になる先生が続けた。

「明日の朝九時前、入管の門の前でお待ちしております」

「わかりました」

翌日、入管の入り口の前で田中先生に会った。夜の寝付きが悪かったのか、目の下にはひどいクマができていた。一緒に入管に入りながら、先生から、難民申請をしている他の何人かのアフガン人も突然収容されたと聞かされた。先生は、面談用のフォームを記入しながら、9・11の事件以来、難民の状況は本当に難しくなっているとため息を漏らした。

記入を終え、最後にハンコを押した。

待合室に移動するときに、田中先生は振り向いて、「今後の展開が心配だ」と呟いた。初めて不安を漏らした先生を見て、今後どうなるのだろうと思った。

十四

大量のカクテルを飲んで頭がぐるぐる回っている。部屋のドアを開けて中に足を踏み入れると、疲れのあまり服のまま自分の体をベッドの上に放り投げた。大学の後期が始まってから部活の飲み会の回数も多くなっている。それだけでなく通訳の小銭がポケットに入るようになってからはお酒を飲む勢いが増している私。携帯の時計を見ると五時半だ。久々に朝の授業をとっているのだから何とか少し寝ないと。ベッドの上で寝転んで、目を閉じた。眠りの入り口に足を踏み入れようとしたその瞬間、電話が鳴った。こんな時間に電話とは。実家からの何か悪い知らせではないかと、ベッドから飛び下り、暗闇の中、手を伸ばし必死で携帯を探した。

「おはようございます、田中です。こんな時間に本当にすみません！」田中先生から連絡が来るのは、レイラが収容されたあの日以来、二週間ぶりだ。

「あ、先生！」

驚きを隠せないまま、時計の針に目をやった。六時前だ。

「本当に申し訳ないんですが、緊急なんで……、明日っていうか今日、通訳をお願いできますか？」

「今からですか？」

久々に朝の授業が入っているというのに……。

「お願いします！」

「何があったんですか？」

「説明は長いので省略しますけど、少し前に金子さんから電話があって、もしかするとレイラが……、本当に送り返されちゃうかもしれない……、それも今日だと」

先生の声は疲れきっていた。

「え！　強制送還ですか！」

眠気とアルコールが頭から一気に吹っ飛んだ。

「おそらく……」

田中先生は小さな声で返事した。この一年間、このケースのために一生懸命努力した成果が強制送還に至るとは。

「そんな勝手に……、送り返すとかそんなことってありえるんですか？」

勝手に？　何を言い出すのか、向こうは国と法律を握っている手強《てごわ》い相手だというのに。

「それは……、残念ながらありえるんです」

先生の声が遠くから聞こえる。

電話を切った後、目の前にあるものを着始めた。通訳のカバンはどこに行ってしまったのか見つからず、周りにあったものを適当に集め、小さなカバンに詰め込んだ。慌ててぼさぼさの髪を何とか整えながらドアに走った。ドアの横にぶら下げていたジャケットを取り、靴を履いた。二日酔いの頭の重さに負けそうになりながらも駅までの道を走り出した。

空港内で金子さん、田中先生と、初めて会う弁護士と合流した後、レイラと面会できるちょっとだけの時間がもらえると言われた。入管の警察は先生と金子さんにこれは強制送還ではなく本人の意思だという説明をしていた。不審の晴れない田中先生が、私にレイラから話を聞くように頼んだ。

空港内のセキュリティー用の部屋の隅っこに、初めて会ったときのあのカーキ色の布を頭に巻いたまま下を向いているレイラが椅子に座っている。足下に、あまりの古さに色が黒から白へと変色し、紐が剝き出しになっているカバンが放置されている。年頃の娘のすべての持ち物がこのぼろぼろの小さいカバンで済まされたのかと思うと鋭い何かが胸をよぎった。

声が突然喉《のど》で詰まった。我々は彼女のために来ているという単純な文章がなぜか口から出てこない。

「レイラ、私たち……」

無言でレイラを見つめながら、私の言葉にすべてをかけている周りの熱い視線を全身で感じた。ごくっと唾を飲み込む音が耳の内側に響く。後ろから田中先生の興奮と中年太りが積み重なった荒い息づかいが聞こえてくる。タオルを手で握りしめながらおでこを拭くことさえ忘れている田中弁護士は、どうしてここにいるんだろう。こんな早朝に、街から遠いこの空港。ボランティア精神にもほどがある。この荒い息の裏に隠されている本当の目的は何なんだろう。暇つぶし？　趣味？　もっと現実的に言うと知名度向上？　人脈？　独立事務所への道？　その横で心配そうに目を潤ませている事務の金子さんはどうしてこんなに朝早くからこんなに遠い場所にいるんだろう。必死で涙を飲み込んでいる彼女には家庭がある。二人の可愛い子どももいる。本来ならば今頃は玉子焼きをお弁当箱に詰めているはずなのに。いくらボランティア団体とは言え、ここまでする必要はない。なのにどうして。経営難に陥っている団体の今後の運営をより良くするためだろうか？　より太っ腹のスポンサーにアピールするためだろうか？　新聞の一角を埋めるためだろうか？

この二年間、ボランティア精神以外のことを感じさせなかったこの人たちの曇った顔は号泣の一歩手前だ。どうしてここまで？

わからない。今まで考えたこともなかった。

ただ一つ言えるのは、絶望と悲しみで詰まった、息さえしづらいほど空気が重いこの部屋には、ボランティアとかけ離れている人間、一人がいるということだ。彼女と会った一分一秒のためにお金をもらっていたその人は、今この瞬間彼女のことを心配していると言えるのだろうか。この瞬間の時給も後で請求するというのに。こんな私がレイラに告げる言葉があるのだろうか。無意識のうちに頬がだんだん熱くなっていく。仕事中にもかかわらず思わず黙り込んでしまった。

「大丈夫ですか？」

私の様子に一番早く気づいた田中先生が気を遣ってくれた。

「は……、はい……」

喉から出る精一杯の声で答えたら、レイラが顔を上げた。あの無表情な目で私を見つめ始めた。この筋の通った鼻、上品な顔立ち、細い唇周辺の深いしわ、日焼けの色が落ちない荒れた肌、その全てを初めて美しいと思った。まるで人生で初めて会ったような無関心なこの眼差しが今捉えているのは私だが、数時間後には瓦礫《がれき》の路地裏でハエが飛び回る遺体の山が写っているだろう。そう思った瞬間、込み上げる何かを抑えきれず、レイラを見つめたまま目の前がにじんだ。

どうして私は泣いているんだろう。自分でも分からない。無表情な眼差しに圧倒されているのか、見知らぬ険しい運命に向かう彼女のことが可哀そうでたまらないのか。それとも彼女がここから飛び立つことによって、自分の今後の収入のアテがなくなるのが悲しいのか。あるいは、積もる銭の重さを支えに精一杯のやる気で仕事をこなしてきたが、「レイラのため」という言葉が欠けていたことで感じる罪悪感が惨《みじ》めでたまらないのか。分からない。でも溢れ出す涙を抑えられない。呼吸困難に陥ったような途切れ途切れのこの息は私のものだろうか。

「まあ、とりあえず座ってください。まだ時間があるんで」

空港の警備員が一歩踏み出しながら、柔らかい表情でテーブルの周りにあった椅子を私に向けてくれた。

「確かにこの状況は辛いですね。どんなときでもずっと付き添って通訳をしてくれましたからね」

田中先生が寂しい声で私をフォローする。

泣く私の、傷ついて見える心を慰めようと動き出す優しい周囲の人たちは、どれぐらい誤解しているのだろう。考えただけで、涙がまた溢れ出す。気遣いに流され椅子に座ってしまった。誰かがポケットティッシュを差し出してくれた。椅子に座って涙を拭《ぬぐ》い、正常な呼吸のリズムを取り戻そうとした。自分を落ち着かせている間にも時間は止まることを知らずに流れてゆき、出発のときは近づいてくる。

私が通訳しないと何も繋がらないこの大切な時間。責任の重さを感じ、ようやく瞼《まぶた》を襲ってくる涙の波を振り払った。顔を上げ、レイラの下向きのままの横顔を見た。

私が口を開く前にレイラが突然、小さな声で何かを呟いた。

「私は……」

数分の無言が続いた。

「今、なんて？」

横にいた田中先生は待つことができなくなっていた。

「レイラ、どうしたの？」

力を振り絞って、レイラに問いかけた。

「私は見た、隣の部屋のドアの隙間からずっと見ていた」

レイラの乾いたハスキーな声が遠くに聞こえる。

田中先生は待ちきれない状態で、横から「なんて？　なんて？」と聞いてくる。レイラは聞こえづらい声で続けた。

「最初は顔を黒い布で隠したタリバンの人間五人がドアを叩き潰して入ってきた。居間にいた母の髪を摑んで、地面をひきずりながら部屋の真ん中に引っ張り出した。地面に投げつけ、足で何回か彼女を蹴ってから、もう一人のボスみたいな男が、『夫はどこだ』と聞いてきた。母が『たとえ知っていてもあなたたちになんか言うもんか』と言った瞬間、銃底で母の顔が叩かれた。細い血の線がおでこから流れるのを見た。涙が出てきて、目の前が曇った。『言わないと殺す』って聞こえた。怖すぎて瞬きも出来なかった。母親は答えようとしなかった。でも小さく『サラム』と呟く声が聞こえた。ボスが『やれ』って言ってから何人かで、彼女を殴り、そして蹴り始めた。銃底で頭を何回も叩いた。私はずっと横の部屋にいた。壁の穴からずっと見てた」

レイラの目には涙も何もなかった。神経がすべて殺されている、最初に会ったあの無表情な少女だった。

「男達は母の髪を引っ張って部屋の外に連れ出した。最後に『サラム』と言った後、母は殴られすぎて、たぶん意識はなく、もう何も呟かなかった。庭で長いナイフで服を破った後、壊れたドアを開け、家の前に駐車していた車に乗り込ませた」

耳に入る言葉を信じられぬまま、レイラの口元を見つめるだけ。横の田中先生も彼女の表情に圧倒されたのか、もう「なんて、なんて」と聞いてこない。入管と空港の警察でさえ無言で立っている。

「私はすべてを見た。何もしないまま。『もし彼らが来たら隠れていなさい、私は自分の娘を守る』と母親に言われていた。でも私は彼女が殺されるのを知りながら、ずっと黙って見ていただけ」

レイラは顔を上げ、口を開いたまま彼女を見つめている私をチラッと見た。

「昔、母に、人生でどんなことがあっても『サラム』と言うべきだ。運命だからちゃんと受け入れないと……って言われた」

レイラは視線を逸らし、遠くを見つめた。

「母が私を呼んでいる。分かるの。母のところに行きたい。アフガニスタンに帰ってもかまわない」

レイラは私たちと目を合わせずに、振り向いて、空港の警察が立っていたドアの方に向かった。「待って！」と叫びたかったが喉から声が出ない。警官らが彼女の前のドアを開き、動き始めた。レイラがドアから廊下に消える前、一瞬立ち止まり、あのハスキーな声が「ありがとう……」と呟いた。涙が詰まった喉の奥からやっと出てきたような声だった。再び込みあげてくる気持ちを抑えるため、目を強く閉じた。開けたとき、警官の後ろで、閉まりかけていたドアの間から消える茶色の民族衣装の一部を最後に見た。そこにいたのは確かだった。

レイラはどこに行ってしまうのか。家族もいない若い女性が、何に向かうのか。彼女の言葉を思い出す、「人生でどんなことがあっても『サラム』と言うべきだ」。古着のようになっていたあの民族衣装を身にまとい、カーキ色の目で微笑みながらこのセリフを口にしたレイラの言葉を、私はもう少し長く通訳するはずだったのに。

後のことは一瞬で終わった。映画の別れのシーンのように、田中先生の後ろで空港内を走り回り、レイラを呼び続けた。

「もう何もできないんですか？　何とか止められませんか？　先生？」

レイラを取り戻せない、運命を決める手強い相手には勝てない、そんな無力な田中先生のまるっこい姿が小さくなって見える。横に立って空《から》っぽな表情で宙を見上げている先生を問い詰めたい。

「相手は政府ですよ」

田中先生の声は悲しみに溢れる。

「先生、どうして？　こんな形でまともなさよならさえ……」

「形の問題ではない……」

独り言のような声が聞こえてくる。確かに形の問題ではない。が、それでもかまわない。私はすっきりとした別れが欲しかった。この重い罪悪感を振り払うために、みんなと抱き合って、泣いて、泣いて、泣き疲れて。何かよく分からないものが喉に詰まったこの異常な気持ちよりも、泣いて泣いてすっきりしたかった。

「先生、なんとかできませんか？」

振り向いて先生を見た。横に立っている一人ぼっちの男性はとっても弱そうに見える。かかとでつぶせるほどの虫のように小さく、弱い。この人が弁護士だなんて……。悪いけどそんなふうにはもう見えない。

「先生は弁護士なんでしょ！」

無防備なまま黙り込んでいる先生に対して、口調が荒くなる一方だ。

田中先生は大きなため息をついた。

「弁護士のパワーは小さいよ」

答えにならない答えはひどい寂しさに染まりながら独り言として返ってくる。

「どうして強制送還されるんですか？　どうして難民認定されないんですか？」

頭に焼き付いたあの無表情な瞳の最後の訴えはなんだったのか。悲しい顔でレイラが去った通路を見つめ続ける田中先生を追い詰めても、何も解決されない。十分、分かっている。ただ、最後に見たあの瞳が残したこの空《むな》しい気持ちを誰かにぶつけて楽になりたい。

「先生どうして？」

無言で立ち続ける先生を見つめる。一瞬で気が抜かれたこの人は自分を弁護する気はない。同情さえ覚える、脱け殻のようだ。彼の目を追って、私も通路を見つめた。もう問い詰める気力はない。すべてが終わったんだ。

横からからっとした低音の声が聞こえた。

「日本は冷たい国かもしれない」

振り向いた。通路を見つめる先生の目が少し潤んでいる。先生が突然、見つめ飽きたかのように視線を通路から逸らした。私の方を向かず、いつもよりクシャクシャになったタオルでおでこを拭き、独り言を言うような声で、「ご苦労さんでした」と呟いた。

冬の始まりを告げる冷たい風が空港内を吹き抜けた。

一人で空港内にポツンと立って、帰っていく田中先生の後姿を見つめる。下を向いたまま歩く姿勢は、猫背だ。平和主義者の先生は、レイラに貢献したいという気持ちと日本人として日本政府が正しいはずという気持ちの間でさまよっていたに違いない。

彼が歩く向かい側から親子連れが近づいてくる。ディズニーランドの買い物袋を手に下げ、楽しい思い出話に盛り上がっている四人組の家族だ。頭にミッキーマウスの耳のような飾りをつけている可愛い五、六歳ぐらいの小さな女の子は、自分よりも大きなプーさんのぬいぐるみを地面に引きずりながら歩いてくる。口を大きく開け、幸せそうな顔で笑っている。この距離からでさえ喉の奥が見えるほどの弾ける笑顔だ。

視線を逸らした。

さぁ、帰ろう。

解説

戦争状態に抗う尖鋭なる文学の広場

高橋敏夫

戦争を考え語りあう大きな「広場」をつくる

『コレクション 戦争×文学《と》』（全二〇巻＋別巻一、二〇一一年～一三年刊）は危機の企てである。厖大《ぼうだい》な作品をあつめた『戦争×文学』は、回顧的な戦争文学の収集ではない。また、過去の戦争の、文学による記憶の再確認でもない。戦争への現在的な危機意識にもとづく、近代・現代日本語文学からのすぐれた戦争文学結集の企てである。冷戦終結時より現在までのさまざまな戦争文学をあつめる本巻は、とりわけこの傾向が顕著といってよい。

『戦争×文学』は、文学をとおして戦争に接し、戦争を考え、多くの人々と戦争について語りあう自由で活発な「広場」をめざす。「広場」にたつさざなみのような感情、すなわち驚き、不快、悲しみ、笑い、沈黙、恐怖、憎しみ、後悔、抗い、希望までが、やがて「広場」大のスケールで、戦争をおしとどめる力になるのをめざす。『戦争×文学』の試みがさらに、演劇による広場へ、映画や写真による広場へ、マンガやアニメによる広場へ、音楽による広場へ、ネット上の言論の広場へ——戦争と戦争のできる社会を、なによりも人々のうちがわから変更する文化的「広場」の、多種多様な形成のきっかけになるのをつよく願う。

日本にとって最後の戦争と思われてきたアジア太平洋戦争（一五年戦争）は遠ざかり、すでに「戦争体験の風化」さえ聞くのがまれな現在、いったいなぜ、かくまでに大規模な企てなのか。

戦争を考えるのはいつでも可能だ、平和時に戦争を語ってもリアリティがないという言葉がくりかえされてきた。しかし、これはまったくのあやまりである。戦争はいつでも考えられる出来事、ではない。戦争は平和時にしか語れない。戦争は、戦闘がはじまるやいなや、またたくまにわたしたち全員をつつみこみ、戦争完遂の大唱和以外に考えることも語ることも許さない。戦争と無縁でいられる者はなく、個人の内面にも戦争は容赦なくふみこむ。特定の機関の先導というより、社会の成員による「総力戦」とも称すべき自主的な封殺によって、戦争を考え自由に語りあう「広場」は一挙に、有無をいわさず消されてしまう。

二〇〇一年の九月一一日。世界中に格差と紛争をもたらしつづけるグローバル経済の象徴、アメリカ合衆国の世界貿易センタービル・ツインタワーへの、イスラム過激派にハイジャックされた旅客機の衝突と、直後におきた超高層ビル崩壊の衝撃的映像を皮切りに、わたしたちは、まぎれもなく、そうした戦争に直面したのだった。

アメリカ社会では、過剰なまでの愛国的感情がかきたてられ、自国への疑問や「対テロ報復戦争」にたいする冷静な対応要求がことごとく非国民的態度とみなされた。九・一一事件の真相と意味をはっきりさせるためにこそ必要な、戦争を考え自由に語りあう「広場」は、批評家スーザン・ソンタグや言語学者ノーム・チョムスキーらわずかな人々の勇敢な発言を孤立させつつ、ほぼ完全に消失した。日本人犠牲者の確認された日本社会でも、アメリカ社会のミニチュア版が出現し、「広場」は数週間にわたって消失。「広場」の消失はその後も、アメリカ主導の有志連合諸国による「対テロ戦争」の展開（日本では「テロ対策特別措置法」が成立し、海上自衛隊の艦船がインド洋に「派兵」される）とともに、断続的につづいた。

九・一一事件にはじまる戦争は、わたしたちにあらためて戦争のおそるべき焦熱の炎風を思い起こさせた。この体験が、近年類をみない大規模な『戦争×文学』企画たちあげの、重大なきっかけとなったのはいうまでもない。同様の「焦熱の炎風」は、戦争のメタファーのとびかう三・一一フクシマ原発震災においても、もうれつな勢いでふきあれた。東京電力、原子力安全・保安院、政府による誤りなき対処を誇示した「大本営発表」、およびその「広報」と化すテレビや新聞などマスコミによる根拠のいちじるしく希薄な「安全」宣伝、である。これらに疑問をもち、正確な情報をもとめる者のブログおよびツイッターの言葉は、風評、嘘、デマ、煽《あお》り、信者系などのレッテルをはられ、「オールジャパン」態勢時に許しがたい「非国民」的対応と非難された。

わたしたちの、戦争への危機意識は、もちろん九・一一事件だけにとどまらない。事件によってはっきりした「戦争の変容」にふかくかかわる。

戦争は戦争状態と化し、「いまとここ」にも作動しつづける

戦争がおおきくありかたをかえている。

「戦争の世紀」とよばれた二〇世紀も終わりにちかく、冷戦終結で「第三次世界大戦」のみならず戦争自体の消滅が喧伝される最中、イラクのクウェート侵攻に端を発する湾岸戦争ははじまった。時を移さずポスト・ユーゴスラビア戦争が勃発、住む場所も戦場と化し隣人と殺しあう凄惨な戦争がバルカン半島をつつみこむ。そして、二〇〇一年の九・一一事件、同年のアメリカを中心とした「対テロ戦争」のはじまりであるアフガン戦争、二〇〇三年のイラク戦争、以後延々とつづき、いっこうに終わりをみないばかりか、イランや北朝鮮他へとひろがる危険性をもつグローバルな戦争状態。

二〇一一年には、アメリカが「対テロ戦争」の目的のひとつとしてきた、国際テロ組織アル・カイーダの指導者オサマ・ビンラディンの殺害がアメリカ海軍特殊部隊によって遂行され、ニューヨークの「グラウンド・ゼロ」では、発表を聞いた人々が、星条旗を振り「対テロ戦争」の戦果を祝ったという。しかし、死体なきオサマ・ビンラディン（ただちに水葬され写真未公表）はその経歴をいっそう謎めかせて、イスラム過激派新興勢力の台頭がかえってすすむともみられる。

また、二〇一〇年のチュニジアにおける「ジャスミン革命」を皮切りに、ヨルダン、エジ

プト、バーレーン、シリア、リビアなどアラブ世界に急速にひろがった反政府抗議行動は、経済的グローバリゼーションがもたらした貧困と、「対テロ戦争」への反発などが根にあり、たちあがる民衆には反米意識が見え隠れする。

報復が報復をよび、さらに報復を準備してグローバルにひろがる戦争状態が、わたしたちに否応なく戦争のとらえ直しをつきつける。

これは戦争なのか、これも戦争なのか、これが戦争なのか。

戦争の変容をとらえる試みのひとつに、イタリアの思想家アントニオ・ネグリとアメリカの哲学者マイケル・ハートの共著『マルチチュード』(二〇〇四)がある。湾岸戦争直後に書きはじめられた二人の大著『〈帝国〉』(二〇〇〇)で、諸国家を横断するグローバル資本主義に対応したグローバルな支配権力としての〈帝国〉(最強の国家アメリカをものみこむ)と、〈帝国〉に抗い世界規模の民主主義を実現する主体である「マルチチュード」(共に闘う多様な人々)という概念を提起したネグリとハート。九・一一事件からイラク戦争までのいわば「戦中」に書きすすめた『マルチチュード』では、直面する戦争の特色を大胆につかみだす。その「新しい戦争」像を四点にまとめてみよう。

一、戦争は、国家と国家のあいだの戦争から〈帝国〉内「内戦」または警察的行動となる。イスラエル―パレスチナ、アフガニスタン、イラク、コロンビア、シエラレオネなどで起きている武力闘争は、すべて「〈帝国〉内での内戦」であり、それらは複雑に関係しあう。この観点からはイラク戦争は「第一次世界内戦」か。

二、戦争は時間的に始まりも終わりもはっきりしない「戦争状態」(『リヴァイアサン』〈一六五一〉でのトマス・ホッブズの用語)となる。
三、戦争は場所の限定されない戦争状態となる。
四、かつての戦争は社会の例外状態であったが、新しい戦争は、永続的かつ全般的で、日常的な戦争状態となる。

戦争のできる体制維持のためには、「戦争状態」の緊迫を不断につくりだす。

〈帝国〉とマルチチュードがいまだ現代世界把握のための格好の概念、仮説にとどまるにせよ、こうした「戦争状態」は、わたしたちが目撃してきた「戦争の変容」の特色をリアルにいいあてているにちがいない。戦争はどこか別の場所で生起していると同時に、わたしたちの「いまとここ」で作動しており、両者は複雑に連動している。たとえば、アフガニスタンでのタリバンとアメリカを中心とするNATO軍との戦闘や、アメリカやヨーロッパでのイスラム過激派によるテロ未遂事件の発覚は、わたしたちが常日頃見聞きする不審者と不審物の摘発をうながす私鉄の小駅の張り紙や電車の車内放送とつながる。また、町に異様なスピードで増殖しつつある監視カメラを当然とうけとめる態度は、戦争のできる社会を許容し、掃討作戦と自爆テロのはてしない連鎖を容認してしまうだろう。あるいは……。

「戦中」と「戦後」と「戦前」とを同時に意識させるこの新しい戦争(戦争状態)は、ひとつひとつの状態の危うさをたかくつみあげ、いっそう直接的で大きく惨《むご》たらしい戦争勃発への、わたしたちの危機意識を亢進《こうしん》させずにはおかないのである。

戦闘文学、戦場文学、戦争文学が複雑に関係する

本巻は、冷戦がおわり戦争が大きく変容して戦争状態に移行する時代に、そうした戦争（状態）をとらえ、かつ超えようとする文学をあつめた、はじめての試みである。

ながらくわたしは、近代・現代文学における戦争文学（広義）を、同心円上に小「戦闘文学」、中「戦場文学」、大「戦争文学」（狭義）をおいて考えてきた。日露戦争に例をとれば、旅順攻囲戦に参加した体験をえがく桜井忠温《さくらいただよし》の『肉弾』（一九〇六）は「戦闘文学」に、大陸の戦場を一人彷徨《さまよ》い死ぬ兵士をとらえた田山花袋の『一兵卒』（一九〇八）は「戦場文学」に、そして、開戦の直前に発表された木下尚江《きのしたなおえ》の反戦小説『火の柱』（一九〇四）は「戦争文学」に分類される。戦争の暴力が凝縮して炸裂し、内外にわたり人を壊すのを直視する「戦闘文学」の意義をじゅうぶんみとめたうえで、もっとも広範な人々にかかわる戦争をとらえた「戦争文学」をわたしは重視してきた。かつて中野重治が『戦争と文学——漫談的月評』（一九三五）で「兵隊も出てこず軍事教練も出てこない戦争小説」、すなわち「文学が戦争を、戦時状態にまで高められた平時社会の全面について描きだすこと」を求めたように。

しかし、ポスト国家時代の新しい戦争（戦争状態）において、「戦闘」と「戦場」がともに「戦争」（狭義）のただなかに出現するのだから、もはや「戦闘文学」、「戦場文学」、「戦

争文学」(狭義)の分類は無意味になってしまう。「戦争文学」に「戦闘文学」の緊迫感がみなぎり、「戦闘文学」に戦闘とは思えぬ「戦争文学」のおだやかで複雑な日常性が同居する。

戦争の変容により「戦争文学」(広義)はいまや、どの作品も単純には分類できない複雑な関係の総体になりつつある。このことは、なによりも本巻に収めた作品が物語るだろう。

〈Ⅰ〉には主として九・一一事件を背景とした作品。

〈Ⅱ〉はイラク戦争とその後(およびその前の湾岸戦争)をあつかう作品。

〈Ⅲ〉はパレスチナ、ポスト・ユーゴスラビア、シエラレオネでの戦争にきりこんだ作品。

〈Ⅳ〉には、〈Ⅰ〉~〈Ⅲ〉の「戦中」期に日本で生起した種々の「戦争」をえがく作品。

小説を主にエッセイ、戯曲を適宜ならべ、そして、〈Ⅰ〉と〈Ⅱ〉には詩、短歌、川柳を配した。

「大統領がおしっこしてる」からはじめた谷川俊太郎の『おしっこ』は、詩の自在な趣向と言葉の軽妙さで戦争の重々しさをはぎとり、巨大な暴力のナンセンスさをむきだしにする。藤井貞和の『アメリカ政府は核兵器を使用する』と中村純の『静かな朝に目覚めて』には、短い詩のうちで圧倒的な戦争と無力な「しじん」が、対等に格闘《ストラッグル》する。

三枝昻之の「暗い暗い心をじっと育んでテロこそ苦しき反撃である」や、岡野弘彦の「東京を焼きほろぼしし戦火いま イスラムの民にふたたび迫る」には、歌人それぞれの独特な暗い情念のみならず、短歌なる伝統詩型だけが永く裡《うち》にはぐくみつづけた灼熱の衷情が、対象を焦がしほとばしりでる。これも短歌の戦闘、短歌の戦場か。

また、「それぞれの国の言葉で言う正義」(永田和夫)、「戦争知らぬ子ら戦争しか知らぬ子ら」(宮下玲子)、「平和より石油が欲しい星条旗」(藤原一志)といった川柳は、戦争なる現実との出会いがしらの印象を、軽妙な言葉遊びで現実に一定の距離を保ちながらともかくもつきだす、熱狂の社会にささる小さな棘《とげ》のように。

いずれも、詩および短詩型文学それぞれの特長を存分にいかした戦争文学である。

若者たちの日常にも逃れがたく戦争がはいりこむ

〈I〉ではまずリービ英雄『千々にくだけて』に目をむけよう。主人公のエドワードは、老いた母と妹たちに会うためニューヨークにむかう飛行機のなか、Sometimes(ときには)ではじまる機長の異様なアナウンスによって、アメリカ合衆国が甚大なテロ攻撃の被害者になったのを知る。カナダの空港にとめおかれ、確保したアパート式ホテルで、飛行機が突きささりビルが砕《くだ》けおちるテレビ映像を見たとき、かつて習った松尾芭蕉の「ちぢにくだけて」の言葉がかぶさる。やっと通じた電話で、母は「わたくしたちはアラブをいじめたからこんなことになった」と言う。世界中が悲しみにつつまれひとつになったと語るアナウンサーの言葉や、さあ戦争だ！という新聞の見出しに異和感を覚え、歴代の大統領夫妻のならぶ追悼会の映像には「かれらのために、誰が死ぬものか」と憤るエドワードは、日本にもどることを決めるのだった。日本語と英語が合わせ鏡となり、事態とエドワードの内面を深く、広く映しだす。ひとつのアイデンティティを厭《いと》い、いくつものアイデンティティから世界をとらえようとする作者の方法が、遺憾なく発揮された作品である。九・一一事件に接し「すこしだけ方向の感覚を失った」のは、けっしてエドワードだけではあるまい。

日野啓三の『新たなマンハッタン風景を』では、ベトナム戦争の取材体験をもつ「私」によって九・一一事件が相対化され、小林紀晴の『トムヤムクン』には、テロ危険情報の警戒レベルの色をジョークにしてしまうような、ニューヨークに住む若い外国人たちが登場する。宮内勝典のエッセイには、イラクで人質となった日本人にたいして「村八分」的なバッシングを加える日本社会の、外を排除する内の熱狂という戦争状態が的確にうつしとられた。

〈Ⅱ〉の岡田利規『三月の5日間』は、「……みたいな」「……っていうか」など不定形な若者言葉を突出させ、現代演劇で注目をあつめる新鋭の戯曲である。二〇〇三年三月、ライブにいった男が、知りあった女の子と、渋谷のラブホで五日間を過ごす。反復されるセックスと、イラクでの戦争という出来事とのあいだに、ユーモラスなふるまいと微妙な異和感が、二人の関係や非正規労働をめぐるせっぱつまった気持ちが、そして不可避的な歴史への思いが、際限もなく生起する。戦争反対のデモに参加した男や、孤独にたえかね火星にいくことをきめる女性も点描される。五日間の冒険を終え、ホテルを出て早朝の渋谷を歩く女の子は、ホームレスが野糞をしているのを見て吐く。吐いたのは糞をしている光景を目の当たりにしたからではなく、人間を動物と見間違えていた数秒が自分にあったことがおぞましかったからだ。ここでは嘔吐も倫理となる。すべてを遠ざけず、避けず、拒まずひきうけて、そこでの葛藤《かっとう》に目を凝《こ》らす。若者たちの日常に戦争がとらえられた稀有《けう》な作品である。新しい戦争をまず表現したのは現代演劇だった。坂手洋二、平田オリザ、東《ひがし》憲司、長塚圭史、森井睦、福田善之ほか、新鋭からベテランまで多くの劇作家、劇団がそれぞれのスタンスで戦争とむきあい、現代演劇はしばらく、戦争への抗いの最前線となった。池澤夏樹の『イラクの小さな橋を渡って』からは、爆弾によって破壊されたであろう町々のゆたかで猥雑《わいざつ》な生活があざやかにたちあがる。戦争で右足を失った少年をえがく米原万里の『バグダッドの靴磨き』は、四十人を超える作家、評論家たちが創作、エッセイなどをもちよった日本ペンクラブ編『それでも私は戦争に反対します。』から採った。

わたしたち一人びとりの戦争ならば、変更するのもまず一人びとりから

〈Ⅲ〉の楠見朋彦『零歳の詩人』（編集部註：著者の意向により、文庫版では収録しておりません）は、一九九九年に第二三回すばる文学賞を受賞したデビュー作である。悪夢をこえた現実を先入観なしにみつめるタイトルどおりのまなざしから、ポスト・ユーゴスラビア戦争の残酷な一端があきらかとなる。あまりの凄惨さゆえにドキュメンタリーや映画ではとらえられぬ戦闘と殺戮《さつりく》を、斬新な小説の言葉によって筋書きも従来の評価も拒んで執拗《しつよう》につみかさねる。新鋭作家のこうした態度は、ネグリとハートが『マルチチュード』で指摘する、当時の新しい戦争に接したドイツの作家ハンス・グリンメルスハウゼンの『阿呆物語』（一六六

九）における態度にかさなるかもしれない。グリンメルスハウゼンは、物語の主人公ジンプリチシムス（最も単純で阿呆な、の意味）に、戦う者たちそれぞれの正義をはぎとらせ、残虐な戦闘行為をどこまでもシンプルに凝視させつづけたのである。

小田実の『武器よ、さらば』には、空襲から市民運動、パレスチナ解放闘争まで、どんな戦争であれ「武器は人殺しの道具」であると説かれ、平野啓一郎の短篇『義足』では、シエラレオネ内戦の殲滅戦《せんめつせん》が雨にうたれる一本の義足に刻みこまれた。

〈Ⅳ〉のシリン・ネザマフィ『サラム』は、在日イラン人の若い女性作家によって、新しい戦争下の日本の戦争状態が、ひりつくような切実さで告発される得がたい作品だ。弁護士事務所で通訳のバイトをする大学生の「私」は、入国管理局に収容されたアフガニスタン人の少女レイラと出会う。レイラはアフガンで差別をうけている少数派のハザラ人であり、父はタリバンと戦う部隊の司令官だった。難民認定を得ようと弁護士は努め、事態が好転しはじめたとき、九・一一事件は起きた。日本社会にひろがる「アフガニスタン人＝殺人犯」というイメージは、やがてレイラに、死刑にもひとしい強制送還をしいるのだった。日本社会の戦争状態が、快活な人権派の弁護士の心にまで排他的なナショナリズムを忍びこませるのを、「私」は見逃さない。

自衛隊の海外派遣が物語に特別な緊張をもたらす重松清の『ナイフ』、地下鉄サリン事件の戦場を男の日常に隣接させる辺見庸の『ゆで卵』、連続放火魔の極私的戦争のゆくえをえがく島田雅彦の『燃えつきたユリシーズ』。また、笙野頼子の『姫と戦争と「庭の雀」』には、従来の純文学にはたして戦争はとらえられるか、という真面目な問いかけがこの作者独特な不真面目さで躍動し、「読む者」をも深刻にゆさぶる。

本巻がカバーする新たな「戦中」期には、収録した作品以外にも、多くの戦争文学が書かれている。たとえば、梁石日《ヤンソギル》の大著『ニューヨーク地下共和国』は九・一一事件の遠因をアメリカ社会内部にもとめ、時代ものでは、天草の乱から宗教戦争の装いをはぎとり、経済と政治の暴圧に問題を集中させた飯嶋和一の『出星前夜』、武蔵と小次郎のその後をえがき、恨みの連鎖、暴力の連鎖をみごとに断ち切った井上ひさしの傑作戯曲『ムサシ』などがある。イラク戦争の開始前後に急速に売り上げを伸ばしベストセラーとなった、片山恭一の『世界の中心で、愛をさけぶ』を戦争文学のひとつとする柔軟な見方も、この戦争状態では求められよう。

古くて新しい戦争はまた、新しくて古い。このところ戦争を考えるたびわたしは、ジャン・ポール・サルトル『自由への道』の「第三部　魂の中の死」（一九四九）で、主人公のひとりマチウが語る言葉を思いうかべないわけにはいかない。「戦争とはこのおれだ。……われわれ、ひとりひとりにとつて戦争とは、めいめいのことだつた。戦争は、われわれに似せてつくられるのだ。われわれは、われわれにふさわしい戦争を持つことになる」（佐藤朔・白井浩司訳『サルトル全集』第三巻上、一九五二、人文書院）

戦争が誰にもわかる自明な輪郭をもたず、日々の生活のなかに、さまざまな姿でばらまかれてしまった現在の戦争状態にあって、マチウの言葉は従来にましていっそう身近に感じられる。かつて実存主義は戦争とふかくきりむすび登場した。状況にとらわれているのをふまえ、その状況を変更する不断の企てを人にうながす実存主義を、戦争状態はふたたび日々の思想としてよびもどすのか。戦争がわたしたち一人びとりのありかたにかさなるのなら、戦争を変更するのはわたしたち一人びとりの積極的な選択によってのみ可能となる。

本巻の「広場」を形成する作品ひとつひとつに、作者および登場人物たちのそうした選択がすでにこめられているのは、指摘するまでもあるまい。わたしたちにとり「選択」のレッスンの場となる本巻の「広場」によって、戦争を考え語る「広場」はすこしひろがり、戦争はすこしだが確実にうごく——。

（たかはし・としお　文芸評論家・早稲田大学教授）

〔初出　二〇一一年八月〕

付録 インタビュー

変わり続ける「戦争」のなかで

美輪明宏

一九四五年八月九日午前一一時二分。長崎市内の自宅の縁側で夏休みの宿題の絵を描いていた美輪明宏さんは、絵の出来上がりを確かめるために立ち上がって二、三歩下がった途端、マグネシウムを焚《た》いたような光を浴びた。家の周囲は、劇場、骨董屋《こっとうや》、喫茶店などが建ち並ぶ賑《にぎ》やかな繁華街だったが、それが一瞬のうちに廃墟と化した。外に出てその光景を目にした美輪さんは、「もうおしまいだ。日本は二度と立ち直れない。この国はなくなるんだ」と思ったという。

一〇歳のその夏から六十数年。美輪さんは一貫して戦争の悲惨さ、愚かしさを訴え続けてきた。しかし、ただ闇雲に「戦争は悪い」といってもしようがない、想像力に訴えかけなければ今の人たちには伝わらない、と美輪さんは強調する。

想像力に訴えかける

——美輪さんは三十数年前から反戦歌を作り、今もなおコンサートで歌い続けておられます。原水爆がテーマの「悪魔」「ふるさとの空の下で」、戦死者が空を行進する「亡霊達の行進」、従軍慰安婦を歌った「祖国と女達」……。

コンサートでは、ただ歌うのではなくて、歌に関連するエピソードをまず話すんです。話してからその歌に入る。そうすると若い人たちが大きなショックを受けるんですよ。泣く人もいる。そこでいうんです。今を感謝しなさい、こんないい時代に生まれたことを感謝しなさい、って。

たとえば、従軍慰安婦というと外国の方のことが話題になるけれど、日本の女性もたくさんいたんです。「祖国と女達」という歌は、実際に従軍慰安婦だった人から話を聞いて作った歌です。

戦前の貧しい農村では、人身売買がいのことが当たり前のようにおこなわれていたんです。満洲（現在の中国東北部）にいい仕事があるからといわれ、いざ行ってみると、そこでやらされたのが売春の仕事。食べるものといったら高粱《コーリヤン》（モロコシの一種の雑穀）で作った握り飯くらい。ムシロを立てて目隠ししただけの粗末な小屋の前には、木札を持った兵隊たちがずらっと並んでいる。そうやって何人もの相手をさせられた挙句《あげく》、一生子どもの産めない体にされてしまった。商売の最中でも敵軍が押し寄せてきたら、鉄砲を渡されて男たちと一緒に戦わなきゃいけない。運悪く流れ弾が当たって死んだら、その死体はほうりっ放しで埋めてももらえない。おまけに、日本の婦女子がそういうことをやっていたとわかると恥になるといって、中国人の服に着替えさせて地面に転がすんです。

みんな、自分が売られていけば父ちゃんも母ちゃんも弟たちも飢え死にしないですむと思って満洲へ行ったわけですよ。さんざん苦労してなんとか故郷の村へ帰ってきたと思ったら、村人からは「淫売だ、従軍慰安婦だ」と指さされ、笑いものにされ、家族からも家名に泥を塗ったといわれる。家のため、国のためと思ったのに、なんでこんな酷《ひど》い仕打ちを受けなきゃいけないのか、悔しくて死んでやろうかと思ったけど死ねなかった——。

そういう話を聞くと、もうはらわたが煮えくり返る思いで……。

人殺しはいけない、戦争はいけないというのは、子どもだってわかりますよ。でも、「戦争反対、戦争反対」と、お題目を一万遍唱えたってなんの力も持たない。戦争で儲《もう》けている連中や戦争マニアの連中にしてみれば、痛くも痒《かゆ》くもない。それこそ、カエルの面に小便ですよ。直接胸にぐさっとくるような生きた言葉で話しかけなければ、理解させられないし、共感も得られませんよ。

講演会などで中学生や高校生が、「戦争って、ぴんとこないんですけど、実感するにはどうしたらいいんでしょうか」って訊《き》いてきますでしょう。私はこう答えるんです。「想像してごらんなさい。今日、家へ帰ったらあなたの好きなお父さんやお兄ちゃんに、一通の赤い紙が来て、戦地に連れていかれる。そして死ぬの。それっきり一生会えない。それが戦争よ」って。そうしたら、みんな「困るー」っていうんだけど、困るも何も、それが戦争なんです。

戦争で亡くなった人の無念さ、戦争で肉親を失った人の心の痛み、それを思いやるには想像力を働かせることが一番なんです。でも、日本は戦後この方、想像力を養う教育をまったくしてこなかった。たとえば、いつも同じ洋服を着ている人がいたとして、「ああ、この人は着替えたくても洋服を買うお金がないんだな」と思えるかどうか。自分が「なんだその貧乏くさい恰好《かっこう》は」といわれたらどういう思いがするか。そういう教育がなくなってしまったのが、今という時代なんです。

武力による戦争は時代おくれ

——そうした時代にあって、戦争そのものも様変わりしているようです。

戦争は今に始まったわけではなくて、人類が誕生して以来、ずうっとくり返されてきた。人間がだんだんと進化し、文明が発達していくのと同時に戦争のやり方も進化し、しまいには原爆にまで行き着いた。

それじゃあ、その次はどこへ行くんだと考えたときに、そこで行き詰まってしまった。結局、ケガの功名でそれが抑止力になっている。向こうが核を持っている、こっちも持っている。もし相手を攻撃したらこっちも滅びる可能性があるということはお互いわかる。たとえば、北朝鮮が核を持ってるぞ、持ってるぞというポーズをとって駆け引きしているけれど、実際には使えないというのはわかっているわけですよ。

だから次なる戦争は、原爆でも水爆でもなくて、経済戦争、そして情報戦争ですね。それがすでに始まっている。中国や韓国も含めて、世界各国が経済競争、情報戦に躍起になっている。だからこれからの戦争は知力の戦争になっていく。武力を使った昔ながらの戦争の頂点が第二次世界大戦なんですよ。

頂点ということは、当然その後はジリ貧になる。もう軍需産業では食っていけないということです。大国の指導者だって、これ以上軍備競争していけばお互いに破滅するしかないと見透かしている。このところ、アメリカが軍縮や核廃絶をいい出してきているのも、その現れです。

武力による戦争はもう行き詰まったんです。だから軍需産業の連中も手の打ちようがなくなってきている。兵隊も含めて軍需産業で食べている連中が、アメリカだけでも五～六〇〇万人もいるというんでしょう。その家族も含めた厖大《ぼうだい》な数の人間を今後どうやって食べさせていくか。結局、軍需産業を平和産業に切り換えない限り、戦争は終わらないんです。

――もう武力に頼る戦争は時代おくれである、と。

それこそ、海上保安庁の尖閣諸島ビデオ流出問題やウィキリークス問題でわかるように、すでに国家機密は保てない時代になった。ブログやツイッターがいい例で、インターネットの発達によって、国家による情報操作ができなくなっている。催眠術にでもかけない限り、情報をコントロールすることは不可能なんです。その意味では、情報手段の発達が新たな戦争の抑止力にもなっていくと思います。

だから、長いスパンで見ればまだまだ希望はあるんです。だって、私は戦前の日本人の姿を知っていますでしょう。私が育った長崎は上海航路が通っていたり、当時は豪華な町でしたけど、日本全体を見ると、貧しい国でした。お風呂がない家が多数派だったし、今は安くて美味しい牛丼がいつでも食べられるけど、庶民は牛肉なんて高くてとてもじゃないけれど食べられなかった。すき焼きなどは夢のまた夢。冷蔵庫は氷を入れて冷やすという原始的なものだったけど、そんな冷蔵庫でも、あるだけでよほどの贅沢《ぜいたく》ですよ。

終戦のときの天皇陛下の「堪え難きを堪え、忍び難きを忍び」というあの玉音放送だって、ラジオのある家は五軒に一軒ぐらいだから、楽器屋さんとかが表にスピーカーを出して、それをみんな道端に座って聴いたものですよ。

家だって、ほとんどの人が借家、借地住まい。自分の名義で土地付きの家を一軒構えるというのはよほどの大金持ち。サラリーマンは、一張羅の背広で夏冬通していたんです。靴を三足も持っていたら「ムカデじゃあるまいし、なんで三足もいるんだ」っていわれて、一足しかないのが当たり前。

蓄音機といったら、庶民には高嶺の花。それが今では、子どもだって携帯音楽プレーヤーをみんな持っている。着るものだって、若い女性の押し入れをあけてごらんなさい、雪崩《なだれ》のように洋服が落ちてくるんだから。玄関先は、ムカデの集会でもあったのかというぐらい靴がぎっしり。レトルトのカレーだって何百種類とあって、すごいじゃありませんか。

あの頃に比べれば、今の人たちはみんな大金持ち、王侯貴族ですよ。それなのに、何をおまえさんたちは不満をいっているのって。いい時代になりました。だから私は絶望していないんです。

未来には大いなる希望がある

――その一方で、最初におっしゃったように想像力が貧しくなっています。

バブルまでの時代というのは、精神的にはいってみれば焼野が原状態。生きること、食べることだけで精いっぱいで、情操教育とか教養を身につけるとかいっている暇がなかったんです。着るもの、食べるもの、住むところを探すのに忙しくて、悩んだり不安になったりしている暇もなかった。とにかく、血眼になって生きることだけしか考えなかった。性欲、物欲、食欲、名誉欲を貪《むさぼ》るのに汲々として、みんながみんな、がむしゃらになって生きてきたんです。その結果、なんとか衣食住には事欠かないような世の中になった。しかし気がついてみたら、表面は栄養過剰なぐらいに肥えはしたんだけれど、心と頭はすっかりかんの栄養失調。心の栄養に不可欠なビタミンもたんぱく質もカルシウムも、なんにも摂っていなかったんです。

日本人がこぞってお金の亡者になってしまい、知識があっても教養がない。教養というのは、自分が得た知識を五感にしみ込ませて、それを言葉づかいから服装から、行動のすべてに投影させることでしょう。終戦からこの方、日本人は教養を失ったままずうっと生きてきたんですよ。

ところが衣食足りて礼節を知るじゃないけど、ここに来てようやく日本も変わってきた。その現象が起き始めたのは、斎藤佑樹、ハンカチ王子からです。マスコミは最初、彼のことはノーマークだった。それが、ハンカチをきちんと畳んで汗を拭《ぬぐ》う仕草に、敏感にも、まずご婦人方が反応して騒ぎ出した。彼はインタビューされても、対戦相手の悪口をいわない、相手のことをちゃんと認めて尊敬する。最高の技術を持っていながら謙虚で、仲間にも感謝を欠かさない。きちっとした日本語をつかって、おまけにイケメンでしょう。

もちろん、斎藤佑樹だけだったら別です。でも、その少し前辺りから韓流ドラマの「冬のソナタ」のような、正統的な美男美女の恋愛ドラマがもてはやされるようになってきた。妙などアップのない映像美、静かできれいな音楽、台本もまあよくできている。結局、ここでもご婦人方がいち早くそれに注目した。大事なのは、ハンカチ王子にしても「冬のソナタ」にしても、マスコミが作ったのではなくて、大衆の中から人気が出てきたということなんです。

そういう変化が今起きている。だから、これまでだったら経済が行き詰まったら、戦争をやって軍需景気になって儲かればいいやという考えしかなかったけれど、今やそういう時代じゃない。戦争放棄を謳《うた》った憲法を持っている日本こそが、そのことを世界にアピールしていかなきゃいけない。

日本は奈良時代の昔から、外から入ってきた文化を上手にアレンジして独自の洗練された文化を築いてきた。それができる日本が先頭に立って、軍需産業に替わる新たな平和産業の形を発信していくことが必要なんです。

よく「美輪さんはあまり絶望的になったり、不安になったりしないようですけど、どうしてですか」と訊かれますけど、観世音菩薩の背の高さは「八十万億那由他由旬《なゆたゆじゆん》なり」っていいますね。そのくらいの無限の高みから光を当てて地球や人類全体を見てみれば、それなりの進化をしている姿が見えてくるはず。情緒的、感情的にならずに冷静に分析すれば、いたずらに嘆いたり、不安になったりする必要はさらさらない。未来には大いなる希望があるんです。

（みわ・あきひろ　歌手、俳優）

聞き手＝増子信一

「コレクション　戦争と文学」第4巻（二〇一一年八月刊）月報より

著者紹介

海外の地名表記は、原則として当時の一般的な呼称に従った

リービ英雄（りーび・ひでお）
一九五〇（昭二五）〜 カリフォルニア州バークレー生。八二年、英訳「万葉集」（全米図書賞）刊。九二年、初の小説「星条旗の聞こえない部屋」（野間文芸新人賞）刊。「天安門」「千々にくだけて」（大佛次郎賞）「仮の水」（伊藤整賞）「模範郷」（読売文学賞）など。

日野啓三（ひの・けいぞう）
一九二九（昭四）〜二〇〇二（平一四）東京生。新聞社の外報部特派員としてソウル、サイゴン等に赴き、戦乱を取材。一九六六年「向う側」で小説デビュー。「此岸の家」（平林たい子賞）「あの夕陽」（芥川賞）「抱擁」（泉鏡花賞）「夢の島」（芸術選奨）「台風の眼」（野間文芸賞）など。

小林紀晴（こばやし・きせい）
一九六八（昭四三）〜 長野生。九五年「アジアン・ジャパニーズ」でデビュー。9・11事件勃発時はニューヨークに滞在。「DAYS ASIA」（日本写真協会新人賞）「写真学生」「小説家」「遠い国」「父の感触」「見知らぬ記憶」など。

宮内勝典（みやうち・かつすけ）
一九四四（昭一九）〜 ハルビン生。七九年「南風」（文藝賞）でデビュー。「グリニッジの光りを離れて」「金色の象」（野間文芸新人賞）「善悪の彼岸へ」「焼身」（読売文学賞・芸術選奨）「魔王の愛」（伊藤整賞）「永遠の道は曲りくねる」など。

谷川俊太郎（たにかわ・しゅんたろう）
一九三一（昭六）〜 東京生。五〇年「ネロ」他五篇を発表。五二年、第一詩集「二十億光年の孤独」

刊。翻訳、童話、童謡、作詞、演劇など多方面で活躍。九六年、朝日賞受賞。「日々の地図」（読売文学賞）「はだか」（野間児童文芸賞）「世間知ラズ」（萩原朔太郎賞）「トロムソコラージュ」（鮎川信夫賞）「詩に就いて」（三好達治賞）「バウムクーヘン」など。

三枝昻之（さいぐさ・たかゆき）
一九四四（昭一九）～　山梨生。七三年、第一歌集「やさしき志士達の世界へ」刊。「水の覇権」（現代歌人協会賞）「甲州百目」（寺山短歌賞）「農鳥」（若山牧水賞）「それぞれの桜」評論「昭和短歌の精神史」（斎藤茂吉短歌文学賞・芸術選奨他）「啄木」（現代短歌大賞）など。

池澤夏樹（いけざわ・なつき）
一九四五（昭二〇）～　北海道生。八七年「スティル・ライフ」（中央公論新人賞・芥川賞）を発表。二〇一一年、朝日賞受賞。「南の島のティオ」（小学館文学賞）「母なる自然のおっぱい」（読売文学賞）「マシアス・ギリの失脚」（谷崎賞）「楽しい終末」（伊藤整賞）「ハワイイ紀行」（ＪＴＢ紀行文学大賞）「すばらしい新世界」（芸術選奨）「キトラ・ボックス」など。

米原万里（よねはら・まり）
一九五〇（昭二五）～二〇〇六（平一八）　東京生。「不実な美女か貞淑な醜女《ブス》か」（読売文学賞）「魔女の1ダース」（講談社エッセイ賞）「嘘つきアーニャの真っ赤な真実」（大宅賞）「オリガ・モリソヴナの反語法」（ドゥマゴ文学賞）など。

岡田利規（おかだ・としき）
一九七三（昭四八）～　神奈川生。二〇〇四年「三月の5日間」（岸田賞）初演。〇七年、同作の小説化を収録した第一小説集「わたしたちに許された特別な時間の終わり」（大江健三郎賞）刊。戯曲集「現在地」など。

藤井貞和（ふじい・さだかず）
一九四二（昭一七）～　東京生。七二年、第一詩集「地名は地面へ帰れ」と評論集「源氏物語の始原と現在」を刊行。詩集「「静かの海」石、その韻《ひび》き」

（晩翠賞）「ことばのつえ、ことばのつえ」（歴程賞・高見順賞）「神の子犬」（現代詩人賞他）「春楡の木」（鮎川信夫賞・芸術選奨）研究評論「源氏物語論」（角川源義賞）「言葉と戦争」（日本詩人クラブ詩界賞）「非戦へ」など。

中村純（なかむら・じゅん）
一九七〇（昭四五）～　東京生。二〇〇四年「詩集草の家」（横浜詩人会賞・同書所収の「子どものからだの中の静かな深み」で詩と思想新人賞）刊。詩集「海の家族」「女たちへ」など。

岡野弘彦（おかの・ひろひこ）
一九二四（大一三）～　三重生。「冬の家族」（現代歌人協会賞）「滄浪歌」（迢空賞）「海のまほろば」（芸術選奨）「天の鶴群」（読売文学賞）「美しく愛しき日本」評論・随筆「折口信夫の晩年」「折口信夫伝」（和辻哲郎文化賞）など。

小田実（おだ・まこと）
一九三二（昭七）～二〇〇七（平一九）　大阪生。六一年「何でも見てやろう」刊。八八年、ロータス賞受賞。「難死の思想」「ガ島」「円いひっぴい」「HIROSHIMA」「「アボジ」を踏む」（川端賞）「河」など。

平野啓一郎（ひらの・けいいちろう）
一九七五（昭五〇）～　愛知生。九八年「日蝕」を発表、翌年、芥川賞受賞。「一月《いちげつ》物語」「葬送」「ディアローグ」「モノローグ」「決壊」（芸術選奨新人賞）「ドーン」（ドゥマゴ文学賞）「マチネの終わりに」（渡辺淳一文学賞）「ある男」（読売文学賞）など。

重松清（しげまつ・きよし）
一九六三（昭三八）～　岡山生。「ナイフ」（坪田譲治賞）「エイジ」（山本周五郎賞）「ビタミンF」（直木賞）「十字架」（吉川文学賞）「ゼツメツ少年」（毎日出版文化賞）「木曜日の子ども」など。

辺見庸（へんみ・よう）
一九四四（昭一九）～　宮城生。通信社の外信部特派員だった七八年「近代化を進める中国に関する報道」で新聞協会賞受賞。九四年「もの食う人びと」

（講談社ノンフィクション賞・ＪＴＢ紀行文学大賞）刊。「自動起床装置」（芥川賞）「反逆する風景」「霧の犬」「月」詩集「生首」（中原中也賞）「眼の海」（高見順賞）など。

島田雅彦（しまだ・まさひこ）
一九六一（昭三六）〜　東京生。八三年「優しいサヨクのための嬉遊曲」でデビュー。八四年「夢遊王国のための音楽」で野間文芸新人賞、九二年「彼岸先生」で泉鏡花賞受賞。「退廃姉妹」（伊藤整賞）「カオスの娘」（芸術選奨）「虚人の星」（毎日出版文化賞）「人類最年長」など。

笙野頼子（しょうの・よりこ）
一九五六（昭三一）〜　三重生。八一年「極楽」（群像新人賞）でデビュー。九四年「タイムスリップ・コンビナート」で芥川賞受賞。「なにもしてない」（野間文芸新人賞）「二百回忌」（三島由紀夫賞）「幽界森娘異聞」（泉鏡花賞）「金毘羅」（伊藤整賞）「未闘病記」（野間文芸賞）「ウラミズモ奴隷選挙」など。

シリン・ネザマフィ
一九七九（昭五四）・一一・一〇〜　テヘラン生。二〇〇六年、日本語で書いた「サラム」で留学生文学賞受賞。「白い紙」（文学界新人賞）など。

初出・出典一覧

千々にくだけて（リービ英雄）
初出「群像」二〇〇四年九月号
出典「千々にくだけて」二〇〇五年四月　講談社

新たなマンハッタン風景を（日野啓三）
初出「すばる」二〇〇一年一一月号
出典「落葉 神の小さな庭で」二〇〇二年五月　集英社

トムヤムクン（小林紀晴）
初出「群像」二〇〇四年四月号
出典「昨日みたバスに乗って」二〇〇九年一一月　講談社

ポスト9・11（宮内勝典）
正義病のアメリカ
初出「中日新聞」二〇〇四年五月六日夕刊
出典「麦わら帽とノートパソコン」二〇〇六年九月　講談社

ガンジー像下の「イマジン」
初出「朝日新聞」二〇〇四年一月一七日夕刊
出典「麦わら帽とノートパソコン」二〇〇六年九月　講談社

若者の死を悼む——香田証生君の死
初出「共同通信」配信　二〇〇四年一一月三日
出典「麦わら帽とノートパソコン」二〇〇六年九月　講談社

イラクの小さな橋を渡って（池澤夏樹）
初出「月刊PLAYBOY・日本版」二〇〇三年二月号（原題「この地で生まれ、ここで生きる」）
出典「イラクの小さな橋を渡って」（加筆）二〇〇三年一月　光文社

バグダッドの靴磨き（米原万里）
初出・出典「それでも私は戦争に反対します。」二〇〇四年三月　平凡社

三月の5日間（岡田利規）
初出・出典「三月の5日間」二〇〇五年四月　白水社

武器よ、さらば（小田実）
初出「群像」一九九八年九月号
出典「さかさ吊りの穴」一九九九年六月　講談社

義足（平野啓一郎）
初出「野性時代」二〇〇五年一〇月号
出典「あなたが、いなかった、あなた」二〇〇九年八月　新潮文庫

ナイフ（重松清）
初出「小説新潮」一九九五年一一月号
出典「ナイフ」二〇〇〇年七月　新潮文庫

ゆで卵（辺見庸）
初出「野性時代」一九九五年一一月号
出典「ゆで卵」一九九五年一二月　角川書店

燃えつきたユリシーズ（島田雅彦）
初出「群像」一九九八年一〇月号
出典「溺れる市民」二〇〇四年一〇月　河出書房新社

姫と戦争と「庭の雀」（笙野頼子）
初出「新潮」二〇〇四年六月号
出典「ひょうすべの国」二〇一六年一一月　河出書房新社

サラム（シリン・ネザマフィ）
初出「世界」二〇〇七年一〇、一一月号
出典「白い紙／サラム」二〇〇九年八月　文藝春秋

●詩、短歌

おしっこ（谷川俊太郎）
出典「シャガールと木の葉」二〇〇五年五月　集英社

アメリカ政府は核兵器を使用する（藤井貞和）
出典「続・藤井貞和」一九九二年一〇月　現代詩文庫104　思潮社

静かな朝に目覚めて（中村純）
出典「詩集　草の家」二〇〇四年九月　土曜美術社出版販売

三枝昂之
出典「農鳥」二〇〇二年七月　りとむコレクション36　ながらみ書房

岡野弘彦
出典「バグダッド燃ゆ　岡野弘彦歌集」二〇〇六年七月　砂子屋書房

本書収録の川柳につきまして、著作権者（及び著作権継承者）の連絡先が不明な句があります。お心当たりの方は編集部までご連絡いただければ幸いです。

凡例

本セレクションは、日本語で書かれた中・短編作品を中心に収録し、原則として各作品の出典の表記を尊重した。

一、漢字の字体は、原則として、常用漢字表および戸籍法施行規則別表第二（人名用漢字別表）にある漢字についてはその字体を採用し、それ以外の漢字は正字体とされている字体を使用した。

一、仮名遣いは、小説・随筆については、出典が歴史的仮名遣いで書かれている場合は、振り仮名も含め、原則として現代仮名遣いに改めた。詩・短歌・俳句・川柳の仮名遣いは、振り仮名も含め、原則として出典を尊重した。

一、送り仮名は、原則として出典を尊重した。

一、振り仮名は、出典にあるものを尊重したが、読みやすさを考慮し、追加等を適宜行った。

一、明らかな誤字・脱字・衍字と認められるものは、諸刊本・諸資料に照らし改めた。

「セレクション　戦争と文学」において、民族、出自、職業、性別、心身のハンディキャップ等々、今日では不適切と思われる差別的な語句や表現が使われている作品が複数あります。また、疾病に関する記述など、科学的に誤った当時の認識のもとに描かれた作品も含まれています。

しかし作品のテーマや時代性に鑑みて、当該の語句、表現が差別をいたずらに助長するものとは思われません。私たちは文学者の描いた戦争の姿を、現代そして後世の読者に正確に伝えることが必要だと考え、あえて全作品をそのまま収録することにしました。作品の成立した時代背景を知ることにより、作品もまた正確に理解されると信ずるからです。読者のみなさまのご理解をお願い申し上げます。

集英社「セレクション　戦争と文学」編集室

本書は二〇一一年八月、集英社より『コレクション 戦争と文学 4 9・11 変容する戦争』として刊行されました。文庫化に際して、楠見朋彦「零歳の詩人」は著者の意向により収録しておりません。

本文デザイン　緒方修一

セレクション **戦争と文学** 全8巻

① ヒロシマ・ナガサキ

発売中

原民喜「夏の花」、大田洋子「屍の街」、林京子「祭りの場」、川上宗薫「残存者」、中山士朗「死の影」、井上ひさし「少年口伝隊一九四五」、美輪明宏「戦」、金在南「暗やみの夕顔」、青来有一「鳥」、橋爪健「死の灰は天を覆う」、大江健三郎「アトミック・エイジの守護神」、水上勉「金槌の話」、小田実「『三千軍兵』の墓」、田口ランディ「似島めぐり」他

◎解説＝成田龍一　◎付録 インタビュー＝林京子

② アジア太平洋戦争

発売中

太宰治「待つ」、豊田穣「真珠湾・その生と死」、野間宏「バターン白昼の戦」、北原武夫「嘔気」、中山義秀「テニヤンの末日」、三浦朱門「礁湖」、梅崎春生「ルネタの市民兵」、江崎誠致「渓流」、吉田満「戦艦大和ノ最期」（初出形）、島尾敏雄「出発は遂に訪れず」、川端康成「生命の樹」、三島由紀夫「英霊の声」、吉村昭「手首の記憶」、蓮見圭一「夜光虫」他

◎解説＝浅田次郎　◎付録 インタビュー＝水木しげる

集英社文庫ヘリテージシリーズ

「コレクション 戦争と文学」全20巻より
精選した8巻を文庫化

③

9・11 変容する戦争

発売中

リービ英雄「千々にくだけて」、小林紀晴「トムヤムクン」、宮内勝典「ポスト9・11」、池澤夏樹「イラクの小さな橋を渡って」、米原万里「バグダッドの靴磨き」、岡田利規「三月の5日間」、平野啓一郎「義足」、重松清「ナイフ」、辺見庸「ゆで卵」、島田雅彦「燃えつきたユリシーズ」、笙野頼子「姫と戦争と「庭の雀」」、シリン・ネザマフィ「サラム」他
◎解説＝高橋敏夫 ◎付録 インタビュー＝美輪明宏

④

女性たちの戦争

２０１９年10月発売

大原富枝「祝出征」、瀬戸内晴美（寂聴）「女子大生・曲愛玲」、藤原てい「襁褓」、田辺聖子「文明開化」、河野多惠子「鉄の魚」、大庭みな子「むかし女がいた」、石牟礼道子「木霊」、竹西寛子「兵隊宿」、司修「銀杏」、寺山修司「誰でせう」「玉音放送」、三木卓「鶸」、向田邦子「字のない葉書」「ごはん」、阿部牧郎「見よ落下傘」、鄭承博「裸の捕虜」他
◎解説＝成田龍一・川村湊 ◎付録 インタビュー＝竹西寛子

セレクション **戦争と文学** 全8巻

⑤

日中戦争

胡桃沢耕史「東干」、小林秀雄「戦争について」、日比野士朗「呉淞クリーク」、石川達三「五人の補充将校」、武田麟太郎「手記」、火野葦平「煙草と兵隊」、田中英光「鈴の音」、伊藤桂一「黄土の記憶」、藤枝静男「犬の血」、檀一雄「照る陽の庭」、田村泰次郎「蝗」、田中小実昌「岩塩の袋」、富士正晴「崔長英」、棟田博「軍犬一等兵」、阿川弘之「蝙蝠」他

◎解説＝浅田次郎　◎付録 インタビュー＝伊藤桂一

2019年11月発売

⑥

イマジネーションの戦争

芥川龍之介「桃太郎」、安部公房「鉄砲屋」、筒井康隆「通いの軍隊」、伊藤計劃「The Indifference Engine」、モブ・ノリオ「既知との遭遇」、小松左京「春の軍隊」、秋山瑞人「おれはミサイル」、三崎亜記「鼓笛隊の襲来」、星野智幸「煉獄ロック」、山本弘「リトルガールふたたび」、田中慎弥「犬と鴉」、内田百閒「旅順入城式」、赤川次郎「悪夢の果て」他

◎解説＝奥泉光　◎付録 インタビュー＝小松左京

2019年12月発売

2020年2月まで毎月刊行

⑦

戦時下の青春

2020年1月発売

中井英夫「見知らぬ旗」、吉行淳之介「焔の中」、三浦哲郎「乳房」、江戸川乱歩「防空壕」、井上光晴「ガダルカナル戦詩集」、高橋和巳「あの花この花」、永井荷風「勲章」、石川淳「明月珠」、池波正太郎「キリンと蟇」、坂口安吾「アンゴウ」、高井有一「櫟の家」、古井由吉「赤牛」、前田純敬「夏草」、野坂昭如「火垂るの墓」、井上靖「三ノ宮炎上」他

◎解説＝浅田次郎　◎付録 インタビュー＝小沢昭一

⑧

オキナワ　終わらぬ戦争

2020年2月発売

長堂英吉「海鳴り」、知念正真「人類館」、霜多正次「虜囚の哭」、大城立裕「カクテル・パーティー」、又吉栄喜「ギンネム屋敷」、吉田スエ子「嘉間良心中」、目取真俊「平和通りと名付けられた街を歩いて」、田宮虎彦「夜」、岡部伊都子「ふたたび「沖縄の道」」、灰谷健次郎「手」、桐山襲「聖なる夜　聖なる穴」他

◎解説＝高橋敏夫　◎付録 インタビュー＝大城立裕

集英社文庫 ヘリテージシリーズ

セレクション戦争《せんそう》と文学《ぶんがく》3　9・11 変容《へんよう》する戦争《せんそう》

2019年9月25日　第1刷　　定価はカバーに表示してあります。

著　者　リービ英雄《ひでお》 他

編　集　株式会社 集英社クリエイティブ
東京都千代田区神田神保町2-23-1　〒101-0051
電話　03-3239-3811

発行者　徳永　真

発行所　株式会社 集英社
東京都千代田区一ツ橋2-5-10　〒101-8050
電話　【編集部】03-3230-6094
【読者係】03-3230-6080
【販売部】03-3230-6393(書店専用)

印　刷　凸版印刷株式会社

製　本　加藤製本株式会社

フォーマットデザイン　アリヤマデザインストア　　マークデザイン　居山浩二

Printed in Japan
ISBN978-4-08-761049-9 C0193